W0200762

N'OUBLIER JAMAIS

Michel Bussi

N'OUBLIER JAMAIS

Roman

ÉDITIONS FRANCE LOISIRS

Édition du Club France Loisirs,
avec l'autorisation des Presses de la Cité.

Éditions France Loisirs,
123, boulevard de Grenelle, Paris.
www.franceloisirs.com

Le Code de la propriété intellectuelle n'autorisant, aux termes des paragraphes 2 et 3 de l'article L. 122-5, d'une part, que les « copies ou reproductions strictement réservées à l'usage privé du copiste et non destinées à une utilisation collective » et, d'autre part, sous réserve du nom de l'auteur et de la source, que les « analyses et les courtes citations justifiées par le caractère critique, polémique, pédagogique, scientifique ou d'information », toute représentation ou reproduction intégrale ou partielle, faite sans le consentement de l'auteur ou de ses ayants droit ou ayants cause, est illicite (article L. 122-4). Cette représentation ou reproduction, par quelque procédé que ce soit, constituerait donc une contrefaçon sanctionnée par les articles L. 335-2 et suivants du Code de la propriété intellectuelle.

© Presses de la Cité, un département place des éditeurs, 2014

ISBN : 978-2-298-09387-2

A Arthur… 18 ans demain !

Vous croisez au bord d'une falaise
une jolie fille ?
Ne lui tendez pas la main !
On pourrait croire que vous l'avez poussée.

Gendarmerie Nationale,
Brigade Territoriale
de Proximité d'Etretat, Seine-Maritime,
le 13 juillet 2014

De Monsieur le lieutenant Bertrand Donnadieu

A destination de M. Gérard Calmette, directeur de l'Unité Gendarmerie d'Identification des Victimes de Catastrophes (UGIVC), Institut de Recherche Criminelle de la Gendarmerie Nationale (IRCGN), Rosny-sous-Bois

Monsieur le directeur,

Dans la nuit du 12 juillet 2014, vers 2 h 45, en amont du lieu-dit de la Valleuse d'Etigues, trois kilomètres à l'ouest de la commune d'Yport, un pan de falaise d'environ 45 000 mètres cubes s'est effondré. Ce type d'éboulement n'est pas rare sur notre côte. Les secours parvenus sur place à peine une heure plus tard ont pu établir avec certitude que l'accident n'a fait aucune victime.

Cependant, et c'est ce qui motive ce courrier, si aucun corps de promeneur n'a été trouvé dans les décombres, les secouristes ont été confrontés à une étrange découverte. Les os de trois squelettes gisaient parmi les blocs de craie dispersés sur la plage.

Les forces de gendarmerie dépêchées sur les lieux n'ont retrouvé aucun vêtement à proximité de ces ossements, ni aucun autre effet personnel permettant de les identifier. On peut faire l'hypothèse qu'il s'agit de spéléologues piégés dans la falaise, le relief karstique de ces côtes crayeuses étant un terrain de jeu fréquent pour les amateurs de randonnée souterraine. Cependant, aucune disparition de spéléologues ne nous a été signalée ces derniers mois, ni même ces dernières années. Les squelettes sont peut-être plus anciens encore, mais autant qu'on puisse les analyser sans matériel adéquat, ils ne le paraissent pas.

Je tiens dès à présent à vous préciser que les os ont été dispersés sur environ quarante mètres de plage lors de l'effondrement. La Brigade Départementale de Renseignement et d'Investigations Judiciaires, mandatée par le colonel Bredin, a procédé au relevé des différentes parties des squelettes. Leur première analyse confirme la nôtre : tous les os ne paraissent pas avoir atteint le même niveau de décomposition, comme si, aussi surprenant que cela puisse paraître, les individus avaient trouvé la mort dans cette cavité de la falaise à des dates différentes, sans doute à plusieurs années d'écart. La cause de leur décès nous est tout autant inconnue : l'observation superficielle des os et des crânes ne révèle aucun coup mortel ayant pu entraîner leur mort.

Sans le moindre indice probant ni point de départ pour orienter l'enquête, il nous est impossible de nous lancer sur une quelconque piste d'identification *ante* ou *post mortem*. Les questions demeurent donc ouvertes : qui sont ces trois individus ? Quand sont-ils morts ? Quelle est la cause de leur décès ?

Il va sans dire que cette découverte excite beaucoup la curiosité des habitants de la région, déjà touchée ces derniers mois par une actualité macabre, cependant *a priori* sans rapport avec l'exhumation de ces trois corps inconnus.

C'est pourquoi, monsieur le directeur, même si je suis conscient du volume d'affaires plus urgentes dont vous avez la responsabilité et de la peine des familles qui attendent l'identification formelle de proches récemment décédés, je me permets d'insister auprès de vous pour qu'à titre exceptionnel vos services puissent traiter ce dossier de façon prioritaire afin de procéder avec la plus grande diligence à l'identification de ces trois squelettes.

Veuillez agréer, monsieur le directeur, l'expression de mes salutations les plus distinguées.

Lieutenant Bertrand Dornadieu,
Brigade Territoriale de Proximité d'Etretat.

Cinq mois plus tôt, le 19 février 2014

— Attention, Jamal, l'herbe va être glissante sur la falaise.

André Jozwiak, le patron de la Sirène, s'en voulut aussitôt d'avoir prononcé ces conseils de prudence. Il avait enfilé un trench-coat et se tenait devant la porte de son hôtel-restaurant. Le mercure dans le thermomètre accroché au-dessus du menu peinait à franchir la ligne bleue marquant le zéro. Presque pas de vent. La girouette fixée à l'une des poutres de la façade, un voilier en fer forgé, semblait gelée par la nuit.

André Jozwiak observa le jour se lever sur la plage face à lui, la légère couche de glace sur les voitures garées devant le casino, les galets serrés les uns contre les autres comme des œufs grelottants qu'un rapace géant aurait abandonnés, le soleil mal réveillé qui se hissait péniblement au-dessus de la mer, après la falaise morte, en Picardie, à cent kilomètres plein est.

Jamal s'éloignait à petites foulées. André le vit passer devant le casino et attaquer la montée de la rue Jean-Hélie. L'hôtelier souffla dans ses mains pour les réchauffer. Il fallait bien servir le petit déjeuner aux rares clients qui passaient leurs vacances d'hiver face à la Manche. Au début, il avait trouvé cela bizarre, ce jeune beur handicapé qui partait courir chaque matin sur le sentier de randonnée, avec une jambe musclée et une autre qui se terminait par un pied en carbone vissé dans une basket. Maintenant, il éprouvait une vraie tendresse pour ce garçon. Lorsqu'il n'avait pas encore trente ans, à l'âge de Jamal, André se tapait plus de cent kilomètres à vélo chaque dimanche matin, Yport-Yvetot-Yport, sans personne pour lui prendre la tête pendant trois heures. Alors que le gamin de Paris et sa patte folle ait envie de suer dans les valleuses dès les premières lueurs, au fond, il comprenait.

L'ombre furtive de Jamal réapparut à l'angle de l'escalier qui montait vers les falaises, pour disparaître aussitôt derrière les conteneurs-poubelle du casino. Le patron de la Sirène avança d'un pas et alluma une Winston. Il n'était pas le seul Yportais debout à braver le froid, deux silhouettes se détachaient au loin sur le sable mouillé. Une vieille dame tenait au bout d'une laisse interminable un petit chien ridicule, genre modèle qui fonctionnerait avec une télécommande et des piles, prétentieux au point d'insulter les mouettes à coups de jappements hystériques. Deux cents mètres plus loin, un type assez grand, les mains enfoncées dans un blouson de cuir marron fatigué, restait planté devant la mer, narguant les vagues du regard comme s'il avait une revanche à prendre sur l'horizon.

André cracha son mégot et rentra dans l'hôtel. Il ne tenait pas à ce qu'on le croise ainsi, mal rasé, mal habillé, cheveux fous, avec cette allure d'homme préhistorique sortant de sa grotte que Mme Cro-Magnon aurait quitté depuis des lunes.

Jamal Salaoui grimpait avec une régularité de métronome la plus haute falaise d'Europe. Cent vingt mètres. Une fois dépassées les dernières villas, la route se réduisait à un sentier de randonnée. Le panorama s'ouvrait jusqu'à Etretat, dix kilomètres plus loin. Jamal aperçut les deux silhouettes se découper au bout de la plage, la vieille au petit chien et le type face au large. Trois mouettes, peut-être effrayées par les cris perçants du caniche, surgirent de la falaise et lui coupèrent la priorité avant de s'envoler une dizaine de mètres au-dessus de lui.

La première chose que Jamal vit, un peu après le panneau indiquant le camping Le Rivage, fut l'écharpe rouge. Elle était accrochée à la clôture du champ comme pour signaler un danger. Ce fut la première réflexion de Jamal.

Un danger.

Le signalement d'un éboulement, d'une inondation, d'un animal mort.

Puis l'idée passa aussitôt. Ce n'était qu'une écharpe accrochée à un fil barbelé, perdue par un promeneur et emportée par le vent du large.

Il hésita à rompre le rythme de sa course, à tordre son cou pour observer ce bout de tissu qui pendait ; il s'en fallut même de peu qu'il ne continue droit devant. Tout aurait été si différent alors, tout aurait basculé autrement.

Mais Jamal ralentit sa course, puis s'arrêta.

L'écharpe semblait neuve. Elle brillait d'un rouge vif. Jamal la toucha, détailla l'étiquette.

Du cachemire. Une Burberry... Ce bout de tissu valait une petite fortune ! Jamal, en décrochant avec délicatesse l'écharpe de la clôture, se fit la réflexion qu'il la rapporterait à la Sirène tout à l'heure. André Jozwiak connaissait tout le monde à Yport, il saurait si quelqu'un l'avait perdue. Sinon, Jamal la garderait. Il caressa l'étoffe tout en continuant de courir. Une fois rentré chez lui à la cité des 4000, pas sûr qu'il la porte par-dessus son jogging. Du cachemire à cinq cents euros, ce serait un coup à se faire décapiter ! Mais il trouverait bien dans son quartier une fille mignonne qui accepterait de l'enrouler autour de son cou.

Près du blockhaus, sur sa droite, une dizaine de moutons tournèrent la tête vers lui. Ils attendaient que l'herbe dégèle avec le même regard lobotomisé que les cons à son boulot, le midi, devant le micro-ondes.

Juste après le blockhaus, Jamal aperçut la fille.

Immédiatement, il évalua la distance entre elle et la falaise. Moins d'un mètre ! La fille se tenait au bord d'un à-pic vertical de plus de cent mètres ! Son cerveau s'affola. Il intégra d'autres paramètres à son inconscience, la légère pente jusqu'au vide, le givre sur l'herbe : cette fille prenait plus de risques à être grimpée là qu'à se tenir sur le rebord de la plus haute fenêtre d'un building de trente étages.

— Mademoiselle, ça va ?

Les trois mots de Jamal volèrent dans le froid. Pas de réponse.

Jamal était encore à cent cinquante mètres de la fille.

Malgré le froid intense, elle n'était habillée que d'une ample robe rouge déchirée en deux lambeaux, l'un flottant sur son nombril puis sur ses cuisses, l'autre bâillant du haut de son cou à la base de sa poitrine, dévoilant le bonnet fuchsia d'un soutien-gorge.

Elle grelottait.

Belle. Pourtant, dans l'instant, Jamal ne trouva pas l'image érotique. Surprenante, émouvante, troublante, mais rien qui puisse relever de l'attirance sexuelle. Quand il y repensa plus tard, pour l'expliquer, la meilleure comparaison qui lui vint fut celle d'une œuvre d'art lacérée. Un sacrilège, un mépris inexcusable pour la beauté.

— Ça va, mademoiselle ? répéta-t-il.

Elle se tourna vers lui. Il avança.

Les herbes hautes montaient jusqu'à mi-jambe et il se fit la réflexion que la fille n'avait peut-être pas aperçu la prothèse fixée à sa jambe gauche. Il se trouvait maintenant face à elle. Dix mètres. La fille s'était encore approchée du précipice, le dos offert au vide

Elle avait beaucoup pleuré, mais la fontaine semblait tarie. Le maquillage autour de ses yeux avait coulé, puis séché. Jamal eut du mal à ordonner les signes contradictoires qui se bousculaient dans sa tête.

Le danger.

L'urgence.

L'émotion surtout. L'émotion qui le submergeait. Jamais il n'avait vu de femme aussi belle. Sa mémoire enregistra pour l'éternité l'ovale parfait du visage face à lui, comme arrondi par la caresse de deux cascades de cheveux de jais, les deux yeux charbon plantés dans une peau de neige, le dessin des sourcils et de la bouche, fin et vif, comme trois traits guerriers tracés par un doigt plongé dans le sang et la suie. Il essaya par la suite d'évaluer si la surprise avait eu une influence sur son jugement, la situation aussi, la détresse de cette inconnue, la nécessité de lui saisir la main, sans trouver de réponse.

— Mademoiselle…

Jamal tendit la main.

— N'approchez pas, fit la fille.

Une prière plus qu'un ordre. Les braises semblaient s'être définitivement éteintes dans ses iris charbon.

— D'accord, balbutia Jamal. D'accord. Ne bougez pas non plus, on a tout le temps.

Le regard de Jamal glissa sur la robe impudique. Il imagina que la fille sortait du casino, cent mètres plus bas. Le soir, ils transformaient la salle de spectacle du Sea View en discothèque.

Une sortie de boîte qui aurait mal tourné ? Grande, fine, sexy, la fille avait de quoi aiguiser les convoitises. Les boîtes étaient pleines de gars qui ne venaient que pour ça, mater la bombe de la soirée.

Jamal s'exprima de la voix la plus calme qu'il put.

— Je vais avancer lentement, je vais vous donner la main.

La fille baissa les yeux pour la première fois et s'arrêta un instant sur la prothèse de carbone. Elle ne put retenir un mouvement de surprise, qu'elle contrôla presque aussitôt.

— Si vous faites le moindre pas, je saute...

— OK, OK, je ne bouge pas...

Jamal se statufia, bloquant même sa respiration. Seuls ses yeux couraient, de cette fille sortie de nulle part à dix pas de lui jusqu'à l'aube orange tout au bout de l'horizon.

Des gars bourrés qui se rincent l'œil en suivant chaque déhanchement de la reine de la piste de danse, repensa Jamal. Et parmi eux, au moins un malade, peut-être plusieurs, suffisamment vicieux pour suivre la fille à la sortie. La coincer. La violer.

— On... on vous a fait du mal ?

Les boules de charbon fondirent en larmes de glace.

— Vous ne pouvez pas comprendre. Continuez votre route. Partez ! Partez vite.

Une idée...

Jamal passa les mains autour de son cou. Lentement. Pas assez pourtant. La fille recula d'un coup, un pied presque dans le vide.

Jamal se figea. Cette fille était un moineau apeuré à attraper au creux de la main. Un oiseau tombé du nid, incapable de voler.

— Je ne vais pas bouger, mademoiselle. Je vais juste vous lancer mon écharpe. Je vais tenir une extrémité. Attrapez l'autre, simplement. Vous déciderez ou non de lâcher.

La fille hésita, une nouvelle fois surprise. Jamal

en profita pour jeter le pan de cachemire rouge. Deux mètres le séparaient de la jeune suicidaire.

L'étoffe tomba à ses pieds.

Elle se pencha délicatement, colla par pudeur dérisoire un lambeau de robe sur son sein dénudé, puis se releva, agrippant l'écharpe offerte par Jamal.

— Doucement, fit Jamal. Je vais tirer sur le tissu, l'enrouler autour de mes mains. Laissez-vous entraîner jusqu'à moi, deux mètres, seulement deux mètres plus loin du vide.

La fille serra plus fort l'étoffe.

Jamal comprit alors qu'il avait gagné, qu'il avait exécuté le geste juste, lancer cette écharpe comme un marin lance une bouée au noyé, la ramener à la surface en douceur, centimètre par centimètre, avec une infinie précaution pour ne pas briser le fil.

— Doucement, répéta-t-il. Venez vers moi.

Il réalisa un bref instant qu'il venait de croiser la plus belle fille qu'il ait jamais vue. Et qu'il venait de lui sauver la vie.

Cela suffit à le déconcentrer, une infime seconde.

Soudain, la fille tira sur l'écharpe. Jamal s'attendait à toutes les réactions sauf à celle-ci. Un mouvement sec, rapide.

L'écharpe lui glissa des mains.

La suite dura moins d'une seconde.

Le regard de la fille se planta en lui, indélébile, celui d'une fille à la fenêtre d'un train qui part. Celui de la fatalité.

— Nooon ! hurla Jamal.

La dernière chose qu'il vit fut l'écharpe de cachemire rouge flotter entre les doigts de la fille. L'instant d'après, elle bascula dans le vide.

La vie de Jamal aussi, mais cela, il ne le savait pas encore.

I

Instruction

Journal de Jamal Salaoui

Longtemps, je n'ai pas eu de chance.

A force que le hasard retombe toujours du même côté, jamais du mien, j'en suis venu à imaginer la vie comme une sorte de gigantesque conspiration, uniquement composée de membres ayant prêté serment de se liguer contre moi. Avec à sa tête une sorte de dieu ressemblant à un prof sadique qui s'acharne sur le plus faible de la classe. Et tous les autres copains, trop contents que les coups ne tombent pas sur eux, jouant eux aussi aux tortionnaires zélés. A distance. Pour éviter les ricochets. Comme si la poisse était contagieuse.

Puis, avec les années, j'ai compris.

C'est une illusion.

Dans votre vie, vous ne rencontrez pas plus de dieu vicieux que de prof qui vous prend comme bouc émissaire.

Les dieux comme les profs s'en foutent, de vous. Vous n'existez pas pour eux.

Vous êtes tout seul.

Pour que la pièce retombe un jour de votre côté, il faut juste jouer, souvent, beaucoup, recommencer, toujours.

Insister.

C'est juste une question de probabilité. Et peut-être aussi, au bout du compte, de chance.

Je m'appelle Jamal.

Jamal Salaoui.

Pas le genre de nom qui porte chance, *a priori*.

Quoique...

Mon prénom, si vous avez remarqué, c'est le même que celui de Jamal Malik, le garçon de *Slumdog Millionaire*. Ce n'est pas le seul point commun entre nous, d'ailleurs. Nous sommes tous les deux musulmans dans un pays qui ne l'est pas, et on s'en fiche un peu. Lui a grandi à Dharavi, le slum de Bombay, moi dans la barre Balzac de la cité des 4000 à La Courneuve. Je ne sais pas si on peut vraiment comparer. Côté physique non plus, je ne sais pas. Lui n'est pas très beau, avec ses oreilles décollées et son air de moineau craintif. Moi non plus. Pire encore, je n'ai qu'une jambe, enfin une et demie, la deuxième s'arrête au genou et se termine par une prothèse de plastique couleur chair. Je vous raconterai un jour.

C'était une de ces fois où la pièce n'est pas retombée du bon côté.

Mais le principal point commun, il se tient face à moi. Jamal Malik, son truc, ce n'est pas les millions de roupies, c'est Latika, sa chérie, belle comme le jour, surtout à la fin, avec son voile jaune, quand il la retrouve dans la gare de Bombay. C'est elle, son jackpot.

Moi, pareil.

Je suis face à une fille incroyablement désirable. Elle vient d'enfiler une robe tulipe bleue. Ses seins dansent sous la soie d'un décolleté dans lequel j'ai le droit de plonger les yeux aussi longtemps que je le désire. Comment vous dire pour vous faire comprendre ? Elle est mon idéal féminin, un peu comme si elle m'avait dragué dans mes rêves pendant des milliers de nuits avant de surgir devant moi un beau matin.

Je dîne avec elle.

Chez elle.

Les flammes de la cheminée font comme des caresses sur la peau blanche de son visage. Il y a du champagne aussi. Piper-Heidsieck, 2005. Nous allons faire l'amour dans quelques heures, peut-être même avant la fin du repas.

Nous nous aimerons au moins une nuit.

Peut-être plusieurs.

Peut-être toutes les autres nuits de ma vie, comme un rêve qui ne s'évaporerait pas au matin, qui m'accompagnerait sous la douche, puis dans l'ascenseur pourri de la dernière barre des 4000 qui n'a pas été dynamitée, puis jusqu'à l'arrêt La Courneuve-Aubervilliers du RER B.

Elle me sourit. Elle porte la coupe de champagne à sa bouche, j'imagine les bulles descendre dans son corps, pétiller en elle. Je pose mes lèvres sur les siennes. Humides de Piper-Heidsieck comme un bonbon effervescent.

Elle a préféré l'intimité de sa maison plutôt que le chic d'un restaurant de la côte. Peut-être au fond avait-elle un peu honte de s'afficher avec moi, du regard des voisins de table sur l'Arabe handicapé qui sort avec la plus belle fille de la région. Je la comprends, même si je me fiche bien de leur jalousie mesquine. Plus que n'importe qui, j'ai mérité ce moment. J'ai tout misé. J'ai rejoué chaque fois que la pièce retombait du mauvais côté. Sans jamais cesser d'y croire.

J'ai gagné.

J'ai croisé cette fille pour la première fois il y a six jours, dans le lieu le plus improbable pour rencontrer une fée. Yport.

Pendant ces six jours, j'ai plusieurs fois failli mourir.

Je suis vivant.

Pendant ces six jours, j'ai été accusé de meurtre. De plusieurs meurtres. Les plus sordides qui soient. J'ai moi-même failli le croire.

Je suis innocent.

J'ai été traqué. Jugé. Condamné.

Je suis libre.

Vous verrez, vous aussi aurez du mal à croire aux délires d'un pauvre beur infirme. Le miracle vous semblera trop invraisemblable. La version des flics vous semblera tellement plus acceptable. Vous verrez, vous aussi allez douter. Jusqu'au bout.

Vous reviendrez au début de ce récit, vous relirez ces lignes et vous penserez que je suis fou, que je vous tends un piège, ou que j'ai tout inventé.

Je n'ai rien inventé, pourtant. Je ne suis pas fou. Aucun piège. Je vous demande juste une chose, me faire confiance. Jusqu'au bout.

Tout se terminera bien, vous verrez.

Nous sommes le 24 février 2014. Tout a commencé il y a dix jours, un vendredi soir, le 14, à l'heure où les gamins de l'Institut thérapeutique Saint-Antoine retournent chez eux.

2

Me faire confiance jusqu'au bout ?

La pluie froide se mit à tomber sans prévenir sur les trois bâtiments rouge brique de l'Institut thérapeutique Saint-Antoine de Bagnolet, sur le parc de trois hectares et sur les statues blanches des généreux, illustres et oubliés donateurs des siècles derniers. Une dizaine de silhouettes s'agitèrent brusquement, donnant l'illusion que l'averse redonnait vie aux sculptures. Médecins, infirmiers et brancardiers en blouses blanches coururent s'abriter comme autant de fantômes craignant de mouiller leur suaire.

Certains trouvèrent refuge sous le porche, d'autres dans la vingtaine de voitures, monospaces et minibus garés les uns derrière les autres dans l'allée de gravier, portières encore ouvertes, gamins entassés à l'intérieur.

Comme chaque vendredi soir, les adolescents les plus autonomes repartaient dans leur famille le temps d'un week-end. Un week-end plus quinze jours de vacances d'hiver ce vendredi-là.

Comme les autres, j'ai couru me mettre à l'abri, après avoir glissé Grégory à l'arrière du Scénic et abandonné sous l'averse son fauteuil roulant vide.

J'ai simplement jeté un œil trois voitures plus loin, en direction de l'ambulance dont le gyrophare balayait la pluie, pour chercher Ophélie, puis je suis entré dans la salle du personnel soignant.

Il y régnait une ambiance de salle hors-sac après une randonnée à ski de fond. Les collègues de l'Institut Saint-Antoine, presque uniquement des femmes, infirmières, éducatrices et psychothérapeutes, serraient leurs doigts gelés sur des gobelets de thé ou de café. Certaines ne tournèrent même pas les yeux dans ma direction, d'autres glissèrent sur moi, Sarah et Fanny, les institutrices les plus jeunes, me sourirent, Nicole, la chef psy, laissa comme toujours un peu trop traîner son regard sur ma jambe raide. La plupart des filles de l'Institut m'aimaient bien, au fond, à des degrés divers selon leur âge, leur disponibilité sentimentale et leur conscience professionnelle. Les mère Teresa plus que les Marilyn.

Ce connard de Jérôme Pinelli, le chef de service, entra juste après moi. Il évalua l'assistance puis me toisa avec un regard de flic.

— Ils embarquent Ophélie. T'es fier de toi, j'espère ?

Pas vraiment.

J'ai imaginé dans la cour le gyrophare de l'ambulance. Ophélie hurlant pour qu'on la laisse tranquille. Pendant quelques secondes, j'ai essayé de réfléchir à quelques mots d'explication, d'excuse au moins, pour avoir la paix. Je cherchais sans y croire une aide dans la pièce. Personne. Les filles baissaient la tête.

— On réglera ça après les vacances, conclut Pinelli.

A la liste des tortionnaires du quotidien qui se cherchent une victime, aux dieux vicieux et aux profs sadiques, il faut aussi ajouter les petits chefs fachos : Jérôme Pinelli. Cinquante-trois ans. DRH. A l'origine en moins de six mois d'un adultère, de deux dépressions et de trois licenciements.

Il se planta devant le grand poster du Mont-Blanc que j'avais accroché au mur de la salle du personnel. Un mètre sur deux. Toute la ligne de crête. Mont Blanc, mont Maudit, aiguille du Midi, dent du Géant, aiguille Verte...

— Putain, fit Pinelli, ils vont pas me manquer ces ados débiles. Basta... Dans moins de dix heures, je serai à Courchevel...

Il pivota lentement comme pour laisser admirer son profil à la cour féminine, puis se planta face à moi et fixa ostensiblement ma prothèse.

— Et toi ? Tu pars à la neige, Salaoui ? C'est cool, non ? Avec ton pied en carbone, t'as besoin de louer qu'un seul ski !

Il éclata de rire. Terrain glissant... Le cercle des soignantes hésita à le suivre. Les Marilyn gloussèrent, les mère Teresa s'indignèrent en silence.

Pinelli n'eut pas le temps d'en rajouter une couche, ou de s'enfoncer, les premiers accords d'*I gotta feeling* sonnèrent dans sa poche. Il tira son portable en grognant un « Bordel », puis sortit sans se presser de la pièce, non sans me dévisager une dernière fois.

— A la rentrée, il faudra qu'on règle les comptes,

Salaoui. La petite est mineure, je ne pourrai pas toujours te couvrir.

Connard !

Ibou entra à ce moment-là et lui referma la porte au nez.

Ibou était mon seul véritable allié dans la boîte. Brancardier de l'Institut, il était aussi celui qui s'occupait des camisoles à enfiler, des contentions quand deux jeunes s'entretuaient. Parfois encore, il m'aidait à l'entretien. A monter les échafaudages ou à déplacer des meubles, à changer la roue d'un Jumper. Ibou était une armoire à glace taillée dans un baobab. Genre Omar Sy. Ce salaud réconciliait les Marilyn et les Teresa, beau, cool, drôle. Sportif.

Enfin, sportif... Elles ignoraient que même s'il courait avec moi quinze kilomètres chaque jeudi du parc de La Courneuve à la forêt de Montmorency, je lui mettais à chaque fois un demi tour de piste dans le sprint final.

Il me tapa dans la main.

— J'ai entendu ce con et sa vanne sur le ski. Sans déconner, Jam, tu pars en vacances ?

Il se tourna vers l'affiche des Alpes. Lui aussi brûla ses yeux aux neiges éternelles des glaciers accrochés aux murs de la salle.

— Yport. Grâce à toi en plus !

— Yport ? Woah ! Y a des pistes ?

— C'est un village normand, mon grand. Près d'Etretat. Mille mètres de dénivelé sur dix kilomètres. Mais pas de neige ni de remonte-pentes...

Ibou siffla, sans commenter, puis s'adressa à l'auditoire féminin.

— Car ce petit cachottier de Jamal ne vous a pas dit qu'il est sportif de haut niveau ! Cette tête de mule refuse de participer aux disciplines paralympiques qui pourraient ramener sur l'Institut Saint-Antoine honneur, gloire et médailles, mais il s'est mis en tête d'être le premier unijambiste à franchir la ligne d'arrivée de l'Ultra-Trail du Mont-Blanc…

Immédiatement, j'ai senti changer le regard des filles sur moi. Ibou, en pote attentionné, insista.

— La course la plus dure au monde. Il ne doute de rien le petit, hein ?

Les yeux des filles louchèrent entre moi et l'affiche blanche et bleue. J'ai à mon tour perdu mes yeux à plus de trois mille mètres. Mer de Glace. Vallorcine. Téléphérique de l'aiguille du Midi. L'UTMB, c'était cent soixante-huit kilomètres de balade, neuf mille six cents mètres de dénivelé, quarante-six heures de course… Sur une jambe. Etais-je capable d'un tel exploit ? Aller au bout de moi-même jusqu'à oublier ma douleur ? Les infirmières compatissaient déjà, la larme à l'œil. J'avais l'impression de rosir comme un puceau. Mes yeux traquèrent des détails invisibles, le mur au crépi blanc et sale, les traces de moisissure et de rouille qui dégoulinaient du plafond.

— Jam est célibataire, en plus, enchaîna Ibou. Y en a pas une pour partir avec lui ? Yport, merde !

Il cligna un œil dans ma direction. Je me tenais prêt.

— Allez, les filles…, insista-t-il. Rien qu'une volontaire ! Une semaine de rêve pour tenir compagnie à un champion olympique et prendre son pied.

Merci Ibou. J'ai relancé comme à l'entraînement.

— Par contre, pas de blagues, les filles. Cette fois-ci, il faudra me le rendre.

3

Jusqu'à oublier ma douleur ?

Allongé à mes pieds, le cadavre dormait sur un lit de galets.

Le sang coulait doucement sous sa tête, formant un drap de soie rouge tiré par une main invisible, une vague écarlate qui refluait, en pente douce, vers la mer.

Même morte, l'inconnue restait incroyablement belle. Ses cheveux de jais recouvraient son visage froid et blanc, telles des algues accrochées à un rocher poli par les marées successives. Le corps de la fille n'était déjà plus qu'un morceau de falaise échoué que la mer se chargerait de sculpter pour qu'il se fonde dans le décor, pour l'éternité.

Mes yeux quittèrent le corps pour grimper le long de la paroi de calcaire. Droit devant moi. Depuis que je m'étais installé à Yport, trois jours avant, jamais ces falaises ne m'étaient apparues aussi impressionnantes. Des coulées d'argile dégoulinaient des pelouses que l'on devinait au-dessus, comme autant de traces de rouille, d'humidité et de crasse. J'avais l'impression de me trouver face au gigantesque mur d'une prison imaginée par les dieux pour enfermer les hommes. Tenter de s'échapper, sauter par-dessus, c'était perdre la vie.

J'ai consulté ma montre.

8 h 28.

Moins d'un quart d'heure s'était écoulé depuis que j'étais sorti de la Sirène pour mon entraînement quotidien. J'ai repensé aux conseils du patron.

Attention, Jamal, l'herbe va être glissante sur la falaise.

Puis à cette écharpe rouge accrochée à la clôture, aux moutons, au blockhaus... Les images affluaient. Obsédantes. Je revoyais la fille au bord du gouffre, sa robe déchirée, ses derniers mots, « N'approchez pas. Vous ne pouvez pas comprendre », l'insondable désolation dans son regard avant qu'elle ne bascule dans le vide, l'écharpe de cachemire Burberry que je lui avais tendue, serrée dans son poing.

Mon cœur continuait de marteler ma course folle, juste après qu'elle eut sauté, jusqu'à la plage, comme si je pouvais arriver avant elle en bas, l'attraper dans mes bras. La sauver.

Ridicule.

— Je l'ai vue tomber, murmura la voix grave dans mon dos.

C'était le type au blouson de cuir marron. Il s'était approché lentement du corps, en traînant les pieds sur la plage, comme si cet incident l'emmerdait au plus haut point.

— Je vous ai entendu crier, continua-t-il sur le même ton fatigué. Je me suis retourné et là, j'ai vu la fille tomber comme une pierre.

Une grimace de dégoût déforma son visage pour bien signifier qu'il avait vu en direct le corps se disloquer sous l'impact. Il avait raison, j'avais hurlé face au ciel vide lorsque la fille avait basculé. Tout Yport avait dû entendre.

— Elle n'est pas tombée, ai-je cru bon de préciser. Elle a sauté.

Le type n'ajouta rien. Avait-il au moins compris la nuance ?

— Pauvre gamine ! commenta la vieille femme sur ma droite.

Elle était le troisième témoin du drame. J'ai appris un peu plus tard qu'elle s'appelait Denise. Denise Joubain. Elle aussi, comme l'homme au blouson marron, était présente sur la plage avant moi, mais éloignée du point de chute de plus d'une centaine de mètres. Au bout de mon sprint effréné, j'étais parvenu près du corps quelques secondes avant eux. Denise portait de grandes chaussettes jaunes qui dépassaient de ses bottes de pêche en plastique puis se perdaient sous une robe de toile écrue et un manteau gris. Elle serrait un chien contre elle, un shih tzu, vêtu d'un pull beige à rayures rouges qui m'a fait penser à ceux que portent les personnages des albums *Où est Charlie ?*

— Tout doux, Arnold, murmura-t-elle à son oreille avant d'insister : Une si belle fille… Vous êtes vraiment certain qu'elle a sauté toute seule ?

La réflexion de Denise me sembla idiote.

Bien sûr qu'elle avait sauté toute seule.

Puis j'ai réalisé que j'étais le seul témoin de ce suicide. Les deux autres se promenaient sur la plage, face à la mer, et n'avaient tourné la tête qu'après mon cri.

Qu'est-ce que Denise sous-entendait ? Qu'il s'agissait d'un accident ?

L'immense détresse gravée sur le visage d'ange, l'instant d'avant son saut désespéré, me troubla à nouveau.

— Certain ! répondis-je. Je lui ai parlé là-haut, près du blockhaus. J'ai tenté de la raisonner...

Denise Joubain me jetait un regard inquisiteur, comme si ma peau, mon accent et ma jambe raide représentaient pour elle trois motifs cumulés de méfiance.

Qu'est-ce qu'elle croyait ? Qu'il ne s'agissait pas d'un accident ? Que quelqu'un l'avait poussée ?

J'ai stupidement encore tordu mon cou pour regarder jusqu'au sommet de la falaise, puis j'ai continué, comme si j'avais besoin de me justifier.

— Tout s'est passé très vite. Je me suis approché autant que j'ai pu. J'ai tenté de lui tendre la main. De lui lancer une...

Les mots se sont soudain bloqués dans ma gorge.

Pour la première fois, j'ai remarqué un détail sur le corps allongé un mètre devant moi. Un détail surréaliste...

Impossible !

Les images du drame défilaient en boucle.

Le regard désolé de la belle suicidaire.

L'écharpe Burberry qui flottait au bout de la main.

L'horizon vide.

Bordel ! Quelque chose m'échappait.

Mes yeux restaient braqués sur l'étoffe rouge, juste à mes pieds...

Il y avait forcément une explication rationnelle...

Il y...

— Il faut faire quelque chose !

Je me suis retourné. C'est Denise qui avait parlé. Je me suis demandé un instant si elle s'adressait à moi ou à son chien toujours coincé contre sa poitrine.

— Elle a raison, insista l'homme au cuir marron. Faut appeler les flics...

Il avait une voix de fumeur. En plus de son blouson fatigué, il avait emprisonné ses rares et longs cheveux gris dans un bonnet de laine vert bouteille posé sur deux oreilles rougies par le froid. Instinctivement, je l'imaginais seul, divorcé et au chômage. Au moins suffisamment dans la merde pour avoir envie de faire le point ici et à cette heure, sans personne pour lui foutre la pression. Sur le coup, il me fit penser à Lanoël, le prof de maths dépressif qu'on avait en cinquième au collège Jean-Vilar et que tout le bahut, depuis trois générations d'élèves, surnommait Atarax. C'est comme cela que dans ma tête j'avais déjà baptisé ce gars de la plage. *Atarax*. En réalité, je l'ai su juste après, il s'appelait Christian Le Medef... J'ignorais alors que je le reverrais sur cette même plage, le lendemain, presque à la même heure, plus déprimé encore, et qu'il me livrerait alors des informations qui feraient de nous deux complices liés par la même paranoïa.

Arnold jappa entre les seins de sa maîtresse.

Appeler les flics ?

Un frisson parcourut la paume de ma main droite, comme si, tel un serpent sournois, l'écharpe de cachemire s'en échappait à nouveau. Mes yeux ne m'obéissaient plus, ils se posèrent encore une fois sur le morceau de tissu rouge devant moi. Je devais avoir l'air mal à l'aise, Denise et Atarax me regardaient étrangement.

Ou bien ils attendaient que je prenne une initiative...

Appeler les flics ?

J'ai enfin compris que ni l'un ni l'autre ne devaient posséder de téléphone portable. J'ai sorti mon iPhone et j'ai composé le 17.

— Gendarmerie de Fécamp, me répondit une voix masculine au bout de quelques secondes.

J'ai expliqué la situation. Le suicide. Le lieu. Oui, la fille était morte, aucun doute, une chute de cent vingt mètres sur les galets. Un témoin l'avait vue sauter, deux autres l'avaient vue s'écraser.

De l'autre côté du téléphone, on notait tout. On s'agitait. On me demanda de répéter encore une fois le lieu exact, puis on raccrocha.

J'ai lancé un sourire à Denise et Atarax.

— Les gendarmes arrivent.... Ils seront là dans dix minutes.

Ils se sont contentés de hocher la tête. Pendant un long moment, seul le bruit des galets roulés par la mer troubla le silence. Atarax baissait les yeux vers le cadran de sa montre presque à chaque vague. A bien l'observer, il n'avait pas l'air vraiment peiné pour la fille morte à ses pieds, juste emmerdé, comme quand un carambolage crée devant vous un bouchon monstre et que vous vous surprenez à être moins désolé pour les pauvres gens coincés sous la tôle que pour le retard qui s'accumule. Atarax n'avait pourtant pas l'air débordé, à glander sur la plage dès 8 heures du matin...

Soudain, Denise laissa tomber Arnold par terre. Le shih tzu se réfugia entre les bottes de sa maîtresse alors qu'elle m'attrapait le bras.

— Et ces flics qui n'arrivent pas ! Allez, donne-moi ta veste, mon garçon.

Je n'ai pas tout de suite compris ce qu'elle me voulait. Que je me déshabille ? Il faisait à peine cinq degrés... Denise répéta avec autorité :

— Donne-moi ta veste de jogging !

Mon jogging ? C'est ainsi qu'elle appelait mon coupe-vent North Face en WindWall ?

Sans davantage réfléchir, j'ai obéi. Denise se pencha au-dessus du cadavre pour recouvrir avec mon coupe-vent violet le visage et le haut du corps de la fille.

Une question de religion ? De superstition ? L'envie de préserver son pauvre Arnold d'un traumatisme psychologique ?

Peu importait ; au fond de moi je la remerciais de l'initiative.

J'ai regardé une dernière fois l'écharpe avant que Denise ne pose son linceul improvisé. Une voix folle hurlait dans ma tête :

Comment est-ce possible ?

Depuis de longues minutes je ne pensais plus qu'à cela. Je revoyais le fil des événements depuis ce matin, chaque seconde, chaque geste, et je n'avais toujours aucune explication cohérente.

La fille étendue morte sur les galets portait l'écharpe de cachemire rouge Burberry enroulée autour de son cou.

4

Comment est-ce possible ?

Le froid mordait avec férocité mes bras nus. Le soleil, après une courte apparition derrière la falaise d'amont de Fécamp, semblait déjà parti se recoucher sous une couette de nuages. Pour me réchauffer, je trottinais sur place. La température devait à nouveau approcher du zéro, mais je n'allais pas demander à la fille allongée sur les galets de me rendre mon Wind-Wall. Et puis, les flics n'allaient pas tarder, cela faisait dix bonnes minutes que je les avais appelés. Nous demeurions silencieux tous les trois. Quelques mouettes ricanaient au-dessus de nos têtes.

Arnold, attaché à sa maîtresse par une fine laisse de cuir, s'était assis et les regardait voler avec un mélange de crainte et de stupéfaction.

Crainte et stupéfaction.

Je devais avoir l'air aussi stupide que ce chien.

La fille étendue morte sur les galets portait l'écharpe de cachemire rouge Burberry enroulée autour de son cou !

Je tournais et retournais les arguments dans ma tête, à la recherche d'une explication rationnelle.

Je n'avais qu'une certitude, la fille m'avait arraché le tissu des mains puis, dans le même mouvement, s'était jetée dans le vide.

J'ai scruté la digue vide, le parking du casino désert, la trentaine de cabines de plage abandonnées à l'hiver. Toujours aucun gendarme à l'horizon.

Qui avait pu enrouler cette écharpe autour du cou de ce cadavre ? J'étais arrivé le premier près du corps au pied de la falaise. Il n'y avait personne aux alentours, à part Atarax et Denise, mais tous les deux se trouvaient bien plus éloignés que moi du point d'impact. Il était impossible que l'un ou l'autre ait eu le temps de s'éloigner du corps en courant, pour revenir ensuite, lentement, sans le moindre signe d'essoufflement. Pourquoi d'ailleurs auraient-ils agi ainsi ?

Cela n'avait aucun sens !

Qui d'autre alors ?

Personne ! Personne n'aurait pu s'approcher du cadavre sur cette immense plage déserte sans que Denise ou Atarax ne le repère. Ils avaient vu tomber la fille de la falaise et avaient ensuite marché vers elle, les yeux fixés sur le corps...

Des frissons parcouraient mes bras. Le froid. L'angoisse. La peur. Il me fallait raisonner en éliminant tout ce qui était impossible. Il ne restait alors qu'une solution possible : la fille avait enroulé elle-même l'écharpe autour de son cou, pendant sa chute de la falaise !

Délirant...

Il n'y avait pourtant pas d'autre façon de résoudre l'équation. J'évaluai la hauteur de la falaise, j'imaginai le temps que mettait un corps à tomber d'en haut. Quelques secondes. Trois ou quatre peut-être. Assez sans doute pour enrouler un morceau de tissu.

Techniquement, c'était sûrement possible.

Techniquement…

Pendant une chute vertigineuse, avec les bras qui s'agitent dans le vide, le vent qui fouette le visage…

J'ai observé une mouette défier l'apesanteur et planer entre ciel et craie.

Pour y parvenir, il faudrait concevoir un plan longtemps prévu à l'avance, une détermination sans faille, des gestes répétés des milliers de fois pour évacuer toute forme d'émotion. Juste la concentration vers un seul objectif, s'enrouler avant de mourir cette foutue écharpe autour du cou, avec moins de quatre secondes pour y parvenir avant de s'écraser sur les galets…

Cela n'avait pas plus de sens !

Des gestes répétés mille fois ? Cette écharpe n'appartenait même pas à cette fille ! Je l'avais trouvée au bord du sentier, je l'avais tendue par réflexe à cette suicidaire, cette idée m'était venue sur le moment. Cet ange au bord du gouffre n'avait aucun moyen de deviner qu'elle se retrouverait avec ce bout de tissu rouge entre les mains.

Mon regard glissa vers Denise et Atarax. Il avait allumé une cigarette et elle tirait la laisse d'Arnold pour éviter à son shih tzu un éventuel retour de fumée.

Raisonner en éliminant tout ce qui était impossible, repensai-je. Quelle solution restait-il alors ?

Même en imaginant que cette fille ait eu le temps, en un ultime réflexe, d'entortiller cette étoffe autour de sa gorge plutôt que de chuter comme une pierre ou d'agiter ses bras comme une mouette désespérée, une question demeurait, tout aussi insoluble :

Pourquoi exécuter un geste aussi insensé ?

Brusquement, le soleil réapparut et cogna ses rayons à la falaise, faisant scintiller d'or et d'argent la rouille d'argile et la craie.

Les gendarmes arrivèrent dans la minute qui suivit. Ils garèrent le fourgon Boxer sur le parking du casino.

Ils étaient deux et marchèrent vers nous. Le plus jeune n'était pas le plus rapide. Il avait la quarantaine, une tête allongée en forme de galet, et pestait chaque fois qu'une de ses bottes Weston glissait sur les algues humides. Le genre de flic mal réveillé qui n'a pas eu le temps d'avaler un café avant d'affronter une journée qui commence au petit matin par le ramassage d'une suicidée.

Le second gendarme écrasait les galets sous sa semelle comme s'il s'agissait de vulgaires graviers. L'expérience… Il avait l'allure du flic au bord de la retraite depuis toujours, comme sorti tout droit d'un film d'Olivier Marchal. Le blouson ouvert sur un torse large et un ventre épais. Une gueule surtout. Des cheveux gris mi-longs, raides, tirés à l'arrière jusqu'au bas du cou, libérant un grand front plissé de rides. Genre Marlon Brando sur la fin.

Quand il approcha encore, mon impression se confirma.

Marlon Brando. La morgue collée aux lèvres.

L'autre flic traînait encore dix mètres derrière lorsque Brando se planta face à nous, juste au-dessus du cadavre.

— Capitaine Piroz, lança-t-il d'une voix détachée. Il y avait longtemps qu'on n'avait pas eu une suicidée dans le coin ! Depuis qu'ils ont construit le pont de Normandie, la mode est plutôt de se balancer dans l'estuaire.

Il passa ses mains sur son front, comme pour lisser ses rides, puis continua :

— Vous la connaissez ?

Nous avons tous les trois secoué négativement la tête.

— Vous avez vu quoi exactement ?

Atarax répondit le premier. Il avait vu la fille basculer dans le vide puis s'écraser sur les galets, cent vingt mètres plus bas. Denise confirma ; je me suis contenté d'acquiescer d'un geste.

— Vous étiez tous ici alors ? Personne n'a rien vu de ce qui s'est passé là-haut ?

Piroz me fixa comme s'il avait flairé mon trouble. J'ai sans doute répondu un peu trop rapidement.

— Si, moi. Je courais sur le sentier littoral, comme chaque matin. Elle se tenait debout au bord de la falaise, près du blockhaus. Je lui ai parlé. J'ai essayé de l'empêcher, mais...

Piroz avait baissé les yeux vers ma prothèse en fibre de carbone et semblait se questionner sur la compatibilité de mon handicap avec mon jogging quotidien. J'ai bafouillé.

— Je… je m'entraîne tous les jours. Je suis sportif de haut niveau. Catégorie paralympique. Vous… vous voyez.

S'il avait vu, le capitaine ne le montra pas. Il se contenta d'un plissement de front à la Brando puis se pencha sur le corps allongé. Il posa ma veste North Face à côté du cadavre, sur les galets.

Pas de miracle, cette putain d'écharpe était toujours enroulée autour du cou de la fille.

Je ne voyais rien d'autre que ce morceau de tissu, mais Piroz ne semblait pas y prêter la moindre attention. Il détailla la robe rouge, les lambeaux de tissu, puis observa la falaise, comme pour chercher un quelconque arbuste accroché à la roche nue. Enfin, il se retourna vers nous.

— Elle n'a pas pu déchirer sa robe en tombant.

J'ai confirmé, sans laisser au flic le temps de continuer.

— Quand j'ai croisé la fille là-haut, sa robe était déjà déchirée. Son maquillage avait coulé aussi. Elle semblait terrifiée.

Denise et Atarax m'observèrent bizarrement, comme pour me reprocher de ne pas leur avoir donné ces détails avant. Piroz passa encore sa main sur ses rides, sans doute pour aider ses idées à remonter jusqu'au cerveau. L'autre flic avait toujours l'air absent. Il regardait ailleurs, les vagues, les cabines de plage fraîchement repeintes, les éoliennes au-dessus de Fécamp, aussi concerné par l'affaire que le chien Arnold.

Piroz semblait habitué. Peut-être s'étaient-ils engueulés dans la voiture en venant ?

Il posa ses deux genoux dans les galets pour examiner le corps.

— Un suicide ? grogna-t-il entre ses dents. Il faut quand même une bonne raison pour se balancer dans le vide...

Piroz détailla les plis déchirés de la robe.

Quand j'y repenserais plus tard, je me dirais que ce moment fut le seul où j'aurais pu parler aux flics. Leur dire que cette écharpe était la mienne, en quelque sorte, leur expliquer exactement ce qui s'était passé là-haut près du blockhaus, qu'elle m'avait arraché des mains ce foutu bout de tissu, aussi impossible que ce soit à admettre...

Je n'ai rien dit, pourtant. J'ai juste attendu qu'une explication rationnelle tombe du ciel. Ou que tout se tasse, que tout le monde oublie et qu'on passe à autre chose. Je ne pouvais pas prévoir ce que Piroz allait découvrir en soulevant la robe de la fille.

— Bordel ! siffla le gendarme.

Je me suis rapproché. Atarax et Denise aussi.

La fille ne portait rien sous sa robe.

Ni culotte en dentelle fuchsia, ni string.

Des marques violacées couraient le long de ses cuisses. Des griffures également, quatre, étroites et parallèles, à hauteur de l'aine, à droite d'un pubis intégralement épilé.

Denise ferma les paupières et serra une nouvelle fois Arnold entre ses seins. Le visage d'Atarax avait viré à la couleur des comprimés qu'il devait avaler le matin. Livide. Ma prothèse de carbone s'enfonça entre les galets et je conservai difficilement mon équilibre.

Piroz laissa retomber la robe sur l'entrejambe comme on tire le rideau sur une scène.

— Bordel ! Cette petite a été violée... Il y a quelques heures grand maximum. (Il se pinça les lèvres.) Ça me semble une sacrée bonne raison pour sauter de la falaise.

Il se redressa, évalua encore une fois le mur de craie qui écrasait le paysage, puis posa enfin les yeux sur l'écharpe enroulée autour de sa gorge.

Il la dénoua doucement, du bout des doigts.

Mon regard se troubla. Piroz avait parlé de viol. Mes empreintes étaient imprimées sur ce bout de tissu. Des décilitres de sueur collés aux fibres. Une citerne d'ADN.

Trop tard. Que dire ? Qui pourrait me croire ?

Piroz passa son doigt entre le tissu et le cou de la fille, lentement, comme un médecin qui ausculte un patient enroué. Les rides de son front se froncèrent jusqu'à ne plus former qu'une chair ondulée.

— La petite n'a pas seulement été violée... Elle a été étranglée.

La décharge électrique me paralysa. J'ai répondu sans réfléchir.

— Je... je lui ai parlé là-haut. Elle... elle était vivante. Elle a sauté de son plein gré. Elle...

Piroz me coupa.

— Une tentative d'étranglement, alors. Votre arrivée sur le sentier de randonnée a sans doute fait fuir son violeur avant qu'il ne l'étouffe. Vous avez sauvé la vie à cette fille… Enfin, vous auriez pu…

Vous auriez pu ?

J'ai trouvé l'expression étrange. La version du flic aussi. Un violeur aurait eu la possibilité de se cacher dans le blockhaus lorsqu'il m'a entendu arriver, mais pour le reste ? Pourquoi la fille n'avait-elle rien dit ? Pourquoi n'avais-je remarqué aucune marque de strangulation quand j'avais tendu la main à cette fille ? Parce que je n'avais pas regardé ? Parce que je m'étais concentré sur son visage ? Sur sa robe déchirée ?

— Qu'est-ce que vous faites ?

C'est Denise qui avait posé la question. Piroz se tenait maintenant à quatre pattes dans les galets et reniflait la peau du cadavre. Arnold l'observait bizarrement. Le flic releva la tête et esquissa un sourire de contentement, celui du limier qui a flairé la bonne piste.

— Sa peau a le goût de sel.

J'avais l'impression de vivre une scène surréaliste jouée par des acteurs improvisant chaque réplique. Le second flic, toujours en retrait, écoutait les investigations de son binôme sans réagir. Peut-être était-ce une tactique entre eux. Chacun dans son rôle. Le premier assurait le show et le second se contentait d'observer en douce nos réactions.

— Un goût de sel ? répéta Atarax, stupéfait.

— Ouais… Mais sur ce point au moins, il y a une explication simple. (Piroz laissa passer un long silence.) Cette fille a pris un bain de mer.

Dans le même mouvement, tous nos regards se tournèrent vers la Manche.

Un bain ? Le 19 février ? En pleine nuit ? Dans une eau à moins de dix degrés ?

— Nue, précisa Piroz. Ses habits sont secs.

Denise s'approcha de moi. Elle commençait à faiblir. Sans réfléchir, je lui ai offert mon bras pour qu'elle s'accroche.

— Un bain à poil, poursuivit le flic. Après tout, cela simplifie peut-être plus l'affaire que cela ne la complique. C'était un très joli brin de fille, c'est peut-être ce qui a attiré son violeur.

Il passa ses doigts en peigne dans ses cheveux lisses.

— On est bons pour boucler la scène de crime. Faire venir les légistes et tout le cirque. Désolé, vous allez devoir me donner votre identité, adresse, téléphone et tout le reste. Je vais vous demander de passer déposer à la brigade de Fécamp, si possible en début d'après-midi, juste le temps d'en savoir un peu plus, à commencer par l'identité de cette gamine.

Denise s'accrochait à moi de tout son poids. Je grelottais franchement maintenant. Piroz le remarqua, me fixa avec insistance, puis se pencha et me tendit mon coupe-vent.

— Tenez, je suppose que c'est à vous. Couvrez-vous, n'allez pas attraper froid, je vais avoir besoin de vous.

5

Qui pourrait me croire ?

J'apercevais l'aiguille d'Etretat, droit devant moi. Elle ressemblait à un morceau de puzzle détaché de la falaise, à la pièce d'un mécanisme qui s'emboîterait dans la porte monumentale pour ouvrir je ne sais quelle cavité secrète.

Après avoir quitté les flics sur la plage, j'avais couru près d'une heure, c'était plutôt moins que les autres jours. A peine une douzaine de kilomètres. Yport-Etretat en passant par la valleuse de Vaucottes et la brèche d'Etigues.

Assez pour évacuer. Penser. Comprendre.

Il ne devait pas faire plus de trois degrés, mais j'étais en sueur. L'herbe des pelouses calcicoles dégivrait lentement, formant de minces rigoles d'eau froide qui plongeaient dans le vide en de minuscules cascades, creusant, seconde après seconde, des sillons ocre qui entaillaient la craie. Ce paysage d'éternité n'était qu'une illusion. La falaise était attaquée de toutes parts, eau, glace, pluie, mer ; résistait, pliait, cédait, mourait, sous les yeux de millions de touristes qui ne percevaient pas le moindre changement dans le paysage.

Le crime parfait.

Je tremblais, maintenant.

Depuis une heure, depuis que j'avais quitté la plage d'Yport pour laisser les flics faire leur travail, je n'avais pas cessé de tourner les arguments dans mon crâne. Les conclusions du capitaine Piroz semblaient établir clairement l'enchaînement des événements. La fille inconnue pose sa robe rouge sur la plage d'Yport, il est très tôt ce matin, le soleil est sans doute à peine levé. Elle se baigne nue. Son violeur la surprend, la guette alors qu'elle se rhabille. Il la suit lorsqu'elle remonte le long du sentier littoral. Perd son écharpe, coince la fille près du blockhaus, la viole, tente de l'étrangler. Il m'entend à ce moment-là, il se cache dans le blockhaus avant que je m'approche. Trop tard.

La fille, désespérée, saute.

Face à moi, de l'autre côté de la baie, quelques promeneurs grands comme des fourmis marchaient avec précaution sur la passerelle glissante qui menait à la chambre des Demoiselles[1]. J'ai regardé ma montre.

11 h 03. L'heure de repartir.

J'ai avalé les valleuses jusqu'à Yport en à peine quarante-cinq minutes. Je n'ai croisé personne à part un cycliste dans la valleuse de Vaucottes et un âne, chemin du Couchant, qui semblait me reconnaître à me voir passer tous les matins. J'ai remonté la dernière côte jusqu'à la plaine de la Vallette. Le vent avait oublié de se lever. Au loin,

1. Grottes percées dans la falaise d'Etretat.

les éoliennes de Fécamp, immobiles, ressemblaient à des géants qui prennent une pause. J'ai aperçu l'antenne d'Yport dans la brume, le blockhaus, les moutons dispersés autour.

L'angoisse m'étrangla la gorge.

Si la thèse de Piroz était la bonne, le violeur m'avait vu. Il m'avait guetté, dans le blockhaus. J'étais le seul témoin...

Le sentier de randonnée descendait légèrement. J'ai accéléré autant que mon pied artificiel me le permettait.

Le seul témoin ?

J'ai dépassé le camping Le Rivage. La baie d'Yport explosa dans la lumière du matin. La mer continuait de se retirer doucement, loin, dévoilant un décor lunaire. Des algues émeraude s'accrochaient par touffes aux pierres torturées du platier telles des oasis déchiquetées dans un désert humide.

Ma claudication scandait une autre hypothèse.

Et si Piroz se trompait ?

Et si le violeur avait abandonné la fille sur la plage d'Yport après l'avoir agressée, violée, étranglée ? La fille perd alors la tête, monte jusqu'à la falaise, laisse tomber son écharpe sur le chemin. Traumatisée. Saute, malgré mon arrivée.

Les marches de l'escalier qui menait au casino résonnèrent sous la lame de carbone.

Que le viol ait été commis sur la plage ou en haut de la falaise ne changeait rien au fond pour cette pauvre fille... Mais pour moi, entre ces deux possibilités, se glissait une question. Une question à laquelle j'avais intérêt à réfléchir avant que Piroz ne me cuisine.

Avais-je croisé, ou non, le violeur ?

Trois marches encore. J'ai enjambé les sacs-poubelle du casino pour atterrir sur la digue de béton. J'étais devant la Sirène.

Avais-je croisé le violeur ?

La question m'obsédait et je me rendais compte qu'elle en masquait une autre, plus troublante encore, que Piroz n'allait pas laisser passer.

Comment cette foutue écharpe rouge avait-elle pu se retrouver autour du cou de cette fille ? Cette écharpe Burberry sur laquelle étaient gravées mes empreintes génétiques.

Comme chaque matin, j'ai utilisé la rambarde de bois de la terrasse de la Sirène pour m'étirer. Je ne dérangeais personne, il n'y avait aucune table dehors, aucune chaise, et encore moins de clients. Juste à côté du menu, 12,90 tout compris, assiette de bulots, moules marinières et île flottante, André avait punaisé le bulletin météo.

Ensoleillement nul
Neige probable au-dessus de 400 mètres.
On frôlera les 15 degrés en dessous du zéro.

Waouh !

André Jozwiak s'avança vers moi. Il n'avait plus rien de l'homme préhistorique qui se levait à l'aube pour me servir mon petit déjeuner ; il avait pris le temps de se raser, de se coiffer et de se parfumer. Chemise blanche. Veste impeccable. Prêt à accueillir le touriste parisien perdu dans le coin. André était un horsain[1] qui avant d'atterrir à Yport tenait un hôtel-restaurant à Bray-Dunes, la dernière plage française avant la frontière belge. Il aimait raconter qu'il était descendu dans le Sud pour chercher le soleil. Et pour mieux convaincre les sceptiques, chaque jour, il affichait un bulletin météo : le pire de France ! Tous les soirs il recherchait sur Internet l'endroit de l'Hexagone sur lequel les trombes d'eau allaient déferler, la tempête souffler le plus fort ou le thermomètre descendre le plus bas. Ce matin, c'était précisé en petits caractères sous le bulletin, il avait choisi Chaux-Neuve, dans le canton de Mouthe, au plus profond du Jura.

Mon premier réflexe fut de lui parler du cadavre de la suicidée sur la plage. Depuis quinze ans qu'il tenait la Sirène, il connaissait tout le monde dans le village. Une aussi jolie fille, si elle habitait Yport, sûr qu'il pourrait l'identifier...

Avant que j'aie pu ouvrir la bouche, il me devança et me tendit une épaisse enveloppe en papier kraft marron.

— Du courrier, mon garçon !

Je me suis assis sur le lit de ma chambre. N° 7. Dernier étage. Vue sur mer, juste sous le toit

---

1. Personne originaire d'une autre région venue s'installer en Normandie.

d'ardoises. Lorsque j'avais réservé, à la Sirène, j'avais cru tomber sur le plus kitsch des hôtels...

Cliché !

Les chambres étaient propres et coquettes. La décoration avait été rénovée récemment, tendance bleu ciel avec frise coquillages et corde d'amarre aux rideaux. Debout, face à la fenêtre, j'apercevais toute la côte jusqu'au phare de Fécamp. Assis sur le lit, je devinais encore le haut des falaises.

Mes doigts tremblèrent en ouvrant l'enveloppe.

Qui pouvait m'écrire ici ? Personne n'était au courant de mon séjour à Yport à part Ibou, Ophélie, et quelques autres filles de l'ITEP Saint-Antoine. Et encore... Ils connaissaient le nom du village où je séjournais, mais pas celui de l'hôtel.

Il n'y avait aucun nom d'expéditeur sur l'enveloppe. Juste le mien avec mon adresse, rédigée à la main, une écriture ronde, féminine.

Jamal Salaoui
Hôtel-restaurant La Sirène
7, boulevard Alexandre Dumont
76111 Yport

La lettre avait été postée de Fécamp.

Tout près...

Des lambeaux de papiers ocre tombèrent sur le lit.

L'enveloppe contenait une vingtaine de feuilles. La première me sauta aux yeux. C'était la photocopie de l'article d'un journal, *Le Courrier cauchois*. L'édition de Fécamp. Un titre en caractères gras occupait toute la une.

19 ans. Retrouvée morte au pied des falaises d'Yport

Les falaises tanguèrent derrière la fenêtre.

Mes doigts se crispèrent sur le papier. Comment un journal local avait-il déjà pu boucler sur cette information ? La fille avait sauté il y avait moins de trois heures, les flics devaient être encore sur la plage à examiner son cadavre.

Je me suis efforcé de faire ralentir les battements affolés de mon cœur. Mes yeux se calmèrent, se fixèrent sur la feuille et trièrent les informations. J'ai soudain respiré un peu mieux. Je tenais entre mes mains une vieille édition du *Courrier cauchois*.

Très vieille. Presque dix ans. Celle du jeudi 10 juin 2004.

Bordel !

Pourquoi m'envoyer la photocopie d'un journal titrant sur un fait-divers aussi ancien ?

D'une main tremblante, j'ai fait défiler les autres feuilles. Toutes évoquaient la même affaire. Une jeune fille, dix-neuf ans, retrouvée morte au pied des falaises d'Yport. L'enveloppe contenait d'autres extraits de journaux, locaux ou nationaux, ainsi que des documents qui me semblaient plus confidentiels, des extraits d'interrogatoires, des notes d'enquête de la gendarmerie locale, des courriers échangés entre le juge d'instruction et le capitaine chargé de l'affaire.

Au fil de ma lecture, l'identité de l'expéditeur est devenue rapidement la plus superflue des questions.

Tout semblait véridique dans les documents qu'un inconnu m'avait envoyés. Pourtant, chacun des détails du crime qu'ils décrivaient m'apparaissait impossible à admettre.

Dix ans plus tard.

6

Ai-je croisé le violeur ?

Affaire Morgane Avril – Dimanche 6 juin 2004

C'était la première fois que l'aspirant Maxime Baron voyait un cadavre. Quand les adolescents étaient venus le tirer par la manche, il n'avait pas pu y échapper.

« Monsieur l'agent, monsieur l'agent, y a une morte sur la plage ! »

Maxime n'avait pas eu le temps de leur expliquer qu'il n'était qu'élève aspirant à la gendarmerie de Fécamp, qu'il se trouvait là par hasard, place Jean-Paul-Laurens à Yport, pas vraiment en service, que le capitaine Grima était là-bas, à attendre l'ouverture du PMU pour acheter des clopes. Qu'il arrivait...

Il avait dû suivre les ados.

La fille sur la plage d'Yport avait le crâne défoncé.

Tombée de la falaise, sans aucun doute. Tête la première. Une bouillie de cervelle coiffait sa jolie frimousse.

D'abord, Maxime vomit son petit déjeuner sur les galets sous le regard consterné des jeunes autour de lui. Ensuite, il s'essuya d'un revers de manche et téléphona à son chef.

— Phil, on a une morte. Sur la plage. Juste au niveau de l'hôtel-restaurant la Sirène et du casino.

Maxime leva les yeux.

Une immense affiche, deux mètres sur trois, s'étalait sur les murs du casino.

Festival Riff on Cliff
19 h 00 - 4 h 00 du matin

Sous une guitare argentée flottant en apesanteur devant les falaises étaient déclinés les noms de quinze groupes de rock régionaux. Des canettes et des bouteilles vides jonchaient la digue de béton.

Yport se réveillait avec la gueule de bois.

Le capitaine Philippe Grima arriva moins d'une minute plus tard, le temps pour Maxime de gerber encore une fois et qu'un attroupement se crée sur la plage. Maxime n'était pas certain que son chef ait une plus grande expérience que lui des cadavres. Son supérieur avait à peine cinq ans de plus et sortait tout juste de l'école de gendarmerie de Montluçon. Pote autant que patron. Hier encore, après avoir sué ensemble dans le club de squash de Fécamp, ils avaient parlé foot, vélo et gonzesses pendant deux heures dans un bar du front de mer, avant que Grima ne rentre chez lui. Le capitaine était marié et déjà papa.

Cinq ans de plus… Presque une vie d'écart entre eux.

La preuve : le capitaine Grima ne gerba pas. Il se comporta en boss. Terminée la complicité avec l'aspirant Baron, il n'osa pas même un clin d'œil ou une tape dans le dos. Il donna des ordres secs et précis que Maxime exécuta avec diligence, pas vexé le moins du monde de la froideur de son chef, fier plutôt. Un modèle ! Lui dans cinq ans ?

La première chose que fit le capitaine Grima fut de demander à l'aspirant Baron de s'essuyer le coin des lèvres et de faire reculer les badauds. Puis il sortit son téléphone portable de sa poche et prit une bonne trentaine de photos de la scène. Enfin, il se retourna vers la petite vingtaine de personnes attroupées, principalement des adolescents.

— Quelqu'un connaît cette fille ?

Parmi eux, il y avait un type habillé d'un gilet rouge fermé par des boutons dorés. Un look de groom de plage qui serait affecté à un ascenseur creusé dans les falaises. Sur son cœur, au-dessus des flammes jaunes du logo du casino d'Yport, étaient cousues six lettres d'or. *Jérémy*.

— Oui, moi. Impossible de ne pas se souvenir d'elle. Elle a passé toute la nuit au Sea View.

L'identification de la fille prit moins d'une heure.

Morgane Avril.

Dix-neuf ans.

Etudiante en première année de médecine.

Domiciliée chez sa mère, Carmen Avril, gîte du Dos-d'Ane, route de Foucarmont, à Neufchâtel-en-Bray.

Le capitaine Grima n'eut aucune peine à reconstituer les événements ayant précédé le drame. Morgane Avril était venue la veille au soir à Yport pour assister à un festival de rock organisé par le casino d'Yport. Riff on Cliff. Elle était accompagnée de sa sœur Océane et de trois autres amis. Nicolas Gravé, Clara Barthélémy et Mathieu Picard. La Clio de Nicolas Gravé et ses quatre passagers était partie de Neufchâtel-en-Bray, à une centaine de kilomètres d'Yport, vers 18 heures la veille. La mère de Morgane avait longtemps hésité à délivrer un bon de sortie à ses filles, pourtant majeures.

Surprotection ? Appréhension ? Prémonition ?

C'était leur première soirée en discothèque ! Morgane avait bûché pendant des mois à la fac de Rouen, et passé avec succès sa première année de médecine, admise au trente-huitième rang. Difficile pour Carmen d'enfermer sa fille.

Les premiers constats du médecin légiste appelé sur la plage établirent sans l'ombre d'un doute les circonstances de la mort de la jeune fille. Morgane Avril avait été violée, entre 5 et 6 heures du matin, puis étranglée, et enfin jetée du haut de la falaise d'Yport.

Visage tuméfié. Membres désarticulés sous le choc. Robe déchirée. Sous-vêtements arrachés. On ne retrouva la culotte de Morgane que le lendemain, un string fuchsia, au pied de la falaise, à quelques dizaines de mètres sous le blockhaus, sans doute soulevé par les vents d'ouest. Le string portait des traces de sperme et quelques poils pubiens appartenant au violeur, identiques à ceux qu'on retrouva sur le corps de Morgane. Aucune trace, par contre, du sac à main de la jeune fille, ni au vestiaire du Sea View, ni sur la falaise, ni sur le platier. Les fouilles occupèrent trois flics pendant deux jours sans le moindre résultat.

Vers 16 heures, soit environ dix heures après la découverte du cadavre de Morgane Avril, le capitaine Grima était parvenu à auditionner vingt-trois témoins, principalement des Yportais qui avaient passé la soirée au Sea View. Quinze hommes et huit femmes.

Le festival Riff on Cliff avait rassemblé près d'un millier de visiteurs, dont la plupart avaient enchaîné sur la soirée organisée au Sea View après le passage du dernier groupe. Pourtant, tous les témoins, sans exception, avaient été capables de décrire Morgane Avril avec précision.

Belle.

Désirable.

Excitée.

Le capitaine Grima passa des heures par la suite à relire ces premiers témoignages recueillis sur le vif. Des propos souvent gênés ; les témoins parlaient d'une morte, d'une fille qu'un type avait violée, sans doute l'un de ceux qui l'avaient matée dans la discothèque. Mais tous leurs commentaires convergeaient. Garçons comme filles.

Allumeuse.

Chaude.

Sexy jusqu'au string.

Ils racontèrent sa lap dance improvisée autour d'une des poutres de chêne du Sea View, sa robe trempée, collée à la peau de sa poitrine humide, lorsqu'elle remontait des toilettes, son corps d'anguille, ses mains qui jouaient avec le tissu sur ses cuisses, ses épaules, glissant, volant, s'ouvrant. Son regard qui se posait sur les hommes comme la mire d'un sniper.

La sage étudiante en médecine s'était lâchée.

Plus personne n'avait remarqué Morgane après 5 heures du matin. Personne ne l'avait vue quitter le Sea View. Personne ne put préciser si elle était sortie seule ou accompagnée.

Vers 18 heures, le capitaine Grima reçut Carmen Avril, la mère de Morgane. Il l'avait volontairement fait patienter. Officiellement parce qu'il souhaitait traiter en priorité les urgences, les indices encore frais, les témoignages directs. Officieusement parce que deux images se brouillaient dans son cerveau, celle du cadavre désarticulé de Morgane et celle de son corps désiré par des centaines de mâles quelques heures auparavant... Et il avait une trouille prodigieuse d'aborder cette question avec une mère qui devait avoir à peu près l'âge de la sienne.

Carmen Avril entra. Un coffre-fort, ce fut la première impression du capitaine Grima.

Un coffre-fort à percer.

Les yeux du gendarme glissèrent sur sa silhouette de tonneau sanglé par les boutons de fer d'une veste en daim, ses bottes lacées sur de lourdes jambes. Tout le corps de Carmen Avril semblait cadenassé, jusqu'aux épaisses lunettes reliées à une chaîne derrière son cou et son sac à main de cuir à lourde armature métallique. Pour un peu, imagina le capitaine, elle cachait sous sa veste une clé pendue à son cou.

Celle qui commandait son cœur.

Perdue à jamais, pensa encore Grima. Jetée ce matin au fond d'un puits !

L'homme qui l'accompagnait semblait avoir porté depuis des années la fatalité comme un poids trop lourd. Il possédait un visage mince qui dégoulinait jusqu'à un menton en pointe et deux bras qui coulaient le long de son corps, genre caoutchouc. Il le fit penser à Monsieur Chatouille, celui aux bras interminables, mais Grima trouva la comparaison déplacée à cet instant-là.

Ils ne vont pas ensemble, se dit-il.

Il désigna les deux chaises devant son bureau.

— Monsieur et madame Avril ?

— Madame, répondit le coffre-fort. Gilbert est l'oncle de Morgane. Il m'accompagne.

— Et le père de Morgane ?

— Morgane n'a pas de père.

— Il est…

Le capitaine hésita entre plusieurs termes. Mort. Disparu. Parti…

Carmen Avril le devança.

— Morgane n'a jamais eu de père…

— Vous voulez dire que…

Le capitaine n'en avait aucune idée, mais il laissa suffisamment traîner l'intonation pour que Carmen Avril le coupe à nouveau.

— Je l'ai élevée seule. Je tiens un gîte, le Dos-d'Ane, à Neufchâtel-en-Bray, depuis vingt-cinq ans. Seule aussi.

Elle se tourna vers son frère. Son sac à main fit un cliquetis de bagnard qui tire sa chaîne.

— J'ai tenu à ce que Gilbert m'accompagne aujourd'hui. Mais d'habitude…

Cette fois-ci, ce fut Grima qui tendit la main à Carmen.

— Vous supportez les épreuves seule. Je comprends.

Il ne mentait pas. Carmen Avril était un roc presque insubmersible, il l'avait parfaitement saisi en quelques mots échangés, et d'ailleurs l'enquête le confirmerait les jours suivants. Carmen était une institution à Neufchâtel-en-Bray. Patronne d'une table d'hôte réputée et d'un gîte 3 épis ; vice-présidente de l'association de développement du Pays de Bray, déléguée au tourisme et à la culture ; conseillère municipale pour un mandat, quinze ans auparavant. Une femme forte, active, déterminée. Pas d'homme dans sa vie. Son frère, Gilbert Avril, était chauffeur routier pour une compagnie de Gournay-en-Bray et passait la moitié de sa vie dans le ferry Dieppe-Newhaven à transporter vers l'Angleterre des produits laitiers dans son camion frigorifique.

Le capitaine insista. Il fixa Carmen. Les boutonnières de sa veste barrées de tiges de métal ressemblaient à des meurtrières.

— Pour le père de Morgane, j'ai besoin de savoir.

Elle prit un air navré que Grima n'aima pas.

— Dois-je vous le répéter, capitaine ? Elle n'a pas de père.

— C'est une expression, madame Avril. Aucun

père ne l'a élevée, sans doute. Mais d'un point de vue génétique, je dois savoir qui…

— J'ai fait une FIV, il y a dix-neuf ans…

Grima prit le temps de réfléchir. Il connaissait la loi. La fécondation *in vitro* était réservée aux personnes mariées ou pouvant au moins prouver deux ans de vie commune.

— Il faut être en couple pour cela, non ?

— Pas en Belgique !

Nom de Dieu ! pensa Grima. Carmen Avril avait fait ses deux gosses seule… Dans d'autres circonstances, il aurait sans doute poussé jusqu'à lui dire à quel point il trouvait cela égoïste. Depuis quatre mois, chaque nuit, il se réveillait toutes les trois heures pour donner le biberon à sa fille Lola, cinq kilos de frisson lovés sur son torse nu, et à chaque fois il bénissait le ciel que sa copine Sarah n'ait pas voulu allaiter.

Carmen Avril tira sur les chaînes de ses lunettes pour en essuyer les verres avec un Kleenex. Un peu de condensation, se dit le capitaine. Presque des larmes. Après tout, la vie privée de Carmen Avril et sa façon d'élever sa fille n'avaient aucun rapport avec le viol et l'assassinat de Morgane. La psychologie de la mère allait seulement lui compliquer la tâche, il le pressentait.

— Madame Avril, je vais devoir vous poser des questions sur Morgane. Des questions intimes.

Sur le coup, il se sentit trop jeune, à peine plus compétent que Maxime, son aspirant. Carmen avait vingt ans de plus que lui. Grima n'avait du lien filial qu'une expérience euphorique de quelques mois.

— Allez-y.

— Morgane avait dix-neuf ans. C'était sa première sortie en discothèque. Beaucoup de témoins nous l'ont décrite au cours de la soirée, comme, disons…

Il fit semblant de chercher ses mots, comme pour en atténuer le poids lorsque le dernier tomberait.

— Provocante, lâcha-t-il.

— Provocante ?

Entre les mains crispées de Carmen, le sac à main blindé se tordit tel un métal chauffé à blanc. Son corps se gonfla mais les barres de fer résistèrent. La chaînette à la monture de ses lunettes semblait retenir une digue de verre devant ses yeux. Mais toute la douleur s'accumulait derrière ses iris humides, la noyant de l'intérieur.

— Que voulez-vous dire, capitaine, par provocante ?

Grima naviguait à vue. Il visait un cap précis, mais sans avoir calculé le nombre de coups de rames pour l'atteindre.

— Désirable, madame Avril. Jolie. Susceptible d'attirer le regard des hommes. Pas seulement le regard. Elle en était consciente, vous le savez comme moi, madame Avril.

Le cadenas explosa. Le chauffeur routier allongea une main molle pour calmer sa sœur. Elle valsa comme une glaise trop fraîche.

— Vous sous-entendez quoi, capitaine ? Que Morgane a cherché ce qui lui est arrivé ? Elle a été violée, capitaine. Violée, étranglée et jetée du haut de la falaise. Et vous venez me demander si elle était provocante !

Grima se contrôla. Il pensa à Lola. Adorable déjà, du haut de ses quatre mois. Provocante elle aussi, dans son genre. Il bafouilla.

— Nous sommes dans le même camp, madame Avril. Nous cherchons à retrouver le meurtrier de votre fille. Chaque minute compte. Morgane a été victime du plus atroce des crimes, personne ne va revenir là-dessus. Mais j'ai besoin de tous les témoignages pour coincer son assassin.

— Des témoins qui racontent que ma fille l'a bien cherché ?

Le capitaine Grima, sans qu'il sache exactement pourquoi, se leva.

— Madame Avril… Je vais essayer d'être clair, nous n'avons que deux possibilités. Soit le meurtrier de votre fille est un pervers, un malade mental qui a croisé Morgane cette nuit, dehors, sur le parking du casino peut-être, ou sur la plage, sous la lumière d'un réverbère. Dans ce cas, nous n'avons presque aucun moyen d'identifier cet inconnu que personne n'a dû croiser. Soit, seconde possibilité, l'assassin de Morgane se trouvait dans la discothèque du casino hier soir, il y a croisé Morgane, il a dansé sur la même piste, peut-être même discuté avec elle. Ils ont pu quitter la discothèque ensemble, Morgane a pu le suivre de son plein gré. Les choses ont mal tourné ensuite, nous sommes d'accord. Ce type est un monstre et Morgane la victime la plus innocente qui soit. Mais comprenez-moi, madame Avril, cette seconde hypothèse réduit considérablement la liste des coupables possibles.

Carmen Avril ne réagit pas. Elle desserra le sac cuir et fer entre ses mains et en sortit à nouveau un Kleenex qu'elle n'eut pas le cran de porter jusqu'à ses yeux. Grima repensa aux témoignages convergents.

Morgane cambrée contre la poutre de chêne. Une culotte, un sein dépassant d'une robe stratégiquement mal réajustée. La plus belle des filles du Sea View... Grima ne pouvait livrer ces détails à sa mère. Pas ainsi. Pas maintenant. Il pivota d'un quart de tour.

— Je vais être plus précis encore, madame Avril. Tous ceux qui connaissaient Morgane nous l'ont confirmé, elle était une jeune fille sage, studieuse, raisonnable. Cette sortie au festival était la récompense d'une année de travail intense... Selon vous, Morgane attachait-elle une importance particulière à cette sortie ? Une sorte de... (Grima chercha la métaphore la plus juste.) ... de première expérience attendue depuis longtemps ?

Carmen le fusilla du regard.

— Cherchait-elle à perdre à tout prix sa virginité, c'est ce que vous avez derrière la tête ? Ne tournez pas autour du pot, capitaine. Cherchait-elle à se donner au premier venu, c'est cela ?

Grima hocha la tête et précisa :

— Elle a pu tomber sur la mauvaise personne... Si elle était consentante, suffisamment pour suivre un inconnu, on pourra facilement retrouver son identité.

Un monstre ivre de colère semblait vouloir exploser derrière les barreaux de la veste. Le capitaine crut qu'un compliment pourrait améliorer les choses, d'autant plus qu'il était sincère.

— Votre fille était jolie, madame Avril. Très jolie. Sans doute la plus jolie fille de la soirée. Essayez de suivre mon raisonnement, c'est important. Morgane n'avait que l'embarras du choix. Morgane pouvait choisir le garçon avec qui elle allait sortir. Si c'est elle qui a choisi son meurtrier, et pas l'inverse, on le retrouvera. On le retrouvera facilement.

Carmen Avril bondit de sa chaise. Toutes chaînes brisées. Libérant sa fureur.

— Choisi son meurtrier ? Ai-je bien entendu, capitaine ? Choisi son meurtrier ! Ecoutez-moi bien, Grima, ma fille n'a suivi personne ! Ma fille n'était pas consentante. Ma fille a été violée. Vous comprenez ? Violée, étranglée, et balancée dans le vide comme une bête crevée.

Philippe Grima repensa au corps chaud de sa petite Lola. Elever une fille jusqu'à dix-neuf ans pour que...

Oui, il comprenait. Bien entendu. C'est bien pour cela qu'il voulait coffrer ce type le plus vite possible.

— Je veux seulement retrouver le salopard qui lui a fait ça...

Monsieur Caoutchouc, toujours assis, étendit un bras long comme une branche de saule pour tirer Carmen par la manche. Carmen avança d'un pas pour échapper au contact de la main de son frère et toisa le capitaine Grima.

— Vous n'êtes qu'un jeune con incompétent.

L'autopsie de Morgane Avril eut lieu le lendemain.

Elle confirma des détails déjà connus. Morgane

Avril avait été violée, entre 5 et 6 heures du matin, puis étranglée, puis jetée du haut de la falaise d'Yport. Dans cet ordre. Les experts confirmèrent qu'elle était sans doute morte avant d'avoir basculé dans le vide. Dans le vagin de Morgane, les médecins légistes trouvèrent des traces de sperme qu'ils identifièrent sans doute possible, compte tenu de la chronologie des faits, comme appartenant au violeur.

C'était une excellente nouvelle pour le capitaine Grima. L'étape suivante serait de vérifier l'ADN de tous les types présents au festival Riff on Cliff et au Sea View, voire de tous les hommes adultes d'Yport. Plusieurs journaux titrèrent sur les similitudes avec l'affaire Caroline Dickinson en 1996, le viol d'une collégienne anglaise en Bretagne. Tous les hommes de Pleine-Fougères avaient dû donner leurs empreintes génétiques… puis tous les suspects possibles en Bretagne et au-delà, plus de trois mille cinq cents personnes en liberté ayant fait l'objet dans le passé d'une condamnation pour violences sexuelles. Un juge aurait-il le cran de relancer une telle machine, en Normandie, huit ans après ?

L'autopsie avait révélé d'autres détails, deux exactement, plus étonnants, mais qui l'un comme l'autre renforçaient l'hypothèse du capitaine Grima.

Tout d'abord Morgane Avril, avant d'être tuée et violée, avait pris un bain de mer. Nue. Les médecins légistes étaient formels, les traces d'iode et de sel ne laissaient aucun doute. Elle s'était d'abord baignée, puis avait enfilé à nouveau sa robe. Elle n'avait été violée qu'ensuite. Le capitaine Grima avait tourné la tête vers le port de Fécamp en lisant le rapport. Cet élément constituait une pièce de plus dans l'engrenage qu'il imaginait. Morgane suit un inconnu qu'elle a chauffé au Sea View. Elle en rajoute encore. Bain de minuit, à poil tous les deux, à l'écart du regard des curieux. L'affaire vire au drame seulement ensuite. Morgane se rhabille, décide d'en rester là, claque une bise à l'inconnu qui perd alors les pédales.

Le second détail était plus étrange encore. Le violeur n'avait pas étranglé Morgane Avril avec ses mains mais avec une écharpe. L'autopsie était même beaucoup plus précise, les fibres prélevées sur le cou de la victime étaient suffisamment rares pour cela, des fibres de cachemire, rouge, de plusieurs nuances, d'une qualité exceptionnelle, dont les experts n'eurent aucun mal à identifier la provenance : une écharpe en check, de marque Burberry, la seule à proposer ce modèle grand luxe.

Quatre cent vingt-cinq euros le morceau de tissu.

Une écharpe rouge...

Le capitaine Grima avait sifflé entre ses dents.

L'étau allait se resserrer rapidement autour du violeur. Ils ne devaient pas être nombreux, les jeunes Yportais, à porter un tel truc autour de leur cou.

***

J'ai levé les yeux.

J'ai relu une nouvelle fois les pages dactylographiées, les articles de presse, les rapports de gendarmerie, tous les détails de l'enquête consignés par le capitaine Grima.

Une fille de dix-neuf ans, violée, étranglée et jetée du haut de la falaise d'Yport.
Il y a presque dix ans. En juin 2004.
Après avoir pris un bain de mer, nue.
Etranglée avec une écharpe de cachemire rouge Burberry ?

La chambre semblait tourner autour de moi. Mon ordinateur portable était posé sur la table. Connecté.

Fébrile, j'ai tapé quelques mots-clés sur un moteur de recherche.

Morgane Avril. Viol. Yport.

Google chercha moins d'une seconde avant de me cracher sa réponse à la figure : des dizaines d'articles consacrés à l'affaire Morgane Avril. J'ai survolé les résumés. Aucun doute, tout était rigoureusement exact dans les pages que je venais de lire.

Je me suis mis debout. Par la fenêtre, les falaises me narguaient. Les moutons paissaient tranquillement autour du blockhaus, comme si aucun drame n'avait eu lieu le matin. Comme si j'avais rêvé cette scène, une scène qui se serait déroulée non pas il y a quelques heures, mais il y a dix ans.

Je devenais fou.

J'ai attrapé à nouveau l'enveloppe et j'ai passé mon doigt sur le tampon.

Fécamp
17 h 43
18-02-14
France

Quelqu'un m'avait envoyé ce courrier, de Fécamp, la veille ! Quelqu'un qui savait donc que j'allais croiser cette fille sur la falaise le lendemain. Quelqu'un qui savait aussi que cette fille allait mourir dans les mêmes conditions qu'une autre, dix ans plus tôt, à une exception près... Celle-ci n'avait pas été jetée morte du haut de la falaise, comme Morgane Avril, mais avait sauté, vivante, et de son plein gré.

Putain, cela n'avait aucun sens.

Qui aurait pu deviner ? Comment ? Pourquoi ?

J'ai regardé le lit impeccable, sans un pli, les oreillers sages contre le papier peint bleu ciel de la chambre.

Non, je n'avais pas rêvé ! Bien au contraire. Le cadran obsédant du réveil, fluo et vert, me le rappelait comme un ordre.

12 h 53.

J'avais juste le temps d'attraper le bus de 13 h 15 pour être à l'heure au rendez-vous de Piroz à la gendarmerie de Fécamp.

7

Etranglée avec une écharpe de cachemire rouge Burberry ?

J'ai grimpé les trois marches de l'entrée de la gendarmerie de Fécamp. A l'accueil, une fille aux yeux aussi bleus que le col de sa chemisette m'a tendu un sourire d'hôtesse de l'air.

— J'ai rendez-vous avec le capitaine Piroz.

Elle avait une voix de sirène à attirer dans les filets de la gendarmerie tous les jeunes désœuvrés du coin.

— Dernière porte à droite, vous ne pouvez pas vous tromper, il y a son nom dessus.

Je me suis avancé dans une sorte de vestibule encombré d'une photocopieuse et d'armoires métalliques écrasées par des piles de dossiers. Les murs étaient tapissés d'affiches « *Gendarme, pourquoi pas vous ?* ». J'ai continué en suivant un long couloir. Des types en uniforme s'affairaient derrière des ordinateurs. Des chaises étaient alignées près des portes.

Atarax était assis, vingt mètres devant moi. Il portait le même blouson en cuir que ce matin. Je me suis posé à côté de lui. Il m'a souri, davantage que tout à l'heure au moins.

— Denise est déjà dans la place, m'a-t-il dit. Arnold aussi... Après, ce sera mon tour.

Je lui ai rendu son sourire puis on n'a plus prononcé un mot. J'ai cherché à me rappeler son vrai nom, celui qu'il avait donné aux flics le matin. Ça m'est revenu au bout de quelques minutes. Un nom à se foutre une balle pour un type qui avait sacrément l'air victime du système. Le Medef. Christian Le Medef.

On attendait. Il ne manquait qu'une table basse, *Le Figaro magazine* et *Paris Match*. J'ai hésité à ouvrir mon iPhone et à consulter Internet. J'avais une envie terrible d'en savoir davantage sur cette affaire Morgane Avril. J'ignorais qui m'avait envoyé ce courrier à la Sirène, mais les gendarmes avaient forcément dû faire le rapprochement avec cette vieille affaire, cette série de points communs.

Le violeur à l'écharpe rouge était de retour, dix ans plus tard.

Atarax regardait toujours sa montre, agacé. Des gendarmes allaient et venaient partout dans le couloir. Un peu plus loin, près du distributeur de café, j'ai repéré une des rares présences féminines dans les locaux, une fille dont je ne voyais que le dos. Elle s'énervait à introduire dans la machine une pièce de monnaie qui redescendait à chaque fois. Elle portait un jean serré qui lui faisait un joli cul et avait attaché ses cheveux roux en une queue de cheval qui cascadait dans sa nuque. Elle m'intriguait. Qui portait encore une queue de cheval ? J'attendais avec impatience qu'elle tourne la tête pour découvrir son visage.

Raté ! Elle me montrait toujours son dos lorsque la porte du bureau de Piroz s'ouvrit. Denise sortit, Arnold coincé sous le bras. Il était le seul témoin du drame à avoir changé de tenue et arborait un élégant tricot jacquard rouge et bleu presque aux couleurs de la gendarmerie nationale. Piroz l'accompagna, lui serra la main.

— Monsieur Le Medef. C'est à vous...

Atarax et Piroz disparurent derrière la porte que le capitaine referma sur eux. Denise, tout en caressant Arnold comme un enfant fragile qui sortirait de chez le médecin, me fixa de ses yeux clairs.

— Vous avez le temps, il en a au moins pour un bon quart d'heure. Ils veulent tout savoir, même ce qu'on n'a pas vu.

Les mains ridées de Denise se perdirent dans les poils de son shih tzu pendant que ses jambes tanguaient, l'une après l'autre, comme si une envie d'uriner la pressait.

Ou de me parler.

Elle s'inclina vers moi, lentement, en jetant des regards en coin aux gendarmes qui passaient d'un bureau à l'autre.

— Mon garçon, il faut m'excuser. J'ai été obligée de leur dire la vérité.

La vérité ?

Je devais faire une tête de parfait ahuri.

— Quelle vérité ?

Denise se pencha encore.

— Tu te souviens, ce matin, tu as dit au policier qu'on avait vu la fille sauter. Tous les trois. Ils ont beaucoup insisté sur ce point. Alors, j'ai été obligée de préciser.

Elle rajusta le pull d'Arnold, le temps qu'un gendarme passe devant nous, puis continua à voix basse.

— Moi, je ne l'ai pas vue sauter. J'ai vu tomber la fille, s'écraser sur les galets, cela, j'en suis sûre, je crois que c'est aussi le cas du monsieur qui est avec le capitaine. Mais je ne l'ai pas vue sauter ! D'ailleurs, de là où nous étions, on ne pouvait pas voir ce qui se passait au-dessus de la falaise, les gendarmes ont vérifié.

Elle m'observa bizarrement, comme si j'étais un Juif qu'elle avait dénoncé à la Gestapo, avec un air faussement désolé de brave dame qui ne fait que son devoir.

— Tu comprends, mon garçon, je ne pouvais rien dire d'autre.

J'ai adopté l'attitude qu'elle attendait, celle du garçon docile.

— Bien entendu, madame. Il n'y a aucun souci. Ne vous inquiétez pas, l'enquête ne va pas aller bien loin, c'est... c'est un suicide.

Denise se redressa et me fixa plus intensément encore, presque incrédule, comme si j'étais le type le plus naïf de la terre. Enfin, elle posa Arnold par terre et s'éloigna. Le shih tzu la suivait, reniflant chaque porte de bureau tel un limier amateur ravi de visiter les locaux des professionnels.

J'étendis ma jambe raide. Tout se bousculait dans ma tête.

Face à moi, la fille rousse avait fini par triompher du distributeur. Elle se retourna, souriante.

Son regard accrocha le mien un quart de seconde, sans même descendre au-dessous de mon genou. C'était rare, sans doute autant qu'un regard de garçon vers une fille qui ne plongerait pas jusqu'à sa poitrine.

Elle passa devant moi, son gobelet à la main, puis son joli cul se perdit dans l'angle du couloir. Elle était plutôt mignonne, le visage piqueté de taches de rousseur, un peu celui de Marlène Jobert jeune. Une bouille effrontée à faire tourner les flics en bourrique.

— Monsieur Salaoui ?

Vingt bonnes minutes s'étaient écoulées depuis qu'Atarax était entré. On se croisa sans un mot sur le pas de la porte, puis je suis entré dans le bureau du capitaine Piroz.

— Asseyez-vous, monsieur Salaoui.

J'ai obéi. Devant moi, une immense maquette de voilier était posée sur le bureau de Piroz, un trois-mâts vissé sur un socle d'acajou.

Le capitaine se rengorgea.

— La reproduction exacte de l'*Etoile-de-Noël* ! Un dundee construit en 1920, l'un des derniers terre-neuvas partis de Fécamp avant la Seconde Guerre mondiale. Celui de mon arrière-grand-père ! Vous voyez, ça ne nous rajeunit pas.

Piroz avait construit lui-même cette maquette ?

J'ai dû une nouvelle fois avoir l'air d'un parfait crétin. Je me souvenais qu'une fois j'avais reçu une boîte Meccano au Noël de la boîte où ma mère servait à la cantine. Une moto de quinze centimètres qui avançait si on la prenait entre le pouce et l'index pour la faire rouler sur un tapis. Génial ! J'avais douze ans et je réparais déjà chaque week-end la Yamaha VMAX de mon cousin Latif.

— Trois cents heures de boulot ! insista Piroz. Le musée des Pêcheries m'en a commandé un autre, *Le Dauphin*, le dernier chalutier de Fécamp. Les larmes de toute la ville ont coulé sur ce bateau, mais ils attendront ma retraite pour que j'attaque la maquette. Dans moins d'un an. Ils devraient pouvoir tenir, non ?

J'ai hoché la tête sans trop savoir quoi répondre. Piroz lissa du plat de sa main ses cheveux à l'arrière.

— Vous vous en foutez, hein, Salaoui, de mes maquettes ? Tout juste bon à être invité à un dîner de cons, le vieux flic, c'est ce que vous devez vous dire ?

Je ne me suis pas donné la peine de répondre. J'ai attendu. Je devinais que Piroz n'improvisait aucune réplique. Sur son bureau, derrière le terre-neuvas, des dossiers étaient empilés. Je n'arrivais pas à lire le nom inscrit au marqueur sur celui, vert bouteille, posé le plus haut.

Les lignes du front de Piroz s'allongèrent brusquement.

— Ce n'est pas un suicide, monsieur Salaoui.

J'ai reçu l'information comme une baffe dans la gueule. Piroz avait le sens du tempo, il ne me laissa pas respirer.

— Nous avons identifié la victime.

Il ouvrit le dossier vert et me tendit la photocopie d'une carte d'identité.

— Tenez, Salaoui, après tout, ce n'est pas confidentiel.

Mes yeux se posèrent sur le recto et le verso de la carte d'identité photocopiés sur la même feuille.

Magali Verron
née le 21 janvier 1995
à Charlesbourg, Québec
1 mètre 73
Signe particulier : néant

J'ai enregistré les informations.

— Désolé, capitaine. Jamais entendu parler de cette fille.

Piroz semblait se foutre de mon avis et continua de lire son dossier.

— Elle était visiteuse médicale, responsable du secteur du Havre pour une grande boîte pharmaceutique. Hier, elle a rencontré une dizaine de toubibs du canton de Fécamp et de Criquetot-l'Esneval. D'après son agenda professionnel, il lui en restait encore autant à voir. On suppose qu'elle a dû dormir sur Yport ou à proximité, mais, pour l'instant, aucune trace de son passage dans les hôtels du coin.

Piroz tourna une page de son dossier puis leva les yeux vers moi, comme pour vérifier que j'étais un élève studieux.

— Par contre, l'enchaînement des faits depuis ce matin est assez clair. Magali Verron s'est baignée en mer aux alentours de 5 heures du matin. Elle a été violée ensuite, avant 6 heures, les médecins légistes sont formels. Traces de sperme dans le vagin, chair violacée, robe déchirée. En revanche, on n'a toujours pas retrouvé sa culotte, vraisemblablement un tanga coordonné à son soutien-gorge fuchsia. On cherche. Pareil pour son sac à main. Aucune trace.

Chaque mot de Piroz cognait dans ma tête.

Bien entendu, il avait fait le rapprochement avec le meurtre de Morgane Avril dix ans plus tôt. Chaque détail était strictement similaire. Le viol. Le lieu et l'heure de l'agression. L'âge de la victime. Le bain de mer. La culotte disparue.

Sauf sa mort...

Je me suis éclairci la voix pour intervenir et mettre l'affaire Avril sur le tapis, mais le capitaine Piroz agita la main pour signifier qu'il n'avait pas terminé.

— Après avoir été violée, Magali Verron a été étranglée. (Il marqua une longue pause.) Avec l'écharpe qu'on a retrouvée enroulée autour de son cou. Vous vous souvenez ? Une écharpe de cachemire rouge, en check, c'est une sorte de damier écossais, j'ai au moins appris cela aujourd'hui. Une écharpe de la marque Burberry. Un truc qui coûte une petite fortune. Je vous dirais la somme, Salaoui, vous ne le croiriez pas !

8

Vous ne le croiriez pas ?

Le capitaine Piroz humidifia son doigt avec sa bouche et le passa sur la coque vernie de l'*Etoile-de-Noël* pour enlever une trace invisible.

Je ne lui ai pas demandé de répéter.

Je ne lui ai pas demandé s'il était certain de l'expertise des médecins légistes, s'ils pouvaient sérieusement affirmer que Magali Verron était morte étranglée avec cette écharpe rouge avant de tomber de la falaise.

Je n'ai rien dit qui puisse éveiller sa méfiance. J'ai juste gardé le silence et repassé devant mes yeux les images des événements depuis ce matin. L'écharpe Burberry accrochée au barbelé sur le sentier de randonnée, ma main qui hésite, puis la décroche, cette même main qui la lance à Magali, celle de Magali qui l'attrape, la tire, s'échappe. La même, cent vingt mètres et quatre secondes plus bas, enroulée autour de son cou.

Parles-en !

Une voix m'intimait l'ordre au fond de ma tête.

Parle de cette écharpe ! Raconte tout à ce flic. Il y a sans doute les empreintes du violeur sur ce morceau de tissu, mais il y a aussi les tiennes. Les flics vont forcément les trouver…

— Capitaine Piroz…

J'ai ravalé ma salive.

Que dire ?

Que Magali avait enroulé l'écharpe autour de son cou tout en se jetant de la falaise ? Révéler que j'étais le dernier à avoir touché ce bout de tissu ? Cela revenait à m'accuser. De viol. De meurtre. A me foutre dans le pire des merdiers.

— Oui, monsieur Salaoui ?

Encéphalogramme plat sur le front de Piroz. Il m'attendait avec une froideur clinique.

— Je…

J'avais trop hésité. Impossible de plonger. Les arguments m'invitant au silence pleuvaient en averse. Piroz avait parlé de traces de sperme, d'ecchymoses sur la peau de Magali Verron, les enquêteurs allaient identifier l'empreinte génétique du violeur en moins d'une semaine, sans doute la même que celle de l'assassin de Morgane Avril, il y a dix ans. Je serais innocenté alors. Il serait temps de raconter ma version à ce moment-là.

Brusquement, je me suis décidé, j'ai opté pour le changement de cap. Attaquer pour faire diversion.

— J'ai une question à vous poser, capitaine Piroz. Vous ne trouvez pas que cette histoire ressemble étrangement à l'affaire Morgane Avril. Yport. Juin 2004. Cela doit vous rappeler quelque chose, non ?

Piroz encaissa. Il n'avait sans doute pas prévu que le coup parte aussi vite, mais il contra.

— Vous vous souvenez de cette affaire, monsieur Salaoui ?

J'ai improvisé. Pas question pour l'instant de lui parler de ce courrier que j'avais reçu.

— Dix ans après, les habitants d'Yport ne parlent encore que de cela ! Difficile de passer à côté de telles coïncidences, capitaine, non ? Le viol, le bain de mer, la robe rouge déchirée...

J'ai hésité un instant de trop à poursuivre l'énumération.

— L'écharpe en cachemire rouge, ajouta Piroz. Une seule et même arme pour les deux crimes... (Il me fixa droit dans les yeux.) Bien entendu, monsieur Salaoui, nous avons fait le rapprochement avec l'affaire Morgane Avril. On y travaille, faites-nous confiance... Mais comme vous le savez, cette histoire remonte à plus de dix ans... Dans l'immédiat, si vous voulez bien, nous allons nous concentrer sur le meurtre de Magali Verron.

Piroz tourna une nouvelle page de son dossier, comme pour m'accorder le temps de réfléchir. J'ai enchaîné aussi vite que je pouvais.

— Magali était vivante quand je l'ai croisée en haut de la falaise d'Yport. J'ai dû gêner son violeur, il n'a pas eu le temps de l'étrangler. Pas entièrement...

Le capitaine me regarda longuement. Son front se plissa en V, formant une flèche vers les expertises médicales de son dossier.

— Ce n'est pas la version privilégiée par les médecins légistes, monsieur Salaoui. Ils estiment plutôt que Magali est morte asphyxiée puis, ensuite seulement, a été jetée sur les galets...

Piroz se fendit enfin d'un sourire avant de préciser :

— Mais je vous accorde qu'il y a un doute. Cela se joue à quelques minutes près. On reparlera de tout cela. Ils vont affiner. Nous aussi, monsieur Salaoui. J'ai besoin de la description la plus précise possible de Magali Verron telle que vous l'avez croisée ce matin.

Le capitaine recueillit chaque détail. Le lieu exact, les déchirures de la robe, les quelques mots prononcés par Magali.

N'approchez pas.

Si vous faites le moindre pas, je saute...

Vous ne pouvez pas comprendre. Continuez votre route. Partez ! Partez vite.

Le regard de Magali également, chacun de ses gestes.

Piroz notait tout, cela prit plus de dix minutes.

— Bien. Très bien, monsieur Salaoui.

Il se pencha en avant et, du bout de l'index, replaça à la barre de l'*Etoile-de-Noël* un pilote de cinq millimètres orienté légèrement de trois quarts.

— Maintenant, si vous le voulez bien, nous allons un peu parler de vous.

Il souleva une feuille de son dossier vert. J'ai reconnu le logo qui illustrait la suivante.

Celui de l'ITEP Saint-Antoine.

Putain !

Piroz me prit à la gorge.

— Vous travaillez dans un asile, monsieur Salaoui ?

— Non, capitaine ! Un Institut thérapeutique et éducatif. On n'accueille pas des gamins cinglés, juste des gosses victimes de troubles du comportement caractériels.

— Vous faites partie du personnel éducatif ?

— Non, capitaine.

— Thérapeutique ?

— Non plus. Je m'occupe de l'entretien. Les voitures, les poignées de portes, les chasses d'eau, vous voyez le genre. Un bâtiment de huit cents mètres carrés, un jardin qui en fait le triple, un parc de six Jumper.

Le capitaine leva son stylo, il se foutait de mes détails.

— Vous êtes depuis longtemps à l'Institut Saint-Antoine ?

« Vous êtes depuis longtemps », avait-il demandé, pas : « Vous y travaillez depuis longtemps ». Je comprenais l'insinuation. J'en avais assez du cache-cache. Ma jambe raide racla d'énervement le carrelage du bureau.

— Je vais mettre les points sur les *i*, capitaine. Je n'ai pas passé mon enfance dans cet ITEP. Je ne suis pas un petit gamin timbré dont on ne savait pas quoi faire à ses dix-huit ans et qu'on a gardé dans la maison. J'ai un CAP Maintenance de bâtiments de collectivités. J'ai été embauché il y a six ans.

Piroz souffla en direction du grand mât sur le bureau comme pour faire s'envoler une poussière. Il observa un bref instant les voiles de papier se gonfler, puis replongea dans ses notes.

— Parfait. Recruté sur contingent MDPH en 2008. Vos employeurs m'ont donné tous les détails.

Ce con me cherchait. Je devinais dans son attitude les seuls éléments qu'il avait retenus de mon profil, comme s'il les avait surlignés au stylo fluo.

Jamal Salaoui.

Arabe. Infirme. Bosse chez les fous...

Un profil idéal de violeur.

Dans la liste des tortionnaires du quotidien, aux dieux vicieux, aux profs sadiques et aux petits chefs fachos, il fallait ajouter les flics réacs...

Piroz en rajouta une couche.

— Monsieur Salaoui, nous n'avons pas eu beaucoup de temps depuis ce matin, mais nous sommes tout de même parvenus à appeler votre supérieur hiérarchique direct, monsieur Jérôme Pinelli.

— Il est en vacances !

Piroz me montra pour la première fois ses dents jaunies. Presque un sourire.

— Je l'ai joint à Courchevel. Il était dans le remonte-pente de La Tania en direction de la piste noire des Jockeys. Il m'a confirmé.

Confirmé quoi, ce connard ?

A mon tour de le fusiller des yeux.

— Votre identité, monsieur Salaoui. Votre fonction à l'Institut Saint-Antoine. Un bon point pour vous, vous n'avez pas de casier judiciaire, impossible de travailler auprès des jeunes dans un établissement spécialisé sans un casier vierge. Cela dit…

J'ai eu une furieuse envie de faire valser d'une pichenette tous les gnomes peints qui glandaient sur le pont de l'*Etoile-de-Noël*.

— Cela dit quoi ?

— Jérôme Pinelli a émis des doutes.

Qu'est-ce que ce connard avait pu inventer ?

— Des doutes ?

— Il m'a parlé d'Ophélie Parodi. Une petite de quinze ans accueillie depuis dix-huit mois dans l'établissement.

L'enculé ! Me balancer ça, skis aux pieds, lunettes de soleil vissées sur sa gueule ce faux cul.

Piroz enchaîna. Pinelli et lui avaient dû immédiatement s'entendre.

— Il a sous-entendu que vous êtes très proche de cette petite Ophélie, beaucoup trop proche au dire des psys de l'ITEP. Que vous avez été plusieurs fois rappelé à l'ordre à ce propos…

Mieux qu'une pichenette dans les nains vernis, balancer une gifle dans les trois mâts du bateau rien que pour le plaisir de voir la gueule de Piroz exploser.

Strike !

Je suis pourtant resté étonnamment calme. L'image apaisante d'Ophélie peut-être.

— Il faudra recouper vos sources, capitaine. Un chef de service n'est pas toujours le mieux placé pour parler de ses employés ; j'ai beaucoup d'autres collègues qui vous donneront une version très différente de celle de Jérôme Pinelli.

Mais… mais ce que je ne comprends pas, c'est le rapport entre mon job à l'ITEP et la mort de Magali Verron. Ou alors, allez-y clairement, capitaine. Je suis accusé ? De quoi ? D'avoir poussé cette fille dans le vide ? De l'avoir violée, pendant que vous y êtes ?

Piroz passa lentement sa main sur ses cheveux. Ce salaud attendait depuis un bout de temps une telle réaction de ma part. Il prit encore le temps de refermer son dossier vert.

— Doucement. Doucement, monsieur Salaoui. Pour l'instant, vous êtes seulement le principal témoin d'une affaire, disons, pour le moins compliquée. Le seul à avoir vu sauter de son plein gré Magali Verron, le seul à parler d'un suicide, ce qui contredit la thèse principale des experts…

— « Pour l'instant » ?

— Soyez lucide, monsieur Salaoui. Avec tous les éléments que je possède, l'attitude la plus raisonnable pour un enquêteur serait de vous coller en garde à vue.

Je suis retombé au fond de ma chaise, sonné.

— Vous courez vite, monsieur Salaoui, même sur une seule jambe, c'est dans votre dossier. Si vous êtes le violeur et que je vous laisse filer…

Piroz sentait qu'il avait pris l'avantage. Il ne s'en priva pas.

— Alors avant de m'accuser de harcèlement, monsieur Salaoui, évaluez bien la situation. *Votre* situation ! Je vais prendre le risque de vous laisser en liberté et d'attendre quelques heures, le temps de comparer quelques empreintes génétiques. Je veux vous revoir demain, 14 heures, dans ce bureau.

Il se leva d'un coup, attrapa le dossier vert, puis fit le tour du bureau et se plaça derrière moi.

— Il vous est arrivé quoi, monsieur Salaoui ?

— Comment cela ?

— A la jambe, je veux dire.

Je n'aimais pas la façon dont il me regardait.

Sur le bureau de Piroz, une feuille volante s'était retrouvée au-dessus de la pile de dossiers. Elle m'intrigua. Elle était blanche, à l'exception d'un tableau de quatre cases dans lequel huit chiffres étaient inscrits.

2/2	3/0
0/3	1/1

Une sorte de casse-tête mathématique ? Piroz pratiquait le sudoku pour occuper les derniers mois avant sa retraite ?

— Vous ne m'avez pas répondu, monsieur Salaoui.

J'ai dû me tordre le cou pour lui parler.

— Une bavure, capitaine. Un flic m'a tiré dessus. Je sortais d'un braquage, la BNP, rue Soufflot, dans le cinquième. Je courais déjà vite à l'époque, mais pas assez, faut croire. J'ai gardé un casier vierge parce qu'on ne m'a pas reconnu. Je portais un masque de Betty Boop...

— Vous vous foutez de ma gueule ?

— Je dédramatise.

Piroz haussa les épaules, avança et ouvrit un tiroir.

— Tenez, en parlant de Betty Boop...

Il me balança un vieux *Playboy* entre les mains.

— Vous allez faire un tour dans la salle d'à côté et me remplir une éprouvette...

— De sperme ?

— Ouais. Pas de chantilly.

La demande de Piroz me semblait presque surréaliste.

— C'est la procédure habituelle ?

— Vous voulez quoi, Salaoui ? Que je vous la tienne ?

— Et si je refuse ?

Le capitaine soupira.

— Quel intérêt vous auriez à refuser, Salaoui, si ce n'est pas votre sperme qu'on a retrouvé dans le vagin de Magali Verron ? Vous allez aussi tendre vos mains vers moi, je dois vous couper moi-même un morceau d'ongle et des cheveux.

J'ai roulé le *Playboy* entre mes mains. Il avait raison. Je n'avais rien à me reprocher. Tout serait beaucoup plus simple ensuite, lorsqu'ils auraient comparé mon ADN avec celui du violeur. Je ferais alors ravaler à Piroz, à Pinelli et à tous les autres leurs insinuations...

Du moins, c'est ce que je croyais.

Comment aurais-je pu alors penser le contraire ?

Mon sperme, mes cheveux, mes ongles...

Aucun n'avait touché ni même approché cette fille.

Depuis, j'ai beaucoup repensé au regard de Denise quand je lui avais parlé du suicide de Morgane Avril. Ce regard où je lisais sa consternation de me découvrir aussi naïf…

Elle avait raison.

Naïf…

Etre innocent, n'avoir rien fait de mal, n'avoir rien à se reprocher ne suffit pas.

Pas de fumée sans feu. Peu importent les preuves, peu importe la vérité, le doute s'insinue.

Malgré tout.

Malgré vous ?

Car à bien y réfléchir, n'est-il pas plus facile de croire la version des flics et des experts plutôt que celle d'un Arabe infirme qui bosse chez les fous ?

9

Pas de fumée sans feu ?

— Elle ne prend pas les pièces de cinq centimes... Celles de vingt, elle les avale, j'ai testé. Elle n'accepte que celles d'un euro et ne rend pas la monnaie.

J'ai abandonné le distributeur et je me suis retourné pour identifier la voix féminine qui parlait dans mon dos.

— Les flics, tous des escrocs ! ajouta-t-elle.

C'était la fille rousse. Marlène Jobert jeune. Elle me souriait de sa frimousse de musaraigne. Deux yeux noirs et vifs, un petit nez retroussé, des lèvres roses qui s'ouvraient à peine sur des dents de lait ; il ne lui manquait que de fines moustaches de Nylon qui jailliraient des taches de rousseur couvrant ses joues.

Je lui ai rendu son sourire.

— Entièrement d'accord.

J'ai suivi ses conseils, j'ai introduit une pièce d'un euro et commandé un café long sans sucre. Elle me tendit son gobelet. J'ai trinqué.

— Ils me font poireauter depuis quarante-cinq minutes ! Et vous ?

— J'ai terminé… Pour aujourd'hui au moins. Mais je sens que je vais devoir prendre une carte d'abonnement…

Elle lapa son verre avec une petite langue rose, à la manière d'un rongeur. J'ai trouvé l'image mignonne, elle me rappelait un peu celles des calendriers de la poste que ma mère accrochait au-dessus de l'évier. Des chats qui buvaient dans un bol de lait, des filles en tutu à côté d'un piano. Mes premières photos de charme.

La fille aussi m'observait avec curiosité.

— Vous êtes ici pour quoi ?

J'ai hésité, une seconde, à peine plus.

— Témoin. Une fille s'est jetée du haut de la falaise d'Yport. J'étais là, juste avant qu'elle plonge, mais je n'ai rien pu faire.

Elle se pinça les lèvres. Son regard de mulot se voila.

— Pas gai. On… on sait pourquoi elle a fait cela ?

— On se doute. D'après l'enquête, elle a été violée juste avant de se suicider. On a essayé de l'étrangler aussi.

— Mon Dieu…

La petite souris posa une main devant ses incisives, presque apeurée, puis se reprit aussitôt. Visiblement, elle aimait jouer.

— Vous n'êtes pas le violeur, au moins ?

Plein cœur ! J'adorais son sens de la repartie. Pile celui que je partageais avec Ibou. Un cocktail parfaitement dosé de malice et d'humour noir.

— Non, je ne crois pas. On le saura bientôt, je viens de donner mon sperme au policier…

Elle demeura pensive un moment, comme si elle imaginait la scène dans sa tête, un type qui se masturbe derrière le rideau du bureau d'à côté, puis m'observa avec insistance en descendant jusqu'à mon entrejambe sans même paraître remarquer ma jambe de fer.

Chapeau, miss ! J'étais pourtant certain que c'était mon handicap qui l'avait attirée. Ma différence. C'était le genre de fille à adorer ce qui sort de la norme. Elle planta ses deux billes sombres dans mes yeux.

— Bonne nouvelle alors ! Si vous êtes le violeur, je ne crains rien en votre compagnie pendant au moins quelques minutes. Le lion est rassasié.

J'ai regardé ma montre.

— Ne me sous-estimez pas... Agressée sexuellement en pleine gendarmerie, ça aurait du style, non ?

J'ai éclaté de rire, mais la musaraigne n'était pas si rassurée qu'elle aurait aimé le laisser paraître. Ses petites dents blanches attaquaient le rebord de plastique du gobelet. J'ai enchaîné avant qu'elle ne se terre dans un trou quelconque.

— Et vous ?

— Et moi ?

— Pour quelle foutue raison les flics vous font-ils attendre depuis quarante-cinq minutes ?

En guise de réponse, elle se trémoussa devant moi et sortit une feuille froissée de la poche arrière de son jean.

— J'attends juste un tampon. L'autorisation de ramasser des galets sur la plage.

— Pardon ?

Elle éclata de rire.

— A mon tour de vous surprendre !

Elle me tendit la main.

— Mona Salinas. Je n'ai pas l'air, mais je suis une fille chiante et sérieuse. Post-doctorante en chimie expérimentale. J'ai une bourse financée par le groupe P@nshee Computer Technologies, une multinationale indo-américaine spécialisée dans les composants électroniques pour l'informatique...

— Quel rapport avec les galets ?

Elle tortura le gobelet entre ses doigts. Je la trouvais nerveuse, peut-être à cause de mon histoire de viol. Elle me lança un regard frondeur.

— Je vous laisse deviner...

Le rapport entre l'informatique et les galets ? Aucune idée !

Je fis tout de même mine de chercher. Bizarrement, j'aimais bien les filles qui avaient suivi des études, les premières de la classe, les bûcheuses. La plupart des gars que je fréquentais à La Courneuve les fuyaient comme la peste... Moi non. J'avais remarqué qu'au contraire, quand on les connaissait vraiment, elles étaient souvent les plus drôles. Les moins fières aussi. Et surtout, les post-doctorantes en chimie expérimentale, c'était le genre de filles qui m'adressaient rarement la parole.

Ma musaraigne s'impatienta.

— Vous donnez votre langue au chat ?

J'ai acquiescé de la tête, l'air désolé.

— OK ! fit-elle. Je vais essayer de faire court. Le silicium est un composant indispensable à l'informatique. Il sert à la conduction électrique. Vous n'avez jamais entendu parler de la Silicone Valley aux Etats-Unis ? Le nom, Silicone, vient de là, du silicium, pas des seins en gélatine des Californiennes.

Et toc ! Forcément, mes yeux étaient descendus un quart de seconde vers le bouton de son chemisier ouvert jusqu'à la naissance de ses petits seins plats de sportive, blancs et piquetés de taches de rousseur. Lait et miel.

Comme un funambule, j'ai retrouvé par miracle mon équilibre sur le fil de la conversation.

— Je dois être idiot, mais je ne vois toujours pas le rapport avec vos galets.

Elle s'amusa de mon trouble.

— Patience. J'y arrive. La silice, et donc le silicium, vous me suivez, hein, ne se trouve à l'état naturel que sous une seule forme compacte. Les galets ! Et ceux de la Manche possèdent le taux de silice le plus fort au monde.

— Vrai ?

— Prouvé scientifiquement. Aujourd'hui, la capitale mondiale du galet se trouve à Cayeux-sur-Mer, en Picardie… Mais les Normands assurent que leur galet est plus pur encore… La plus grande réserve de silice sur terre, en qualité et quantité.

J'ai fait défiler devant mes yeux les images grises des galets roulés par la mer dans l'indifférence générale des passants. Je peinais à imaginer qu'ils renfermaient un trésor pour la haute technologie.

— Et il y a besoin d'une autorisation des flics pour ramasser les galets ?

— Oui ! Il y a un siècle, on en a utilisé des milliers de tonnes pour construire toutes les routes, les maisons et les églises du coin. Mais depuis, on s'est aperçu que les galets protégeaient les falaises, et tout ce qui est construit au-dessus. Donc aujourd'hui, terminé ! La collecte est strictement interdite, sauf autorisation spéciale.

— Comme pour une grosse multinationale indo-américaine susceptible d'investir dans la région.

— Vous avez tout compris. Et je ne prélève que quelques centaines de galets. Pour vous donner une idée, le silicium utilisé en électronique doit être pur à 99,9999999 %. (Sa bouche enfilait les 9 comme si elle soufflait de petites bulles de savon.) C'est la norme actuelle, mais P@nshee, ma boîte, veut plus encore ! Deux ou trois 9 supplémentaires. C'est cela mon job, savoir si on peut gagner ces quelques chiffres après la virgule grâce aux galets de Fécamp, d'Yport ou d'Etretat

— Et vous avez votre petit matériel de chimiste avec vous ?

— Oui ! Un marteau, des pinces, des éprouvettes, un microscope et un portable bourré de logiciels compliqués…

J'avais envie de rester avec elle. Je ne comprenais pas tout ce qu'elle me racontait, peut-être même qu'elle me baratinait avec sa silice et ses neuf chiffres après la virgule, mais j'aimais beaucoup !

Je trouvais cela génial d'imaginer qu'un truc aussi con qu'un galet puisse renfermer une sorte de trésor unique au monde.

Nous avons tous les deux vidé en silence notre gobelet. A ce stade, si Mona voulait entretenir la flamme, c'était à elle de me demander mon prénom et ce que je fichais à Yport. J'étais fin prêt pour lui dérouler le dépliant de l'Ultra-Trail du Mont-Blanc et chaque détail de mon futur exploit inégalé dans les annales du handisport.

Le silence s'est prolongé.

J'ai lancé mon gobelet dans la poubelle.

Panier.

Elle m'a imité.

Egalisation.

J'ai compris que Mona ne ferait pas un pas de plus.

— Ravi de vous avoir rencontrée, Mona. A bientôt ? Vous serez peut-être encore là demain à attendre votre tampon quand je reviendrai les menottes aux poignets…

Elle posa sa main sur mon épaule et s'approcha de mon oreille en murmurant :

— Mes petites antennes me disent qu'on va se revoir avant demain.

J'ai savouré la douce pression de sa paume sans rien répondre. Cette fille adorait jouer aux devinettes dont je n'avais pas la clé.

— Mes petites antennes sont puissantes. Elles me disent aussi que vous dormez à Yport. Hôtel de la Sirène. Chambre 7.

Elle en avait trop dit. Cette fille était une sorcière déguisée en rongeuse pour m'espionner.

Aussi curieuse que les flics. Piroz était le chat et elle la souris.

— Comment savez-vous ça ?

Elle se pencha encore. Ses ongles peints en orange contre ma clavicule me firent l'effet de pattes de hamster courant sur mon épaule.

— Mes antennes ! Les pauvres gazelles comme moi doivent être bien renseignées pour survivre face aux prédateurs de votre espèce.

Elle se recula brusquement et regarda sa montre.

— Treize minutes ! Je vais devoir vous quitter. Le lion va se réveiller, je ne suis plus en sécurité en votre compagnie.

— Je ne vais pas vous dévorer ici. En pleine gendarmerie.

— Ici, non. Mais plus tard ?

Plus tard ?

Mona n'avait toujours pas l'air de vouloir décoder. Elle fit trois pas vers le couloir et s'approcha d'un des bureaux.

— Désolée de vous abandonner, mais il faut vraiment qu'un de ces flics me signe ce foutu papier !

— Bon courage alors.

Je me suis avancé dans le couloir pour sortir de la gendarmerie. Juste avant d'entrer dans un des bureaux, Mona se retourna vers moi et me lança comme une évidence la plus mystérieuse des invitations :

— A ce soir ! Soyez à l'heure.

10

A ce soir ?

L'autocar me déposa à Yport, place Jean-Paul-Laurens, avant de repartir vers Le Havre. A peine quinze minutes de trajet, mais près de trois quarts d'heure d'attente à Fécamp. J'avais eu le temps de repenser à l'enquête de Piroz. Je me sentais presque soulagé. Le sperme du violeur, ses empreintes, ces coïncidences avec le meurtre de Morgane Avril il y a dix ans, tout cela prouvait (prouverait !) que je n'y étais pour rien.

J'évitais de penser aux zones d'ombre…

Elles s'éclairciraient. Avec la marée. Comme ce soleil de crépuscule face à moi dont les derniers rayons effilochaient les nuages en dentelles arc-en-ciel. La fameuse lumière des impressionnistes ! Je devais bien le reconnaître, même si je n'avais jamais mis les pieds dans un musée, Yport valait le détour rien que pour ça !

Je me suis mis en route en direction de la mer. J'avais repensé à Mona aussi. Son visage m'avait accompagné toute la route, en filigrane, imprimé sur le coucher de soleil… Il n'avait pas la grâce tragique de celui de Magali Verron, pas sa beauté désespérée, ce truc qui vous rentre comme une lame dans le cœur. Non... Mona, c'était un peu comme un copain avec qui on aurait eu envie de partager une bière, mais de l'autre sexe. Avec qui on aurait envie de partager le lit aussi, sans que ce soit plus compliqué que de partager une bière. C'était peut-être cela l'amour.

L'amour vu par les mecs.

Pour ce que j'en connaissais.

Je suis passé devant l'une des boucheries d'Yport. La patronne derrière la vitre me regardait en biais, comme si j'allais cabosser son trottoir à y marcher sur une seule semelle.

Connasse !

Le visage de Mona chassa celui de la bouchère.

Pourquoi s'était-elle intéressée à moi ?

Pourquoi m'avait-elle abordé ?

Parce qu'il n'y avait rien de plus naturel au monde entre un homme et une femme perdus dans un coin où ils sont à peu près les deux seuls étrangers du même âge ? Sans doute. Je n'avais jamais pu me défaire de ce sentiment d'infériorité, presque de culpabilité. Comment une fille pourrait-elle s'intéresser à moi sans que j'aie à monter tout un stratagème pour cela ? Il y en avait tellement d'autres sur le marché. D'autres mieux que moi...

J'ai quitté le trottoir pour laisser passer deux vieilles qui avançaient de front, canne au poing, plus infirmes que moi encore.

En février, Yport ressemblait à une résidence pour personnes âgées, une jolie maison de retraite au bord de la mer divisée en plusieurs centaines de pavillons. Mieux même qu'une maison de retraite, Yport était une vieille dame. Une grand-mère qu'on ne venait plus visiter que quand il faisait beau, le dimanche, aux vacances, chez qui on amenait les petits-enfants pour meubler la conversation, pour faire du bruit. Une grand-mère qui possédait un grand jardin avec des herbes folles et des balançoires qui rouillent toute l'année.

Yport me rappelait Djamila, ma mamie. Pas parce qu'elle habitait au bord de la mer, genre Essaouira ou Agadir, loin de là ! Elle habitait Drancy, tour Géricault, derrière le périph, mais elle aussi avait un grand jardin, public, qu'elle surveillait de son sixième étage. Quand j'y allais avec les cousins et qu'on avait moins de huit ans, le parc de jeux de la tour B, c'était notre Adventureland. La dernière fois que j'y étais repassé, les jeux étaient toujours là, le poney à bascule, le pont de singe, mais il n'y avait plus que des vieux assis sur les bancs autour et plus aucun gosse à surveiller. Sûr que si un môme s'était pointé, il se serait retrouvé comme une sorte d'animal exotique dans un zoo pour retraités.

Je suis descendu face au front de mer. Vent de face. Vingt mètres encore et j'ai atteint la Sirène.

Mona me faisait repenser à mon enfance, sans que je sache pourquoi.

Alors que j'entrais dans l'hôtel, André Jozwiak se planta devant moi.

Tout sourire.

Une enveloppe à la main.

La mienne se crispa sur la moulure de plâtre au-dessus du lambris décoré de cordes de pêcheurs.

Je distinguais le tampon UPS sur le colis. Un coursier avait dû déposer le paquet cet après-midi. André se marrait.

— Pour quelqu'un qui ne recevait jamais de courrier... Tu as écrit un manuscrit et toutes les boîtes d'édition te le refusent ?

Il me tendit l'enveloppe. J'ai reconnu mon nom, l'écriture, la même que celle du matin. Bleu ciel.

André insista.

— Tu as trouvé une copine et tes ex te renvoient tes lettres d'amour ?

J'ai attrapé le paquet et j'ai fui vers l'escalier qui menait à ma chambre.

— Merci, André.

Jamais il ne s'arrêtait.

— Des copies à corriger ? T'as eu ton diplôme de prof, ils font des promos dans les ZEP ?

Je me suis retourné pour lui servir la réplique qu'il attendait.

— Ce sont des magazines de vente par correspondance. Des revues médicales. Uniquement des photos de pieds gauches en résine.

L'immense éclat de rire du patron résonna dans l'escalier.

— On dîne à 19 heures.

L'enveloppe était éventrée sur le lit.

Même contenu que le matin. Des articles de presse, les rapports détaillés du capitaine Grima, des dépositions.

La suite de l'affaire Morgane Avril, l'expéditeur savait ménager le suspense...

J'ai étalé les feuilles et je me suis plongé dans la lecture. Si mon mystérieux correspondant voulait jouer avec ma curiosité, je n'allais pas le priver de son plaisir.

***

Affaire Morgane Avril – Juin 2004

Malgré son jeune âge et son manque d'expérience, le capitaine Philippe Grima avait fait preuve d'une efficacité remarquable. Moins de trois jours après le meurtre de Morgane Avril, 90% des Yportais de sexe masculin entre quinze et soixante-quinze ans avaient accepté de déposer leur empreinte génétique à la gendarmerie. Le taux atteignait un peu plus de 70% des garçons présents au festival Riff on Cliff (323 échantillons de sperme très exactement). Bien entendu, aucun ADN ne correspondait à celui du violeur.

Le capitaine Grima comprit très vite qu'un dispositif aussi chronophage était proche du ridicule. Une enquête par l'absurde, basée sur la bonne volonté du tueur de coopérer avec la police et de donner le sperme qui allait le confondre. Mais il permettait de disculper les proches, avait insisté le juge Nadeau-Loquet, d'éliminer les suspects les uns après les autres, et donc de resserrer le filet.

Le capitaine Grima tint à participer lui-même aux entretiens avec les principaux témoins, y compris ceux disculpés par leur empreinte génétique. Dans un premier temps, il enchaîna les journées de douze heures à la gendarmerie et des nuits chez lui, un plat réchauffé sur un genou, la tête de sa petite Lola sur l'autre. Il finit par s'endormir, alternativement, devant les derniers témoins ou dans les bras de sa fille de quatre mois. Sa femme, Sarah, le mit dehors le temps de l'enquête et il dormit trois semaines, du 21 juin au 12 juillet 2004 sur un lit de camp dans la cafétéria de la gendarmerie, revenant un jour sur trois porter les croissants à sa petite famille.

Son hypothèse se renforça progressivement. L'emploi du temps précis de la soirée de Morgane Avril y contribua. Bien qu'âgée de dix-neuf ans, Morgane participait, le 5 juin 2004, à sa première véritable virée nocturne. Sa mère, Carmen, n'avait accepté qu'à cause de la présence de Nicolas Gravé, celui qui conduisait la Clio, un ami âgé de vingt-trois ans, en dernière année de BTS de gestion forestière à Mesnières-en-Bray. Pour surveiller Morgane, et son autre fille Océane, elle avait également fait confiance aux deux autres passagers, Clara Barthélémy, dix-neuf ans, qui travaillait comme ATSEM à l'école maternelle Charles-Perrault de Neufchâtel, et Mathieu Picard, vingt et un ans, étudiant en médecine comme Morgane, mais déjà en troisième année.

Une bande de copains. Un équipage raisonnable…

Tous confirmèrent la chronologie des événements. Partis de Neufchâtel-en-Bray vers 18 heures, ils arrivèrent à Yport un peu plus d'une heure plus tard. Ils mangèrent des kebabs sur la plage, assis sur les galets, devant le casino, comme des centaines d'autres jeunes participants au festival Riff on Cliff, puis assistèrent au concert. Ambiance festive, sans excès. Morgane était déjà excitée, mais rien de spectaculaire encore.

Histoire d'A, un bon groupe de la région, boucla en apothéose la soirée. Il était 1 heure du matin et les DJ prirent le relais.

Morgane commença alors, selon les propres termes de Nicolas et Mathieu, à se donner en spectacle.

Lap dance, postures équivoques...

Nicolas et Mathieu avouèrent avoir vaguement tenté de la raisonner, elle avait un peu bu, quelques bières. Pas tant que cela en fait, les expertises seraient formelles, on retrouva moins de 0,9 gramme d'alcool dans son sang. Suffisant sans doute pour désinhiber Morgane.

Nicolas Gravé et Clara Barthélémy lâchèrent assez rapidement une autre information : à partir de 2 heures du matin, ils passèrent le reste de la nuit à s'embrasser et se caresser sur un divan du Sea View. La virée était un prétexte, et les trois autres passagers des alibis : ils sortaient discrètement ensemble depuis quelques semaines. Ils ne s'aperçurent de la disparition de Morgane qu'au moment où la panique explosa dans la boîte, vers 6 heures du matin, après qu'un type affolé eut hurlé en boucle en courant autour des sofas :

« Y a un cadavre, nom de Dieu ! Y a un cadavre sur la plage ! »

Mathieu et Océane tenaient la chandelle. Ils commencèrent à déserter la piste de danse et à s'ennuyer vers 3 heures du matin. Entre 3 et 4 heures, ils alternèrent des bribes de conversation couvertes par les décibels et de longues minutes où ils piquaient du nez. Aucun d'entre eux ne s'était inquiété de ce que fabriquait Morgane, ils l'avaient aperçue pour la dernière fois sur la piste vers 3 h 30. Mathieu Picard avoua simplement qu'il se doutait qu'elle ne finirait pas seule la soirée, et qu'il ne s'était pas inquiété plus que cela qu'elle disparaisse. Le Sea View, avec le front de mer comme annexe, était devenu un véritable baisodrome... Il poussa même les confidences jusqu'à reconnaître qu'il avait tenté sa chance avec Océane, sans grande conviction, même si elle aussi avait bu plus que d'habitude. Il était copain avec la sœur de Morgane depuis la maternelle et elle n'était pas du genre flirt d'un soir. L'opposé de Morgane. Elle ressemblait plutôt à sa mère. Carmen. Castratrice, il n'avait pas trouvé d'autre mot.

En résumé, le capitaine Grima était confronté à un trou noir de deux heures entre 3 h 30 et 5 h 30, de la disparition de Morgane jusqu'à la découverte de son cadavre.

Pas tout à fait deux heures, pour être précis. Au vestiaire du Sea View, Sonia Thurau, une petite blonde au look de poupée Barbie trash, tendance gothique, se rappela avoir vu Morgane sortir fumer vers 3 h 40. Sonia était formelle. Morgane était selon elle la cliente la plus canon de la soirée. Sueur ruisselant sur le visage, robe moulante remontée sur les cuisses mouillées, limite transparente, sous-vêtements fuchsia apparents.

— Elle portait alors sa culotte et son soutien-gorge, confirma Sonia.

— Observatrice ! la complimenta Grima.

— Vous parlez, capitaine. Je lui aurais bien brouté son petit minou !

Sonia Thurau avait répliqué avec un naturel qui consterna le gendarme, d'autant plus que son regard tout aussi observateur, posé sur l'anatomie du capitaine, sous-entendait qu'elle n'avait pas de préférence sexuelle exclusive. La fois d'après, car il y eut un autre entretien capital avec Sonia, il confia l'interrogatoire à un gendarme plus proche que lui de la retraite.

« Sortie fumer »...

Le capitaine repensa longtemps à ce détail après l'entretien.

Morgane Avril ne fumait pas...

Nouvelle impasse.

Le capitaine Grima eut très tôt l'intuition qu'il devait prendre l'enquête à revers. Qu'il ne devait pas seulement multiplier les témoins, reconstituer chaque minute de l'emploi du temps de Morgane Avril, mais concentrer au contraire ses efforts sur l'arme du crime.

L'écharpe Burberry.

Le 19 juillet 2004, le juge Nadeau-Loquet lui envoya un message pour le féliciter des avancées significatives de l'enquête à partir d'une voie en laquelle seul le capitaine avait vraiment cru.

Une écharpe. Un bout de tissu à plus de quatre cents euros.

Grima prit le temps de vérifier tous les témoignages, de recouper l'ensemble des versions, d'éliminer plusieurs dizaines d'informations qui lui semblèrent fantaisistes.

Au final, seuls trois témoins crédibles se souvenaient de cette écharpe Burberry.

Sonia Thurau, derrière son vestiaire, tira d'abord la gueule au flic poivre et sel qui venait à nouveau l'interroger, puis finit par se rappeler un client qu'elle qualifia de fils à papa. « Bronzé » fut le seul qualificatif qu'elle accepta d'inscrire sur sa déposition. Elle refusa « basané », « Maghrébin », « métis » et tous les autres termes que lui proposa le vieux gendarme.

— Avec la boule à facettes dans la gueule, mon pauvre, si tu crois que j'ai pu mesurer l'épaisseur de son fond de teint...

Le fils à papa bronzé avait laissé sa veste en lin et son écharpe en cachemire au vestiaire. Ce genre de costume était plutôt rare dans un festival de rock, Sonia s'en souvenait pour cette raison.

— C'était une écharpe rouge ? Une Burberry ?

Elle n'avait pas repéré la marque mais, oui, elle pouvait ressembler à une Burberry. Sonia n'avait pas vu le type repartir, sans doute qu'une collègue lui avait rendu ses habits, mais aucune ne s'en souvenait. Le capitaine Grima envisagea l'hypothèse que Sonia Thurau ait inventé ce mystérieux client. L'affaire Avril était rapidement devenue, pour les médias, « l'affaire du tueur à l'écharpe rouge ». Rien ne permit de l'affirmer. Quand elle ne tenait pas le vestiaire du casino, Sonia Thurau suivait de sérieuses études de droit européen comparé à Rouen. Et surtout, deux autres témoignages vinrent confirmer le sien.

A force d'insister, Mickey, videur intérimaire qui avait passé la nuit du 5 au 6 juin à tourner sur le parking en écoutant le bruit des vagues couvrir celui des riffs, finit par se souvenir de l'ombre d'un type qui fumait près des poubelles du casino, sous la falaise, peut-être bien vêtu d'une veste et d'une écharpe. Il n'avait pas pu distinguer la couleur. Il ne se souvenait pas non plus de l'heure. Après 3 heures du matin, c'est tout ce qu'il pouvait affirmer, il en était certain à cause de sa pause. Impossible pour lui d'être plus précis. L'ombre se tenait seule, cela, Mickey en était sûr.

— Comme si elle attendait quelqu'un ? demanda Grima.

— Peut-être.

— Une fille ?

— Ouais… ou des potes. J'ai continué ma ronde.

Mickey n'eut rien d'autre à décrire, juste une silhouette aperçue entre le halo d'un réverbère et le faisceau de sa lampe torche. Sauf que l'heure pouvait fort bien correspondre à celle où Morgane Avril avait quitté le Sea View… Sans que plus personne ne la revoie vivante.

Vincent Carré, le troisième témoin, vingt et un ans, étudiant en chimie, était arrivé vers 17 heures à la gare de Bréauté, arrêt le plus proche d'Yport sur la ligne de train Paris-Rouen-Le Havre. De là, un autocar devait emmener directement les voyageurs au festival. Vincent comptait profiter du bus pour rejoindre au concert ses potes du club de tennis de table. Pendant une petite dizaine de minutes, il avait attendu à côté d'un garçon de son âge, habillé classe, chemise blanche, pompes vernies, veste sur le dos et écharpe rouge autour du cou. Un look qui détonnait par rapport aux autres festivaliers. Ils avaient échangé quelques mots.

« T'es sapé comme un prince, avait commenté Vincent.

— Les filles aiment ça, avait expliqué le prince.

— Tu y vas pour la musique ou les filles ? »

Vincent Carré se souvenait précisément de la réponse.

« La musique ou les filles ? T'es sérieux, là ? La bonne musique, c'est rare, mon pote, et c'est pas à Yport que tu vas trouver le nouveau Hendrix ! Mais les filles... Waouh, les filles sont belles partout ! »

L'autocar était arrivé. Vincent ne s'était pas assis à côté du prince. Pas vraiment sa tribu. Chacun avait enfoncé son MP3 dans ses oreilles. Fin de l'épisode.

Vincent avait revu le type à l'écharpe au Sea View. Il dansait dans la foule et, le plus souvent, se collait à la plus belle fille de la soirée, Morgane, même si Vincent ne connaissait pas son prénom à ce moment-là. D'évidence, il la draguait.

Il ne portait pas son écharpe sur la piste de danse, mais des dizaines d'autres témoins confirmèrent qu'un garçon tournait autour de Morgane. Océane et Mathieu également. Tous, y compris Vincent, se réunirent pour établir un portrait-robot. Un beau visage plutôt carré, des yeux marron, une peau très brune, peut-être même, sans certitude, d'origine maghrébine. Un graphiste travailla deux jours pour aboutir à un portrait-robot aussi vague que banal. On le diffusa pourtant, beaucoup, partout. Les centaines de réponses, toutes vérifiées, ne donnèrent strictement rien. Le capitaine Grima, d'ailleurs, ne croyait pas à ce portrait. Pas dans la pénombre d'une salle de discothèque, pas à partir de souvenirs précédant le drame, alors que les témoins n'avaient à ce moment-là aucune raison de graver ce visage dans leur mémoire.

Vincent Carré revit l'inconnu à l'écharpe rouge le lendemain matin. C'était l'effervescence dans Yport, le cadavre de Morgane Avril venait d'être découvert, les flics quadrillaient le village. Le type attendait place Jean-Paul-Laurens, devant la boulangerie, la veste sur le dos. Vincent passa devant lui presque en courant, bouleversé par le drame : il dormait chez lui depuis 2 heures du matin, claqué, et on était venu le réveiller. Une fille morte sur la plage ! Violée ! Il devait d'urgence, comme tous les autres gars, aller donner son identité aux flics, filer son ADN aussi... Quand il passa devant l'inconnu, Vincent Carré ne savait rien de plus de l'affaire. Ni qui avait été tué ni comment.

Le type l'avait salué de la main. C'est lui qui l'avait reconnu. S'il n'avait pas levé la main, Vincent ne l'aurait pas remarqué. Curieusement, ils ne parlèrent pas de la fille morte, Vincent Carré ne sut pas dire pourquoi. La seule explication qu'il put fournir fut que l'inconnu ne donnait pas l'impression d'être au courant. Ou de s'en foutre.

« Alors, t'as aimé le concert ? » avait demandé Vincent.

L'autre avait éclaté de rire.

« Tu parles...

— Et les Yportaises ?

— Jolies. Très jolies.

— J'ai vu ça cette nuit. T'as pas choisi la plus moche...

— Et pas la moins chaude, tu peux me croire... »

Vincent Carré, sur le moment, l'avait pris pour un frimeur. Il avait aussi remarqué que l'inconnu ne portait plus son écharpe rouge autour de son cou.

« Et ton écharpe ?

— Je l'ai laissée à la petite, fit l'inconnu. En souvenir.

— Tu comptes la revoir ?

— M'étonnerait... »

Il avait lâché un nouveau rire que les psys firent par la suite décrire à Vincent des centaines de fois, si possible en jouant sur les plus fines nuances.

Un rire spontané ? Forcé ? Cynique ? Sadique ?

Vincent n'en savait rien. Il se rappelait seulement la réponse de l'inconnu à sa dernière question.

« Tu reprends le car ? avait insisté Vincent.

— Non, je vais chez mes vieux. Ils ont une résidence secondaire sur la côte normande. »

La clé de voûte de toute l'affaire Morgane Avril !

Forcément, on vérifia la crédibilité du témoignage de Vincent Carré. Il semblait fiable, même si les flics s'interrogèrent beaucoup sur le trou dans son emploi du temps : Vincent était parti se coucher vers 2 heures du matin, il avait laissé ses copains de tennis de table terminer la soirée. Ça ne lui ressemblait pas…

Le capitaine Grima lui posa la question. Vincent Carré répondit qu'il était crevé, qu'il avait eu une semaine dure. Quand on insista, il s'énerva, furieux qu'on le soupçonne alors qu'il était le seul témoin à avoir fait un peu avancer l'enquête. Il avait raison, Grima n'avait aucune raison de soupçonner davantage Vincent Carré que n'importe quel autre client du Sea View. D'ailleurs, son ADN ne correspondait pas à celui du violeur.

On chercha donc un garçon d'environ vingt ans dont les parents possédaient une résidence secondaire sur la côte normande. Le capitaine Grima apprit à cette occasion que le littoral normand en comptait plus de trente-cinq mille… Dénicher la bonne s'avéra mission impossible, même si des équipes de flics effectuèrent du porte-à-porte pendant des semaines, portrait-robot à la main, par cercles concentriques, d'abord les plus proches, Etretat, puis Saint-Valery-en-Caux, puis Honfleur, puis Deauville, Cabourg, Dieppe…

Peine perdue.

Rien.

L'inconnu à l'écharpe rouge s'était évaporé dans la nature.

Le capitaine Grima fit son rapport au juge Nadeau-Loquet le 20 août 2004. L'enquête piétinait depuis près de cinq semaines. Aucun fait nouveau, mais la conviction de Grima était acquise.

Morgane Avril avait accepté de suivre cet inconnu qui tournait autour d'elle sur la piste de danse. Il avait récupéré sa veste et son écharpe Burberry au vestiaire sans qu'on le remarque, avait attendu ensuite sur le parking que Morgane le rejoigne. Ils s'étaient sans doute baignés en mer ensemble, dans un coin discret. L'histoire avait dû basculer ensuite.

Morgane refuse d'aller plus loin qu'un simple flirt. L'inconnu insiste. Cela dégénère, il la viole, panique, l'étrangle, la hisse en haut de la falaise et jette son cadavre, peut-être pour gagner du temps, pour faire penser d'abord à un suicide.

Puis il disparaît...

Le capitaine Grima, malgré l'absence de suspect à livrer au juge Nadeau-Loquet, avait conclu son rapport sur une note optimiste. L'assassin de Morgane Avril avait été partiellement identifié. Avec le temps, il deviendrait moins méfiant, quelqu'un pourrait finir par le reconnaître sur la côte normande, ou ailleurs. Le capitaine Grima n'avait qu'une certitude, qu'il exprima également dans le dernier chapitre de son rapport.

Le meurtrier de Morgane Avril ne recommencerait jamais.

Son profil était celui d'un jeune issu d'un milieu aisé, cultivé, éduqué, qui avait commis ce soir-là la connerie de sa vie. Il allait vivre avec ce secret monstrueux enfoui au fond de lui. Jusqu'à sa mort.

Si on ne le coinçait pas avant...

Le rapport de la gendarmerie de Fécamp déclencha la fureur du clan Avril.

Carmen Avril et sa famille, par la bouche de leur avocat, s'opposèrent avec violence à la théorie du capitaine Grima. Ils ne croyaient pas à la thèse du fils de bonne famille qui aurait dérapé. Pour eux, l'assassin était un pervers, un prédateur qui avait agi avec préméditation. Leur argument le plus convaincant reposait sur l'attitude de l'inconnu à l'écharpe rouge le matin du drame, celle décrite par Vincent Carré. Le suspect n° 1 de Grima attendait tranquillement que ses parents viennent le chercher place Jean-Paul-Laurens, sans stress ni panique, alors que des dizaines de flics arpentaient les rues d'Yport. Une telle sérénité ne collait pas avec la théorie de la drague nocturne qui vire au drame.

On disserta des heures, entre flics, avocats et juges, sur les quatre phrases qu'avait rapportées Vincent Carré.

« Et ton écharpe ?

— Je l'ai laissée à la petite. En souvenir.

— Tu comptes la revoir ?

— M'étonnerait... »

Pouvait-on les interpréter comme les réponses improvisées par un pauvre type qui venait de commettre un meurtre presque par accident et qui jouait sa liberté à pile ou face ? Comme celles d'un criminel cynique au terrifiant sang-froid ? Ou tout simplement comme celles d'un innocent... qui pourtant jamais ne se présenterait devant la police ?

Le capitaine Grima exprima une dernière fois publiquement son opinion, le 23 août, dans *Le Havre libre* : il ne croyait pas à l'hypothèse du sadique qui se trouve là au bon moment, qui parvient à approcher puis agresser Morgane Avril sans que personne le remarque. Pourquoi alors le bain de mer ? Pourquoi alors l'écharpe Burberry ?

Puis, le 26 août 2004, sa théorie vola en éclats.

Sa crédibilité aussi.

Tout son patient travail, ses nuits de veille hors de chez lui, à rater trois des six premiers mois de vie de sa petite Lola, tout cela explosa.

Le dérapage d'un adolescent attardé. L'absence de préméditation.

En une journée, l'affaire de l'écharpe rouge Burberry se hissa au rang de drame national qui dépassa par son ampleur tout ce que le capitaine Grima avait pu imaginer.

Qui gonfla, s'envola vers les plus hautes sphères de la justice et de la police.

Bien au-delà de sa compétence.

***

Le bruit de cloche me tira de ma lecture.

Elle cognait en continu, comme un tocsin, comme l'appel insistant des marins pour un rassemblement sur le pont.

La voix d'André explosa dans le couloir.

— Jamal. On mange !

J'ai regardé l'heure sur ma table de chevet.

19 h 17.

Merde !

11

Tu comptes la revoir ?

En février, la Sirène tenait davantage de la pension de famille que de l'hôtel-restaurant. Repas à 19 heures et menu unique pour les quelques clients : deux retraités qui restaient une nuit avant de descendre vers le Mont-Saint-Michel, un couple d'Anglais débarqué de Dieppe avec leur bébé rougeaud, un type en cravate, seul, genre représentant de commerce égaré.

J'ai descendu quelques marches.

La salle à manger était vaste, j'imaginais qu'elle pouvait accueillir plus de trente couverts. Presque toutes les tables bénéficiaient d'une vue imprenable sur la mer à travers une immense baie vitrée. Dès que j'ai fait un pas supplémentaire dans la pièce du restaurant, j'ai découvert l'invité-surprise.

— Vous êtes en retard, Jamal.

Mona !

Elle dînait seule à sa table, armée d'une pique en inox devant son assiette de bulots. Le couple de retraités mangeait en silence quelques tables plus loin. Dans l'autre coin de la pièce, les Anglais n'étaient pas trop de deux pour tenter de faire ingurgiter à leur bébé un pot de légumes vert grenouille. Mona fixa la chaise devant elle.

— Vous préférez dîner seul ou je vous fais une place ?

Comment refuser ?

Je me suis installé face à elle. Le coup devait être monté avec André ; mon assiette et mon couvert surgirent dans les secondes qui suivirent. Il s'éclipsa avec un sourire complice dont je ne savais pas s'il s'adressait à elle ou moi.

— Petite cachottière, vous êtes arrivée à la Sirène ce matin ?

Les yeux de Mona pétillèrent, fiers du mystère qu'elle avait laissé planer à la gendarmerie.

— Exact. Hier, je prospectais sur le secteur de Veules-les-Roses, mais je dois maintenant rayonner entre Antifer et Paluel[1], les deux plus gros pièges à galets de la côte. Je vous ai croisé ce matin lorsque vous reveniez de votre footing. J'étais de dos, au comptoir, vous ne m'avez pas remarquée.

Pas étonnant, c'était le moment où André m'avait donné la première enveloppe.

— Finalement, vous avez réussi à convaincre les flics pour votre tampon ?

— Oui ! Mais j'ai dû coucher avec la moitié de la gendarmerie. Et vous, pas de nouvelles suicidées ?

— Pas à ma connaissance…

André m'apporta dans le même instant mes

1. Antifer est un terminal pétrolier en front de mer, Paluel une centrale nucléaire.

bulots mayonnaise. Il avait forcément entendu l'allusion aux « nouvelles suicidées » mais il ne releva pas.

— On se commande une bouteille de vin, proposa Mona. Je vous invite !

J'ai protesté pour la forme, mais Mona insista.

— Je le ferai passer en note de frais. Mon financeur n'est pas à quelques euros près. La P@nshee Computer Technologies a dû faire près de cinq milliards de bénéfice l'année dernière. Il n'y a pas de raison que seuls les retraités de Key Biscayne en profitent, non ?

Elle commanda à André un bourgogne chardonnay 2009, vougeot premier cru.

Soixante-quinze euros !

Son chiffre d'affaires de la semaine.

Un long silence s'installa entre nous. Un round d'observation. Je n'avais aucune envie de parler du suicide du matin, de l'écharpe Burberry, encore moins de l'affaire Morgane Avril. Mona m'offrait une parenthèse enchantée dans ce torrent de questions sans réponses et de coïncidences impossibles.

Mon regard papillonna sur la décoration de la pièce, vers les toiles romantiques de tempête sur la falaise, les nœuds marins alignés dans un cadre bois et cuivre, la bouée bleu roi « Bienvenue à bord », la boussole géante accrochée à la poutre. Ambiance maritime. Je glissais sur le moindre bibelot pour m'éviter de me noyer dans le décolleté de Mona qui avait fait sauter un bouton supplémentaire de son chemisier depuis cet après-midi.

Pour me séduire ou pour convaincre les flics ?

Mona dégaina la première.

— Vous savez comment le P-DG de P@nshee a fait fortune ?

— Aucune idée…

— C'est une histoire incroyable. Vous allez adorer, Jamal. Panshee Kumar Shinde, c'est son nom, était un immigré indien. Il est arrivé à San Francisco, au milieu des années 70, sans une roupie en poche. La nuit, il nettoyait les chiottes des bureaux du *downtown* et le jour, il prenait des cours de management. « Comment monter sa start-up », vous voyez, ce genre d'école à dix mille dollars l'année qui arnaque des milliers d'étudiants étrangers en surfant sur le rêve américain, endettés sur trois générations. En milieu d'année, Panshee eut un mémoire à rendre. Un projet de création d'entreprise, avec plan marketing, programme d'amortissement financier et tout le toutim. Lui, lessivé par ses ménages nocturnes, n'avait pas eu le temps de rédiger la moindre ligne. Il avait envie de tout laisser tomber. Les deux mains dans la merde, il commençait à comprendre comment fonctionnait l'Amérique. La veille de rendre le dossier, il nettoyait encore les toilettes du Transamerica Pyramid, quarante-septième étage, sans aucune idée d'entreprise, même virtuelle, à créer. Plus prosaïquement, il pestait contre les connards de l'étage qui bouchaient les chiottes avec des Kleenex ou des feuilles A4 quand il ne restait plus de papier-toilette…

Mona dégusta une gorgée de chardonnay avant de continuer :

— Et là, il a eu l'idée…
— Dans les chiottes ?
— Oui, l'idée la plus con de l'univers. Plutôt que de placer dans les toilettes des bureaux un rouleau standard de vingt mètres de long, le même que l'on a chez soi, pourquoi ne pas directement installer un rouleau beaucoup plus long ? Deux cents, trois cents mètres, sécurisé dans un dérouleur métallique. Il est parti là-dessus faute de mieux et a rédigé son projet pendant le reste de la nuit. Le lendemain, comme chaque matin, il devait s'arrêter à la station Civic Center de la ligne L du métro pour se rendre à son cours. Au dernier moment, il laissa passer l'arrêt, descendit cinq stations plus loin, à West Portal, et entra dans une agence de la Wells Fargo pour vendre son projet à un banquier et déposer le brevet.
— Ça a marché ?
Mona s'enthousiasma.
— Il est devenu multimilliardaire en moins d'un an. L'une des cent plus grandes fortunes au monde. Vous connaissez une seule gare, un seul hôtel, un seul établissement public qui ne soit pas aujourd'hui équipé d'un distributeur de papier-toilette de ce type ? Amusez-vous à calculer le nombre de centimètres de PQ déroulé chaque jour par chaque individu sur la planète.
Mona vida son verre et continua :
— Le brevet le plus lucratif du siècle ! On raconte que Panshee a ensuite investi dans l'informatique, puis a acheté une île en Micronésie, qu'il y vit à poil toute l'année et s'y torche avec des feuilles de palmier.

— C'est vrai ?

Elle éclata de rire.

— A votre avis ?

J'hésitai à peine.

— Vous avez tout inventé ?

— Peut-être. J'adore raconter des histoires.

J'ai eu envie de l'applaudir, de la serrer dans mes bras, de sortir avec elle sur la digue en courant pour rire aux éclats toute la nuit sous la lune. Je n'avais jamais rencontré une fille aussi proche de ma vision du monde. Décalée, pas tout à fait dans le réel. Sur le rebord d'une fenêtre, entre deux vides, celui des bagnoles qui grouillent dans la rue au-dessous, celui des étoiles au-dessus. Pour la seconde fois de la journée, j'ai pensé à Djamila. Mona me rappelait ma grand-mère, la Shéhérazade de Drancy, rebaptisée Canal + par tous les gamins qui écoutaient ses histoires bouche et yeux ouverts, tour Géricault, escalier C, chaque samedi soir, jusqu'à ce qu'on colle Djamila dans un mouroir au Blanc-Mesnil et que les infirmières réduisent ses contes fabuleux à des délires incohérents, preuves d'un Alzheimer avancé. J'avais huit ans. Je n'avais oublié aucune de ses histoires.

André profita de mes rêveries pour débarrasser mon assiette et poser une marmite de moules marinières. Le temps d'une hésitation de sa part, j'ai deviné qu'il avait envie de parler, sans doute de cette histoire de suicidées dont il nous avait entendus discuter. La nouvelle avait dû courir dans tout le village. Une fille retrouvée morte après le grand saut du haut de la falaise ! Peut-être même que la tentative d'étranglement avait fuité…

J'imaginais la panique dans les maisons de pêcheurs.

Dix ans après, le violeur à l'écharpe Burberry était-il de retour ?

— Et vous ? me demanda soudain Mona.

— Moi ?

— Oui ! A votre tour de me raconter une histoire extraordinaire.

J'ai secoué la tête, en panne d'inspiration, comme si trier les moules dans leur sauce suffisait à épuiser toute ma concentration. Mona trépigna.

— Ne me décevez pas, Jamal ! Je ne vous aurais pas invité à ma table si je n'avais pas été certaine que vous alliez me surprendre. Allez, un truc fou !

J'ai pris le temps d'essuyer mes doigts sur la serviette. Trois tables plus loin, les deux retraités tenaient deux Smartphones entre leurs mains et surfaient chacun de leur côté.

— OK, Mona. Vous l'aurez voulu. Un truc fou ? Vous n'allez pas être déçue ! Voilà, j'ai inventé un moyen révolutionnaire pour draguer les filles. Une méthode infaillible pour mettre les plus belles dans mon lit.

J'avais ferré Mona. Elle redressa le buste, écarquilla les yeux, entrouvrit les lèvres. Bizarrement, un mot me vint pour décrire sa figure de poupée rieuse, un seul mot, que je crois je n'avais jamais utilisé de ma vie, un mot que seuls les vieux employaient.

Minois.

Un mélange de visage de jeune fille, de chatte et de souris. Une figure de personnage sorti d'une fable de La Fontaine.

— Je vous trouve bien prétentieux, Jamal...

— Vous ne me croyez pas ?

— J'attends de voir...

J'ai lentement sorti mon portefeuille de ma poche, puis j'en ai tiré une petite carte de visite. Je l'ai glissée sur la table tout en la masquant de la paume pour que Mona ne puisse pas la lire.

— Voici mon arme secrète.

— Ah, fit Mona en forçant le trait de la déception.

J'ai un peu avancé la carte, sans la dévoiler.

— Depuis dix ans, je ne sors jamais sans mes cartes. J'en ai toujours quelques-unes dans la poche. Mon quotidien, c'est le RER, les trains de banlieue, les trottoirs de la ville... Parfois, je croise une fille qui me plaît. Alors je lui glisse une de ces cartes dans la main, sans même m'arrêter, sans même qu'elle ait vraiment le temps de se demander à quoi je ressemble.

J'ai ouvert la main et j'ai lu la carte.

Mademoiselle,

Je me suis amusé à calculer que, chaque jour, je croise dans les rues de Paris plusieurs milliers de femmes. Chaque jour, je distribue une carte à l'une de ces femmes, parfois deux, rarement trois, jamais plus.

Une femme sur plusieurs milliers.

Vous. Aujourd'hui.

Vous êtes différente. Dans cette foule, quelque chose vous distingue de toutes les autres.

Si vous êtes aimée par un homme et heureuse auprès de lui, peut-être serez-vous tout de même touchée par mon geste. Si vous ne l'êtes pas, c'est une injustice, car vous le méritez. Tellement plus qu'une autre.

A mes yeux.

Merci pour ce petit instant magique.

jamalsalaoui@yahoo.fr

J'ai abandonné le carton à Mona, qui s'en est saisie comme d'une carte au trésor.

— Woah ! Et ça fonctionne ?

J'ai vidé à mon tour mon verre de chardonnay et l'ai savouré au juste prix. Un euro le centilitre.

— C'est infaillible ! Au pire, les femmes se sentent flattées. Au mieux, elles chavirent. Je joue sur la surprise, sur leur ego, sur le contraste entre l'indifférence parisienne générale et ma petite touche de romantisme qui tombe du ciel. Vous voyez, Mona, le compromis idéal entre la drague virtuelle sur les sites de rencontre et l'abordage lourdingue que subissent en permanence les filles dans la rue.

Mona attrapa la bouteille et nous resservit. Elle siffla entre ses dents.

— Une fille sur des milliers. Vous choisissez comment ?

— C'est toute la question, Mona. Comment vous expliquer… S'il y a bien un truc auquel je n'ai jamais rien compris, c'est le coup de foudre. Ce truc qui vous tomberait dessus dans la rue. La foule qui s'écarte, au ralenti. Franchement, Mona, presque toutes les femmes ont du charme, presque toutes possèdent un petit quelque chose qui permet de tomber amoureux d'elles, de les aimer toute une vie sans regrets. Bon, admettons que pour un coup de foudre, ça ne suffise pas... Il reste que, je ne sais pas, au moins une femme sur trois est vraiment jolie si elle veut plaire. Et si on cherche au-delà, au moins une femme sur dix, sur vingt peut-être, est parfaite. Chacune dans son genre, mais parfaite ! Alors, Mona, vous comprenez, le coup de foudre sur un simple regard, ça me sidère. Des femmes capables de faire tomber un éclair sur moi, j'en croise une par voiture de métro, dix à chaque terrasse d'une place parisienne sous le soleil, cent sur une plage en été...

Mona, entre deux moules grignotées de ses canines de chat, me dévisagea avec intérêt.

— Pas facile de vous cerner, Jamal. Etes-vous le pire des machos ou l'inventeur du post-romantisme ?

Elle s'arrêta pour réfléchir, comme pour chercher la faille dans ma méthode.

— Vous ne distribuez vraiment qu'une à trois cartes par jour ?

J'ai mimé l'enfant penaud qui s'est fait démasquer.

— Vous rigolez ! Certains jours, j'ai été jusqu'à en refiler plusieurs centaines...

Elle éclata de rire.

— Filou ! Et la grande question, maintenant. Elles vous répondent ?

— Sérieusement ?

— Oui...

— J'ai un taux de réponse de près de 80 %... Presque toutes passent à l'acte après trois mails.

J'ai couché avec les plus belles filles de la capitale, des canons que je cueille dans la rue avec plus de facilité que si j'étais le patron de la plus grande agence de mannequins de Paris.

— Vous me faites marcher ?

— Peut-être, j'adore inventer des histoires.

Mona leva son verre de chardonnay et trinqua avec moi.

— Joli, Jamal. Match nul.

Elle hésita, puis se lança :

— Si vous m'aviez croisée dans la rue, vous m'auriez donné une carte ?

J'ai compris que je ne devais pas répondre trop vite, j'ai pris le temps de détailler chaque grain de sa peau, les reflets roux sur ses pommettes, les ombres de ses cils sur son adorable nez en trompette. Mona en rajouta, prit la pose, fixa la mer pour que j'admire son profil, s'étira, m'offrit sa gorge, sa nuque.

Je répondis enfin, en pesant chaque syllabe.

— Oui. Et je n'en aurais distribué qu'une ce jour-là.

Mona rougit. Pour la première fois, je la sentais gênée.

— Menteur ! trouva-t-elle le moyen d'articuler.

Elle chercha un moyen de détourner la conversation. Elle prit une longue inspiration avant de poser sa question.

— Et votre… votre jambe… C'est un accident ?

Elle n'était pas si différente des autres, au fond. Elle n'avait pas résisté à la tentation. Ma réponse était toute prête. Depuis des années.

— Oui. Porte Maillot. La plus belle des filles attendait de l'autre côté de la rame, impossible de la laisser partir sans lui donner de carte… J'ai sauté sur la voie, mais le métro est arrivé à ce moment-là !

Elle rit.

— Idiot ! Vous me direz un jour ?

— Promis.

— Vous êtes un drôle de type, Jamal. Amusant, mais menteur ! D'ailleurs, je suis certaine que vous ne m'auriez pas donné votre carte. Je devine que vous aimez les femmes romantiques, les beautés fatales, les évanescentes. Pas les filles directes comme moi. A mon avis, c'est le problème de votre technique, vous attirez des images, vous les collectionnez comme des figures Panini. Vous n'attrapez pas celles qu'il vous faut !

— Merci du conseil.

Mona me dévorait des yeux.

— Excusez-moi, fit une voix dans notre dos.

André était planté derrière nous avec deux bols d'île flottante au bout des bras. Il les posa en évitant de justesse le tsunami, puis se décida enfin à parler.

— Jamal, tout à l'heure, tu as parlé d'une suicidée. C'est… c'est récent ?

Visiblement, André ignorait tout de l'accident de ce matin. Etrange !

J'ai expliqué brièvement les faits en omettant simplement de mentionner que j'avais trouvé l'écharpe Burberry accrochée à un barbelé sur la falaise et qu'elle s'était inexplicablement retrouvée autour du cou de Magali Verron. Plus je progressais dans mon récit, plus André ouvrait des yeux ronds. Lorsque j'ai marqué une pause, le patron de la Sirène, blanc comme ses nappes, bafouilla.

— Ton histoire me rappelle...

Je l'ai devancé.

— Le viol de Morgane Avril. Il y a dix ans.

André hocha lentement la tête en signe d'acquiescement.

— J'étais là, continua-t-il. Aux premières loges ! La fille Avril est morte sous ma fenêtre pour ainsi dire. Le festival Riff on Cliff était une aubaine pour moi. J'avais écoulé des litres de moules, des tonnes de frites et de kebabs, ma terrasse occupait toute la digue, il faisait plutôt beau ce soir-là, des jeunes venaient de partout. C'est la première et dernière fois qu'on a organisé un tel événement à Yport.

— Je comprends.

Je ne trouvais rien de mieux à dire.

— Je ne vais pas me plaindre, précisa André. Après le meurtre, mon hôtel est resté plein pendant six mois. Journalistes, flics, experts, témoins, avocats.

— Bonne nouvelle alors, glissa Mona. Avec cette morte, vous allez à nouveau afficher complet !

Je n'étais pas certain qu'André appréciait autant que moi l'humour de Mona. Il ne releva pas et se contenta de marquer un long silence.

— J'espère juste, finit-il par ajouter, qu'il n'y en aura pas d'autres.

— Pas d'autres quoi ?

— D'autres victimes...

— Une tous les dix ans, insista Mona. Cela laisse de la marge.

André lui jeta un regard étrange, vide, traversant Mona comme si elle n'existait pas pour aller se perdre beaucoup plus loin, quelque part entre mer et étoiles. J'ai eu l'impression que plus qu'un mépris pour l'humour déplacé de Mona, il s'attendait à ce que l'on partage son inquiétude. Je me suis tourné vers lui.

— Pourquoi, André ? Pourquoi y aurait-il d'autres victimes ?

Le patron avait l'air d'avoir vieilli de dix ans en une soirée. Il prit une chaise et s'assit à côté de nous. Il scruta longtemps l'horizon noir, puis parla d'une voix basse.

— Tu ne connais pas toute l'histoire alors, Jamal ? Tu as seulement appris pour Morgane Avril ?

J'ai repensé aux dernières lignes des articles de presse lus avant le dîner, la théorie du capitaine Grima qui s'effondrait, l'affaire qui prenait une dimension nationale.

— Quatre mois après le meurtre de Morgane Avril, continua André, il y a eu un second crime. Une fille d'Elbeuf, près de Rouen. Ça s'est passé en Basse-Normandie, au bord de la mer aussi, vers la fin des vacances, elle encadrait un camp d'adolescents. Même violeur. Même sperme. Etranglée avec la même écharpe rouge Burberry. Ce fut la folie à l'époque en Normandie. La panique ! On craignait que le tueur en série continue… Mais ça s'est arrêté là… Deux filles…

Il marqua une longue pause.

— Jusqu'à ce matin.

J'ai tenté d'avancer une explication rationnelle.

— Cela veut dire que ce malade était en taule depuis dix ans, qu'il est sorti et qu'il recommence ?

— On ne l'a jamais coffré, fit André d'une voix monocorde.

Il resta pensif, perdu dans ses souvenirs. Les îles flottantes, chimiques, s'enfonçaient doucement dans leur mer de crème. Enfin, André s'éloigna pour débarrasser la table des Anglais qui avaient disparu avec leur môme en laissant derrière eux une marée de purée verte.

Mona contempla son dessert comme une banquise victime du réchauffement climatique.

— Sacrée histoire.

Je réfléchissais sans même lever les yeux vers elle.

Deux meurtres.

Un violeur en cavale depuis dix ans qui visiblement était repassé à l'acte ce matin.

Sauf qu'il n'avait pas tué, cette fois-ci.

Magali s'était jetée elle-même du haut de la falaise. Après s'être entortillé l'écharpe autour du cou.

L'écharpe avec mes empreintes.

Quelqu'un savait. Quelqu'un se jouait de moi et allait me donner les informations au compte-gouttes.

Pourquoi moi ? Qu'est-ce que je venais faire dans toute cette histoire ?

Les doigts de Mona jouaient avec ma carte.

— On y va ? me fit-elle.

Je n'ai pas répondu. Elle semblait déçue par la tournure de la fin du repas, comme si la plongée dans le réel était trop brutale. Elle relut à voix haute quelques mots de ma carte.

— « Merci pour cet instant magique. » Je vais vous faire une confidence, Jamal. J'aurais adoré qu'un inconnu me glisse un tel mot dans la main sur le quai d'un train de banlieue. Je crois que je me serais laissé séduire, quel qu'il soit.

Elle prit le temps d'observer par la baie vitrée, dans la lueur des réverbères, la danse des barques de pêcheurs amarrées. Vides. Ou barrées par des fantômes. Puis elle ajouta :

— Mais à l'occasion d'un dîner avec vue panoramique sur la mer, ce n'est pas mal non plus.

Elle repoussa sa chaise et se leva. J'ai frotté mes yeux, troublé par l'invraisemblable série d'événements qui s'étaient enchaînés depuis ce matin, puis je lui ai lancé un sourire. Il faut croire qu'il fut au goût de Mona.

— J'ai un principe, Jamal. Quand un garçon me plaît, je couche toujours le premier soir.

12

Pourquoi moi ?

Mona ouvrit la fenêtre. Le bruit des galets roulés par les vagues envahit la chambre, lui donnant des allures de cabine de bateau en pleine mer. Mona se tenait debout entre les deux rideaux, nue, offrant sa peau aux éclats d'écume qui cognaient la digue avant que le vent ne les soulève.

J'étais allongé sur le lit. J'admirais Mona, côté pile. Vue sur sa chute de reins qui se creusait jusqu'à ses fesses rondes, puis sur ses deux jambes de sirène ayant renoncé à l'océan. La lune peignait la nuit en clair-obscur. Les lueurs de la plage déserte dansaient sur Mona. Le rouge néon du casino, le jaune sable des halogènes.

Ambiance sous-bois, résine et pinède.

Elle se retourna. Côté face. Deux noisettes brunes hérissaient les dunes claires de ses seins. Quelques racines rousses poussaient sur son pubis épilé.

Splendide.

Dans le lit, lorsqu'elle avait dénoué l'élastique qui retenait sa queue de cheval, les cheveux de Mona étaient tombés en cascade sur ses épaules, donnant un volume inédit à son visage de souris. Une gravité, presque, qu'elle avait fait exploser dans un éclat de rire.

Mona faisait l'amour en riant.

Avec une énergie naturelle, une invention permanente. Comme un jeu. Tous ceux de son enfance. Cache-cache. Touche-touche. Ferme les yeux, donne-moi ta main, ouvre les lèvres.

Une pile d'autodérision ! Jamais je n'avais connu cela.

Ni l'un ni l'autre n'avions de préservatif, elle s'en foutait. Elle avait doucement appuyé sur le bas de mon dos pour que je reste en elle.

Elle m'avait tutoyé juste avant de jouir.

J'ai regardé le réveil. 3 h 10 du matin.

Mona poussa un peu la fenêtre et s'avança vers moi, sans pudeur. Je l'imaginais attrapant l'un des coquillages collés au cadre du mur, s'en couvrant le sexe, façon Vénus de Botticelli.

— J'ai aussi un pied-à-terre à Vaucottes, fit-elle. Tu connais ?

Je connaissais. Je passais par la valleuse de Vaucottes chaque matin quand je courais. C'était l'un des plus beaux trous de verdure de toute la côte. Quelques villas baroques du XIXe avaient confisqué pour elles seules ce vallon boisé et sa plage de poche.

— Mon patron de thèse a une maison de famille là-bas, précisa Mona. Il m'a filé les clés mais je n'y ai pas encore mis les pieds. D'après les photos, c'est une vieille bicoque, chic et sinistre, genre *Psychose*. Merci bien…

— Tu as couché avec lui ?

Elle sembla presque étonnée de la question.

— Tu rigoles ! Je suis aussi chiante au boulot que marrante pour le sexe. Alors si je me mets à mélanger les deux. Waouh...

Mona sauta sur les draps. Alors que je m'asseyais sur le bord du lit, ses doigts glissèrent sur mon dos.

— Déjà fatigué ? Tu cours très tôt ? Maman m'avait pourtant prévenue : « Ma fille, ne couche jamais avec un sportif de haut niveau ! »

J'ai embrassé ses lèvres et passé une main sur son sein droit.

— Juste quelques minutes. Accordé ?

Je n'ai pas attendu sa réponse, j'ai enfilé un caleçon et j'ai ouvert mon ordinateur portable posé sur le bureau face au lit. Comme je m'y attendais, les sarcasmes de Mona plurent.

— Je suis tombée sur un geek ! Tu fais quoi ? Tu twittes pour prévenir que tu as perdu ton pucelage avec la fille la plus canon de la côte ?

J'ai esquissé un sourire.

— Non, c'est ce que nous a raconté André tout à l'heure. Cette affaire de double viol...

— Cette histoire vieille de dix ans, ou la tienne, celle de ce matin ?

— Celle vieille de dix ans.

— Ça ne peut pas attendre ?

Non... J'ai besoin de savoir.

— Laisse-moi deux secondes, Mona. Ensuite, je vais te raconter le truc le plus fou que tu aies jamais entendu.

J'avais décidé de tout dire à Mona, y compris le voyage de l'écharpe Burberry du fil barbelé jusqu'au cou d'une jeune et belle suicidée.

Mon vieil ordinateur portable mit un temps fou à démarrer.

— Tu peux me rendre un service, Mona ? Dans la poche de ma veste, dans mon portefeuille, il y a le mot de passe de la Sirène pour la connexion Wi-Fi.

Le drap glissa lentement sur les courbes de Mona pendant qu'elle se tortillait sur le lit pour attraper mes affaires. Elle me cria la série de chiffres et de lettres.

J'ai tapé quelques premiers mots au hasard.

Tueur en série
Basse-Normandie
2004
Echarpe Burberry

Google me proposa une bonne centaine de réponses, presque toutes semblables. Certains mots revenaient en boucle dans les titres soulignés ou les lignes de résumé des articles.

Myrtille Camus.
Jeudi 26 août 2004
Base de loisirs d'Isigny-sur-Mer
Violée
Assassinée

Un des noms s'accrocha à mon cerveau.
Isigny-sur-Mer

Sans que je sache pourquoi, j'étais même incapable de situer ce village sur la côte normande. J'ai essayé de me concentrer, mais au même instant, la voix de Mona se planta dans mon dos.

— Petit cachottier. T'es un flic !

Un flic ?

Mona délirait ! Je me suis retourné vers elle, effaré.

— Pourquoi tu dis ça ?

Elle agita sous mon nez une petite étoile de shérif dorée et cabossée.

Mon étoile !

Mona ne s'était pas contentée de chercher mon portefeuille, elle avait fouillé toutes les poches de ma veste.

— Souvenir d'enfance ? fit Mona

— Exact. Remets-la à sa place, s'il te plaît.

J'ai repensé à ce matin d'automne où l'éduc de rue m'avait ramené direct chez ma mère parce qu'il m'avait pris à faire le guet pour Hakim et ses potes. J'avais sept ans. Au lieu de m'engueuler, ma mère m'avait traîné jusqu'au magasin de jouets, dans le centre commercial, de l'autre côté de la rocade. A l'époque, je passais mon temps à regarder des cassettes de vieux westerns que l'oncle Kamel collectionnait. Ma mère m'avait acheté cette étoile en fer doré qui ne devait pas valoir cinq francs, l'avait accrochée à mon blouson sans rien dire puis m'avait ramené à la maison et m'avait collé devant un film de cow-boys. N'importe lequel, elle s'en foutait. Elle voulait juste me faire comprendre de quel côté de la loi je devais me situer. Pour toujours.

— C'est toi qui as écrit ces mots ?

Cette tête de mule de Mona n'avait pas rangé mon étoile. Au contraire, elle l'examinait sous toutes les coutures.

— Des verbes, on dirait, continua-t-elle. Cinq verbes. Un sur chaque branche.

Elle déchiffra lentement les mots, à moitié effacés, écrits au feutre sur l'étoile.

Devenir

Faire

Avoir

Etre

Payer

J'ai soupiré.

— Ce sont comme des principes, Mona. Des directions, si tu préfères. C'est une sorte de boussole.

— Détaille !

Les yeux de Mona pétillaient. Il était trop tard pour lui arracher cette étoile des mains. Le drap avait définitivement glissé sur son adorable cul mais je me sentais plus nu qu'elle encore. J'ai feint l'indifférence et me suis replongé dans les réponses de Google.

Courrier du Bessin

Lieu-dit les Grandes Carrières, sortie d'Isigny-sur-Mer. Fin d'après-midi. Un cadavre retrouvé près d'anciens fours à chaux.

— Sans rire, insista Mona. C'est quoi ces cinq verbes ?

— Ma boussole. Je te l'ai dit…

J'ai à nouveau joué le détachement en me penchant vers l'écran d'ordinateur, sans la voir continuer de fouiner dans mon portefeuille. Quelques secondes plus tard, elle exhiba, triomphante, un morceau de papier plié en quatre.

— J'ai trouvé ! hurla-t-elle.

Personne n'avait jamais fouillé ainsi dans mes affaires, personne n'avait jamais rien su des cinq lignes dissimulées dans ce mot, et pourtant, je n'ai pas esquissé un geste pour l'empêcher de les lire.

Elle les déchiffra à voix haute. J'avais l'impression d'entendre son cœur battre sous son sein.

1. *Devenir*... le premier sportif handicapé à participer à l'Ultra-Trail du Mont-Blanc

2. *Faire*... l'amour à une femme plus belle que moi

3. *Avoir*... un enfant

4. *Etre*... pleuré par une femme quand je serai mort

5. *Payer*... ma dette avant de mourir

Elle se tut et me regarda longuement.

— Je ne comprends pas tout, Jamal... Tu m'expliques ?

J'ai cliqué sur un autre article.

Ouest-France. Edition de Bayeux

La traque contre le violeur s'intensifie. Le commandant Léo Bastinet du SRPJ de Caen saisi de l'affaire Avril-Camus. Arrivée imminente en Basse-Normandie d'une psychocriminologue spécialement diligentée par le ministère de l'Intérieur.

— Tu m'expliques ? répéta Mona.

A regret, j'ai levé les yeux de l'écran.

— Tu es une petite maligne, Mona ! Je suis sûr que tu as déjà compris. Ce sont un peu comme les principes qui commanderaient ma vie. Mes ambitions, si tu veux. Mes caps pour dépasser mon handicap. Ne pas mourir, si possible, avant d'avoir pu cocher ces cinq cases. Peu importe l'âge où on dispersera mes cendres, du moment que j'ai atteint ces cinq objectifs...

— T'es un grand malade !

— C'est ce qui t'a attirée en moi, non ?

Je pensais être tranquille. J'ai ouvert un fichier PDF.

France-Soir
Le tueur en série qui terrifie la Normandie. Portrait flou d'un type d'une vingtaine d'années portant une casquette Adidas blanche et bleue.

— Cap n° 1, commenta Mona. La balade sur le Mont-Blanc ! Ça, j'ai compris. Tu t'entraînes pour ce truc chaque matin. Ça se déroule à la fin de l'été, non ? Tu as le temps. Objectif 1 atteint, donc !

J'ai souri malgré moi. Avait-elle une once de conscience de la difficulté du parcours et de l'ampleur de l'exploit que je m'étais mis en tête de réaliser ? Le plus grand trail du monde ! Mon rêve de gamin. Sans parler des courses qualificatives dans les mois qui précédaient...

— OK, poursuivit sa voix ironique. Je coche aussi le cap n° 2, *Faire l'amour à une femme plus belle que moi*, ça c'est plié depuis hier soir !

Mona fit valser d'un revers de pied le drap et étira son corps nu sur le lit, comme pour me demander d'approuver ce qu'elle avançait.

Qu'objecter ? Lui avouer que oui, Mona était, et de loin, la plus belle fille avec qui j'avais couché.

Mona n'attendit pas de réponse et poursuivit.

— Caps 3 et 4. Un gosse. Une veuve éplorée. OK, Jamal, mais il y a une question importante sous-entendue là-dessous. Dois-tu franchir tous ces caps avec la même femme ? Celle du n° 2 ?

J'ai continué de fixer l'écran sans ouvrir de nouveaux fichiers.

— Alors ? insista Mona. Amante, mère et veuve. Une, deux ou trois femmes ?

— Peu importe.

— Menteur !

— Non... La femme qui pleure en dispersant mes cendres peut aussi être ma fille quand je serai très vieux.

— Bien vu ! On finit par le cap n° 5. C'est quoi, ton histoire, *payer ma dette avant de mourir* ? Tu as tué quelqu'un ?

Je me suis assis sur le lit et j'ai posé ma main sur sa hanche.

— Je parle de la dette que l'on a tous. La vie. Je veux simplement dire que je veux être utile avant de mourir. Sauver une vie pour rembourser la mienne.

— C'est mal parti ! Tu n'as même pas pu empêcher la petite Magali de sauter de la falaise...

Ma main glissa sur ses courbes. Mona était une briseuse absolue de tabous. Je n'avais jamais parlé à personne des cinq directions de ma boussole, pas même à Ibou ou à Ophélie. J'ai cru utile de préciser :

— Arrêter un assassin aussi. L'empêcher de recommencer.

— Le violeur à l'écharpe Burberry ?

— Par exemple...

Mona saisit doucement ma main, posa la sienne devant mes yeux et me guida vers l'une de ses cachettes intimes.

— Oublie-le...

Les diodes vertes du réveil affichaient 4 h 03. Nous avions à nouveau fait l'amour, puis j'étais resté lové entre ses jambes et j'avais tout raconté à Mona, sans rien lui cacher du mystère de l'écharpe rouge autour du cou de Magali Verron. J'ai terminé par une question.

— Je dois retourner voir les flics tout à l'heure. Tu me conseilles de tout leur dire ?

— Je ne sais pas. Au fond il n'y a rien d'étonnant à ce que tu aies trouvé cette écharpe Burberry accrochée à la clôture. Le type qui a violé Magali Verron a dû paniquer en t'entendant arriver, il l'a laissée sur place. Mais ensuite...

Mona plissa son front pour réfléchir. Son petit nez de tortue se retroussa dans le même mouvement. Elle se redressa soudain.

— Je sais ! Le violeur portait un masque. Ou une cagoule. Ou bien Magali n'a pas eu le temps de détailler son visage. En te voyant, quelques minutes plus tard, l'écharpe à la main, elle a cru que son agresseur revenait. Elle t'a pris pour lui !

J'ai repassé la scène dans ma tête. Je me souvenais des mots que Magali avait prononcés avant de sauter.

N'approchez pas.
Si vous faites le moindre pas, je saute…
Continuez votre route. Partez ! Partez vite.

Avais-je été à ce point idiot ? L'avais-je effrayée comme un chasseur qui coince un lapin ? Paralysée de terreur. Prête à tout plutôt que de retomber entre les mains de son bourreau ? Prête à se donner la mort.

L'hypothèse de Mona me glaça.

Si je ne m'étais pas approché avec cette écharpe à la main, Magali n'aurait pas sauté.

Mona ne semblait pas remarquer mes frissons. Elle poursuivit son raisonnement implacable.

— Jamal, cela pourrait même expliquer le plus incroyable. Elle a enroulé cette foutue écharpe autour de son cou en tombant…

Elle marqua une brève pause.

— Pour t'accuser !

Pour m'accuser ?

Ma peau nue n'était plus qu'une viande gelée. Comment Mona pouvait-elle encore en supporter le contact ? Je me suis éloigné. Cette fois, Mona perçut mon trouble et me retint par l'épaule.

Sur la table de chevet, l'étoile de shérif renvoyait la lumière de la lampe marine. Sa caresse se fit douce.

— Ne t'en fais pas, Jamal. Tu n'es responsable de rien. Tu ne pouvais pas savoir.

Je me suis levé. Les doigts de Mona s'accrochèrent au vide.

— Tu n'as rien fait de mal, Jamal ! Tu es innocent. Tu n'as rien à craindre des flics. Ton sperme n'est pas celui du violeur de Magali Verron, pas plus que celui du violeur de ces deux filles, il y a dix ans.

J'ai fixé les falaises noires par la fenêtre. Mona répétait dans mon dos :

— Tu n'as rien à craindre des flics, Jamal.

Elle se trompait pourtant.

Elle se trompait terriblement.

Je n'allais pas tarder à me rendre compte à quel point.

13

Entre les mains de son bourreau ?

10 h 22. L'enveloppe était posée sur le banc à côté de moi, juste devant la dizaine de caïques[1] qui dormaient sur les galets. Marée descendante. Dans le chenal creusé dans l'estran pour faciliter l'accès des barques à la mer, deux planchistes achevaient d'accrocher leurs wishbones. Le plus jeune des deux, longue tignasse blonde décolorée par le sel, avait peint un casque viking sur sa planche ; l'autre, la quarantaine grisonnante, avait opté pour la version stylisée des deux léopards de la Normandie, or sur fond rouge.

Des aventuriers ! Des purs ! Comme si on ne pouvait pratiquer ce sport de glisse qu'en bravant les éléments, vent glacé, mer grise, muraille de craie, et que ceux qui surfaient en bermuda, sous les palmiers, à Honolulu ou à Sydney, étaient à la planche ce que les joggeurs du dimanche sont aux ultra-trailers.

J'ai partagé avec eux un sourire de collègue. J'attendais encore avant d'ouvrir l'enveloppe. Je savourais le calme matin. Je m'étais réveillé une

1. Barques de pêche de la côte d'Albâtre.

première fois vers 7 h 30. Mon premier geste avait été d'attraper mon étoile de shérif sur le chevet et de l'épingler au chemisier de Mona jeté sur le bord du lit. Pile sur le cœur.

— Garde-la, Mona, avais-je murmuré d'une voix endormie. Je te la confie.

Son corps chaud s'était blotti contre le mien.

— Wouah ! Grande responsabilité !

— Immense !

Je m'étais rendormi ainsi. Une heure après, Mona avait filé, me laissant un bref message.

« Je dois bosser. Je suis quelque part sur la plage. »

Lorsque je suis descendu en tenue de sport dans le hall de la Sirène, il était près de 9 heures.

« C'est déjà la fin des bonnes résolutions, a plaisanté André en consultant sa montre. C'est pas avec ce genre de grasse matinée qu'ils vont sélectionner un boiteux pour l'Ultra-Trail...

— J'ai des circonstances atténuantes, non ? La fille est plutôt jolie...

— Quelle fille ? a fait André en m'adressant un clin d'œil.

Vu la moyenne d'âge de ses clients, il ne devait pas souvent jouer les marieuses.

J'avais prévu une course rapide et intense, une quinzaine de kilomètres plein ouest, vers Etretat, pour boucler ensuite par le sentier des Ramendeuses jusqu'à la valleuse de Grainval. J'ai jeté un coup d'œil au bulletin météo avant de m'élancer.

Risque d'avalanche
Chutes de neige soutenues

Bourrasques attendues en fin de matinée
– 15° C
05350 Saint-Véran
Hautes-Alpes

La plaisanterie quotidienne d'André m'a fait frissonner, malgré moi. Dehors, la belle lumière offrait une illusion de chaleur. Je suis parti en petite foulée. Dès que j'ai atteint le sentier littoral, l'herbe raide a crissé sous mon pied.

Environ à mi-course, je suis passé au-dessus de Vaucottes, j'ai soufflé un peu et je me suis demandé laquelle de ces étranges maisons de lutins perdues dans une forêt d'ogres était celle du directeur de thèse de Mona. Lorsque je suis redescendu sur Yport, par le sentier du calvaire, je suis tombé nez à nez avec la camionnette du facteur.

Il m'a regardé comme un gamin qui quémande la carte postale de sa copine.

— Une enveloppe ? Au nom de Jamal Salaoui ? Oui, il y en avait une aujourd'hui, mais je suis déjà passé à la Sirène. Tu la demanderas à Dédé, mon garçon…

Je m'en doutais, j'avais une autre idée en tête.

— Est-il possible de retrouver l'expéditeur d'un colis ? Par l'affranchissement par exemple, si c'est un tampon, pas un timbre ?

Le facteur avait une tête de prof ravi de faire des heures supplémentaires.

— Oui, en théorie. Mais pour ton enveloppe, mon garçon, je m'en souviens, je l'ai eue entre les mains il y a moins d'un quart d'heure, on a utilisé une machine à affranchir. N'importe quelle petite entreprise ou administration de la région possède la même. Si tu comptes retrouver l'admiratrice qui te harcèle, faudra que tu t'y prennes autrement.

A l'entrée de la Sirène, André m'a tendu l'enveloppe.

— Ton abonnement, Jamal ! *Pomme d'api*, *Télérama* ou *Playboy* ?

— *Pif gadget*...

Je n'ai pas eu envie d'ouvrir l'enveloppe dans ma chambre. Un soleil tenace s'acharnait à illuminer la plage, j'ai fait trois pas vers le banc sur la digue. Je savais, avant même de la déchirer, ce que contenait l'enveloppe.

La suite du feuilleton judiciaire.

Toutes les pièces utiles pour comprendre l'enchaînement des événements, il y a dix ans.

10 h 29. Les deux planchistes glissaient vers l'Angleterre. J'ai un bref instant pensé qu'il me restait moins de quatre heures avant mon rendez-vous avec Piroz, à la gendarmerie de Fécamp. J'ai déchiré l'enveloppe et j'ai tourné les pages en les serrant fort entre mes doigts engourdis par le froid pour que le vent ne les disperse pas.

***

Affaire Myrtille Camus – Jeudi 26 août 2004

Victor Thouberville dominait sa mer de maïs du haut de son tracteur. Il crut d'abord qu'il s'agissait d'un sac que des touristes indélicats avaient laissé traîner. Puis il distingua la robe déchirée. Puis le cadavre de la fille.

Les deux gendarmes de la brigade de proximité d'Isigny-sur-Mer furent sur les lieux moins de dix minutes plus tard. Ils firent immédiatement le rapprochement avec l'assassinat de Morgane Avril, trois mois plus tôt. Ils eurent la présence d'esprit d'imposer la plus grande discrétion aux rares témoins de la scène de crime, Victor Thouberville et son fils de quinze ans, puis contactèrent leur hiérarchie, qui confirma leur intuition. Embargo pendant vingt-quatre heures auprès des médias, le temps de s'assurer du lien entre les deux crimes. Il serait bien temps ensuite de lancer sur les ondes la nouvelle qui allait provoquer la panique sur les côtes normandes aussi sûrement qu'un feu de forêt sur celles de Méditerranée.

Le mot serait lâché par tous les journalistes.

Tueur en série.

Les vingt-quatre heures suffirent à lever tous les doutes.

Myrtille Camus avait vingt ans et trois mois, elle était animatrice dans un camp d'adolescents qui avait planté ses tentes depuis quinze jours sur la base de loisirs d'Isigny-sur-Mer. Les derniers témoins à l'avoir vue vivante l'avaient croisée vers 15 heures, route de Grandcamp, à la sortie d'Isigny. Elle marchait seule. C'était son jour de congé.

Chaque paragraphe du rapport d'autopsie confirma ce que chaque enquêteur dans la confidence du second crime craignait.

Myrtille Camus avait été violée, puis étranglée, avec une écharpe en cachemire rouge, en check, vraisemblablement une Burberry.

L'ADN du sperme du violeur de Myrtille Camus était identique à celui du violeur de Morgane Avril. Les tests les plus approfondis, qui suivirent ceux réalisés en urgence, confirmèrent sans aucun doute possible la similarité des deux empreintes génétiques.

Ces deux seuls éléments étaient en eux-mêmes suffisants pour conclure que l'on avait affaire à un seul tueur, mais le rapport en ajouta d'autres, plus troublants encore.

Avant d'être violée et étranglée, Myrtille Camus avait pris un bain de mer. Nue, sans doute, puisqu'elle ne portait aucun maillot de bain sur elle et qu'on ne retrouva aucune trace d'eau de mer sur ses sous-vêtements. Pourtant, elle ne fut aperçue sur aucune plage après son départ d'Isigny-sur-Mer. Myrtille Camus était vêtue d'une robe d'été bleu ciel, colorée de grosses fleurs d'hibiscus mauves. Très élégante. Déchirée sur presque toute la longueur.

Comme celui de Morgane Avril, le cadavre de Myrtille Camus portait encore son soutien-gorge, mauve, de la couleur des hibiscus, mais sa culotte avait été arrachée. On ne la retrouva que le lendemain, sur le chenal de la baie des Veys, tachée du sperme du violeur. Dernière similitude entre les deux affaires, le sac à bandoulière que portait Myrtille avait disparu. Les enquêteurs le cherchèrent en vain, des mois.

Même acte barbare. Même violeur. Même arme du crime. Même agression, y compris jusque dans des détails dont la police n'avait jamais parlé.

Même mode opératoire

Il va recommencer.

Ce fut la conclusion des vingt-quatre heures d'enquête sous haute surveillance.

Il ne s'arrêtera pas là. Le tueur va frapper à nouveau.

On remercia avec politesse le capitaine Philippe Grima de la gendarmerie de Fécamp pour ses investigations depuis trois mois, en ayant la délicatesse de ne pas lui rappeler qu'il avait écarté tout risque de récidive dans la conclusion de son rapport, puis on le dessaisit de l'enquête pour confier l'ensemble des deux affaires, Morgane Avril et Myrtille Camus, à un duo que le ministre de l'Intérieur et le garde des Sceaux validèrent eux-mêmes pour sa complémentarité.

Le commandant du SRPJ de Caen, Léo Bastinet, possédait à cinq ans de la retraite une expérience que nul ne lui contestait. Tact, sens de l'organisation, esprit d'équipe et humour british, Bastinet était un compromis assez rare, apprécié à la fois de ses hommes et de sa hiérarchie. On lui attela, pour remplacer le juge Nadeau-Loquet, Paul-Hugo Lagarde, un jeune magistrat fraîchement débarqué dans le Calvados. Brillant, ambitieux, à l'aise avec les médias... Si Lagarde en faisait trop, Bastinet saurait le calmer. S'il rêvait de gloire, le jeune juge n'aurait qu'à se contenter d'archiver tous les détails de l'affaire pour publier un best-seller quand il y aurait prescription. Le ministre de l'Intérieur, effrayé par le spectre d'un tueur en série ayant choisi la rentrée scolaire pour accéder à la célébrité, tint à ce qu'on associe et au juge et au commandant un troisième spécialiste, une psychocriminologue. Ellen Nilsson, trente-six ans, bardée de diplômes, surdouée d'après les édiles de la place Beauvau, chargée de suivre l'enquête en free-lance et d'apporter son éclairage où et quand elle le voudrait.

L'objectif assigné au trio était clair et tenait en trois commandements.

Aller vite. Dédramatiser. Coincer ce pervers.

Toutes les recherches confirmèrent qu'il n'existait aucun lien entre Morgane Avril et Myrtille Camus.

Le meurtrier avait frappé au hasard. Il n'aurait pas pu tomber pire.

Plus de cinq mille personnes suivirent l'enterrement de Myrtille Camus dans l'église Saint-Jean d'Elbeuf. Près d'un habitant de l'agglomération sur dix.

Myrtille Camus était devenue une icône. Elle le méritait.

Tous haïssaient le meurtrier.

Tous, peut-être, sauf ses proches.

Charles et Louise Camus étaient des personnalités connues dans leur ville. Connues et appréciées.

Charles était depuis près de vingt ans le conservateur du musée d'Elbeuf, réputé comme l'un des meilleurs connaisseurs de l'agglomération de l'archéologie de la Seine il y a deux cent mille ans jusqu'aux machines à tisser les draps de laine au XIXe. Louise enseignait la danse cours Gambetta et militait pour la sauvegarde du cirque-théâtre, le plus beau joyau du patrimoine de la ville.

Un couple humaniste. Progressiste. Centriste.

Louise et Charles n'avaient qu'une enfant, qu'ils eurent tard. Un trésor, ils en étaient conscients et, pour cette raison, ils s'efforcèrent de ne pas enfermer Myrtille dans un coffre-fort.

Myrtille fréquentait les cours de danse de sa mère, l'atelier du cirque-théâtre, mais également l'école du quartier du Puchot qui cumulait sur son seul territoire tous les sigles inventés par la politique de la ville depuis vingt ans, ZEP, ZUS, ZRU, DSQ. A ses anniversaires, dans sa petite maison en bord de Seine coincée entre les immeubles, se mélangeaient les plus riches familles d'Elbeuf, les filles d'ouvriers au chômage et les fils d'immigrés africains.

C'était un choix délibéré de la part de Louise et Charles, pas même un choix politique, un choix de vie tout simplement. Myrtille était une fille unique, aimée, privilégiée. Ils voulaient que Myrtille soit jolie, pas physiquement, elle l'était déjà sans qu'ils aient rien fait pour cela ; non, ils voulaient que Myrtille soit une belle personne. C'était égoïste et prétentieux, si l'on y pense. Ils voulaient qu'elle conserve cela d'eux, des valeurs, la générosité, le partage, le pardon, pour qu'elle le transmette à son tour, lorsqu'ils ne seraient plus là.

Pour les gosses défavorisés d'Elbeuf, bien avant que Myrtille ne naisse, Louise et Charles avaient fondé l'association du Drap d'Or. C'était en 1964, la fin de l'industrie textile venait de plonger la moitié des salariés de l'agglomération dans un chômage que ne compensait pas l'arrivée des usines Renault sur les bords de Seine. Le Drap d'Or organisait chaque été des colos pour les gamins et les ados qui ne partaient pas en vacances, des colos que Louise et Charles dirigèrent eux-mêmes pendant plus de trente ans. Ils embarquèrent Myrtille dans l'aventure avant même qu'elle ait l'âge de marcher, et la petite devint ainsi la mascotte des caïds en herbe qui faisaient la loi dans les dortoirs l'été et sur les trottoirs du quartier le reste de l'année. Louise et Charles ne passèrent la main qu'en 1999, à Frédéric Saint-Michel, le directeur de la MJC d'Elbeuf. C'est lui qui fit faire à Myrtille, dès qu'elle eut dix-sept ans, ses premiers pas d'animatrice.

Frédéric Saint-Michel aimait qu'on le surnomme Chichin, du nom d'un autre Frédéric, le guitariste des Rita Mitsouko. Saint-Michel cultivait une allure de dandy cool, cheveux longs, barbe naissante, voix grave. Il avait gardé d'une éducation rigoureuse et de dix ans de patrouille chez les scouts un sens de la morale qui rassurait Charles et Louise, et d'un tour du monde réalisé en solo à moins de vingt ans un grain de folie qui séduisait les filles, y compris celles beaucoup plus jeunes que lui.

Y compris Myrtille.

Malgré la différence d'âge, il y avait une sorte d'évidence à ce que Myrtille et Frédéric tombent amoureux l'un de l'autre. Elle avait alors dix-huit ans et lui trente-sept, mais Louise et Charles n'y trouvèrent rien à redire.

Frédéric était lui aussi une belle personne.

Leur mariage fut programmé pour le 2 octobre 2004. Le cadavre de Myrtille portait à l'annulaire sa bague de fiançailles.

Il y aurait eu beaucoup de monde au mariage de Myrtille.

Beaucoup, mais peut-être pas autant qu'il n'y en eut à son enterrement.

Le trio d'enquêteurs s'activa. Le juge, le commandant et la profileuse.

Dans un premier temps, le juge Lagarde n'eut qu'à acquiescer aux décisions du policier, et la psychocriminologue qu'à bâiller devant d'interminables listes de codes ADN. On fit défiler les habitants, les estivants, les campeurs de la baie des Veys pour compléter la banque d'empreintes génétiques normande mise en place après le meurtre de Morgane Avril.

Sans résultat, sinon la disculpation de tous les donneurs.

Systématiquement, on afficha le portrait-robot établi par le capitaine Grima, celui du jeune homme à l'écharpe Burberry rouge aperçu à Yport, celui dont les parents étaient supposés posséder une résidence secondaire sur la côte normande.

Faute d'autres pistes, il demeurait le suspect n° 1.

Un suspect fantôme.

Personne ne l'avait jamais vu dans le coin, ou bien le portrait était trop médiocre.

Carmen Avril mit la pression sur les enquêteurs. En septembre, *Femme actuelle* consacra près d'une page à un entretien avec la mère de Morgane. La phrase la plus marquante de l'interview fut reprise en couverture.

« Si on m'avait écoutée, Myrtille Camus serait encore en vie ! »

Carmen Avril expliquait à la journaliste qu'elle avait toujours eu la certitude que sa fille avait été victime d'un sadique. Qu'il l'avait choisie au hasard. Comme il avait choisi au hasard Myrtille Camus. Comme il choisirait au hasard une nouvelle victime si on ne l'arrêtait pas. Myrtille Camus serait encore en vie si le capitaine Grima n'avait pas perdu tout ce temps avec son hypothèse, un accident, un brave garçon pris de panique qui serre un peu trop fort la gorge de sa conquête d'un soir : un brave garçon qui ne recommencera jamais...

Le commandant Bastinet relativisa l'incident avec élégance, invita Carmen, discuta. On lui promit que des moyens gigantesques seraient mis en place par les autorités.

C'était vrai.

Le juge Lagarde et le commandant Bastinet tissèrent sur la Normandie un gigantesque filet. Porte-à-porte, battues, recueil de témoignages systématique, croisement de fichiers informatiques.

Bastinet pariait sur une lutte longue face au tueur en série, sur une enquête qui se jouerait sur un détail, un élément minime dissimulé dans des gigaoctets d'informations. Un travail de fourmis obéissantes et compétentes... Le même travail auquel s'était livré le capitaine Grima à Fécamp, au fond, mais avec des moyens désormais décuplés.

Ellen Nilsson, la psychocriminologue, s'emmerdait. A l'inverse du commandant Bastinet, elle misa tout sur un témoignage. Un seul.

Il existait une différence fondamentale entre le meurtre de Morgane Avril et celui de Myrtille Camus.

Myrtille Camus se sentait menacée dans les jours qui avaient précédé son meurtre.

Et ses proches savaient par qui.

***

J'ai levé les yeux. J'avais presque terminé ma lecture, mais la présence d'une silhouette familière sur la plage, à une centaine de mètres de moi, me déconcentra.

Atarax !

Il portait toujours son blouson marron, comme une seconde peau, fatiguée et déprimée, à en penser que c'est Atarax et pas Magali Verron qui aurait dû se jeter de la falaise. Il s'éloignait lentement vers le large, presque comme si, pour avancer, il prenait le temps d'attendre que le platier sèche derrière les vagues qui se retiraient.

Tout foutait le camp, même la mer.

Cela devait participer à sa névrose.

J'ai rangé en hâte les feuilles dans l'enveloppe et j'ai couru vers lui.

Nous appartenions au cercle très fermé des trois seuls témoins du suicide de Magali Verron. Puisque selon toute vraisemblance le tueur à l'écharpe rouge était réapparu, dix ans après son double meurtre, Atarax posséderait peut-être sa propre interprétation de cet invraisemblable enchaînement de coïncidences.

14

Il va recommencer ?

— Christian ? Christian Le Medef ?

J'ai marché aussi vite que j'ai pu sur les rochers libérés par la mer. Un paysage de désert après une pluie miraculeuse. Des milliers de pics, de vallées et de cavités miniatures creusées par le vent et les millénaires. Coupants. Luisants. Mon pied gauche s'accrocha à une crête, dérapa sur un sillon. Je pestai intérieurement. Si je n'étais pas capable de garder l'équilibre sur un platier glissant avec ma patte folle, ce n'était même pas la peine de m'aligner sur les pentes enneigées du Mont-Blanc.

J'ai appelé encore.

— Le Medef !

Atarax se retourna cette fois et me fixa de son regard fatigué.

— Ah... C'est vous.

Apparemment, il ne se souvenait plus de mon nom. Je me suis approché, lui ai serré la main.

— Jamal. Jamal Salaoui.

Il détailla mon WindWall. Celui que je portais la veille et tous les autres matins.

— Vous courez tous les jours, alors ?

— Ouais...

Je n'avais pas envie d'entrer dans le détail de mon entraînement. J'ai cherché une amorce pour aborder le suicide de Magali Verron.

— Tout à l'heure, je vais à nouveau voir les flics à la gendarmerie de Fécamp. Je suis convoqué à 14 heures. Et vous ?

Le Medef eut l'air étonné.

— Moi, non. J'ai signé ma déposition hier. Comme simple témoin. Le capitaine Piroz a dit qu'il me recontacterait si besoin… Je ne vais pas me plaindre, remarquez.

Il sembla prendre le temps de réfléchir à mon régime d'exception. Au pied de la falaise, le platier rocheux s'étendait à l'infini. Un désert seulement peuplé des ombres noires et courbées des Yportais qui ramassaient des coquillages. Plusieurs dizaines, par groupes épars de deux ou trois personnes.

— C'est interdit, glissa Le Medef.

— Quoi ?

— Ramasser des coquillages. C'est interdit ! Il y a un panneau, affiché au poste de secours, et pourtant tout le monde le fait… Les flics ne disent rien. Ça me dépasse…

Il haussa la voix, peut-être dans l'espoir d'être entendu par l'un des groupes de pêcheurs.

— Soit il y a un danger et on fait respecter la loi, soit il n'y en a pas et on laisse ces braves gens ramasser leurs moules… Mais interdire en tolérant, il n'y a rien de plus hypocrite, vous ne trouvez pas ?

— J'en sais rien… J'ai jamais ramassé de coquillages.

— Vous ne trouvez pas les flics hypocrites ?

— Criminels même !

J'ai grimacé, comme pour signifier mon dégoût rien qu'à l'idée que l'on puisse manger un crustacé gluant décollé d'un rocher chauffé par le soleil la moitié de la journée. Cela dérida un peu Le Medef. Je me rendais compte que dans ma tête, je l'appelais désormais Le Medef ; je trouvais au final son vrai nom plus amusant que celui d'Atarax.

— Alors comme ça, demanda-t-il, le capitaine Piroz veut vous revoir ?

— Ouais…

— Logique, après tout… Moi, Denise, sans oublier ce brave Arnold, on n'a rien vu, au fond. Juste la fille s'écraser. Mais vous, vous étiez au balcon.

Ses yeux semblaient à nouveau aimantés par les pêcheurs à pied.

— Imaginez un peu une intoxication, Jamal. Qu'ils meurent tous. Ou juste un. Un vieux. Ou un gosse. Après avoir bouffé un crabe ou une étrille bourrés de bactéries. Ici, entre les pétroliers et la centrale nucléaire, c'est tout de même pas de la science-fiction.

On entendait par bribes les cris du groupe de pêcheurs le plus proche, cinquante mètres, un grand-père et ses deux petits-enfants. Bottes, cirés jaunes et seau Hello Kitty.

Non, je n'imaginais pas.

— Bizarre comme affaire, non ? reprit Le Medef.

Je compris qu'il parlait à nouveau de Magali Verron.

— Pourquoi ?

— Le capitaine Piroz vous a dit, je suppose. Pour les flics, ce n'est pas un suicide. La petite a été violée, puis étranglée. Mais votre version est un peu différente, non ?

Je n'ai pas eu le temps de répondre. il enchaînait déjà.

— Faut dire, elle m'a un peu étonnée, votre version. La fille qui saute elle-même de la falaise. Alors, j'ai un peu fouillé, je me suis renseigné sur cette Magali Verron.

Il s'approcha de moi et baissa la voix. Ses chaussures trempaient dans un trou d'eau salée mais il semblait s'en foutre.

— J'ai trouvé des choses. Des choses difficiles à croire... J'ai le temps de chercher, faut dire, toutes mes journées.

— Comment ça ?

— Je suis au chômage, divorcé, j'ai la garde alternée de mes enfants qui suivent maintenant leurs études à l'autre bout de la France...

Merde ! J'attendais les renseignements sur Magali Verron et il me racontait sa vie. Il rapprocha sa barbe mal rasée de mon épaule.

— Je bossais à la centrale de Paluel. Ingénieur qualité ! Pas facile, hein, surtout quand vous avez comme moi un peu la fibre écolo. Un jour, il y a huit ans, j'ai tout lâché pour investir dans les éoliennes. C'était l'avenir ! Ma femme était plutôt d'accord, elle est écolo elle aussi, enfin, elle l'était. Ça a bien marché au début, j'ai monté une PME à Cany, j'ai même embauché deux techniciens et un commercial, on allait faire le tour des agriculteurs du coin pour leur vendre du vent... Jamais je n'avais aussi bien porté ce putain de nom, Le Medef.

Il esquissa un petit rire tout en reprenant sa respiration. Moi, non. Son eau de toilette éventée se mêlait aux embruns. Sa voix prenait un ton mélodramatique. Un peu trop forcée, mais je n'y ai pas prêté attention sur le moment. Je m'en suis souvenu plus tard, beaucoup plus tard.

— Puis d'un coup, s'énerva Le Medef, les grosses boîtes sont arrivées sur le marché, Nordex. Veolia. Suez. Pile au moment où une loi a mis fin à l'autorisation d'installer des éoliennes chez les particuliers. Plus un seul pylône planté sans enquête d'utilité publique et révision du plan d'urbanisme. Je ne vous fais pas un dessin, tous les petits artisans ont coulé en six mois et les multinationales se sont partagé le gâteau. Dépôt de bilan ! Ma femme s'est barrée avec le collègue qui avait pris ma place à la centrale de Paluel. Je me suis endetté jusqu'au cou pour payer les études de mes gamins. Pour vous dire, je reçois encore tous les mois les factures de remboursement de mes emprunts, et moins d'une fois par an une carte postale de mes gosses.

Le Medef me rappelait un paquet de types qui squattaient les bancs de la cité des 4000. Des solitaires qui se refaisaient en boucle le film de leur vie. Comme s'ils pouvaient refiler leur malheur au premier venu rien qu'en le leur racontant.

— Il y a un an, continua-t-il, j'étais devenu limite SDF. Heureusement, je suis tombé sur un vieux qui cherchait quelqu'un pour faire des travaux dans sa maison d'Yport. Il me prête sa baraque de vacances. Il n'y vient jamais mais il ne veut pas la vendre. Ça le regarde, non ? Je bricole, je tonds la pelouse, j'entretiens la bicoque et il me loge gratos. J'attends ici, le temps de me refaire la cerise. Je me plains pas, faut dire, c'est pas le patelin le plus désagréable pour rebondir.

Alors que, comme un nageur en apnée, il prenait une autre respiration, j'ai fixé ostensiblement ma montre. Il comprit l'allusion.

— Bon, en parlant de rebondir, j'en viens à cette pauvre Magali Verron. Piroz vous a parlé d'elle ?

— Il m'a dit qu'elle était visiteuse médicale, qu'elle faisait le tour des généralistes du canton. Qu'elle a sans doute dormi à Yport, mais ils ne savent pas où...

Le Medef s'est à nouveau tourné vers les gosses et leur grand-père, l'œil consterné, comme s'ils étaient en danger de mort.

— Pareil. Il m'a dit pareil, alors j'ai creusé. A la centrale de Paluel, je travaillais avec les hôpitaux du coin, les médecins aussi. Contrôle de la qualité de l'air, distribution des dosimètres et des pastilles d'iode, tout le cirque. J'ai contacté une dizaine de toubibs des environs. Ils connaissaient tous la petite Verron... Faut dire, sacrée poupée ! Elle bossait pour Bayer-France. Ils me l'ont tous décrite comme mignonne, efficace, et allumeuse juste ce qu'il faut pour qu'ils prescrivent sa came. Vous l'avez vue mieux que moi. Vivante, je veux dire. Une belle fille comme ça, elle leur aurait proposé des champignons hallucinogènes antiradiations, ils en auraient commandé par palettes.

Enfin bref, une fille sans histoire… Apparemment, du moins.

Le Medef avait le don de faire durer le plaisir pour garder auprès de lui le pigeon qui l'écoutait.

— Pourquoi, apparemment ?

Il avança d'un pas sur les rochers. Une ligne sombre se dessinait sur le bas de ses chaussures.

— J'ai les pompes trempées ! Je rentre au village. Vous me suivez ?

Je n'ai pas bougé, j'ai insisté.

— Qu'est-ce que vous avez trouvé sur Magali Verron ? Ce n'était pas une fille sans histoire ?

— Suivez-moi, je vous dis. Faut être dans le patelin pour comprendre…

Je n'avais pas le choix. Je lui ai emboîté le pas. En marchant vers la digue, je me suis fait la réflexion que Christian Le Medef habitait dans la région depuis plus de dix ans. Lui aussi avait dû faire le rapprochement entre le suicide de Magali Verron et les meurtres de Morgane Avril et de Myrtille Camus. L'écharpe rouge… J'ai hésité à le lancer là-dessus mais, au final, j'ai préféré avancer en silence à son rythme.

Une révélation après l'autre…

Nous avons dépassé la Sirène. Le Medef s'engagea rue Emmanuel-Foy, la rue commerçante d'Yport.

— Vous allez voir, me fit-il. C'est pas croyable !

Il s'arrêta avec un air de conspirateur devant la maison de la presse.

— Regardez là, les journaux, sur le présentoir.

J'ai détaillé les titres du *Paris Normandie*, du *Havre Presse*, du *Courrier cauchois*. Je ne remarquais rien de particulier. J'ai interrogé Le Medef des yeux.

— Je... je ne vois rien.

— Justement ! Vous n'avez pas compris ? C'est ça qui n'est pas croyable. Une gamine saute de la falaise, violée sans doute, étranglée. Et le lendemain, personne n'en parle dans les quotidiens du coin. Absolument personne...

Brusquement, j'ai compris où Le Medef voulait en venir. J'ai pourtant essayé de contre-argumenter.

— Un suicide. Ça ne mérite pas la une...

J'ai laissé passer un type qui sortait de la librairie, *L'Equipe* sous le bras. *Le Courrier cauchois* parlait de l'extension de la communauté urbaine de Fécamp, *Le Havre Presse* des réductions d'emplois sur Port-Jérôme, *Paris Normandie* de l'augmentation du prix de l'immobilier sur la côte.

— Pas la une ? répliqua Le Medef en haussant le ton. Ne me dites pas que vous n'avez pas fait le rapprochement. Vous avez causé avec les gens du coin, non ? Vous êtes au courant, nom de Dieu ! Ce putain de tueur en série est de retour ! Un viol, une jeune fille étranglée avec une écharpe rouge qui coûte un mois de RSA ! Bordel, c'était il y a dix ans et je m'en souviens comme si c'était hier ! L'affaire avait fait les gros titres de tous les journaux pendant six mois. Et là ? Rien ! Rien de rien !

— C'est récent, ai-je avancé. Ça s'est passé hier matin...

— Justement. Nom de Dieu ! Quel scoop ! Comment peuvent-ils passer à côté de ça !

J'ai détaillé la première page des quotidiens dans l'espoir de découvrir au moins un entrefilet. Le Medef me laissa faire, sûr de lui. Il avait déjà dû éplucher tous les journaux.

Je tentai d'échafauder une autre explication.

— Ce sont les flics. Ils n'ont rien laissé filtrer. Ils attendent. Un peu comme… comme pour un accident sur une centrale nucléaire, on ne dit rien sur le coup, on attend que le danger soit écarté pour informer les gens…

Le Medef n'avait pas l'air convaincu.

— Et comment ils auraient fait, les flics, pour retenir l'info ? On est déjà trois témoins. J'en ai parlé depuis à tous mes potes. Vous en avez parlé de votre côté, non ? Denise aussi, c'est bien le genre… Sans oublier tous ceux qui ont vu les flics hier matin sur la plage examiner le cadavre… Et personne ne se serait posé de questions ? Dans un village comme Yport où il ne se passe jamais rien et où les vieux n'ont que ça à foutre de faire circuler les rumeurs ?

Christian Le Medef avait raison. Il était impossible qu'aucun journaliste n'ait reçu l'information, que personne n'ait fait le parallèle avec l'affaire Avril-Camus dix ans plus tôt. Que personne, à part nous, ne soit au courant…

C'était pourtant le cas.

— Alors ? insista Le Medef. Vous avez une explication ?

J'ai hoché la tête négativement.

— Moi non plus. Crois-moi, garçon, elle pue, cette affaire.

Je me rendis compte qu'il m'avait tutoyé, comme s'il recherchait une complicité face à une enquête qui nous dépassait tous les deux. Il tourna les yeux et me montra du doigt une petite maison de pêcheur. Volets bleus, murs de silex ornés de briques rouges, toit d'ardoise. Pas le pire des hébergements d'urgence pour un ex-SDF.

— C'est ma piaule ! Tu prends un café ?

Le temps pressait. Il me restait moins de trois heures avant mon rendez-vous avec Piroz.

— Non. Désolé. Par contre, vous savez où habite Denise, le troisième témoin ?

Christian Le Medef sembla déçu.

— Avec Arnold sans doute… (Il sourit pour lui-même.) A part ça, aucune idée. Je ne l'ai pas revue depuis hier. Je ne connais même pas son nom de famille, faut dire… Et toi, tu crèches chez André Jozwiak, à la Sirène ?

— Oui. Pour une semaine.

— OK. Si j'ai du neuf, je te fais signe. Je vais continuer à fouiner pour en savoir plus sur cette Magali Verron. Briser l'omerta, tu vois ce que je veux dire. Hier soir, j'ai eu le Dr Charrier au téléphone, il a son cabinet à Doudeville, c'est un des médecins que Magali Verron est allée visiter la veille de son grand saut. Tiens, encore un type qui est au courant de ce fait-divers ! Côté gonzesses, Charrier n'est pas du genre facile à impressionner. Tu verrais ses secrétaires, des bombes… Eh bien, il est tombé sous le charme de la petite Magali. Il a même essayé de la brancher. Il a un peu discuté avec elle, elle a fini par lui raconter qu'elle faisait de la danse, alors il l'a invitée à l'accompagner en boîte, un soir, histoire de lui montrer qu'il savait tenir le tempo lui aussi. Il m'a avoué qu'il s'était pris un râteau. Faut dire, la belle Magali pratiquait pas le disco mais de la danse orientale moderne, du raqs sharqi, un truc comme ça…

Du raqs sharqi …

Une décharge électrique explosa dans mon cerveau. Mes neurones tentèrent vainement de se reconnecter.

Christian Le Medef continuait de parler, imaginant sans doute Magali Verron en sari à paillettes, son médecin jouant les beaux parleurs.

Je ne l'écoutais plus.

Je l'ai salué d'un bref signe de main.

— A bientôt, Christian. Tenez-moi au courant de vos recherches.

Il resta debout dans la rue, surpris de mon départ brutal.

La Sirène était à cent mètres à peine. Je me suis retenu de courir.

Du raqs sharqi.

Aucune trace d'André à l'accueil. J'ai grimpé l'escalier de l'hôtel, ouvert la porte, puis je me suis précipité vers mon ordinateur portable et l'ai allumé, maudissant à l'avance sa lenteur. La roue de Windows tournait moins vite que mes pensées.

Raqs sharqi

J'avais lu pour la première fois ce mot la veille dans l'une des enveloppes marron.

Dans la note biographique consacrée à Morgane Avril !

Pendant que mon ordinateur pédalait, j'ai étalé sur le lit toutes les feuilles qui évoquaient la vie de Morgane Avril. Articles de presse, notes de police, entretiens…

Enfin, la flèche sur mon écran indiqua que j'avais la main.

J'ai tapé le nom avec fébrilité.

Magali Verron.

Une dizaine de réponses apparurent.

Facebook. Copains d'avant. Twitter. LinkedIn. Daily Motion.

J'ai attrapé une feuille. Du premier stylo qui m'est tombé sous la main, j'ai tracé un trait. Une colonne pour Magali, une autre pour Morgane. Je notais successivement les renseignements que je trouvais puis les ordonnais par ordre d'importance.

Date et lieu de naissance, écoles fréquentées au cours de la scolarité, goûts musicaux, loisirs, pays visités…

Les mots, les noms s'inscrivaient, presque malgré moi, de chaque côté de la page.

Chacun plus incroyable que le précédent.

J'ai cherché encore, jusqu'à ce que plus aucun renseignement nouveau ne soit disponible.

Les lignes folles dansaient devant mes yeux. Surréalistes.

Le hasard pouvait-il à ce point se foutre de ma gueule ?

15

Une fille sans histoire ?

— Allô ? Mona ? Tu es où ?

— Jamal ? Tu es réveillé ! Je reviens de Grainval par l'estran. J'arrive sur Yport.

— OK, je te rejoins. Il faut que je te parle. Vite, très vite. Un truc de dingue.

— Rapport à ton tueur en série ?

— A ses victimes plutôt.

Lorsque je suis arrivé sur la digue, une voix m'interpella.

— Jamal, je suis là !

Mona.

Elle s'était assise sur la balançoire du petit parc de jeux pour enfants qui dominait la plage. Un toboggan. Un mini mur d'escalade. Un pont de liane. Elle se balançait doucement, comme pour faire sécher sa combinaison de néoprène ouverte jusqu'à sa gorge. Elle avait posé à ses pieds un sac à dos qui contenait une sélection de galets rares susceptibles de révolutionner l'industrie informatique.

Alors que je m'approchais, un détail me bouleversa. Mona portait mon étoile de shérif accrochée à sa combinaison. A qui d'autre qu'à cette fille pouvais-je confier mes découvertes délirantes ?

Je me suis assis face à elle, sur le rebord de la pataugeoire miniature qui ne devait être en service qu'aux beaux jours, s'il en existait ici. Un poisson de cuivre, censé cracher de l'eau dans le bac, nous fixait, la bouche ouverte et vide.

— Alors ? m'interrogea Mona. Qu'est-ce que tu voulais me montrer ?

J'ai glissé vers elle la feuille que je venais de noircir.

— Regarde, Mona ! Deux colonnes. Une pour Magali Verron, décédée hier matin. Une pour Morgane Avril, assassinée il y a dix ans par un sadique. J'ai consigné tout ce que l'on sait d'elles. Ecoute ça… Morgane Avril était fan des groupes de rock progressif des années 70, Pink Floyd, Yes, Genesis, c'est écrit dans le rapport d'enquête, c'est pour cela qu'elle avait tant insisté pour participer au festival Riff on Cliff à Yport. Sur sa page Facebook, Magali Verron appartenait à quelques groupes de fans de musique. Trois exactement. Pink Floyd, Yes et Genesis.

— Comme quelques milliers d'autres fans, non ?

La balançoire de Mona couinait comme un oiseau plaintif. J'ai baissé le regard vers ma feuille.

— OK, je continue. Morgane pratiquait la danse orientale à Neufchâtel, le raqs sharqi pour être précis…

— Je connais. La danse de salon version Bollywood. C'est la grande mode…

— Magali aussi pratiquait le raqs sharqi, au Havre.

— Je te le disais…

— Une coïncidence, bien entendu ! Accroche-toi, Mona. Ce n'est qu'un début. Morgane Avril a effectué toute sa scolarité dans les établissements publics scolaires de sa ville de naissance, Neufchâtel-en-Bray, de 1986 à 2003. J'ai noté tous les noms : école maternelle Charles-Perrault, école primaire Claude-Monet, collège Albert-Schweitzer, lycée Georges-Brassens. Un parcours classique, comme des centaines d'autres petits Brayons. Rien à voir avec Magali Verron, qui habite le Val-de-Marne, au sud de Paris. Après son primaire, en septembre 2004 elle fréquente naturellement le collège de Créteil… Devine comment s'appelle ce collège ?

En guise de réponse, la balançoire poussa trois nouveaux cris. J'ai presque hurlé.

— Albert-Schweitzer !

Mona dévia brusquement de sa trajectoire rectiligne. Je n'ai pas répondu à ses yeux stupéfaits et j'ai enchaîné.

— Encore une coïncidence, bien entendu ! Pour Magali, direction le lycée, à vingt bornes de Créteil, à Courcouronnes très exactement. A ton avis, quel est le nom du lycée de Courcouronnes ?

— Georges-Brassens ? tenta Mona.

— Exact ! J'ai vérifié, des lycées Georges-Brassens, il y en a moins de dix en France… Dont un à Neufchâtel-en-Bray et un à Courcouronnes.

— Bizarre, c'est sûr. Mais…

Je n'ai pas laissé Mona respirer.

— Ensuite, Morgane et Magali ont suivi toutes les deux des études de médecine, Morgane à Rouen et Magali à l'université Evry-Val-d'Essonne.

Mona freina du pied l'élan de la balançoire.

— Elles étaient peut-être de la même famille ? Ou simplement amies ?

— Non. Je n'ai trouvé aucune trace de Magali Verron dans tous les articles et dossiers de l'enquête sur l'affaire Avril. D'ailleurs, Magali était âgée de dix ans à l'époque du meurtre de Morgane. Et elle n'habitait pas en Normandie.

Le vent de mer continuait d'agiter la balançoire dont Mona était descendue. Un vent froid. Elle tira jusqu'à son cou la fermeture de sa combinaison. L'étoile brilla sur son cœur.

— OK, fit-elle. Réfléchissons calmement. Tu as raison sur un point, cela ne peut pas être une coïncidence. Il y a donc forcément une relation entre ces deux filles... *A priori*, d'après ce que tu sais, Morgane ne connaissait pas Magali Verron. Magali avait dix ans de moins qu'elle. Elle habitait en Ile-de-France.

Son visage se rida, son petit nez se retroussa et s'agita comme celui d'un lapin méfiant qui flaire une piste. Soudain, ses yeux lancèrent des éclairs de génie.

— Mais l'inverse est possible, Jamal ! Magali a forcément entendu parler de l'affaire Avril, du tueur à l'écharpe rouge. Elle avait dix ans à l'époque, cette histoire a pu traumatiser son enfance... Au point, pourquoi pas, de s'identifier à elle, de copier ses goûts, ses loisirs, jusqu'à choisir un collège, puis un lycée qui porte le même nom que ceux que Morgane Avril avait fréquentés...

J'ai affiché une moue sceptique.

— Au point de se donner la mort de la même façon, dix ans plus tard ? De se faire violer ? De simuler une strangulation avec une écharpe Burberry ?

Le nez rose de Mona respira avec intensité.

— Difficile à croire, je te l'accorde.

Je me suis approché de Mona. Avant de continuer, j'ai hésité à me coller à sa combinaison humide et à l'enlacer.

— Ce n'est pas tout, Mona. Magali Verron n'a pas seulement copié la mort de Morgane Avril. (Ma voix est descendue de deux octaves.) Elle est née le 10 mai 1993, soit dix ans, jour pour jour, après Morgane Avril.

— Morgane est née le 10 mai 1983 ?

— Oui, à l'hôpital Fernand-Langlois de Neufchâtel-en-Bray.

Mona hoqueta.

— Et où... où est née Magali Verron ?

— A près de six mille kilomètres de la Normandie, dans la banlieue nord de Québec...

J'ai laissé à Mona le temps de souffler, une longue expiration de soulagement, avant de lui couper la respiration.

— Je te laisse deviner le nom de cette banlieue...

Sa réponse traîna, comme bloquée dans sa gorge.

— Neufchâtel ?

— Oui ! Aussi incroyable que celui puisse paraître, elle est née à Neufchâtel, un village entre Charlesbourg et Loretteville

Mona relâcha brusquement tous les muscles de son visage de souris aux aguets. Comme si elle avait renoncé à comprendre. Elle fit un pas vers moi et colla son néoprène à mon WindWall. Le contact fut étrange, un peu visqueux. Nous étions deux cosmonautes sur la planète Mars.

— Magali Verron n'a pas seulement copié la mort de Morgane Avril, ai-je répété. Elle a aussi copié sa naissance ! J'ai cherché : dans le monde entier, il n'y a que cinq villages baptisés Neufchâtel, quatre en France et un au Canada. Magali Verron est arrivée en France, à Créteil, à l'âge de sept ans.

— Putain, Jamal, qu'est-ce que c'est que cette histoire ?

— J'en sais rien, Mona. J'en sais rien. Quelque chose nous échappe. Il y a forcément une explication rationnelle.

Sans me détacher d'elle, j'ai murmuré à son oreille.

— Copier la vie d'une autre. Chaque étape, du début à la fin. Chacun de ses goûts, chacun des lieux fréquentés, comme un miroir, mais à distance. Une sorte d'hologramme. Bordel, c'est impossible !

Mona tenta d'argumenter, sans réelle conviction.

— Un tueur en série recherche des victimes qui se ressemblent, non ? Tu vois ce que je veux dire ? Des filles semblables qui lui rappellent sa mère, son ex, ou un fantasme précis.

— Mais là, c'est l'inverse, Mona ! C'est comme si cette fille, Magali Verron, avait cherché à remplacer la victime, à se mettre dans la peau de la proie. Comme pour attirer le prédateur jusqu'à ce qu'il la retrouve…

— Jusqu'à finir le travail elle-même, ajouta Mona. Jusqu'à enrouler l'arme du crime autour de son cou. Le dernier geste de sa vie.

Je n'ai pas répondu. J'ai écouté quelques secondes le ressac des vagues, puis j'ai doucement posé un baiser sur ses lèvres et passé ma main sur les courbes de sa peau de dauphin. Je suis descendu jusqu'à ses hanches. Le souffle de Mona s'accélérait. J'ai senti un renflement dans la mince poche de sa combinaison. Mes doigts explorèrent jusqu'à extirper un foulard de soie jaune.

— Pour mes cheveux, murmura Mona. Précaution normande.

Le foulard glissa dans mes doigts. Sans même réfléchir, j'ai levé les mains et j'ai présenté le morceau de tissu sous son menton.

Lentement.

— Tu mettrais combien de temps pour nouer ce truc ?

J'ai encore approché le carré de soie de son cou. L'instant suivant, les yeux de Mona se brouillèrent.

J'y lisais la peur. Une terreur brusque et intense. Jusqu'au vide.

Quel con !

J'ai aussitôt baissé les bras, mais le mal était fait.

Les larmes embuaient sa voix.

— S'il te plaît, Jamal, ne joue pas à ça...

J'ai bafouillé.

— Excuse-moi. Je ne voulais pas...

Elle arracha le foulard jaune de ma main.

— Laisse tomber. C'est à moi de m'excuser, c'était idiot, cette appréhension.

Elle prit le temps de regarder le tissu dans le creux de sa paume.

— Tu veux connaître ma conviction, Jamal ?

— Laquelle ?

— Ce n'est pas possible.

Elle observa la falaise face à nous, le blockhaus, les moutons, l'endroit exact où Magali avait basculé la veille, et répéta.

— Ce n'est pas possible qu'une fille qui tombe de là-haut puisse faire cela. Nouer un foulard autour de son cou.

D'un geste brusque, elle joignit ses deux mains puis les passa derrière sa tête et enroula le tissu jaune autour de sa nuque.

Combien de temps avait-elle mis ? Moins d'une seconde ?

— Ce n'est pas qu'une question de temps, Jamal ! asséna Mona. C'est peut-être possible, comment dire, techniquement. Mais tu imagines ? Exécuter ce geste en flottant en l'air, ou en tombant comme une pierre plutôt. Le geste juste... En faisant abstraction de tout le reste. Ce n'est pas possible, Jamal, voilà ce que je pense. Et pourtant, je te crois, Magali n'avait pas cette écharpe autour du cou en haut de la falaise et elle l'avait en bas...

— Il… il y a forcément une explication rationnelle…

— Ça, Jamal, tu l'as déjà dit.

Je me suis tu. Elle avait raison. Toute cette histoire ne tenait pas debout.

Et pourtant…

Mona rangea le foulard dans sa poche. Elle se posa sur la moto à bascule montée sur ressort et me regarda comme une infirmière qui fait le point avec un patient peu coopératif.

— Si je résume ce que l'on sait, Jamal, un tueur en série viole et tue deux femmes, en 2004. Morgane Avril et Myrtille Camus. Dix ans plus tard une fille meurt dans les mêmes circonstances. Deux hypothèses. L'hypothèse tordue d'abord, cette fille reproduit à l'identique le destin de Morgane Avril, toute sa vie, goûts musicaux, écoles, loisirs… Jusqu'à se donner la mort de la même façon !

— Et choisir le même jour et le même lieu de naissance que Morgane, ai-je glissé. Débile !

— Débile ! On est d'accord. Alors passons à la seconde hypothèse, la plus logique. L'assassin frappe à nouveau. Mais pas au hasard cette fois, vu tout ce que l'on sait sur Magali Verron. Il choisit sa victime, la viole, l'étrangle. Ce serait plutôt la thèse des flics, non ?

— Tout aussi débile ! Magali n'est pas morte étranglée, elle s'est suicidée.

Mona hocha doucement la tête et demeura pensive quelques instants.

— Sauf, ai-je continué, que j'ai rendez-vous avec le capitaine Piroz dans moins de deux heures et que pour tout te dire, Mona, ça me fout une sacrée trouille. J'ai... j'ai un peu trop une tête de coupable idéal...

— Ils ne peuvent rien contre toi. C'est pas ton sperme, Jamal ! Tu as un casier ?

— Non !

— Tu n'as jamais tué personne ? Tu n'as jamais volé ?

Elle se balança doucement sur la moto. Dans sa combinaison de latex, ses cheveux dénoués sur les épaules, on aurait dit une Hell's Angel sur une Harley miniature.

Je lui ai souri avec cet air de Droopy désolé qui paraît-il faisait tout mon charme.

— Volé, si. Pour payer mes études. Mais je ne me suis jamais fait prendre, j'avais une méthode infaillible.

Ses pupilles ont pétillé. Elle était visiblement heureuse de changer de sujet.

— Encore une ?

— Je volais uniquement l'été, au bord des rivières, dans les gorges du Tarn ou de l'Ardèche. Tu vois, ces autoroutes à canoës-kayaks. Je me servais directement dans les bidons où les touristes laissaient leurs papiers, montres et portables, surtout dans les sites où ils larguaient leur bateau sur la berge pour aller sauter des rochers. Au camping ou sur la plage, impossible de fouiller les sacs, tout le monde surveille tout le monde. Mais avec un gilet de sauvetage jaune face à trente canoës tous pareils, personne ne fait gaffe.

Mona manqua d'en tomber de sa moto.

— Putain. C'est génial comme combine ! T'as vraiment fait ça ?

Elle scruta chaque cil de mon visage.

— Peut-être… J'adore inventer des histoires.

La réponse claqua.

— Et cette écharpe rouge, tu l'as inventée aussi ?

Ça lui avait échappé. Elle avait ajouté cela par réflexe. Du moins, c'est ce que j'ai pensé sur le moment, que ce n'était pas prémédité.

Mon visage se ferma.

— Putain, pas toi, Mona !

— Quoi, pas toi ?

— Mona, écoute-moi, je ne déconnerais pas avec la mort de cette fille. Pas avec un viol. Bordel, un gamin de quatre ans comprend la différence entre ce qui relève du jeu, du faire-semblant, et ce qui est sérieux. Je croyais que t'avais pas oublié ça, Mona…

Je l'ai regardée droit dans les yeux avant de continuer.

— Si je ne peux pas te faire confiance, à qui alors ?

Elle semblait vexée. Elle se leva et s'efforça de ne pas hausser le ton à son tour.

— Ça va, Jamal. Calme-toi. Je te crois.

Mon cœur battait à se rompre. Je n'avais pas bluffé. J'avais paniqué. Impossible d'affronter seul cette histoire de fous.

Si Mona me lâchait…

Si Mona me lâchait, qui allait me croire ?

Les flics ?

André ? Christian Le Medef ? Denise et Arnold ?

Vous ?

16

Encore une coïncidence ?

Le silence aurait pu durer une éternité entre Mona et moi. Le riff de *La Grange,* de ZZ TOP, explosa avant que la chercheuse ne s'éloigne.

La sonnerie de mon portable ! J'avais reçu un message. D'un geste énervé, j'ai attrapé le téléphone au fond de ma poche.

— Une admiratrice ? me demanda Mona avec curiosité.

Elle semblait ravie qu'un élément extérieur vienne déchirer la toile d'araignée dans laquelle nous nous débattions. J'ai lu le message et j'ai choisi l'apaisement.

— Tu ne crois pas si bien dire…

— Jeune et jolie ?

— Jolie, oui. Mais très jeune.

— Quel âge ?

— Quinze ans…

Mona se hissa de quelques centimètres sur la pointe de ses pieds et me roula des yeux étonnés.

— Elle se prénomme Ophélie. C'est une ado de l'Institut Saint-Antoine. Elle a été violée par son père. Cadeau d'anniversaire pour ses huit ans. Elle en a gardé quelques séquelles. Violence.

Comportement caractériel. Troubles sexuels.... Aucun adulte, éduc, psy ou prof n'arrive à en venir à bout. Mais moi, je m'entends plutôt bien avec elle.

— Et elle t'appelle pendant les vacances ?

— Ouais. Ils me font chier avec ça à l'Institut. Soi-disant que je suis trop proche d'elle, que je perturbe le processus thérapeutique…

— Ils ont raison, fit Mona. Chacun son job, non ? Qu'est-ce qu'elle te veut, la gamine ?

J'ai tendu le portable à Mona pour lui montrer la photo envoyée par Ophélie. Elle posait collée à un grand black dont le piercing recouvrait la moitié de la narine. Un court message illustrait la photo. Deux mots.

Quelle note ?

— Ça veut dire quoi, « quelle note ? » ?

J'ai repris le téléphone.

— C'est un jeu entre nous. Le week-end ou en vacances, quand Ophélie se lève un mec, elle m'envoie une photo de lui et je l'évalue… Je corrige sa copie, si tu veux. Je donne une note et une appréciation. Du genre « Peut mieux faire ». « En progrès ». « Hors sujet ». En retour, moi aussi, parfois, je lui envoie des photos de mes copines…

Mona, rassurée, laissa enfin filer un éclat de rire.

— Tu m'étonnes que les éducs de ton Institut te tombent dessus !

J'ai pianoté rapidement ma réponse.

5 sur 20. Manque d'imagination. Evite le copié-collé.

Alors que je cliquais pour envoyer le message, Mona ouvrit soudain sa combinaison, défiant le vent qui s'engouffrait entre la digue et les cabines de plage. Ses seins se démoulèrent délicatement du néoprène.

— Et moi ? Quelle note ?

Cette fille était folle !

— Tu veux l'avis de ma copine, c'est bien ça ?

J'ai réglé le viseur de mon iPhone pour zoomer sur le visage de Mona.

— C'est parti. Méfie-toi, Ophélie est une teigne. Jusqu'à présent, elle n'a donné la moyenne à aucune de mes copines.

Je me suis avancé vers Mona.

— Rhabille-toi avant d'attraper la mort. Je te laisse, je dois retourner chez les flics.

J'ai moi-même tiré sur la fermeture Eclair pour que le décolleté de Mona se mue en sage col roulé.

J'avais le temps de repasser à l'hôtel pour me changer, d'attraper ensuite un sandwich avant de prendre le car pour Fécamp, direction la gendarmerie.

Au moment où je suis entré dans le hall de la Sirène, André rangeait des dépliants sur le palais Bénédictine. Ce type passait son temps à apparaître et disparaître de derrière son comptoir, à croire qu'il disposait d'une entrée secrète, d'une trappe sous son bar ou d'un truc dans le genre. Visiblement il n'avait pas reçu de nouveau courrier pour moi... Je me suis planté devant lui.

— Parmi tes clientes, André, tu n'aurais pas eu une visiteuse médicale ? Magali Verron. Elle couvrait le secteur des médecins de la région du

Havre. Elle devait dormir de temps en temps à l'hôtel. Avant-hier soir par exemple…

— C'est la fille qui s'est suicidée ?

Il continuait de ranger avec indifférence les autres prospectus. Vélo-rail d'Etretat. Musée des Terre-Neuvas. Mon premier réflexe fut de me demander comment il avait pu faire le rapprochement aussi vite.

— Ouais…

— Ça me dit rien. Tu sais, y a une bonne dizaine d'hôtels dans le canton, sans compter ceux sur Etretat et les chambres d'hôtes que tous les paysans du coin ont ouvertes. T'as pas une photo ?

— Non…

J'ai tenté de décrire du mieux que je pouvais Magali Verron. Je ne lui ai rien caché de sa beauté fascinante et du pouvoir d'attraction de son regard désespéré.

La réponse d'André claqua comme une évidence.

— Une fille aussi jolie que ça, je l'aurais remarquée…

Bien entendu.

Alors que je grimpais l'escalier de bois, mon téléphone vibra.

Nouveau message !

La réponse d'Ophélie à la photo de Mona…

J'ai lu le texto, persuadé que ma petite protégée allait assassiner ma musaraigne rousse d'une critique jalouse et cinglante. Le message me laissa sans voix.

21 sur 20. La lâche pas celle-là, c'est la femme de ta vie.

Lorsque j'ai ouvert la porte de ma chambre, le courant d'air glacé m'a saisi. La fenêtre était restée ouverte.

La femme de ménage. Pour aérer.

Le lit était fait, impeccable. Les serviettes neuves. J'ai fugitivement repensé au désordre de la chambre après ma nuit passée avec Mona.

Je me suis soudain figé.

Une enveloppe marron était posée sur mon bureau, juste à côté de l'ordinateur portable. Une enveloppe neuve, intacte. Aucun timbre cette fois. Aucune adresse. Juste mon nom.

Jamal Salaoui.

Même écriture féminine que sur les plis précédents.

Avant de saisir l'enveloppe, je me suis penché par la fenêtre ouverte. Le souffle du vent gelait mon corps en fusion. Il n'était pas très difficile d'atteindre ma chambre par l'extérieur, les toits plats du restaurant de la Sirène et de son appentis formaient une sorte d'escalier pour géant. Mais qui aurait pu prendre le risque d'une telle escalade ? En plein front de mer, presque à la vue de tous ? Pour poser une enveloppe sur mon bureau.

J'ai hésité un instant à redescendre, à demander à André si, à part la femme de ménage, quelqu'un était entré dans ma chambre. J'ai renoncé.

Plus tard...

J'ai refermé la fenêtre. Il fallait que je me calme. La sueur, celle que mon WindWall était censé absorber, coulait en rigoles tièdes sur ma peau. Je me suis déshabillé sur le lit puis j'ai dévissé ma prothèse de carbone. Les mains moites. Elles laissèrent des traces brunes sur l'enveloppe que je déchirais. Elle était plus fine que les précédentes. Juste trois feuilles agrafées.

J'ai immédiatement reconnu le bandeau tricolore de la police nationale.

SRPJ de Caen. Affaire Myrtille Camus.
Procès-verbal du 28 août 2004.
Pièce n° 027. Témoignage d'Alina Masson

Nu sur le lit à l'exception de mon shorty, j'ai laissé mon unique jambe pendre jusqu'au plancher tout en m'efforçant de contrôler le tremblement nerveux qui l'agitait.

***

Affaire Myrtille Camus – Samedi 28 août 2004

— J'étais la meilleure amie de Myrtille.

— Nous savons, répondit Bastinet.

Le commandant du SRPJ de Caen et la psychocriminologue Ellen Nilsson étaient assis devant les quatre témoins. Louise et Charles, les parents de Myrtille Camus. Frédéric Saint-Michel, son fiancé. Alina Masson, sa meilleure amie, celle qui venait de s'exprimer.

Celle dont le témoignage pouvait s'avérer décisif…

Le commandant Bastinet n'eut pas besoin de consulter ses notes, il connaissait le dossier par cœur. Depuis la découverte du corps de la jeune fille, violée et étranglée dans un bois près d'Isigny, il avait dormi moins de cinq heures, par tranches d'une demi-heure, comme un navigateur qui mène une course. C'était un peu cela.

Une course.

Contre la montre.

En solitaire...

Pour coincer ce salopard qui avait déjà frappé deux fois en trois mois. Morgane Avril à Yport, en juin, puis Myrtille Camus, maintenant.

A vrai dire, il ne comptait guère sur les services de cette Ellen Nilsson, la fille que le ministère lui avait collée dans les pattes. Non pas qu'il ait quelque chose contre les psychocriminologues, au contraire, ce n'était pas sa partie mais il avait souvent fait appel à des spécialistes du cerveau pour mieux comprendre les détraqués qu'il avait eu à fréquenter. Mais il se demandait comment cette blonde filiforme, qui s'était pointée avec son étui à stylo Dupont pour seule arme, son bloc Mont-Blanc pour seule armure et son yaourt Activia pour seul repas, pourrait lui être utile.

— Mademoiselle Masson, vous dirigiez le camp d'adolescents où Myrtille Camus a trouvé la mort ?

Alina confirma.

Une gamine ! pensa Bastinet.

Alina Masson avait tout juste vingt et un ans, à peine quelques mois de plus que Myrtille Camus. Dans le camp d'Isigny-sur-Mer organisé par l'association du Drap d'Or d'Elbeuf, il n'existait aucune hiérarchie entre les deux filles. Juste une longue complicité.

Bastinet décida d'aller droit au but.

— Myrtille se sentait menacée ? Menacée par un homme, à plusieurs reprises ? C'est bien cela, mademoiselle Masson ?

— Pas exactement, commandant.

Bastinet tiqua. Ellen Nilsson, tout en contemplant ses ongles émeraude, reformula la question.

— Prenez votre temps, mademoiselle Masson. Racontez-nous les faits. Seulement les faits. Qui était cet homme ?

— La première fois que je l'ai vu, expliqua Alina, c'était à l'étang de la base de loisirs d'Isigny. Il se tenait à une centaine de mètres de nous. Il… il fixait Myrtille.

— Quelle a été votre réaction ? demanda Bastinet.

— Aucune. A ce moment-là, je n'y ai pas vraiment fait attention. C'était, comment dire, fréquent.

— Fréquent ? répéta le commandant.

Alina jeta un regard gêné à Frédéric Saint-Michel. Le fiancé de Myrtille indiqua d'un signe de la main qu'elle pouvait continuer. Ellen griffonna quelques notes sur son bloc Mont-Blanc pendant que le commandant Bastinet pressait le témoin de poursuivre.

— Myrtille avait pris l'habitude, tous les matins, de proposer une séance d'aquagym aux ados, pendant une demi-heure, au bord de l'étang. On mettait la musique à fond, Myrtille dansait et tous les gamins faisaient les mêmes gestes. Après quelques jours, l'aquagym de Myrtille était devenue un rendez-vous quotidien pour tout le camping. Familles, touristes, ados…

— Elle était au centre de tous les regards, suggéra Ellen.

— C'est ça…

Alina hésita, interrogea Louise Camus des yeux, puis continua, un tremblement dans la voix.

— Myrtille était une très jolie fille. Elle dansait avec une grâce et une énergie qui ne laissaient personne indifférent.

Des larmes perlaient au coin de l'œil de Louise. L'ancienne professeur de danse serrait la main ridée de son mari.

— Pouvez-vous nous décrire cet homme qui fixait Myrtille ? enchaîna Bastinet. Cet homme qui la fixait plus que les autres…

— Je ne l'ai vu que de loin, commandant. Taille normale. Plutôt jeune. Notre âge, *a priori*. Il portait une casquette, blanche et bleue, avec les trois bandes Adidas. Des lunettes de soleil aussi. Il m'a semblé plutôt bronzé.

Bastinet pesta. La description pouvait correspondre à celle de l'inconnu à l'écharpe rouge croisé par trois témoins à Yport, le suspect n° 1 du meurtre de Morgane Avril, celui que le capitaine Grima avait vainement recherché. Mais elle pouvait aussi correspondre à des milliers d'autres hommes…

— Quand avez-vous revu ce type ?

— Il traînait dans le camping, du moins j'ai reconnu sa casquette plusieurs fois. A mon avis, il devait être du coin. Ou bien il était animateur dans un des autres groupes de la base. Il y avait au moins dix camps qui cohabitaient à Isigny...

— Sept exactement, mademoiselle, précisa Bastinet. Cent treize adolescents et vingt-huit adultes pour les encadrer.

Ellen Nilsson leva les yeux au ciel, comme lassée par la rigueur pointilleuse du commandant.

— Pour être exacte, reprit Alina, la seconde fois que je l'ai vraiment remarqué, c'était au large de Saint-Marcouf.

Bastinet consulta ses notes rapidement. Les îles Saint-Marcouf, à sept kilomètres des côtes normandes, étaient les deux seules îles de la côte française de Calais jusqu'au nord du Cotentin. Deux cailloux posés dans la mer, sur lesquels Napoléon avait construit un fort contre les Anglais. Propriété de l'Etat, y dormir était interdit, mais le mouillage autorisé. Les îles Saint-Marcouf constituaient une destination incontournable pour la plaisance locale. Comme il se doit, le camp du Drap d'Or avait organisé une sortie voile jusqu'aux îles, cinq jours avant l'assassinat de Myrtille.

— Myrtille et son groupe de cinq ados avaient passé la journée sur l'archipel, continua Alina. Je suis venue les rejoindre avec un autre groupe, en 3.20, vers midi. J'ai... j'ai reconnu le type. Même casquette, mêmes lunettes. Il était à bord d'un Zodiac, un petit modèle, genre bateau de location... et il naviguait autour des îles.

— Depuis combien de temps ? demanda Ellen.

— Je ne sais pas... Il était déjà là quand on s'est approchés de Saint-Marcouf. Il a fait encore quelques tours. Il fixait Myrtille, c'est très clair.

Puis il a mis les gaz. Cela n'a pas dû durer plus de cinq minutes en tout, mais...

— Mais cette fois, coupa Bastinet, cela vous a inquiétée.

Ellen soupira ostensiblement.

— Pas exactement, commandant, précisa Alina. Je me suis plutôt dit quelque chose comme : Il commence à nous faire chier celui-là à nous tourner autour.

— Je comprends. Un réflexe de directrice vigilante. Quand avez-vous croisé cet homme pour la dernière fois ?

— Deux jours plus tard. Myrtille était en congé, elle avait poussé à pied jusqu'à la plage de Grandcamp-Maisy et on avait convenu que je la récupère en allant faire les courses avec le neuf-places. A l'heure prévue, je l'ai cherchée sur la plage. Elle dormait, en maillot, couchée sur le dos, un foulard sur les yeux. Je l'ai réveillée. C'est seulement ensuite que j'ai remarqué qu'il était là, sur une serviette, à une trentaine de mètres d'elle. Myrtille m'a avoué sur le chemin du retour qu'elle avait dormi comme une masse sur le sable, plus de deux heures... (Ses doigts tremblants recherchèrent un mouchoir dans sa poche. Elle ne le trouva pas, renonça et continua :) Cela signifie que ce type avait pu la mater pendant tout ce temps, qu'il avait pu imaginer ce qu'il voulait, se faire son film, la...

Alina se tut brusquement et fondit en larmes. Frédéric Saint-Michel, les mains crispées sur les accoudoirs de son fauteuil, n'eut pas un geste envers elle. Il semblait se murer dans sa haine contre l'assassin de sa fiancée, comme s'il vivait chaque seconde où la névrose du voyeur s'était peut-être transformée en pulsion meurtrière.

Alors qu'Ellen tendait à Alina un kleenex dans un délicat emballage vichy bleu, Bastinet insista.

— Vous pourriez nous le décrire ?

Alina était une fille forte. Elle renifla, toussa pour s'éclaircir la voix, et continua.

— Pas vraiment. Il était allongé sur le ventre. Toujours sa casquette sur la tête et ses lunettes de soleil. Il était plutôt fin, assez musclé, des muscles longs, comme ceux d'un sportif. Mais je serais incapable de le reconnaître.

Les policiers lui montrèrent par la suite le portrait-robot de l'inconnu d'Yport, remplacèrent sur Photoshop l'écharpe rouge par une casquette Adidas, ajoutèrent des lunettes de soleil.

Cela pouvait être lui.

Ou pas.

Le commandant Bastinet se fendit d'un sourire compréhensif.

— OK, mademoiselle Masson. Une dernière précision, qui ne s'adresse pas qu'à vous d'ailleurs. Vous me confirmez que Myrtille tenait un journal intime ?

— Pas tout à fait, commandant. Pas vraiment un journal.

Parents, fiancé et amie se relayèrent pour décrire le carnet Bloc-notes Moleskine bleu ciel que Myrtille annotait depuis son adolescence et qu'elle conservait toujours sur elle ou dans son sac à main.

Disparus, tous les deux, sans doute entre les mains de son violeur.

Myrtille confiait ses pensées les plus secrètes à ce carnet. Quelques phrases brèves, parfois drôles, parfois mélancoliques. Myrtille aimait beaucoup écrire.

Bastinet allait remercier les quatre témoins lorsque Ellen leva la main. La psychocriminologue avait longtemps hésité à poser sa dernière question devant le fiancé de Myrtille Camus. Elle ressentait une gêne face à Frédéric Saint-Michel. L'écart d'âge avec sa future femme, sans doute, même si à trente-sept ans il affichait un charme intact d'éducateur charismatique, dont le regard doux de moine bouddhiste se doublait d'une carrure de judoka.

Ellen prit le timbre de voix le plus suave qu'elle put, puis s'adressa directement à Alina.

— Mademoiselle Masson, selon vous, le jour du meurtre, pourquoi Myrtille Camus était-elle habillée de façon aussi élégante ?

Alina se figea. Surprise.

— Qu'est-ce que vous voulez dire ?

Ellen pointa un doigt émeraude, bague et ongle coordonnés, pour signifier à Bastinet de ne pas intervenir et précisa.

— Myrtille était animatrice en camp d'adolescents. Sous votre direction. Je suppose qu'on porte des habits pratiques pour travailler avec des jeunes garçons, un short, un tee-shirt, des tennis... Pas des dessous mauves et une robe aussi courte...

— C'était... c'était son jour de congé, bredouilla Alina, étonnée que la psychocriminologue ne s'en soit pas souvenue.

Le commandant Bastinet fusilla des yeux sa collègue. Frédéric Saint-Michel crispa à nouveau ses mains sur sa chaise pour contenir sa rage, contrastant avec le calme de Louise et Charles, qui se levèrent dans un silence de fantômes.

Le commandant observa Frédéric Saint-Michel avant qu'il ne quitte la pièce. Grand. Droit. Fier encore. Ses longs cheveux étaient noués par un catogan noir.

Bastinet fut convaincu que le deuil allait faire exploser en quelques mois cette jeunesse insolente. Que l'on trouve ou non l'assassin de sa future femme n'y changerait rien, Saint-Michel se ratatinerait plus vite qu'un autre, blanchirait, pourrirait aussi sûrement qu'un appétissant fruit trop mûr.

D'après le dossier, tout le monde l'appelait Chichin.

Les histoires d'amour finissent mal, pensa stupidement Bastinet. En général...

Les jours qui suivirent, la question d'Ellen Nilsson fit son chemin dans l'esprit d'Alina Masson, comme un petit éclat dans le miroir de ses souvenirs qui progressivement s'étira en une longue fissure.

Elle repensa des centaines de fois à cette robe courte, à ces dessous mauves.

Alina hésita à revenir en parler à Ellen Nilsson. Plusieurs fois, elle attrapa son téléphone portable, mais jamais elle ne composa le numéro de la carte que lui avait donnée la psychocriminologue. Elle n'arrivait pas à faire pleinement confiance à cette psy au visage lisse.

Même si cette femme avait peut-être vu juste.

Elle seule.

Alina préféra se taire. Elle le regretta, davantage chaque jour qui passait, mais exprimer ses doutes, c'était rompre le secret de Myrtille. Sa meilleure, sa seule amie.

Les jours qui suivirent, Charles et Louise Camus se rapprochèrent plus encore de Carmen Avril.

Même si tout les opposait, ils unirent leurs forces.

Charles et Louise recherchaient la paix, Carmen recherchait la guerre.

Charles et Louise étaient animés d'un sentiment de justice, Carmen par un sentiment de haine.

Mais au fond, leur objectif était le même.

Connaître la vérité.

Découvrir l'identité du meurtrier de Morgane Avril et Myrtille Camus.

Les jours qui suivirent, le commandant Bastinet demanda à ses hommes de se concentrer sur la recherche du suspect n° 1.

L'homme à la casquette Adidas.

Les avis de recherche permirent de confirmer la déposition d'Alina Masson, plusieurs autres témoins avaient croisé ce garçon, dans le camping d'Isigny-sur-Mer, sur la plage de Grandcamp-Maisy, autour du club de voile...

L'avaient croisé… mais personne ne put l'identifier. Il ne travaillait pas dans les environs, les policiers vérifièrent auprès de tous les employeurs potentiels.

Un prédateur solitaire se fondant parmi la foule des estivants ?

Le fait même qu'il ne se présente pas spontanément à la police pour témoigner renforça encore dans l'esprit du commandant Bastinet la conviction qu'il était bien le violeur-assassin. Le même homme que celui qui portait cette écharpe rouge, à Yport.

Plus les jours passèrent, plus le commandant désespéra de retrouver sa piste. Le type s'était faufilé à travers les mailles du filet. On ne saurait jamais qui il était, à moins d'un énorme coup de chance auquel Bastinet, par expérience, ne croyait pas.

Il avait tort.

Le sort bascula en faveur des enquêteurs deux mois plus tard, très exactement le 3 novembre 2004. Le jour où les policiers découvrirent l'identité du garçon à la casquette Adidas.

A ce moment-là, il était déjà trop tard.

L'affaire Camus-Avril était endeuillée par deux autres morts.

17

Le sort bascula ?

J'ai failli rater l'autocar pour Fécamp. Je l'ai rattrapé au croisement de la sente Colin et de la rue Cramoisan. Le chauffeur n'hésita pas à enfreindre le règlement pour me laisser monter au vol, c'était l'avantage de courir sur une jambe après un bus.

J'ai profité de la petite demi-heure de trajet pour faire le point. Presque malgré moi, j'étais obsédé par ces invraisemblables similitudes entre le suicide de Magali Verron et le meurtre de Morgane Avril, dix ans auparavant. Cette succession de coïncidences qu'aucun flic ne pouvait avaler. Mais j'avais la certitude que je devais suivre en parallèle l'autre direction, celle du meurtre de Myrtille Camus, le second viol du tueur en série. Si un inconnu s'amusait à me faire parvenir par courrier chaque détail de cette enquête, c'est que, d'une façon ou d'une autre, la réponse à mes questions s'y trouvait. Je devais mémoriser chaque indice. Tout cela ne formait qu'un seul et même ensemble. Cohérent. Evident sans doute, à condition d'emboîter très exactement chaque élément du puzzle.

Le car me déposa à Fécamp, quai de la Vicomté, à 13 h 45. Le temps d'attraper un jambon-crudités à la boulangerie d'en face et de l'avaler sur le port, face à la digue. A l'accueil de la gendarmerie, j'ai dissimulé ma nervosité en plaisantant avec la gendarmette au sourire d'hôtesse de l'air.

— Je suis convoqué chez Piroz, ai-je fait avec une mine de collégien envoyé chez le proviseur.

La fliquette joua la surveillante sympa qui connaît la mauvaise humeur de son chef. Elle se fendit même d'un « Bon courage » avant que je ne m'enfonce dans le couloir.

Pile 14 heures.

Je me tenais debout devant le bureau du capitaine Piroz.

La porte était ouverte. J'ai marqué un temps d'arrêt, à peine une seconde.

— Entrez, monsieur Salaoui.

Piroz me fit signe de refermer la porte derrière moi. Ses cheveux gris peignés en arrière tombaient sur ses épaules comme les branches d'un saule pleureur sous le givre.

— Asseyez-vous.

Il n'avait pas la tête d'un proviseur lassé de faire la morale à un sale gosse, plutôt celle d'un spécialiste qui n'a pas de bonnes nouvelles à annoncer à son patient. Une pile de dossiers s'accumulaient derrière la maquette de l'*Etoile-de-Noël*.

— J'ai vos résultats, monsieur Salaoui.

Pas n'importe quel spécialiste. Un cancérologue.

— Ils ne sont pas bons, monsieur Salaoui.

— C'est-à-dire ?

— Les empreintes digitales... (Piroz passa ses doigts en peigne dans ses cheveux gras.) Ce sont les vôtres.

Même si je m'étais préparé, j'encaissai difficilement le coup.

— Sur l'écharpe Burberry ?

Piroz hocha la tête.

— Je vais vous expliquer, capitaine.

Pas une fois le gendarme ne m'interrompit pendant que je lui racontais la version des faits, ma découverte de l'écharpe accrochée aux barbelés près du blockhaus, mon réflexe idiot, la lancer à Magali Verron. Son saut dans le vide, l'écharpe flottant au bout de sa main. J'avais préparé mes mots dans l'autocar, mais j'ai bafouillé tout de même lorsque j'ai évoqué la suite.

La plage.

L'écharpe enroulée autour du cou de la suicidée.

J'ai avancé la version de Mona, la fille n'avait pas vu le visage de son violeur, elle m'avait confondu avec lui, avait paniqué, avait sauté, pour m'échapper, pour m'accuser. Je n'y croyais pas moi-même, mais j'avais intérêt à paraître sincère, je me doutais que Piroz allait être difficile à convaincre.

J'étais loin du compte.

— Votre version est intéressante, monsieur Salaoui. Mais vous m'avez interrompu tout à l'heure. Les empreintes digitales, ce sont les vôtres, sur l'écharpe de cachemire rouge, certes...

Il ouvrit le dossier vert devant lui. D'expérience, je savais que ce n'était pas bon signe.

— Mais il faudra m'expliquer, monsieur Salaoui, pourquoi nous avons également retrouvé vos empreintes digitales sur le cou de Magali Verron, sur ses jambes et sur sa poitrine…

Je me suis figé.

Paralysé.

Mon corps entier n'était plus qu'une carcasse d'acier froide aussi raide que ma jambe gauche. Ma voix en apnée tenta de respirer encore.

— C'est… c'est impossible, capitaine, je n'ai pas touché cette fille.

Piroz leva les yeux de son dossier et pencha la tête en arrière, comme entraînée par le poids de sa cascade de cheveux.

— Vous ne l'avez pas touchée avant qu'elle saute, c'est ce que vous m'avez raconté. Mais sur la plage, alors qu'elle était déjà morte ?

Je détestais le terrain sur lequel Piroz voulait m'amener.

— Je ne l'ai pas touchée, capitaine ! Ni avant sa mort ni après. Christian Le Medef et la vieille Denise ont dû vous le dire…

— J'essaie simplement de vous aider, monsieur Salaoui.

Mon cul…

J'ai pris le temps de repasser la scène dans ma tête, de me souvenir de chaque détail. Je n'avais aucun doute. A aucun moment je n'avais été en contact direct avec Magali Verron.

Que signifiait ce nouveau délire ?

J'ai lancé à Piroz un ricanement ridicule.

— Je ne crois pas une seconde à vos conneries, capitaine. C'est quoi, la prochaine étape ? M'annoncer qu'on a retrouvé mon sperme dans le vagin de Magali Verron ?

Piroz lissa calmement une mèche grise entre son pouce et son index.

— Cela me semblerait assez logique, monsieur Salaoui. L'homme qui a étranglé Magali Verron est vraisemblablement celui qui l'a violée.

J'ai explosé. L'*Etoile-de-Noël* tanguait devant mes yeux révulsés.

— Bordel ! J'ai voulu sauver cette fille ! L'empêcher de tomber, et vous m'accusez de l'avoir...

Je n'ai pas eu la force de terminer. Le sourire de Piroz me glaça. Une peur plus intense encore me transperça.

Il ne m'avait pas tout dit.

J'ai craché une autre question.

— Vous avez les résultats du test ADN ? C'est ça ?

— Non... Il est encore un peu trop tôt, ce soir peut-être...

— Mais vous avez des tendances ?

— Oui. Des estimations, si vous préférez. Elles ne sont pas bonnes. Pas bonnes pour vous !

Putain de merde !

J'étais assis sur une chaise électrique qui venait de m'envoyer deux mille volts à travers le corps. Mon sperme dans le vagin de Magali Verron... C'est ce que ce salopard de Piroz venait de sous-entendre.

Le calme du gendarme contrastait avec la tempête qui soufflait sous mon crâne.

— Je pense que vous vous doutez de la suite des événements, monsieur Salaoui. Le juge d'instruction a signé ce matin votre mise en examen. Nous allons avoir quelques formalités à régler. Vous trouver rapidement un avocat, par exemple.

Il me laissa un instant sortir la tête de l'eau, pour mieux m'asphyxier celui d'après.

— Mais pour tout vous avouer, monsieur Salaoui, avant d'en arriver là, j'aimerais discuter un peu avec vous. (Pour la première fois, ses mains trahirent une légère hésitation.) Discuter d'autre chose que de l'affaire Verron. Du double crime de Morgane Avril et de Myrtille Camus. Il y a dix ans. Vous vous souvenez, monsieur Salaoui ?

Si je me souvenais ?

J'ai soudain eu l'impression que Piroz avançait sur un terrain mouvant, à la limite de ce qu'un juge d'instruction autoriserait. Je me suis redressé sur ma chaise.

— C'est donc ça, capitaine ? Trois filles mortes. On commence par m'accuser d'avoir tué la première puis, dans la foulée, on me colle sur le dos les deux autres crimes sur lesquels la police piétine depuis dix ans.

Piroz fronça à peine les sourcils, pas vraiment impressionné.

— Vous avez dû mener votre petite enquête, monsieur Salaoui. Vous avez dû remarquer quelques-unes des coïncidences entre le destin de Morgane Avril et celui de Magali Verron. Stupéfiantes, non ? Le mot est même faible, vous ne trouvez pas ? Vous avez raison, nous piétinons…

Mais nous avons au moins une certitude, ces trois crimes sont liés !

Je n'osais plus rien affirmer. Je me contentais d'aboyer comme un chien pris au collet. De mordre ceux qui passeraient à ma portée.

— Expliquer les coïncidences, c'est votre boulot, pas le mien.

— En effet.

Piroz plongea à nouveau dans ses dossiers, un beige cette fois.

— Je vais vous poser une question importante, monsieur Salaoui. Très simple, et très importante pour vous. Aviez-vous encore l'usage de vos deux jambes il y a dix ans ? Votre dossier est, comment dire, assez flou sur ce point.

J'avais compris l'enjeu sans que Piroz ait besoin de m'expliquer. Le suspect n° 1 dans l'affaire Avril-Camus, l'inconnu qui portait une écharpe Burberry, et peut-être trois mois plus tard une casquette Adidas, pouvait vaguement correspondre à ma description.

Brun, taille normale, sportif, teint hâlé.

Sauf qu'il ne boitait pas...

Sauf que rien ne me forcerait à dire la vérité à Piroz.

Sur ce point au moins.

— Non, capitaine. Je suis né comme ça... Enfin presque. Pour vous expliquer, je n'ai pas eu de chance, la fée qui s'est penchée sur mon berceau avait un défaut de prononciation.

Piroz me regarda avec méfiance. Il pouvait bien me foutre la trouille de ma vie avec ses accusations, je tenais ma revanche. Je jubilais à l'avance de voir ses yeux sortir de leurs orbites.

— Cette putain de fée a agité sa baguette magique au-dessus de mon front, elle a prononcé sa formule magique, abracadabra, un truc comme ça, puis elle a dit, vrai de vrai, capitaine : « Que de tous les petits garçons du monde, ce bébé soit le plus moignon. »

Visage consterné de Piroz.

— Juste un défaut de prononciation, capitaine. C'est con, non ?

Mon cerveau lessivé pétillait de bulles qui explosaient en feu d'artifice. J'avais l'impression de charger sabre au clair contre un char d'assaut.

Piroz vira rouge brique.

— Ce n'est pas un jeu, Salaoui. Bordel... Je cherche à vous aider.

J'ai profité de l'avantage.

— Ou à me piéger ! Un handicapé. Beur. Célibataire. Qui bosse chez les zinzins. Le bouc émissaire idéal, non ? Dix ans que la police en cherche un...

Piroz posa les coudes sur le bureau. J'ai insisté.

— Je n'ai pas touché à cette fille, capitaine. Ce ne sont pas mes empreintes sur son cou. Ce n'est pas mon sperme. Cherchez un autre pigeon !

Le gendarme s'évada un instant au-delà du mât de misaine de l'*Etoile-de-Noël*, puis reprit le plus calmement qu'il put.

— Ce n'est pas la bonne stratégie, Salaoui. Une jambe en moins ne vous sauvera pas devant les jurés...

Connard ! C'était quoi, la bonne stratégie ?

Mon esprit avait beau multiplier les hypothèses, chercher toutes les portes de sortie, il n'y avait qu'une explication possible.

Une machination policière.

Ils fabriquaient le coupable dont ils avaient besoin. Un pauvre type qui se trouvait par hasard au mauvais moment un matin sur la falaise.

Moi.

L'instant suivant, l'autre hémisphère de mon cerveau me souffla que j'étais à la gendarmerie de Fécamp, pas en Corée du Nord ou en Afrique du Sud... On ne fabriquait pas de fausses preuves pour coincer un innocent. Pas ici. Pas en France...

— J'ai le droit à un avocat.

— Bien entendu, Salaoui. Il est impossible de placer un citoyen en examen sans qu'il ait entendu les chefs d'accusation accompagné d'un avocat.

De vagues souvenirs de séries aperçues sur le canapé défoncé de notre appartement de La Courneuve me revenaient. Navarro et compagnie, ce genre de trucs soporifiques que regardait ma mère et devant lesquels je traînais pour ne pas aller réviser dans ma chambre.

L'affaire Avril-Camus remontait à presque dix ans. Dix ans, cela devait correspondre à la durée de prescription d'un meurtre. Une idée folle trottait dans ma tête.

Et si j'étais leur dernière chance ?

Dans quelques mois, l'affaire Avril-Camus serait classée.

Et si, avant de fermer le rideau, les flics avaient décidé de coincer le premier venu ?

— Vous connaissez un avocat, Salaoui ?

Je ne répondis pas. Je doutais de tout, maintenant. Un second détail, auquel je n'avais pas prêté attention jusqu'à présent, me surprenait. Toujours un souvenir des séries cultes de ma mère.

— Il ne doit pas y avoir deux gendarmes pour interroger quelqu'un ?

— Non, monsieur Salaoui... Pas pour un simple interrogatoire.

Piroz se leva, agacé.

— Je vais vous faire un aveu, j'ai trois autres hommes qui travaillent sur le mystère de la mort de Magali Verron, qui creusent toutes les autres pistes, qui recherchent tous les types qu'elle a croisés ces derniers jours. Qui recoupent aussi toutes ces coïncidences entre les goûts et les études de Magali Verron et ceux de Morgane Avril, ces ressemblances délirantes auxquelles on ne comprend rien. Vous avez eu de la chance de tomber sur moi, Salaoui. Alors que tout, absolument tout, vous accuse, je continue de chercher ailleurs. Il faut croire que je ne suis pas tout à fait convaincu de votre culpabilité sur ce foutu dossier, alors n'allez pas tout gâcher.

Piroz avait déclamé cette dernière tirade en y mettant une étrange solennité. Un prêche de justicier. Comme si lui seul pouvait s'opposer au destin qui menaçait de m'écraser.

Un piège ? Un piège de plus ? Piroz était malin.

Il se pencha vers moi ; ses longs cheveux glissèrent sur son cou et entourèrent son menton comme une barbe postiche qui se décolle.

— Une dernière fois, Salaoui, c'est très important. Marchiez-vous sur vos deux pieds il y a dix ans ?

Piroz dut interpréter mon long silence comme un temps de réflexion, mais ma décision était déjà prise.

Je ne le croyais pas.

J'étais coupable.

A ses yeux. Aux yeux des autres flics. Tous les indices étaient là, accumulés, les preuves, les faits, les témoins.

Que valait ma seule parole contre un mur de certitudes ?

Rien.

Je ne savais pas qui ils étaient, mais ils m'avaient piégé.

Je n'avais plus le choix, je devais passer à travers le filet qu'ils me tendaient.

Maintenant. Quelles qu'en soient les conséquences.

Le geste ne prit pas plus d'une seconde. Je me suis penché en avant, juste assez pour que mes mains saisissent le socle acajou de la maquette de l'*Etoile-de-Noël* et, dans le même mouvement, pivotent, bras levés, pour écraser la planche sur le crâne du capitaine de gendarmerie.

Piroz n'eut pas le temps d'esquisser la moindre réaction. Il s'effondra lourdement. Ses mains tentèrent d'attraper le vide alors que ses jambes ne le soutenaient plus. Seuls ses yeux s'accrochèrent. Affolés.

Leur assurance hautaine s'était muée en une panique désespérée.

Un filet de sang coulait de la bouche qui me suppliait.

— Salaoui, non...

Non quoi ?

Qu'avait-il le plus peur de perdre ?

Sa maquette ? Sa proie ? Sa vie ?

Il tenta de se relever, posa ses mains sur le sol carrelé. Sonné. Des gouttes écarlates perlaient de son front et gouttaient le long de ses cheveux.

J'ai eu un dernier regard pour l'*Etoile-de-Noël*, les fins cordages collés avec la précision d'un horloger, les bouées et les pavillons peints avec délicatesse, les petits marins disposés sur le pont avec minutie, puis j'ai explosé le tout sur la nuque de Piroz.

Il retomba sur le sol. K-O.

Je suis resté immobile quelques secondes, persuadé qu'une dizaine de gendarmes alertés par le bruit allaient surgir dans le bureau.

Silence. Porte close.

A croire qu'ils étaient habitués à ce qu'on se fasse tabasser entre leurs murs.

J'ai évalué rapidement la situation. Comment m'en tirer maintenant ? Passer à travers la fenêtre ? Sprinter dans le couloir jusqu'à l'accueil ? Tirer Piroz par le col, pointer un coupe-papier sur sa carotide et m'évader en le traînant ainsi ?

Ridicule !

Ma seule chance était de sortir comme j'étais entré. Détaché. Vaguement préoccupé. Un sourire complice à la fliquette à l'accueil.

J'ai arraché le plus silencieusement possible la bande de tissu couleur pomme du store censé protéger la pièce du rare soleil fécampois, puis j'ai mis moins d'une minute à bâillonner et ligoter Piroz avec le rideau.

Il respirait mais ne bougeait plus. Les yeux clos, collés de sang, cils et cheveux mêlés. J'ai pris encore quelques secondes pour attraper à la volée le dossier vert.

Magali Verron.

J'ai hésité à en emporter d'autres. Une colonne entière de documents était empilée sur le bureau du capitaine, mais je n'avais pas le temps de trier. Pas le temps de m'encombrer non plus.

Dans un dernier mouvement, j'ai glissé dans mon dossier une feuille volante qui dépassait de la pile, celle qui m'avait intrigué la veille.

Le tableau tracé sur la feuille blanche.

8 chiffres dans 4 cases.

2/2	3/0
0/3	1/1

Un mystère de plus ?

Celui-ci attendrait…

Je suis sorti.

Un premier flic me croisa ; un second surgit sur ma droite et me frôla ; deux autres s'avancèrent vers moi, au bout du couloir, revolver à la ceinture, me fixèrent du regard, ralentirent, s'écartèrent.

Je suis passé entre eux sans me retourner.

J'étais déjà dans le hall d'entrée.

— Vous avez survécu ? m'interrogea en plaisantant la jolie gendarmette à l'accueil.

J'avais presque un remords à lui rendre son sourire. Ses collègues allaient lui faire porter le chapeau. Elle avait plaisanté avec le violeur en cavale, sans rien soupçonner, sans donner l'alerte. Oserait-elle dire qu'elle l'avait trouvé plutôt sympa ? Qu'il n'avait pas, vraiment pas, le profil d'un tueur ? Qu'ils se trompaient peut-être ?

Un instant, j'ai pensé que la lourdeur de la machination ourdie par les flics contre moi contrastait avec la facilité avec laquelle je m'étais enfui de la gendarmerie.

Je n'allais pas m'en plaindre.

Dès que j'ai descendu les marches de la gendarmerie, le vent chargé d'iode m'a fouetté le visage.

J'étais libre.

Pour combien de temps encore ?

D'un pas rapide, je me suis éloigné de la brigade et dirigé vers le port.

Combien de temps avant que Piroz ne donne l'alerte ?

J'ai repensé fugitivement aux cinq directions de mon étoile. Devenir le héros unijambiste de l'Ultra-Trail du Mont-Blanc, faire l'amour à la femme de mes rêves, avoir un enfant, être pleuré, payer ma dette…

Mal parti…

Je n'allais échapper aux flics que quelques heures ; au mieux quelques jours. Impossible de revenir dormir à la Sirène, ou simplement de m'approcher d'Yport.

Qu'espérais-je ?

Prouver seul mon innocence ? Que le brouillard de mystères se disperse comme un mauvais rêve ? Que les flics trouvent un autre coupable ? Le véritable tueur ?

J'ai laissé derrière moi le front de mer. Désert. Le froid n'incitait pas les rares promeneurs à dépasser la digue de béton. Les galets de la plage m'avalèrent sans que personne me remarque.

Sans que personne m'entende.

Je suis innocent ! hurlais-je dans ma tête.

Je suis innocent !

L'eau remontait doucement, mais en marchant vite, je pouvais m'éloigner suffisamment avant qu'elle recouvre entièrement le platier. Entre Fécamp et Yport, sur près de dix kilomètres de littoral, il n'existait qu'un seul accès à la mer, Grainval, et des dizaines de panneaux indiquant qu'il était strictement interdit de se promener sous les falaises.

Les flics du coin avaient depuis longtemps arrêté de jouer à cache-cache avec les contrebandiers sur le sentier des douaniers. Personne ne viendrait me chercher ici, entre mer et craie.

Les galets roulaient sous mes pas. Déjà, Fécamp n'était plus qu'une ligne d'immeubles gris et flous. Tout en serrant le dossier vert entre mes mains, je repensais à Piroz, à ses accusations.

Une question me hantait

En le frappant, en m'enfuyant, avais-je déchiré juste à temps la toile d'araignée que l'on tissait autour de moi ?

Ou avais-je descendu une marche de plus vers cet abîme qui m'engloutissait ?

II

Arrestation

Rosny-sous-Bois, le 22 juillet 2014

Unité Gendarmerie d'Identification des Victimes de Catastrophes (UGIVC), Institut de Recherche Criminelle de la Gendarmerie Nationale (IRCGN)

De M. Gérard Calmette, directeur de l'UGIVC,
A destination de M. le lieutenant Bertrand Donnadieu, Gendarmerie Nationale, Brigade Territoriale de Proximité d'Etretat, Seine-Maritime

Monsieur,

Suite à votre courrier du 13 juillet 2014 mentionnant la découverte de trois squelettes sur la plage d'Yport, Seine-Maritime, le 12 juillet 2014, notre service s'est consacré avec la plus grande diligence à cette troublante affaire.

Même si, à ce jour, aucun de ces trois individus n'a été identifié, les premières expertises confirment plusieurs faits irréfutables.

Tout d'abord, nous pouvons affirmer avec certitude que les os appartiennent à trois hommes, majeurs, âgés d'entre vingt et trente ans au moment de leur décès.

Ensuite, les examens n'ont révélé aucune trace de coup sur les trois crânes, ni même sur d'autres parties des squelettes, ce qui semble exclure l'hypothèse d'une mort provoquée par un choc extérieur, par exemple l'effondrement d'une des parois rocheuses de la cavité dans laquelle les hommes auraient évolué. L'hypothèse d'une mort violente, ou non naturelle, reste cependant la piste principale que nous suivons, compte tenu des circonstances de la découverte de ces corps. Des examens chimiques complémentaires permettront notamment de tester l'éventualité d'un empoisonnement.

La mesure de la date du décès des trois individus est l'un des points les plus déconcertants de cette enquête. Comme il est de coutume lors d'une procédure d'identification, nous avons attribué à chacun des trois squelettes un identifiant temporaire qui ne servira que le temps de l'enquête. En l'occurrence trois prénoms, dont l'ordre alphabétique correspond à la chronologie de leur mort.

En effet, et nous touchons là à un point particulièrement difficile à expliquer, les trois individus sont décédés à trois dates différentes, ce qui exclut toute mort que l'on pourrait qualifier de « collective » ou de « simultanée », qu'il s'agisse de l'accident d'un groupe de spéléologues, d'un triple assassinat, voire d'un suicide collectif.

Plus précisément, le premier de ces squelettes, que nous avons prénommé *Albert*, est décédé au plus tard en été 2004.

Le second, *Bernard*, est décédé plusieurs mois après Albert, vraisemblablement entre l'automne 2004 et l'hiver 2005.

Le troisième, *Clovis*, est décédé en 2014, entre février et mars, il y a donc environ cinq mois. Compte tenu de l'acidité des cavités de calcaire à silex dans lequel les cadavres ont séjourné, la rapidité de la décomposition de ce dernier corps n'apparaît guère étonnante.

Pour finir, monsieur le lieutenant, et comme vous-même le mentionniez dans votre premier courrier, il apparaît difficile de dissocier la procédure d'identification de ces trois squelettes de l'affaire dite « du tueur à l'écharpe rouge », dont l'une des victimes, Morgane Avril, a été retrouvée assassinée en juin 2004, non loin du lieu où ces trois squelettes furent eux-mêmes découverts.

Cependant, et avant le résultat d'examens complémentaires, dont l'analyse génétique pratiquée sur les os, nous sommes dans l'incapacité de définir quel lien direct pourrait relier, d'une part, la mort de ces trois hommes dont nous ignorons tout et, d'autre part, le meurtre de ces jeunes filles.

Soyez persuadé, monsieur le lieutenant, que nous mettons en œuvre tout ce qui est possible pour faire progresser dans les meilleurs délais cette enquête. Je ne peux néanmoins vous cacher que compte tenu de nos réductions d'effectifs, au regard d'un surcroît d'activité, nos services doivent faire face à d'autres urgences. Les décès d'*Albert* et de *Bernard* étant désormais couverts par les délais de prescription légale de dix ans, ils ne sont plus considérés, d'un strict point de vue réglementaire, comme une priorité pour nos services.

Veuillez agréer, monsieur le lieutenant, l'expression de mes sentiments les plus distingués.

Gérard Calmette, directeur de l'UGIVC

18

Pour combien de temps encore ?

J'ai attendu une bonne partie de l'après-midi que la nuit tombe, caché dans une des innombrables cavités de la falaise, un peu en amont de la valleuse de Vaucottes, agrippé comme une moule aux pans de rochers laissés découverts par la houle.

Trempé.

La mer laissait sécher une bande de galets d'environ un mètre entre elle et le mur de craie, mais quelques vagues plus téméraires s'amusaient à venir se fracasser contre la falaise et à asperger, par ricochet, l'imbécile qui s'y dissimulait. En récompense de mes efforts, un Dieu compatissant m'avait offert le plus somptueux des couchers de soleil, juste avant que je gravisse la valleuse rougeoyante en direction de Vaucottes.

J'ai encore attendu avant de sortir du bois des Hogues. Dix minutes. Le temps que l'obscurité soit plus intense et que mes vêtements humides se figent en suaire de glace.

Libre, toujours, mais frigorifié.

Nuit grise. Dans la pénombre, la valleuse de Vaucottes prenait des allures de vallée hantée. La trentaine de maisons perdues dans la jungle de pins, de noisetiers et de chênes semblaient avoir été érigées à la suite d'un concours d'architectes maudits. Chaque villa rivalisait d'inventions baroques. Toits de chalets suisses, clochers tyroliens, bow-windows anglais, façades mauresques. J'ai vérifié qu'aucune voiture ne circulait puis je suis remonté par la route de la plage. La Horsaine, la villa du patron de thèse de Mona, se cachait après le croisement.

Martin Denain.

123, chemin du Couchant.

Tu trouveras les clés sous l'une des briques de la margelle du puits, m'avait précisé Mona au téléphone. *Près de la charreterie. Le jardinier qui entretient le domaine la replace quand il part. Fais comme chez toi. Je te rejoins dès que je peux.*

Elle m'avait envoyé un baiser virtuel et avait raccroché. Sans me poser d'autres questions, se contentant du constat affolé que je lui avais dressé.

J'ai les flics aux trousses.

Je dois me planquer.

Il faut que tu m'aides.

Mona était une fille formidable.

J'ai attrapé la clé de fer sous la brique, la porte s'est ouverte, je me suis réfugié derrière les murs de la Horsaine.

Fais comme chez toi…

D'abord une douche, bouillante. Puis faire le point. Tout raconter à Mona dès qu'elle serait là…

Avant de trouver la salle de bains, j'ai erré dans le dédale de couloirs, de pièces minuscules mais innombrables, d'escaliers sur trois étages par demi-niveaux. Martin Denain, le directeur de thèse de Mona, ne devait pas venir souvent dans sa résidence secondaire. Non pas que la maison ne soit pas entretenue, bien au contraire. Un jardinier tondait la pelouse et taillait impeccablement les rosiers, une femme de ménage devait être payée à prix d'or pour traquer les colonies d'araignées ou astiquer les vitraux qui ornaient chaque fenêtre du dernier étage.

Une villa propre... et vide.

C'est ce contraste qui me saisissait alors que je me contorsionnais devant l'immense miroir doré à la feuille d'or pour faire glisser mon jean trempé le long de ma jambe. Ma prothèse claqua contre les dalles de faïence bleue de Delft. J'ai eu l'impression que l'écho se propageait dans les mille et une pièces de la villa déserte, réveillant ombres et fantômes.

Le jet d'eau couvrit les bruits du manoir. Je me suis tenu sur une jambe dans la douche.

Une toilette de flamant rose ! A coup sûr, l'expression aurait plu à Mona.

Paupières closes, j'ai fait défiler dans ma tête le décor de la Horsaine. Martin Denain avait empaillé sa maison, c'était le mot juste. Empaillé. Comme pour la retrouver identique après de longs mois d'absence.

Un simulacre de vie !

Des fleurs sur la cheminée et les chevets. Artificielles.

Une corbeille de fruits sur la table de la cuisine. Superbement imités.

Des étagères dans le couloir où s'entassaient en désordre des livres de poche, des magazines et des jeux de société, que l'on devinait oubliés là depuis des lustres.

Tout en laissant l'eau chaude couler sur ma peau nue, je me suis fait la réflexion que ce décor de manoir hanté semblait étrange, presque irréel, comme directement tiré de l'imagination d'un romancier.

Tout comme la personnalité de Mona, d'ailleurs…

Une chercheuse CNRS surgie de nulle part.

Vive. Jolie. Originale et dévergondée.

Comme sortie de la tête d'un écrivain… ou de la mienne, celle d'un célibataire en quête d'amour.

J'ai levé la tête pour laisser le jet d'eau me gifler la peau.

Non, à la réflexion, la seconde hypothèse ne tenait pas ! Mona avait un charme fou, mais si on m'avait proposé de dresser le portrait de la femme idéale, ce n'est pas le sien que j'aurais dessiné.

Et comme par enchantement, sous la cascade de pluie chaude, le visage délavé de Magali Verron dansa devant mes yeux.

Fais comme chez toi.

J'ai fixé ma prothèse et enfilé un peignoir crème accroché à une patère. Un Calvin Klein. J'hésitais à appeler Mona. Je devais être prudent, les flics allaient forcément faire le lien entre elle et moi. Je savais qu'elle ne leur balancerait pas ma planque, mais ils pouvaient se méfier, la suivre…

J'ai chassé ces idées. Je me suis encore perdu dans la succession de pièces vides pour éviter de penser que je n'avais aucune stratégie à part la fuite en avant. Pas le moindre début d'idée pour prouver mon innocence, à part gagner du temps.

Après une demi-heure, je commençais à me repérer dans le labyrinthe baroque. A l'exception des caves, sans doute aussi immenses que la villa elle-même, j'avais visité chaque pièce. Dans le salon, des bouteilles cuivrées étaient alignées sur une étagère de fer forgé.

Fais comme chez toi.

Je me suis servi un calvados, un Boulard. L'étiquette indiquait « hors d'âge ».

Comme la maison.

A peine en avais-je lapé une gorgée qu'un incendie ravagea ma gorge. Ma toux se cogna aux murs, rebondit dans le silence, puis s'éloigna en hoquets vers les étages comme un esprit frappeur craintif qu'un opportun aurait dérangé. J'avais beau fouiller ma mémoire, remonter jusqu'à ma petite enfance à La Courneuve et à la succession d'appartements du T0 au T5 que j'avais habités au fur et à mesure que la famille s'agrandissait, jamais de ma vie je n'avais mis les pieds dans une baraque aussi immense.

Cela fichait plutôt la trouille.

J'ai choisi d'attendre Mona dans la pièce que j'avais baptisée le nid d'aigle : c'était la plus haute chambre de la villa, construite dans une petite tourelle qui dépassait de quelques mètres le toit et la cheminée. De l'extérieur, j'avais pris ce clocheton kitsch pour une lubie d'architecte, un ersatz snob de donjon. Je me trompais ! Dans la pièce ronde du nid d'aigle, de chaque étroite fenêtre aux allures de meurtrière romantique, la vue sur la valleuse de Vaucottes, la plage et la mer était stupéfiante.

Un phare !

Martin Denain y avait installé son bureau. Une bibliothèque basse à trois cent soixante degrés encerclant deux fauteuils Voltaire et une table de chêne tapissée d'un épais velours pourpre.

J'ai attendu là longtemps, entre ciel et mer, plus d'une heure peut-être. Mes paupières commençaient à se fermer lorsque les mains de Mona se posèrent sur mes épaules.

Je ne l'avais pas entendue entrer, pas entendue monter l'escalier.

Une fée.

Elle portait l'étoile de sa baguette sur son cœur.

— Merci, ai-je dit avant même de l'embrasser.

Longuement.

Nous sommes restés un moment à profiter de la lune et de sa jumelle tremblante qui se noyait dans la Manche.

— Raconte, me fit enfin Mona.

Je ne lui ai rien caché. Les accusations de Piroz. Ma fuite. Ma conviction. J'étais victime d'une machination policière. Après m'avoir écouté, sans m'interrompre une fois, Mona prononça trois mots, les trois seuls que je voulais entendre.

— Je te crois.

Je l'ai encore embrassée. J'ai décoiffé ses cheveux d'or et les ai fait couler entre mes doigts.

— Pourquoi ? Pourquoi fais-tu tout ça pour moi ?

Sa main s'immisça entre les pans ouverts de mon peignoir.

— Va savoir ? Le parfum de l'inconnu ? Le goût immodéré pour les histoires qui sortent de l'ordinaire ? Une intime conviction que tu ne ferais pas de mal à une mouche...

— A une mouche, non. Mais à un flic ?

Elle éclata de rire.

— Si je te dis de téléphoner à un avocat et de te rendre dès demain matin aux gendarmes, tu le feras ?

J'ai serré Mona dans mes bras.

— Non ! Je ne veux pas tomber dans leur piège. Je veux comprendre par moi-même.

— Comprendre quoi ?

— Tout ! Il y a forcément une solution logique. Une clé qui ouvre la porte de sortie de ce putain de palais des glaces.

Pendant que Mona dénichait des trésors dans la réserve de la cuisine – foie gras, confit de canard et bergerac rouge –, j'ai ouvert le dossier « Magali Verron » récupéré sur le bureau de Piroz.

Je pestai intérieurement, la chemise ne contenait aucun élément que je ne connaissais pas déjà. Son CV détaillé, qui confirmait les informations recueillies sur Internet, son enfance au Canada, puis dans le Val-de-Marne, les différents établissements scolaires qu'elle avait fréquentés, son travail chez Bayer-France. L'autre moitié du dossier concernait le viol et son décès. Des rapports médicaux complexes énuméraient chacune de ses contusions, photos sordides à l'appui, son groupe sanguin, son ADN, les détails de son asphyxie suite à un étranglement... « qui a entraîné la mort », précisait le rapport.

Ils se trompaient, bordel ! De quelques minutes peut-être, mais ils se trompaient.

Je regrettais de ne pas avoir pris davantage de temps pour fouiller les dossiers sur le bureau de Piroz, pour y dénicher des éléments sur les affaires Camus et Avril, des indices autres que ceux qu'une âme bien intentionnée me faisait parvenir au compte-gouttes.

Trouver des éléments sur cette série de chiffres aussi, cette équation à laquelle s'intéressait Piroz.

2/2	3/0
0/3	1/1

— A table ! cria Mona avec une énergie communicative qui éparpilla un court instant l'essaim de questions qui tourbillonnait dans mon crâne.

La réserve du patron de thèse valait bien le menu de la Sirène. Mona s'était contentée de poser le bloc de foie gras sur la table et de faire chauffer au bain-marie les confits dans leur bocal.

— A la santé de Martin ! lança-t-elle en levant son verre de bergerac. P@nshee lui paye l'équivalent de trois tours du monde par an. Il faut bien l'aider à faire un peu de vide chez lui.

J'ai trinqué. Le sourire triste. Le cœur n'y était pas.

— Tu vas faire quoi ? me demanda soudain Mona.

— Je ne sais pas...

— Dommage.

Elle étala le foie gras sur une biscotte molle découverte dans un étui de Cellophane au fond d'une armoire.

— Dommage. Ils vont forcément finir par t'attraper. Tu vas tout perdre, alors. Tout ce qui m'avait séduite chez toi. (Son doigt frôla l'étoile qu'elle portait épinglée à son chemisier.) Cette idée géniale d'accrocher cinq rêves à ta vie. Tu... tu vas en faire quoi, de ces rêves ?

— Je n'ai pas le choix, Mona.

Elle me fixa en silence, un long moment, sans se donner la peine de chercher davantage à me convaincre. Comme on renonce face à un gosse têtu. Au moment où elle se levait pour attraper la casserole derrière elle, le riff de la sonnerie de mon téléphone portable explosa dans la pièce.

Numéro inconnu.

J'ai décroché.

— Salaoui ?

C'était la voix de Piroz !

— Salaoui, ne raccrochez pas. Ne faites pas le con. Rendez-vous, bordel ! Vous aurez le droit à un avocat. Vous aurez accès au dossier d'instruction. Vous pourrez vous défendre.

J'ai décidé d'écouter encore, moins de quinze secondes, sans rien répondre. Ce salaud cherchait sûrement à me localiser.

— Salaoui, vous m'avez salement amoché mais on réglera ça plus tard. J'ai contacté l'Institut Saint-Antoine, tous vos collègues, y compris les professionnels, les psychothérapeutes. Vous n'êtes pas seul ! On peut vous aider. Ne gâchez pas votre...

Vingt-cinq secondes.

J'ai raccroché et éteint le téléphone, mais mon bras continuait de trembler. Doucement, Mona posa sa main sur la mienne. Elle parla plus doucement encore, comme si elle cherchait à m'apprivoiser.

— Ce flic, avec ses mots, te dit la même chose que moi, au fond.

Me rendre.

Ce serait tellement facile.

— Ils veulent me coller les meurtres sur le dos, Mona. Tu l'as entendu avec ses psys, ils vont me faire passer pour fou...

Elle serra plus fort encore ma main. J'ai continué.

— Mes empreintes ne peuvent pas se trouver sur le corps de cette fille ! Je ne l'ai pas touchée. Les flics mentent. Ils trafiquent quelque chose. Pourquoi personne n'est-il au courant de la mort de Magali Verron ?

— Je suis au courant, Jamal. André Jozwiak est au courant et il a dû colporter la nouvelle auprès de tous les Yportais qui fréquentent son comptoir.

— Aucun journal n'en a parlé aujourd'hui.

— Ils en parleront demain… Jamal, pourquoi les flics prendraient-ils le risque de fabriquer de faux indices ?

— Je n'en sais rien, Mona. Mais si tu veux jouer aux devinettes, des questions, j'en ai des caisses ! Pourquoi quelqu'un s'amuse-t-il à m'envoyer ces enveloppes me racontant chaque détail de l'affaire Avril-Camus ? Pourquoi Magali Verron s'est-elle suicidée après avoir copié la vie de Morgane Avril ? Pourquoi cette écharpe en cachemire rouge s'est-elle retrouvée accrochée sur mon chemin comme une lanterne impossible à éviter ?

Mona repoussa devant elle le bloc de foie gras à peine entamé.

— OK, t'as gagné. Je donne ma langue au chat.

A l'aide d'une pince en inox, elle attrapa les deux cuisses de canard confites. Rouge carmin. Elles me firent l'effet de deux jambes arrachées au corps d'un nouveau-né qu'un médecin légiste aurait conservées dans un bocal. Sans même que j'esquisse le moindre geste, Mona remarqua mon dégoût. Elle posa une main sur mon épaule.

— Je sais juste que tu n'es pas un assassin ! Ça ne m'effleure même pas l'esprit. Mais quelqu'un, lui, le croit…

La viande bouillie me donnait envie de gerber.

— Pourquoi moi, putain ?

Mona prit le temps de réfléchir. Un instant, je me suis laissé attendrir par son visage de musaraigne figé dans une concentration extrême, ses narines qui vibraient, ses cils qui battaient, ses incisives qui mordaient sa lèvre inférieure.

— Pourquoi toi... Voilà la bonne question, Jamal. Es-tu déjà venu à Yport ? Avant cette semaine ?

— Non...

Ses dents abandonnèrent sa lèvre, prêtes à me mordre.

— Je veux la vérité, Jamal ! Je ne suis pas un flic. Si tu veux que je t'aide, arrête de jouer.

— Non, je te dis. Mais... mais j'ai failli.

— Putain, Jamal, sois clair.

— C'était il y a une dizaine d'années. Je tchatais sur le Net avec une fille qui me plaisait, je l'avais branchée sur un week-end à la mer, elle avait l'air partante pour Etretat, mais c'était trop cher pour moi, alors j'ai réservé dans la banlieue de l'Aiguille. Ici, à Yport.

— Et alors ?

— Et alors, dès qu'elle a vu que son prince charmant n'avait qu'une jambe, la salope a décommandé notre lune de miel.

— Tu ne lui avais pas dit ?

— Non. J'avais oublié de poser une webcam sous mon bureau...

— OK. Et tu n'as jamais mis les pieds à Yport ?

— Même pas un seul !

Mona éclata de rire. Elle nous servit un verre de bergerac.

— Désolée. On va ajouter ton lapin d'Yport à la liste des coïncidences ! Et cette semaine, qu'est-ce que tu es venu foutre ici ? Il n'y a pas d'autres endroits dans le monde pour préparer ta promenade à cloche-pied sur les glaciers ?

— Il y a quelques mois, j'ai répondu à une enquête par téléphone. Un truc sur le tourisme en Normandie. Il y avait un tirage au sort à la clé. J'ai gagné une semaine d'hôtel à Yport. Demi-pension incluse et les plus gros dénivelés de tout le Bassin parisien comme terrain de jeu... Tu comprends pourquoi je n'ai pas hésité longtemps à venir m'enterrer ici.

— Je comprends.

Mona vida son verre, marcha vers la fenêtre, puis leva les yeux vers la tourelle dont on devinait l'ombre au-dessus du toit.

— Il va falloir être raisonnables, Jamal, je ne vais pas pouvoir dormir ici. Les flics vont vite faire le rapprochement entre toi et moi. Ils vont débarquer à la Sirène avec une commission rogatoire dès demain matin.

Je me suis approché. J'ai posé ma main sur sa taille.

— Nous avons le temps jusqu'à demain matin, non ?

Son regard glissa sur les poils sombres de mon torse qui tranchaient sur le duvet clair du peignoir ouvert.

— Pas ici, murmura-t-elle en fixant le nid d'aigle. Là-haut...

19

Le parfum de l'inconnu ?

Mona avait tenu à prendre une douche avant de me rejoindre dans la pièce ronde qui dominait la villa. J'ai entendu ses pas dans l'escalier. Elle s'était elle aussi enroulée dans un peignoir Calvin Klein. Couleur rubis.

Elle m'offrit un baiser sur la bouche, admira un instant le panorama, la valleuse endormie léchée par les vagues aveugles, puis elle s'échappa pour attraper un vieux livre corné sur l'une des étagères de la bibliothèque qui nous entourait. Elle se hissa d'un saut gracieux sur le bureau de cuir pourpre.

— Maurice Leblanc ! proclama-t-elle en exhibant le volume jauni. Le père d'Arsène Lupin. Il a écrit ses premiers romans ici, à Vaucottes. Il a même fait de cette valleuse le décor d'une de ses nouvelles…

Je me fichais de ce qu'elle racontait.

Je voulais oublier l'affaire Verron-Avril-Camus.

Je voulais oublier les flics à mes trousses.

Je voulais tout oublier à l'exception du corps blanc de Mona dans son peignoir rubis.

Elle releva un genou sur le bureau pour que le tissu-éponge, serré à la taille par une ceinture de coton, s'ouvre de quelques centimètres.

— Ecoute-moi, Jamal, cette nouvelle de Maurice Leblanc va t'intéresser. C'est l'histoire d'un pauvre type qui passe devant un des manoirs de Vaucottes. Il s'appelle Linan, joli prénom, tu ne trouves pas ? Il y entre pour y chiper quelque chose pour nourrir ses gosses malades. Mais pas de chance, quelques minutes auparavant, le châtelain s'était tiré une balle dans la tête dans le salon. Un suicide !

Je me suis approché d'elle. J'ai lentement écarté les deux pans du peignoir pour libérer ses deux seins d'albâtre.

— Et ensuite ? ai-je murmuré.

Une pichenette. Le peignoir glissa doucement sur sa peau nue, jusqu'à sa taille. Mona n'était plus qu'un fruit rouge dont on aurait épluché la peau pour mieux goûter sa chair. Elle laissa mes mains courir sur sa poitrine. Sa voix se troubla un peu, mais elle ne perdit pas le fil de son récit.

— Linan fait trop de bruit, panique, renverse un truc, le domestique se pointe, le découvre au pied du corps de son maître... Tu devines la suite. Arrestation. Procès. Tout le monde pense que ce pauvre Linan a tué le châtelain, personne ne croit à son histoire de suicide.

Mes mains jouaient plus bas maintenant, sur son ventre, pour s'arrêter à la ceinture rubis nouée au-dessous de son nombril. J'ai soufflé dans son oreille.

— Et ça se termine comment ?

Un frisson électrisa sa nuque. Elle leva le livre à hauteur de ses seins.

— Hummm. Tu veux que je te lise les dernières lignes ? Ecoute, c'est instructif, tu vas adorer.

« La justice sonna un matin.

— Préparez-vous à mourir, Linan.

On lui fit sa toilette. On le lia. Il se laissa manier, comme une bête docile, comme une chose. On dut le porter jusqu'à l'échafaud.

Ses dents claquaient. Il bégayait.

— J'ai pas tué… J'ai pas tué. »

Sous la pression de mes doigts, la ceinture du peignoir glissa autour de sa taille. Les deux pans de coton rouge s'ouvrirent telle une rose au premier rayon de soleil.

— « L'échafaud », souffla Mona. Nouvelle publiée dans *Gil Blas* le 6 février 1893. Un des premiers pamphlets contre la peine de mort !

Elle posa le livre et se tint droite, assise sur le bureau. Elle me rappelait Concetti, la prof d'anglais qui dans cette position allumait toute notre classe de 3e 4. En moins habillée.

Mes mains glissèrent sur ses hanches nues.

Un suicide ? Un innocent. Un meurtre bidon qu'on lui colle sur le dos.

Merci, Mona. Message reçu.

— Et tu voulais que je me rende aux flics ?

Je me suis appuyé contre le bureau. Alors que je collais mes lèvres sur son cou, par un tour de magie, son pied dénoua la ceinture de mon peignoir. Elle ne se contenta pas de cet exploit, ses orteils partirent en exploration sous les plis ouverts du coton crème.

Soudain elle posa ses mains sur le velours pourpre du bureau, bien à plat, et se cambra. Ses seins se dressèrent vers le ciel. Deux sommets jumeaux nés d'une même éruption. Je m'y suis accroché à deux mains, pendant que ma langue descendait le toboggan de son ventre, une glissade interminable qui me laissait ivre, échoué sur une pelouse rase et humide.

Mona dormait sur le bureau de velours, recroquevillée sur elle-même comme un enfant. Au moment de sombrer dans le sommeil, elle m'avait fait promettre de la réveiller avant que le jour se lève pour qu'elle puisse s'enfuir jusqu'à sa chambre de la Sirène.

Un joli petit vampire… Sensuel et entreprenant.

Je n'avais pas pu m'empêcher de m'interroger sur ce qui excitait le plus Mona. Faire l'amour avec un homme en cavale accusé de viol et de meurtre, ou s'abandonner à cet homme sur le bureau de son directeur de thèse, le corps en fièvre, à l'endroit exact où il avait dû rédiger l'essentiel de son œuvre ?

Les deux, sans doute.

Je n'avais pas sommeil. Je tournais en rond dans la pièce, au propre comme au figuré. Mon regard, depuis plusieurs heures, se perdait entre les étoiles que la marée descendante avait allumées, le corps nu de Mona et les centaines de livres qui m'entouraient.

Les vieux bouquins de poche côtoyaient d'immenses recueils de photographies, d'épais manuels scientifiques et des dizaines de boîtes archives. J'ai lu machinalement les inscriptions sur les tranches.

1978-1983-1990-1998-2004.

2004 ?

L'année du meurtre de Morgane Avril et de Myrtille Camus.

Je me suis avancé et j'ai ouvert le carton. Je m'attendais à trouver des polycopiés de cours, des copies d'étudiants, des photocopies d'articles de recherche.

J'avais tout faux !

Je me suis mordu la lèvre pour ne pas crier.

Le professeur Martin Denain, spécialiste de chimie moléculaire, s'était amusé à découper tous les articles du Courrier cauchois *qui évoquaient l'affaire Morgane Avril.*

Fébrile, j'ai posé le dossier sur la chaise la plus proche et j'ai attrapé au hasard quelques feuilles. Les entrefilets jaunis racontaient tous la même histoire, celle que j'avais lue dans les documents qu'un inconnu m'avait fait parvenir.

Rien de nouveau, je connaissais déjà la plupart des articles.

Rien de nouveau… à une exception.

Pourquoi ce prof qui ne mettait jamais les pieds à Yport avait-il collectionné ces journaux ?

J'hésitais à réveiller Mona pour lui poser la question.

Plus tard.

Je me suis penché à nouveau sur le carton, j'avais tout le reste de la nuit pour lire ces articles, pour traquer un détail qui m'aurait échappé et dont pourrait jaillir l'étincelle, cette fameuse clé qui expliquerait tout.

Naïf que j'étais…

J'avais déjà parcouru une dizaine d'articles lorsque j'ai ouvert une double page en couleurs.

Affaire Avril.

Numéro spécial du Courrier cauchois.

Edition du jeudi 17 juin 2004.

« De toi, Morgane », titrait le long article.

Je ne me méfiais pas.

Je n'ai pas repéré tout de suite l'immense photographie de la jeune fille, souriante, dans une tenue orientale, sans doute lors d'une représentation de raqs sharqi.

Puis d'un coup je me suis arrêté, bras ballants, bouche ouverte. Pour la première fois, je découvrais le visage de Morgane Avril. Aucun des articles que l'on m'avait envoyés par courrier ne contenait de photographies d'elle. Ou bien quelqu'un avait pris soin de les découper. Je comprenais maintenant pourquoi.

J'ai hurlé comme un fou.

La pièce ronde autour de moi vibra comme une fusée qui décolle.

— Putain ! Ça ne peut pas être elle !

Mes yeux incrédules se posèrent à nouveau sur l'article.

Ce n'était pas Morgane Avril qui était prise en photographie, pleine page, sur ce journal de 2004…

C'était Magali Verron ! Cette fille née dix ans plus tard et qui s'était jetée du haut de la falaise, sous mes yeux. Hier.

Mona se réveilla d'un bond. Elle enfila le peignoir sans même serrer la ceinture et s'approcha de moi, inquiète.

— Un cauchemar ?

Je lui tendis en tremblant la double page.

— Bordel ! Regarde cette photo, Mona.

Elle lut le titre, *De toi, Morgane,* puis se concentra sur le cliché.

— Elle était incroyablement belle, murmura la chercheuse.

— Putain... Mona, tu vas me prendre pour un dingue...

— Non, tu crois ?

J'ai passé ma main sur ses lèvres pour effacer son sourire ironique.

— Cette fille sur la photo. Celle qu'ils appellent Morgane Avril dans ce vieux journal. C'est elle qui s'est suicidée hier. C'est... Magali Verron.

Mona me fixa longuement, comme si son cerveau cherchait à résoudre une équation complexe, à évaluer tous les paramètres avant de formuler une hypothèse. Elle referma machinalement les pans du peignoir qui retombèrent aussitôt.

— Elles se ressemblent, Jamal.

— Non, Mona ! Ce n'est pas une simple ressemblance. C'est... Merde, c'est elle !

— Tu n'as croisé Magali que quelques secondes...

— Peut-être. Mais son visage est resté gravé dans ma mémoire, tu peux comprendre cela, non ? Chaque infime partie de son visage...

— Tu en parles comme si tu étais amoureux d'elle.

Mona m'avait balancé cela d'une voix calme. Un peu cynique. J'ai préféré ne pas répondre et lui tourner le dos pour fouiller le reste de la boîte d'archives. Au fil des articles, j'exhibais d'autres photos de Morgane Avril, de face, de profil, centrées sur son visage ou cadrant l'ensemble de son corps.

C'était elle ! Aussi ridicule que cela paraisse, c'était Magali, j'en étais persuadé, je ne pouvais pas me tromper.

Mona semblait maintenant agacée par mon obsession. Elle ferma son peignoir jusqu'au ras de son cou, serra ses mains contre le rebord du bureau et me fixa comme un étudiant obtus.

— Nom de Dieu, Jamal, réfléchis deux secondes ! Il y a de sacrées zones d'ombre dans cette affaire, nous sommes d'accord, mais il y a au moins deux certitudes absolues. La première, c'est que Morgane Avril est morte le 5 juin 2004. Tous les médias nationaux ont titré là-dessus, tous les flics de France ont bossé des mois sur cette affaire. La seconde certitude, c'est que Magali Verron est morte le 19 février 2014, hier, tu en es le témoin direct. Sur tout le reste je veux bien te suivre, mystère absolu, mais ces deux décès, ce sont des axiomes…

— Des quoi ?

— Des axiomes ! Des faits qu'on peut considérer comme certains et sur lesquels on peut s'appuyer pour faire avancer un raisonnement.

— Continue ! C'est quoi, ton raisonnement ?

Mona détailla une photo de Morgane Avril extraite de *L'Eclaireur brayon*.

— Eh bien, on sait que Magali Verron cherchait à ressembler à Morgane Avril. Dix ans plus tard. Mêmes écoles, mêmes goûts, même métier... Même mort. Un mimétisme délirant. Il n'est pas si étonnant, au fond, qu'elle ait cherché également à lui ressembler physiquement.

— Ce n'est pas seulement une ressemblance, Mona. C'est elle !

— Plus qu'une ressemblance, donc ? C'est ce que tu veux dire ?

Mona était lancée. Je commençais à comprendre ce qui faisait d'elle une excellente chercheuse : elle était capable de trouver une explication plausible à n'importe quel paradoxe.

— Même sans se connaître, Magali et Morgane peuvent avoir un lien de parenté ! Tu m'as bien dit que Morgane était née d'une FIV, en Belgique ? Magali pourrait être née du même père biologique, dix ans plus tard. Elle découvre la photo de Morgane, par exemple lorsqu'elle passe à la télé après son assassinat. Elle s'interroge sur cette ressemblance, elle enquête, découvre qu'elles possèdent le même père, cela la traumatise...

— Au point de simuler un viol, un étranglement, puis de se jeter d'une falaise...

— Pourquoi pas ? Je cherche, Jamal. Je cherche, comme toi, des explications rationnelles.

— Il n'y a rien de rationnel dans cette histoire...

Un silence pesant s'installa dans la pièce. Nous étions deux gardiens de phare que la tempête avait coupés du reste du monde.

J'ai répété.

— Rien de rationnel. Pourquoi, par exemple, ton patron de thèse, qui ne vient jamais ici, a-t-il pris le temps de collectionner les coupures d'un journal local ?

— En 2004, il rédigeait son habilitation à diriger des recherches, un mémoire de plusieurs centaines de pages, une étape obligatoire pour devenir professeur d'université. Il bénéficiait d'une délégation CNRS. Un an sans cours. Il a passé plusieurs mois ici à ne parler qu'aux galets, à son microscope et à son traitement de texte. Il faut croire qu'il s'ennuyait. Il a dû se passionner pour cette affaire qui se déroulait à quelques kilomètres de son lieu d'étude. Comme tout le monde dans le coin.

Comme tout le monde dans le coin.

Une nouvelle fois, Mona avait réponse à tout ! J'ai eu l'impression qu'elle me récitait une leçon bien apprise.

— Bizarre, non ? A chaque fois qu'un chercheur vient ramasser des galets à Yport, une fille se suicide !

J'ai regretté ma réplique avant même de l'avoir achevée. Mona ne prit même pas la peine de relever. Elle ébouriffa ses cheveux, replaça le livre de Maurice Leblanc dans l'étagère, puis resserra machinalement le peignoir autour de sa taille.

Calme. Naturelle.

— Je vais m'habiller, Jamal. Il est 3 heures du matin. Je dois rentrer à la Sirène. Les flics vont forcément m'interroger sur la soirée d'hier, notre dîner en tête à tête, une chambre pour deux, la grasse matinée. Je vais devoir leur raconter que tu n'as été qu'un coup d'un soir, que je t'ai trouvé un peu parano avec tes histoires tordues. Et que non, mon Dieu, non, je n'ai pas la moindre idée d'où tu peux te trouver.

— Je te fais confiance, Mona. Tu es très douée pour raconter des histoires.

Je n'ai rien trouvé à dire d'autre. Mon imagination délirante, celle qui l'avait séduite, s'était envolée. J'ai observé Mona descendre l'escalier.

Elle se tourna une dernière fois vers moi.

— Juste une précision technique, Jamal. Notre équipe de recherche ramasse des galets à Yport tous les ans, et cela depuis que notre labo existe, c'est-à-dire depuis très exactement vingt-trois ans.

Elle disparut. Me laissant seul gardien du phare.

Elle me prenait pour un fou. Comment aurait-il pu en être autrement ?

J'ai observé par la fenêtre la Fiat 500 de Mona manœuvrer sur l'allée de gravier et disparaître après le premier lacet de la route.

Lui obéir ? Abandonner ? Téléphoner aux flics ? Attendre qu'ils viennent me chercher ?

Pas encore !

Je n'avais pas abattu toutes mes cartes avant de rendre les armes. Je n'étais pas le seul témoin. Christian Le Medef et la vieille Denise avaient eux aussi contemplé le visage froid de Magali Verron, pourraient le comparer à celui de Morgane Avril.

J'ai déchiré la pleine page du *Courrier cauchois* de 2004 où s'affichait la photographie de Morgane Avril.

Aucune logique ne pouvait ébranler ma conviction.

Ce n'était pas une simple ressemblance.

20

Un cauchemar ?

Il était un peu plus de 4 heures du matin lorsque je me suis mis en route, lampe à la main. J'ai marché pendant deux kilomètres jusqu'à Yport, le long de la mer, au pied de la falaise.

Je n'avais pas dormi. J'aurais le temps le lendemain. Toute la journée, terré dans l'une des caves de mon manoir hanté. A moins que les flics ne soient malins et ne découvrent ma planque. A moins que Mona ne me dénonce avant.

A la lueur de ma torche, le mur de craie prenait des allures d'enceinte de château fort, aussi infranchissable qu'interminable.

Yport dormait. Dans le reflet des néons bleus du casino qui électrisaient la nuit, j'ai cherché des yeux la Fiat de Mona parmi la dizaine de voitures garées sur le parking du front de mer. Sans la trouver. Mona l'avait sans doute laissée dans une des rues proches.

Tous les volets pastel des chambres de la Sirène étaient fermés.

La mienne.

Celle où Mona dormait. Seule.

Une main invisible serra mon cœur. Je me suis forcé à avancer sur la digue sombre sans laisser davantage mon esprit vagabonder. Je ne devais plus perdre de temps. Les deux cents derniers mètres à parcourir seraient les plus risqués, de la rue déserte du village endormi pouvait surgir n'importe quel danger. Les flics avaient dû mettre ma tête à prix, ou quelque chose dans le genre, un appel à la délation, une jolie récompense à qui leur livrerait le violeur boiteux. Jamais je ne m'étais senti aussi vulnérable. Pas question ici de me fondre dans le labyrinthe des cages d'escaliers ou des parkings souterrains qui reliaient les différentes tours de la cité des 4000.

Deux cents mètres à découvert jusqu'à la maison de Christian Le Medef.

J'avançais en silence, sans troubler le sommeil des Yportais d'un toc toc toc lugubre, genre Long John Silver rentrant sur l'*Hispaniola*. Avec le temps, j'avais appris à faire glisser la prothèse de mon pied gauche à quelques millimètres du bitume.

Un bruit me fit sursauter.

Derrière moi.

J'ai accéléré l'allure puis je me suis brusquement arrêté.

Le bruit continuait, régulier. S'intensifiait. S'approchait.

Je me suis serré dans l'ombre de la porte cochère de l'agence YportImmo, le cœur battant à cent à l'heure.

Une respiration rauque soufflait dans la rue froide. Le piétinement sur le trottoir s'est encore accéléré. De longues secondes étirées jusqu'à l'infini, puis l'ombre a fondu sur moi.

Le vieux chien eut l'air aussi surpris que moi de croiser un noctambule.

J'ai posé mon doigt sur ma bouche pour lui signifier de ne plus faire aucun bruit. Il s'est assis, obéissant, mais s'est relevé dès que j'ai progressé à nouveau dans la rue, me laissant simplement quelques mètres d'avance.

Ses yeux jaunes derrière moi ressemblaient à deux phares qui n'éclairaient plus. Le pauvre chien gris nuit marchait sur trois jambes. Aucune patte de bois, d'alu ou de carbone pour le soulager, juste un moignon raide de poil plié en équerre. Peut-être m'emboîtait-il le pas par simple jalousie ?

Je me suis arrêté devant la maison de Le Medef. Immédiatement, j'ai repéré les rais de lumière qui filtraient sous les volets fermés de la chambre à l'étage.

Mon témoin ne dormait pas ! Un insomniaco-dépressif, je l'aurais parié.

Le chien s'est assis sur le trottoir d'en face pour m'attendre.

J'ai poussé la barrière puis j'ai cogné doucement à la porte.

Aucune réponse.

J'ai tourné la poignée, persuadé qu'elle ne céderait pas et que je devrais imaginer un moyen de prévenir Christian Le Medef de ma visite sans ameuter tout le quartier.

Inutile !

La porte s'est ouverte comme si Le Medef attendait ma visite. J'ai introduit un pied dans la maison et j'ai lancé à voix basse, presque un murmure :

— Christian ? Christian Le Medef.

Je n'avais pas envie que ce parano me tire dessus.

— Le Medef ? C'est Salaoui...

Aucune réponse. La lumière à l'étage éclairait le haut de l'escalier. Ce déprimé s'était peut-être bourré de somnifères.

Atarax...

En montant, je me suis forcé à claquer mon pas sur chaque marche. La rampe bougea dans ma main moite, mal fixée, j'ai même cru qu'elle allait se décrocher. Christian Le Medef n'était-il pas payé pour entretenir cette maison ?

Mon pied s'enfonça dans la moquette du palier.

— Christian ?

Toujours aucune réaction.

Avec précaution, j'ai poussé la porte de la chambre, m'attendant à trouver Le Medef effondré sur le lit. Shooté, ou ivre.

Mes yeux ont basculé dans le vide.

Il n'y avait personne dans la chambre. Le drap du lit était impeccablement tiré. Un livre était posé sur le chevet, juste à côté de la lampe allumée. Quelques habits, un pyjama, un tee-shirt et un pull beige pliés sur un portant.

Une chambre de vieux garçon !

Je me suis arrêté pour réfléchir dans le silence. Un grésillement, presque inaudible, me déconcentra. J'ai descendu l'escalier quatre à quatre.

Une chambre de vieux garçon, ai-je répété dans ma tête. Mais d'un vieux garçon qui se lève tôt ! Apparemment, Le Medef était déjà debout. Le bourdonnement que j'entendais était celui d'un transistor mal réglé ! Le Medef prenait sans doute son petit déjeuner. Je me suis avancé sur le carrelage blanc et noir. En dehors du couloir, le rez-de-chaussée se réduisait à une seule pièce, une cuisine ouverte sur une petite salle.

Une table au centre. Une chaise.

Je suis resté sur le pas de la porte, muet et immobile.

Bordel, qu'avait-il pu se passer ?

Une assiette était posée sur la table. Une tranche de viande trop cuite flottait dans une mer de tagliatelles. Un verre de vin rouge posé devant, mi-plein. Une bouteille presque vide. Un couteau, une fourchette, une serviette à carreaux en équilibre sur le rebord. Une demi-baguette.

Aucune trace de Le Medef.

— Christian ? ai-je encore appelé.

« France Bleu, au bout de la nuit », me répondit en sourdine le transistor, avant d'enchaîner sur *Mon vieux* de Daniel Guichard. J'ai crié plus fort, au cas où il aurait été aux chiottes ou sous la douche.

Sans espoir.

Le Medef n'avait pas dormi chez lui cette nuit.

Il n'avait même pas terminé son dîner de la veille au soir.

Mon cerveau bégayait.

Bordel, qu'avait-il pu se passer ?

Pendant les minutes suivantes, j'ai fouillé chaque recoin de la maison de pêcheur. A peine soixante mètres carrés, ce ne fut pas long, avec pour seule certitude que Le Medef ne s'y cachait pas. Pas plus que son cadavre...

Rien. Seulement quelques affaires personnelles du chômeur, des habits, des livres, un ordinateur portable dont je n'avais pas le code, un frigo presque plein, des journaux du coin, une pile entière, des médicaments, des antidépresseurs, pas d'Atarax, de l'Anafranil.

Comme si Le Medef avait dû partir brusquement.

Quand ?

Me foutant totalement de mes empreintes, j'ai tâté le pain sur la table. Mou.

J'ai remué les cendres dans la cheminée. Tièdes.

Le Medef avait vraisemblablement disparu depuis moins de dix heures, sans doute à l'heure du dîner. Cela correspondait à peu près au moment où Mona m'avait rejoint à Vaucottes. J'ai jeté un nouveau regard circulaire dans la salle. Elle m'a rappelé l'appartement de l'oncle Youssef. J'avais sept ans quand j'y étais entré avec ma mère. Il était mort d'une crise cardiaque trois heures avant et ma mère devait récupérer des papiers pour les pompes funèbres. Il y avait encore sa soupe froide dans un bol, une tranche de pain de mie à moitié grignotée et ses deux chaussons sous la chaise.

Christian Le Medef était-il mort ?

L'avait-on tué ? Enlevé ? Poussé à s'enfuir ?

Pourquoi ?

Ses dernières paroles, prononcées hier, devant la maison de la presse, résonnaient dans mon crâne.

Je vais continuer à fouiner pour en savoir plus sur cette Magali Verron.

C'est pas normal, cette omerta.

Avait-il trouvé quelque chose ?

Il croyait à un complot, une machination.

Le silence des journaux.

Le silence des gendarmes.

Les flics avaient-ils embarqué Christian Le Medef pour qu'il ne parle pas ?

« Ridicule ! » me soufflait une petite voix raisonnable. En France, la police n'interpelle pas les citoyens le soir sans même leur laisser le temps de terminer leur repas.

J'ai consulté ma montre. 4 h 35. Je me suis donné dix minutes supplémentaires pour faire le tour de la maison avant de repartir pour Vaucottes. Avant qu'Yport ne se réveille. J'ai ouvert les tiroirs, passé ma main sous les meubles, j'ai sorti les livres de leurs étagères, les habits de leur penderie. Rien.

A l'exception d'un détail.

Une feuille blanche pliée dans l'annuaire, sur laquelle quelqu'un, sans doute Le Medef, avait griffonné une série de chiffres dans quatre cases.

2/2	3/0
0/3	1/1

Mes doigts tremblèrent en refermant les Pages jaunes. Le Medef était-il sur la même piste que

Piroz ? Est-ce pour cette raison qu'on l'avait éliminé ?

Des gouttes de sueur coulaient de mes bras jusqu'à mes mains et inondaient chaque objet que je touchais.

Poignées, clenches, interrupteurs…

Des litres d'ADN qui permettraient de me coller la disparition de Christian Le Medef sur le dos dès que les voisins donneraient l'alerte.

J'ai jeté un œil à travers les volets. La rue était toujours déserte à part le chien à trois pattes sous le réverbère. J'ai plié la feuille aux huit chiffres dans ma poche et je suis sorti.

21

Avait-il trouvé quelque chose ?

J'ai dormi jusqu'à 10 heures du matin. C'est le texto de Mona qui m'a réveillé.

Flics passés à la Sirène.
Te cherchent. Rien dit.
Te veulent vivant je crois. Ouf !
Prends soin de toi.
Bonnie

Je suis resté de longues secondes immobile. Je savourais. Les rayons du soleil suspendu au-dessus de la valleuse de Vaucottes traversaient les vitres pour dorer les draps de lin. J'ai collé l'énorme édredon de plume sous mon dos et j'ai tapé une réponse :

M'auront pas !
Mystère n° 123 : Christian Le Medef, dit Atarax, témoin n° 2 du suicide de Magali Verron, disparu depuis hier soir.
Un piège !
Sois prudente.
Clyde

J'ai attendu plusieurs minutes la réponse de Mona. Sans qu'elle arrive.

Se lever. Se laver. S'habiller. Déjeuner. Se rassurer.

Mona devait volontairement limiter nos échanges. Elle avait raison. Les flics l'avaient rencontrée, ils pouvaient la soupçonner. La surveiller.

Vers 11 heures, après avoir vidé une boîte de spéculoos Lotus trempés dans du café, je suis descendu à la cave, seul lieu de la maison de Martin Denain que je n'avais pas encore visité.

La suite de mon plan de bataille restait assez floue dans ma tête. Me cacher dans cette villa toute la journée, d'abord, et utiliser les outils de communication à ma disposition pour espérer trouver une piste. Internet. Téléphone. Comme ce type dans le film d'Hitchcock, qui résout une enquête sans sortir de chez lui, avec une jambe dans le plâtre.

A la vue de l'épaisse couche de poussière, personne n'avait dû mettre les pieds dans la cave du professeur d'université depuis des mois. Mes traces de pas asymétriques s'imprimèrent sur le béton gris, plus identifiables que si j'avais marché dans la neige. Lorsque l'ampoule nue pendue au bout de son fil électrique s'alluma, une odeur d'insecte grillé se diffusa dans la pièce.

Un bric-à-brac d'objets encombrants à usage réservé aux week-ends ensoleillés était entassé. Vélos, parasol, chaises longues, barbecue, salon de jardin, filet de badminton, ballons, raquettes.

Des cartons étaient empilés contre les murs.

J'avais une journée entière devant moi, je n'ai pas résisté à la tentation, j'ai arraché le Scotch marron du premier de la pile. Il contenait une dizaine d'albums photo.

Je les ai feuilletés, prenant mon temps, comme si chaque volume correspondait à un épisode d'une sitcom.

Les Denain, saison 1.

Le professeur d'université posait devant l'aiguille d'Etretat, dans les années 80 à en juger par la Renault 5 orange garée derrière eux, main dans la main avec sa femme, une jolie blonde élancée à la crinière décoiffée, souriante. Sa vie défila au fil des photos, filmée sous Cellophane. Martin à la plage. Martin bricole. Martin pêcheur.

Un autre album. Denain moins jeune posait devant l'aiguille d'Etretat, dans les années 2000 à en juger par l'Audi A4 garée derrière eux, main dans la main avec sa femme, une blonde un peu forte, cheveux courts, l'air sévère. Martin surfe. Martin golfe. Martin joue au tennis avec son fils, un garçon brun qui devait avoir mon âge et que l'on voyait grandir au fil des pages et au gré de ses séjours dans la résidence secondaire familiale.

J'ai continué à en piocher d'autres, au hasard, jusqu'à trouver ce que je cherchais : une photo de Mona. Il y en avait deux sur les centaines de clichés.

Sur la première, Martin Denain ramassait des galets avec Mona. Sur la seconde, le chercheur posait avec Mona devant l'aiguille d'Etretat. Leurs mains ne se touchaient pas mais Mona était plus jolie que jamais.

Le professeur Denain était un veinard.

Comme par télépathie, mon téléphone sonna au même moment. La réponse de Bonnie !

Pas de chance pour Le Medef, mon grand.
Mise tout sur ton témoin n° 3. La vieille Denise.
Sinon, camisole direct !

J'ai souri, puis j'ai tâté la double page du *Courrier cauchois* déchirée dans ma poche. Mona avait raison. Le Medef hors jeu, seule Denise pouvait témoigner que le visage de Magali Verron était identique à celui de Morgane Avril. Seule Denise pouvait prouver que je n'étais pas complètement cinglé… sauf que je ne connaissais d'elle que son prénom et son âge.

Denise. Soixante-dix ans.

Un spécimen aussi rare qu'une Nathalie de cinquante ou qu'une Stéphanie de trente.

Je n'allais pas appeler toutes les Denise du canton figurant dans l'annuaire. Ni demander son adresse à Piroz…

J'ai tapé nerveusement une brève réponse. Deux simples mots en forme de SOS.

Denise qui ?

Comme si Mona pouvait le savoir. Le Medef m'avait indiqué qu'il n'avait pas revu Denise à Yport. Elle pouvait fort bien habiter un village alentour.

J'ai poursuivi mes explorations dans la cave.

Sur l'une des étagères les plus hautes, j'ai découvert une petite boîte rouge. Je suis parvenu à déchiffrer les lettres à moitié effacées :

Winchester AM Munition.

Une boîte de cartouches !

Pas de munitions sans armes... D'évidence, le professeur Denain devait dissimuler un revolver quelque part dans sa cave, sans doute à l'abri des enfants.

J'ai fouillé un bon quart d'heure avant de trouver ce que je cherchais, en ouvrant l'un des derniers tiroirs d'une commode dont l'accès était presque interdit par un escabeau et une table de ping-pong. J'ai d'abord soulevé des piles d'habits entassés. Des fringues de marque, jetées là comme des chiffons. Passées de mode ? Trop petites ? Oubliées ? Des gants Vuitton élimés. Un polo Eden Park rose. Un tee-shirt d'ado Armani. Une cravate vichy en coton, signée Burberry.

J'ai laissé glisser le morceau de tissu entre mes mains en me forçant à penser que tous les types disposant d'un peu de fric devaient posséder ce genre d'accessoires vestimentaires dans leur garde-robe. Je n'allais tout de même pas imaginer que, par le miracle d'une nouvelle coïncidence, je me retrouvais à fouiller dans la cave du tueur à l'écharpe rouge... alias Martin Denain, professeur de chimie moléculaire.

Le revolver était caché sous les habits.

Un King Cobra, d'après le nom inscrit en blanc sur le métal noir. Neuf. Du moins je le présumais, c'était la première fois que je tenais la crosse d'une arme à feu dans ma main.

Le message résonna dans la cave alors que mon doigt testait la sensibilité de la détente.

Demande au chien !

J'ai mis quelques secondes avant de comprendre le message de Mona.

Le chien ? Quel chien ?

J'ai d'abord imaginé un message à double sens, puis je me suis souvenu d'Arnold, le shih tzu de Denise.

Le quatrième témoin ?

Mona se foutait de moi !

Je réfléchissais à une réponse spirituelle, genre « Si tu as le temps sur la plage, demande aussi aux mouettes », lorsque mon pouce s'immobilisa au-dessus du clavier de mon téléphone.

La solution explosa dans ma tête comme une évidence.

Mona ne se moquait pas de moi !

Son conseil était on ne peut plus explicite. *Demande au chien !* Avec un peu de culot et beaucoup de chance, cela pouvait fonctionner.

Je suis remonté de la cave quatre à quatre, sans même prendre le temps de ranger le désordre derrière moi. Il devait forcément y avoir un annuaire dans cette maison, j'ai marché dans la salle à sa recherche, ouvrant les tiroirs de chaque meuble.

Le crissement de pneus dans le jardin de la villa

figea mon dernier geste, comme si une main de fer avait griffé mes pensées sous mon crâne.

Les flics !

Par réflexe, j'ai plongé sous la fenêtre.

J'ai distinctement entendu un bruit de portière qu'on ouvre. Des pas qui marchent dans le gravier... Je n'allais pas me laisser cueillir là, stupidement. Je me suis relevé avec précaution et j'ai glissé un œil par le carreau.

La voiture était garée devant la porte du manoir. Le type s'avançait, l'air sûr de lui.

Même si cela paraissait tout bonnement impossible, même les flics n'y étaient pas parvenus :

Lui m'avait retrouvé.

Il prit le temps d'allumer une cigarette, puis n'hésita pas une seconde.

Le facteur avança jusqu'à la boîte aux lettres, y glissa une grande enveloppe marron puis remonta dans sa Kangoo jaune poursuivre sa tournée.

22

A double sens ?

Jamal Salaoui
Chez Martin Denain
La Horsaine
123, chemin du Couchant
Vaucottes.
76111 Vattetot-sur-Mer

J'ai relu l'adresse en tremblant.

Jamal Salaoui
Chez Martin Denain

Les lignes manuscrites dansaient devant mes yeux.

Qui pouvait savoir que je me cachais ici ?

Personne ! Personne à l'exception de celle qui m'avait fourni cette planque.

De la seule personne qui m'aidait à échapper aux flics.

De la seule personne au monde qui acceptait de me croire.

Mona.

Me jouait-elle la comédie depuis le début, depuis notre rencontre à la gendarmerie ?

J'ai encore observé la valleuse par la fenêtre, mon regard est descendu jusqu'à la plage. Quel lien ma ramasseuse de galets pouvait-elle avoir avec la mort de Magali Verron ? Avec celle de Morgane Avril et de Myrtille Camus ? Cela n'avait aucun sens. Seule Mona pouvait avoir posté ce courrier, mais en me l'envoyant ici, chez son patron de thèse, elle s'accusait immanquablement.

Une fois de plus, j'ai renoncé à comprendre. La curiosité était la plus forte, je devinais que cette enveloppe contenait d'autres détails sur l'affaire Avril-Camus, des détails dont Internet ou la presse n'avaient pas parlé.

Je me suis assis dans le fauteuil le plus confortable du salon, celui devant la cheminée éteinte. Mes mains tremblaient toujours lorsqu'elles ont déchiré l'enveloppe.

Elle ne contenait que deux pages.

Procès-verbal de la déposition de Frédéric Saint-Michel.

Pièces à conviction MC-47, MC-48, MC-49, MC-50.

***

Affaire Myrtille Camus – Lundi 30 août 2004

Ellen Nilsson avait demandé au commandant Bastinet de la laisser recueillir la déposition de Frédéric Saint-Michel, le fiancé de Myrtille Camus. Le commandant avait accédé de bonne grâce à la requête de la psychocriminologue. Il croulait sous les dossiers, les exigences de résultats du juge Paul-Hugo Lagarde, la guérilla orchestrée par Carmen

Avril, qui refusait, avec son avocat, de croire que la police faisait tout son possible pour retrouver l'assassin de sa fille. Et, pour ajouter à la pression, Bastinet vivait dans l'angoisse qu'on découvre un nouveau cadavre de jeune fille violée.

Pendant le débriefing improvisé du matin devant le distributeur, Bastinet avait remarqué que ses traits ridés et ses poches sous les yeux contrastaient avec le front lisse et les pommettes délicates de la psy. « Cinq mille euros ! » avait ricané en douce Béranger, son adjoint. Le tarif standard d'un lifting cervico-facial.

Ça dépassait Bastinet !

Comment une fille aussi préoccupée par sa propre apparence pouvait-elle exercer un métier qui consistait à se soucier de l'intimité des autres ?

— Monsieur Saint-Michel ? demanda la psychocriminologue, il s'agit bien d'une lettre de Myrtille ?

— Oui. C'est la dernière que j'ai reçue d'elle. Elle me l'a envoyée pendant le camp, quelques jours avant sa mort.

Frédéric Saint-Michel se tenait à côté d'Alina Masson. Elle confirma d'un signe de tête. L'énergie combative de la meilleure amie de Myrtille Camus tranchait avec la mélancolie brouillant le regard de Saint-Michel.

— Vous n'échangiez pas par textos ? insista Ellen.

— Si, aussi. Mais…

Frédéric Saint-Michel avait toujours autant de mal à parler de sa future femme. Du bout des doigts, il torturait un paquet de cigarettes au fond de sa poche, implorant presque du regard l'autorisation de fumer dans le commissariat.

Alina Masson prit le relais.

— Myrtille était une romantique. Elle aimait le courrier. Le courrier papier, je veux dire. Elle aimait écrire. Pendant le camp, il nous arrivait de terminer nos réunions à plus de minuit et elle trouvait encore le courage d'écrire sous sa tente à la lumière de sa torche.

Chaque trait de caractère de Myrtille, tiré de la bouche de sa meilleure amie, semblait une nouvelle flèche plantée dans les souvenirs de Saint-Michel. Il coinça une cigarette éteinte entre ses lèvres et se prit la tête entre les mains. Ellen l'observait comme un entomologiste observe une mouche qui se cogne aux parois d'un verre retourné. Malgré sa promesse, le commandant Bastinet ne put s'empêcher d'intervenir.

— Si vous nous lisiez cette lettre !

Ellen fronça autant qu'elle le put son front lifté puis adoucit d'une voix apaisante les propos de son chef.

— Monsieur Saint-Michel, je sais qu'il s'agit d'une lettre intime, un poème, d'après ce que vous nous avez dit. Ce sont sans doute les derniers mots que Myrtille ait écrits avant qu'on lui prenne la vie. Mais peut-être y trouverons-nous un indice...

Frédéric Saint-Michel écrasa la cigarette au creux de sa main avant de répondre.

— Nous devions nous marier.

Hors sujet.

La psychocriminologue fit battre ses longs cils. Trop longs. Faux.

— Je sais, Frédéric. Nous aimerions entendre ce qu'elle vous a écrit.

Saint-Michel hissa devant ses yeux la feuille qu'il sortit de sa poche. Plus lourde qu'une pile de livres. Ses lèvres remuèrent, mais aucun son ne sortit.

Sous le bureau, Ellen Nilsson posa ses doigts vernis couleur carmin assortis à sa robe amarante sur les genoux du commandant. D'abord surpris, il comprit qu'elle lui réclamait simplement un peu de patience.

Elle avança vers le témoin son poignet caché sous un tunnel de bracelets.

— Ce n'est pas grave, Frédéric. Confiez-nous cette lettre.

La feuille glissa sur le bureau. La psychocriminologue lut à voix haute et claire.

Myrtille, le 24 août 2004, Isigny-sur-Mer, 2 h 25 du matin,

Mon amour,

Je volerai au temps ses aiguilles,
Pour l'empêcher de filer

Je volerai au jour ses béquilles
Pour l'empêcher de se lever

Je volerai au printemps ses jonquilles,
Pour l'empêcher de faner

Je volerai au cocon sa chenille
Pour l'empêcher de s'évader

Je poserai sur l'univers des grilles
Pour l'empêcher de nous séparer

J'habillerai notre fortune de guenilles,
Pour l'empêcher de nous acheter

Je tuerai toutes les autres filles
Pour les empêcher de t'aimer

Je demanderai à la vie une famille
Pour l'empêcher de nous ennuyer

Je construirai autour de nous une bastille
Et je la défendrai
M2O

Alina Masson tordit un Kleenex pour essuyer le coin de ses yeux. Frédéric Saint-Michel serra une nouvelle cigarette entre ses dents et la mordit jusqu'à creuser un sillon entre le filtre et la tige, le regard vide.

— C'est un merveilleux poème, fit Ellen.

Ce n'était pas un compliment d'usage ; elle le pensait. Myrtille avait du talent. Un talent qu'on avait broyé comme une page manuscrite qu'on froisse en boule avant de la jeter à la poubelle.

Elle comprenait mieux les réactions de ceux qui avaient vécu irradiés par le charisme de Myrtille, entre colère et désespoir. Elle avait invité Charles et Louise Camus à assister à la déposition, mais les parents de Myrtille avaient refusé avec politesse. Ils n'avaient plus envie de partager la mémoire de leur fille avec des flics ou des juges. Myrtille était enterrée à Elbeuf, au cimetière Saint-

Etienne ; ils aimaient s'y recueillir chaque matin. Seuls. A raconter sans fin aux enquêteurs le moindre détail de la vie de Myrtille, ils avaient l'impression de disperser ses souvenirs comme on disperserait ses cendres.

Bastinet n'ajouta rien. Déçu. Non pas qu'il fût insensible à ces rimes poignantes, mais il ne voyait rien dans le poème qui puisse l'aider à identifier le tueur, même en relisant en boucle chacun des vers. Il laissa son doigt courir sur la feuille.

— C'est quoi, cette signature, M2O ?

— Mariage, 2 octobre, précisa Saint-Michel. C'est la date qu'on avait retenue pour la cérémonie. L'église à Orival, la mairie à Elbeuf. La MJC pour le vin d'honneur. Le cirque-théâtre pour le repas et la soirée.

Il décapita la cigarette et cracha le mégot dans sa paume. Alina posa le Kleenex humide sur la table.

— Ce poème peut vraiment vous aider ?

Bastinet entretint le doute par un mouvement indistinct de la tête, il n'allait pas lui balancer qu'il avait perdu son temps, que le seul véritable indice, c'était le carnet Moleskine bleu ciel de Myrtille, celui qu'elle tenait régulièrement, qui pouvait mentionner un infime détail sur les jours et les heures qui avaient précédé son viol. Le carnet que l'assassin avait fauché.

Bastinet se leva. Il fixa Frédéric Saint-Michel et trouva qu'il avait une sale gueule, plus rien à voir avec le Chichin guitariste qui faisait fantasmer les animatrices de sa MJC. Dont la belle Myrtille.

Mariage, 2 octobre.

Quelques accords entêtants cognèrent dans sa tête.

Dis-moi oui, Freddy.

Quelle connerie !

En poussant la porte du bureau, Bastinet expliqua qu'il avait d'autres urgences, qu'il laissait Ellen terminer seule l'entretien, qu'elle avait toute sa confiance.

Pour continuer de parler poésie, pensa-t-il, de l'incongrue tenue sexy de Myrtille Camus le jour du drame, de la date du mariage et de la pièce montée annulée. Il savait que la compassion n'avait rien à faire dans la résolution d'une telle affaire. Pourquoi s'intéresser à la victime sinon pour se donner bonne conscience ? Toute l'enquête devait se concentrer sur l'assassin. Pendant l'interrogatoire, qui avait duré moins de vingt minutes, on lui avait transféré trois nouveaux appels prétendant avoir reconnu l'inconnu à casquette Adidas qui tournait autour de Myrtille Camus avant sa mort. Ils s'ajoutaient à quelques dizaines d'autres, depuis le début de la semaine. Il faudrait vérifier chaque témoignage, par principe, même si Bastinet était persuadé que le violeur ne se laisserait pas prendre ainsi.

Le brigadier de la gendarmerie de Valognes l'appela trois heures plus tard. Bastinet était en train de négocier l'affichage dans tous les offices de tourisme du département du portrait-robot de l'inconnu à la casquette blanche et bleue et de celui, presque jumeau, de l'inconnu à l'écharpe rouge Burberry. Le supposé tueur habitait la résidence secondaire de ses parents, il fallait donc cibler les zones touristiques, mais les mairies tiquaient.

« Affichez n'importe où, commandant, mais pas sous le nez des touristes. »

Des touristes ? En septembre ?

— Léo ?

— Ouais.

— C'est Larochelle, brigade de Valognes.

— Ouais.

Le brigadier marqua un long silence. Qu'il se magne, ce con ! pensa Bastinet.

Larochelle n'avait pas pu résister à mettre un minimum en scène son triomphe. Il cloua Bastinet à son siège la seconde suivante.

— On l'a coincé !

— Qui ça ?

— Votre type à la casquette Adidas. Celui qui tournait autour de la petite Camus. On l'a serré à Morsalines. Fais-moi confiance, c'est du fiable, on le tient. J'ai même son nom et son adresse !

23

Son nom et son adresse ?

J'ai lu et relu le poème.

Emu. Troublé.

Une nouvelle fois, je me suis demandé quel lien existait entre l'affaire Myrtille Camus... et moi !

A quoi rimait cette profusion de détails ? En quoi l'enquête sur le second crime du tueur à l'écharpe rouge pouvait-elle m'aider à résoudre le premier, celui de Morgane Avril ? Et par conséquent l'énigme du suicide de Magali Verron, il y a deux jours ? A sortir de l'impasse où j'étais coincé ?

Néanmoins, dans l'instant, connaître la suite de l'histoire, le nom de ce type identifié par les flics de Valognes, le suspect n° 1 dans le meurtre de Myrtille Camus, ne pressait pas puisque quelqu'un s'arrangerait pour me la faire parvenir. Cela faisait partie de son plan.

Je me suis relevé, j'ai marché dans le salon en me concentrant sur chaque vers. Le parquet verni grinçait sous mes pas comme le carillon obsédant d'un jeu télévisé. Depuis la lecture de ce procès-verbal, une intuition me taraudait.

Et si ce courrier n'était pas un piège ? Et si, au contraire, quelqu'un m'envoyait ces lettres pour que je trouve la solution ? Pour que je découvre, dix ans plus tard, dans cette foule d'indices, ce que les flics avaient laissé passer. L'identité du double meurtrier.

Ce poème était l'une des pièces de ce puzzle. Une de plus.

Je me suis encore avancé jusqu'à la fenêtre. Dehors, un type cravaté marchait vers la plage, téléphone collé à l'oreille, se retournant fréquemment.

J'ai égrené dans ma tête les questions, en vrac, dans le désordre. Presque une dizaine.

Pourquoi me confier ces enveloppes ? Quelle compétence particulière avais-je pour résoudre cette affaire dont j'ignorais encore tout deux jours avant ?

Qui d'autre que Mona pouvait savoir que je me cachais dans la résidence secondaire de Martin Denain ?

Où était passé Christian Le Medef ? L'avait-on enlevé ? Tué ?

Que signifiaient les quatre cases et les huit chiffres auxquels s'intéressaient Le Medef et Piroz ?

Dans la rue, une blonde descendait la pente raide encombrée de deux enfants, d'un vélo à quatre roues et d'une patinette.

Si je n'avais aucun début de réponse aux quatre premières interrogations, elles m'apparaissaient pourtant logiques, rationnelles. Rien à voir avec les six suivantes, plus délirantes les unes que les autres.

Comment les flics avaient-ils pu trouver mes empreintes sur le cadavre de Magali Verron sans que je la touche ?

Comment avait-elle pu enrouler cette écharpe rouge autour de son cou tout en tombant de la falaise ?

Pourquoi la presse n'avait-elle rien écrit à propos de la mort de Magali Verron ?

Comment expliquer ces coïncidences irréelles entre Magali Verron et Morgane Avril. Naissance, goûts, scolarité... et visages identiques !

Etait-il possible, comme j'en étais persuadé, que Morgane Avril ne soit pas morte il y a dix ans, alors que tous les journaux de France avaient titré sur son assassinat ?

Et la question subsidiaire.

Etait-il pensable qu'un seul paramètre puisse résoudre l'intégralité de cette équation à dix inconnues ?

J'ai encore glissé un œil méfiant vers l'extérieur. Dernier wagon de la famille en balade, un ado traînait les pieds sur le bitume, coupé du monde, casque MP3 aussi large qu'un cache-oreilles.

J'étais seulement certain d'une chose, je n'allais pas résoudre cette énigme seul, par l'unique puissance de mes cellules grises, comme dans ces vieux films où l'enquêteur bedonnant dénoue l'intrigue sans même quitter son fauteuil.

J'avais besoin d'agir, et la première de ces actions consistait à retrouver l'identité du troisième témoin.

Denise.

Mona avait raison ! Il suffisait de demander l'adresse à son chien...

Dans les minutes qui suivirent, j'ai mis à sac le salon de Martin Denain jusqu'à ce que je déniche l'annuaire sous une pile de vieux journaux. J'ai feuilleté de façon compulsive les Pages jaunes. Il n'y avait que trois cliniques vétérinaires dans un rayon de vingt kilomètres. J'ai commencé par la plus proche, la clinique de l'Abbatiale, à Fécamp. Une secrétaire à la voix de chatte me répondit.

— Excusez-moi, ai-je miaulé à mon tour. Je vous téléphone de la part de ma grand-mère, Denise, à propos de son chien Arnold.

— Arnold, a répété la fille de sa voix sucrée. Attendez...

Une accro du clavier. Elle tapait plus vite que son ombre.

— Arnold, un shih tzu de onze ans. C'est bien cela ?

J'ai failli hurler de joie !

— Oui ! Co... comment vous dire ? Ma grand-mère perd un peu la tête. Elle oublie les rendez-vous, les vaccins. Alors je prends le relais, pour Arnold comme pour le reste, d'ailleurs.

— Je comprends, attendez, je vais vérifier.

J'ai à nouveau entendu un clavier crépiter, puis la voix rose bonbon est revenue.

— On a envoyé un courrier de rappel à votre mamie il y a six mois. Arnold doit venir nous rendre visite avant juin pour son vaccin contre la piroplasmose.

— J'en étais sûr ! Mamie l'a oublié. Vous pouvez m'envoyer à nouveau ce courrier ?

— A votre adresse ou à la sienne ?

— Celle de ma grand-mère plutôt. Je passe chez elle toutes les semaines.

La secrétaire adora cette dernière attention. Sa voix vira au sucre d'orge.

— Je vous envoie cela aujourd'hui, monsieur…

J'ai marqué un temps d'hésitation, prudemment dosé. Juste avant qu'elle ne raccroche, je l'ai rattrapée au vol.

— Attendez ! Quelle adresse ma grand-mère vous a-t-elle donnée ? Maintenant que j'y pense, le précédent courrier s'est peut-être perdu, on a été obligés de la déménager dans une maison de plain-pied il y a quelques mois.

Un court silence, sans aucun pianotage. J'ai deviné qu'elle tournait la molette de la souris.

— Denise Joubain. Ancienne Gare, route des Ifs, à Tourville-les-Ifs. C'est toujours bon ?

— Parfait, mademoiselle.

Mademoiselle.

Elle a gloussé un remerciement liquoreux et j'en ai profité pour raccrocher.

La minute suivante, la carte au 1/25000 était étalée sur la table du salon. Le hameau des Ifs se situait à six kilomètres d'Yport, pleine campagne. J'ai passé un long moment à surligner les zones boisées, les talus plantés, les sentiers isolés, afin de définir l'itinéraire qui me permettrait de me rendre chez Denise Joubain en minimisant la probabilité de croiser un témoin me dénonçant aux flics. Six kilomètres, c'était long pour qu'un boiteux qui cavale à travers bois et champs ne se fasse pas repérer.

Chercher à rencontrer cette vieille était risqué, j'en étais conscient. Mais l'était-ce moins que de moisir dans ce manoir pendant une journée entière ?

Je disposais d'un dernier atout.

Denise et Arnold.

Et je comptais bien le jouer maintenant.

24

Elle perd un peu la tête ?

Je suivais depuis plusieurs kilomètres la voie de chemin de fer abandonnée. L'ancienne ligne de Fécamp, qui jadis rejoignait le train Rouen-Le Havre, n'avait pas survécu au déclin du tourisme sur la côte normande. Il ne restait d'elle qu'une longue cicatrice dans les champs marécageux. Profonde d'une bonne dizaine de mètres. Partiellement reconquise par les noisetiers, les chênes et les ormes.

Le rythme de ma foulée se calait sur l'espacement des traverses qu'une bruine froide rendait glissantes. Jusqu'à Tourville, je n'ai croisé personne à l'exception de quelques mouettes qui m'espionnaient dans le ciel et d'une buse, immobile sur un tronc de platane, qui semblait attendre depuis la Belle Epoque que passe un nouveau train.

J'ai gravi le talus à la hauteur du hameau des Ifs et je me suis retrouvé face à l'adresse où Denise Joubain était censée habiter.

L'ancienne gare ! Une maison de maître, bleu lin, des murs de crépi jusqu'au toit d'ardoise, surmontée de deux cheminées aux museaux orange et d'une horloge monumentale. Le temps s'y était arrêté un jour lointain à 7 h 34. Personne n'avait jugé utile de dévisser sur la façade la plaque de faïence « *Chemin de fer* » et on pouvait presque imaginer voir la porte de chêne s'ouvrir sur une foule d'élégantes en robe à crinoline, de banquiers moustachus portant le canotier et de petits Parisiens déguisés en marins.

Les trains les attendaient.

Une dizaine de wagons et trois locomotives étaient dispersés le long de la voie ferrée abandonnée. Un compartiment de l'Orient-Express, une voiture Pullman, une loco Pacific Chapelon. Neufs comme s'ils avaient roulé hier.

Le décor m'apparut surréaliste, même si j'avais repéré, en préparant mon itinéraire, qu'une association d'anciens cheminots avait implanté son quartier général juste à côté de l'ancienne gare et y rénovait des wagons rouillés pour que des compagnies ferroviaires des quatre coins du monde puissent leur offrir une seconde jeunesse.

La bruine se fit plus intense. Cela expliquait sans doute pourquoi personne ne bricolait aujourd'hui sur le chantier. Je me suis avancé jusqu'à la porte tout en ne parvenant pas à repousser la conviction intime qu'une nouvelle fois rien ne se passerait comme prévu.

Que la vieille Denise ne serait pas chez elle.

Qu'elle aussi, on l'aurait fait taire.

Que…

Le jappement d'Arnold explosa derrière la fenêtre, puis sa truffe noire surgit, coiffée d'un rideau de dentelle. Il bava sur le carreau, hystérique, deux bonnes minutes avant que Denise Joubain ne m'ouvre.

Elle écarquilla les yeux en me dévisageant de la tête aux pieds, comme si, dans mon WindWall violet, j'étais une sorte de voyageur spatiotemporel venu du siècle futur.

— Monsieur ?

Elle ne m'avait pas reconnu. J'avais pourtant pris soin de porter les mêmes vêtements que lorsque je l'avais rencontrée, deux jours avant.

— Jamal. Jamal Salaoui. Vous vous souvenez. La plage d'Yport. Magali Verron, la jeune fille qui s'est suicidée ?

Tout en cherchant au plus profond de sa mémoire, Denise me fit entrer sans me poser davantage de questions. Arnold me regarda un long moment avec méfiance, puis alla se coucher sur un coussin vert assorti à son pull couleur tilleul.

La grande pièce qui servait de vestibule, de salle à manger et de salon était joliment décorée de poutres apparentes, d'armoires et de commodes normandes, de dentelles et de fleurs séchées, mais c'étaient principalement les photographies accrochées aux murs qui attiraient l'attention. Des dizaines de clichés de trains, immobilisés dans les plus beaux paysages du monde. Immenses steppes enneigées, pentes andines vertigineuses, interminables digues traversant la mer.

— Mon mari était cheminot, précisa Denise. Jacques est mort il y a plus de neuf ans maintenant.

Elle se tourna vers un poster de l'Orient-Express traversant la lagune de Venise.

— Nous en avons bien profité...

J'ai sorti de ma poche la double page déchirée du *Courrier cauchois*, celle du jeudi 17 juin 2004.

— Moi aussi, Denise, je voudrais vous montrer une photo.

J'ai collé sous son nez le portrait de Morgane Avril en prenant soin de masquer le titre et la date de l'article, *De toi, Morgane*. Même si la vieille femme perdait un peu la mémoire, elle ne pouvait pas avoir oublié le visage de Magali Verron après son suicide sur la plage, deux jours plus tôt. Le même visage que celui sur le journal.

— Vous la reconnaissez ?

Denise s'excusa, elle me laissa seul quelques secondes pour aller chercher ses lunettes dans sa chambre, la première pièce sur notre droite. En la regardant s'éloigner, je me fis la réflexion qu'elle me semblait moins alerte que sur la plage d'Yport, le matin du suicide. Comme si elle avait vieilli de deux ans en deux jours. Enfin, elle se pencha sur la photo.

— Oui... c'est la jeune fille qui est morte après avoir été violée.

Je me suis retenu de prendre Denise dans mes bras et de l'embrasser. Comme je l'avais prévu, elle aussi avait confondu la photo de Morgane Avril avec le visage de Magali Verron. Je n'étais pas fou. Je n'avais pas inventé cette ressemblance irréelle ! La vieille dame pouvait-elle devenir une alliée ?

J'ai déplié la double page du *Courrier cauchois*.

— Regardez la date, Denise, regardez le numéro de l'édition du journal.

Elle régla la position de ses lunettes comme si la netteté de sa vision se jouait sur son nez au millimètre près.

— Jeudi 17 juin 2004 ? Mon Dieu… Cette monstrueuse histoire me semblait tellement proche…

J'ai suivi, sur le mur opposé, le Shinkansen s'enfoncer entre les gratte-ciel d'une ville japonaise, peut-être Osaka.

— Deux jours ? ai-je proposé.

Denise vibra d'un petit rire cristallin. Elle prit le temps de s'asseoir sur une chaise de bois rembourrée d'un canevas de paille. Arnold sauta en trois bonds sur ses genoux. Elle répondit avec une pointe d'ironie dans la voix.

— Je sais que je perds un peu la notion du temps. Mais deux jours, cela me semble tout de même exagéré, non ? A y réfléchir, c'est ce journal qui a raison, Jacques était encore vivant au moment de toute cette affaire. Il m'a quittée en 2005…

Elle leva sa main ridée pour me faire signe de m'asseoir. Elle ne m'avait toujours pas demandé qui j'étais ni pourquoi je lui posais ces questions. J'ai pris une autre chaise, bois et paille, et je me suis installé face à elle. Arnold me renifla comme s'il envisageait sérieusement de changer de genoux.

Une excitation montait, dont je peinais à contenir les signes extérieurs.

Denise se souvenait du meurtre de Morgane Avril !

C'était logique, au fond, puisqu'elle avait toujours vécu ici. Elle ne semblait pourtant pas faire le lien entre les deux jeunes filles décédées à dix ans d'intervalle.

— Vous avez raison ! ai-je confirmé. C'est la photographie de Morgane Avril, la jeune fille violée et assassinée à Yport en 2004. Mais je suis venu vous parler de l'autre fille, Magali, celle qui s'est tuée avant-hier en sautant de la falaise.

Sa main tremblante s'aventura dans les longs poils d'Arnold. Elle me regarda comme si elle n'avait pas bien compris ce que je lui avais dit, hésita à me faire répéter, puis ânonna lentement neuf mots.

— J'étais là quand le cadavre a été découvert.

Bien entendu, Denise. Moi aussi. On était là tous les deux. Tous les trois avec Le Medef.

Elle ferma les yeux. J'eus presque l'impression qu'elle s'était endormie. Elle parla lentement, comme si elle me décrivait un rêve.

— Je marchais sur la plage. Il était très tôt, je crois, mais il ne faisait pas vraiment froid. (Sa main glissa sur le ventre du shih tzu qui en ronronna de plaisir.) Arnold était tout jeune alors...

Une alarme clignota quelque part dans mon crâne.

Arnold ? Tout jeune ?

— C'était une journée un peu folle à Yport, continua Denise. Des jeunes dansaient partout devant le casino. Il y avait de la musique, beaucoup, toute la nuit, du rock. Moi aussi, j'aimais danser le rock lorsque j'avais leur âge, enfin, un autre, pas celui qu'ils jouaient ce soir-là. C'est bizarre, d'ailleurs, vous ne trouvez pas, que les jeunes aient changé de musique mais aient gardé le même nom ? Ils avaient tous l'air heureux. Avant le drame, bien entendu. Avant qu'on retrouve le corps de cette pauvre fille au bas de la falaise.

J'ai eu brusquement envie d'attraper la boule de poils lovée sur les genoux de Denise et de la jeter jusqu'au plafond pour provoquer un électrochoc chez cette vieille. Pour qu'elle se concentre sur ses souvenirs d'il y a deux jours, pas ceux d'il y a dix ans. Qu'elle confirme ma version, par exemple. Qu'à aucun moment je n'avais touché le cadavre de Magali Verron.

J'ai haussé la voix. Arnold dressa les oreilles.

— Madame Joubain, je ne suis pas venu pour que vous me parliez de Morgane Avril, mais de ce qui s'est passé quand nous nous sommes rencontrés mercredi, il y a deux jours. Souvenez-vous, la promenade avec Arnold sur la plage d'Yport.

Un sourire éclaira le visage de Denise. J'ai même cru apercevoir la queue d'Arnold s'agiter au mot « promenade ».

— Mon Dieu, c'est vrai, je me promenais... Arnold aussi. Mais c'était il y a si longtemps. Je ne sors plus beaucoup, vous savez. Depuis des années, mes jambes ne me portent plus bien loin. Les pattes d'Arnold non plus...

Je sentais d'ultimes résistances céder dans mon cerveau en ruine.

Que racontait cette vieille folle ?

Il y a si longtemps... Ses jambes ne la portaient plus...

Elle traversait encore avant-hier la plage d'Yport avec son shih tzu en laisse !

Denise continua, comme incapable d'endiguer les flots de nostalgie.

— Je suis comme les trains abandonnés dehors. Comme cette ligne de chemin de fer rouillée. Je reste ici à attendre et à me souvenir. De temps en temps, un taxi vient me chercher pour m'emmener chez le médecin ou pour porter Arnold chez le vétérinaire. Même les courses, la dame de l'Aide à domicile me les apporte.

Saisi d'un vertige, j'ai fixé les cadres aux murs. Les trains y tournaient comme dans une gare de triage aiguillée par un fou. Denise suivit la direction de mon regard.

— J'ai tant voyagé. Avec Jacques, nous avons fait plusieurs fois le tour du monde. On ne payait rien. C'était un mécanicien de génie... Je me souviens, en mars 62, la Magistrale Baïkal-Amour bloquée en pleine neige juste après Taïchet et...

Je l'ai coupée, cassant. Arnold dressa les oreilles et me menaça de ses dents aussi longues que des pépins de melon.

— Je vous ai croisée à la gendarmerie, avant-hier... Vous sortiez du bureau du capitaine Piroz.

— Vous, vous êtes flic ? bégaya Denise.

— Non... Non. Au contraire.

Immédiatement, j'ai regretté le « au contraire ». Au risque de me faire mordre par Arnold, j'ai posé ma main sur les genoux de Denise.

— Vous avez peur ? On vous a demandé d'oublier l'accident d'avant-hier ? De n'en parler à personne ? Surtout pas aux journalistes ?

Denise se leva d'un bond. Arnold glissa le long de ses jambes en couinant.

— Vous êtes journaliste ? C'est cela ? Vous revenez fouiner à propos de cette vieille histoire ?

Je me suis levé à mon tour. Son visage plissé arrivait à la hauteur de mon cou. J'ai presque crié.

— Nous avons attendu plus d'un quart d'heure ensemble sur la plage que les gendarmes arrivent. Vous avez recouvert le corps de cette fille avec mon coupe-vent. Cette fille portait une écharpe rouge autour du cou…

Denise se recula de quelques pas. Sur un portemanteau, près de l'entrée, étaient accrochés une veste de pluie grise, un chapeau de paille et un foulard de soie beige. Nos regards se figèrent sur ce morceau de tissu, puis se croisèrent.

Je lus la terreur dans les yeux de Denise.

Mes mains se posèrent sur ses épaules alors que ma voix se faisait plus douce.

— Je ne vous veux aucun mal. Je ne veux pas vous brusquer. Je veux seulem…

Tout d'abord, je ne compris pas son geste. Elle se contenta de poser sa main droite sur son poignet gauche, dans un mouvement qui semblait naturel.

Le bip strident explosa dans la salle alors qu'un voyant rouge clignotait à son poignet droit, sur sa montre.

Ce que j'avais cru être une montre…

Denise, comme beaucoup de personnes âgées vivant seules, portait un bracelet d'alarme, sans doute relié au téléphone de son médecin traitant ou d'un service d'urgence.

Bordel...

Les secours allaient débarquer dans quelques minutes si elle ne désactivait pas ce truc.

Le téléphone sonna dans la seconde qui suivit. Elle fit un pas pour aller répondre mais je la retins par la manche. Dès que le répondeur s'enclencha, une voix inquiète résonna dans la pièce.

— Madame Joubain ? C'est le Dr Charrier. Quelque chose ne va pas ? Répondez-moi, madame Joubain, quelque chose ne va pas ?

Ce toubib allait donner l'alerte.

Je devais foutre le camp. ...

J'ai tenté ma chance. Une dernière fois.

— Denise, je vous en supplie, regardez-moi. Vous me reconnaissez, forcément !

Ses yeux m'ont traversé comme si je n'étais qu'un fantôme translucide et que seule la porte devant laquelle je me tenais l'intéressait. Puis, sans doute rassurée par l'arrivée imminente d'une ambulance, elle me répondit d'une voix plus apaisée.

— Oui, je vous reconnais. Vous étiez près de moi, sur la plage...

Avant même que j'aie le temps de savourer ce dernier espoir, la vieille femme me prit la main.

— Vous étiez plus jeune vous aussi. Contrairement aux autres garçons, vous ne dansiez pas. Vous auriez pu. Vous aviez vos deux jambes à l'époque... Vous...

Je fus incapable d'entendre un mot de plus. Je me suis précipité dehors, laissant la porte ouverte. La dernière image que je conservai de l'ancienne gare fut Arnold courant trois mètres sur le parking puis aboyant comme pour me signifier de ne jamais remettre les pieds ici.

J'ai dévalé le talus entre deux wagons posés sur des parpaings et j'ai couru sur la voie ferrée abandonnée qui se perdait vers l'infini, telle une interminable fermeture Eclair qu'un géant aurait refermée sur les secrets enfouis sous la terre.

— Allô ? Mona ?

Pour la première fois, j'avais décidé de lui mentir. Par omission du moins. De ne pas lui révéler que la vieille Denise Joubain était incapable de se rappeler l'accident deux jours avant... mais qu'elle se souvenait par contre parfaitement du meurtre de Morgane Avril dix ans plus tôt.

Qu'elle confondait tout, y compris le jour où elle m'avait rencontré.

Qu'elle me prenait pour un autre.

Qu'elle était folle, tout simplement.

Le téléphone sonna dans le vide. Les traverses défilaient sous mes pas comme les échelons d'une interminable échelle pour l'enfer. Dans une centaine de mètres, j'allais devoir quitter le fossé protecteur de la voie ferrée abandonnée pour m'aventurer dans les talus plantés entre les clos-masures cauchois. La bruine s'était muée en un brouillard froid qui glaçait ma peau, mais ne dévoilait de moi qu'une vague silhouette au promeneur qui aurait eu le courage de battre la campagne par ce temps.

J'étais seul.

Christian Le Medef, disparu. Denise Joubain, gâteuse.

J'étais le seul témoin du décès de Magali Verron.

J'ai serré nerveusement le portable dans ma main.

Le seul témoin, à l'exception des flics. De Piroz, de son adjoint et de tous les gendarmes de la brigade de Fécamp qui s'étaient penchés sur ce cadavre.

Echec de l'appel. Réessayer.

J'ai enfoncé la touche verte de mon iPhone.

— Allô ? Mona ?

Elle décrocha.

— Alors ? Tu as retrouvé ta vieille ?

— Non. Enfin oui, mais c'est une histoire compliquée...

— Raconte !

— Plus tard, Mona.

Je me suis arrêté sous un noisetier. D'épaisses gouttes froides dégoulinaient des branches puis explosaient sur le tissu synthétique de mon coupe-vent.

— Je peux emprunter ta voiture ?

Pendant quelques instants, je n'ai entendu à l'autre bout du téléphone que le bruit des galets que la mer charriait, puis la voix de Mona reprit sur un ton enjoué.

— Pour aller te rendre aux flics ?

— Non, Mona. Pour me rendre à Neufchâtel.

— Quoi ?

— A Neufchâtel-en-Bray. Carmen Avril, la mère de Morgane, y tient toujours son gîte, le Dos-d'Ane. C'est à moins d'une heure de route. Il faut que je vérifie tous les détails, Mona… J'ai besoin de preuves, j'ai besoin que tu…

— OK, mon grand. Te fatigue pas. Prends ma caisse si tu veux. Elle bouge pas, elle est garée sur la digue devant le casino…

Je n'ai même pas pris le temps de traduire en mots l'immense reconnaissance que je ressentais pour Mona.

— Devant le casino ? Merde ! Impossible de m'approcher de la plage d'Yport en plein jour. Même par ce temps, je vais me faire cueillir…

Mona soupira comme une mère qui n'a pas d'autre choix que de céder au caprice de son môme.

— Tu fais chier, Jamal ! Je vais laisser ma Fiat à la sortie d'Yport, après le camping municipal, près des courts de tennis. La clé de contact sera dessus. Pour la portière et le coffre, ils ne ferment plus depuis un bail…

— Merci, Mona. Je te prouverai que tu as misé sur le bon…

— Ferme-la ! Raccroche avant que je change d'avis…

En fourrant le téléphone dans ma poche, j'ai repensé au facteur, à l'enveloppe marron, à mon nom dessus, à l'adresse de Martin Denain. Une adresse que seule Mona connaissait, Mona à qui j'avais omis d'avouer qu'aucun témoin n'était en mesure de confirmer ma version…

Lequel de nous deux trahissait l'autre ?

J'ai repris ma course sur le sentier gelé. Le brouillard s'intensifiait sur le plateau. Je ne parvenais plus à distinguer les rangées de peupliers bordant les champs des poteaux des lignes à haute tension alignés droit vers les centrales nucléaires.

Mon seul témoignage contre celui de tous les autres.

Qui, désormais, pourrait me croire ?

Qui pourrait encore parier sur mon innocence ?

Personne…

Personne sauf vous ?

A ce point de non-retour dans les abysses de la folie, êtes-vous toujours disposé à croire tout ce que j'affirme depuis le début ?

Je n'invente rien. Tout se terminera bien.

Etes-vous encore prêt à miser sur moi ?

Je suis sain d'esprit. Je n'ai violé ni tué personne.

Et je vais le prouver.

25

Quelque chose ne va pas ?

La Fiat 500 filait à cent trente kilomètres à l'heure sur l'autoroute A13. Mon pied écrasait la pédale de l'accélérateur depuis une vingtaine de kilomètres afin de ne pas décélérer dans le long faux plat en direction du pays de Bray. Pas besoin de régulateur de vitesse, le moteur donnait son maximum.

Régulièrement, je m'assurais que personne ne me suivait. Par pur principe : l'autoroute était déserte, à l'exception des rares camions doublés dans la montée qui rapetissaient puis disparaissaient dans mon rétroviseur. Le trafic était plus dense en face. Quelques monoplaces anglais descendaient vers le Sud, respectant scrupuleusement les limites de vitesse, skis et coffres sur le toit. Pas sûr qu'ils arrivent à la montagne avant que la neige soit fondue. Une pluie intermittente agaçait l'essuie-glace qui couinait en étalant plus qu'il n'essuyait les gouttes éparses.

Le monotone plateau du pays de Caux se déchira soudain. Les immenses champs boueux se rétrécirent, cernés par un paysage de haies de plus en plus serrées. L'autoroute, après la longue ascension, basculait brusquement dans le vide pour remonter sur le versant d'en face. Je découvrais pour la première fois la boutonnière du pays de Bray, cette sorte de large vallée d'argile creusée dans le plateau crayeux. Presque aussitôt, j'ai braqué sur la droite pour sortir en direction de Neufchâtel-en-Bray.

Les maisons neuves semblaient avoir poussé près de l'échangeur comme les champignons autour d'une souche. L'autoroute était gratuite. Rouen à cinquante kilomètres. Visiblement, la grande banlieue pavillonnaire grignotait la campagne jusqu'ici.

Le thermomètre de la Fiat indiquait une température de 3 °C. En plein milieu de l'après-midi, je m'attendais à pénétrer dans une ville fantôme seulement peuplée de rares vieux bravant le froid et le trottoir glissant entre deux commerces.

Dès que j'eus franchi le pont sur l'Arques, l'anarchie de véhicules garés en double file m'obligea presque à piler.

Qu'est-ce qu'ils fichaient tous là ?

L'instant suivant, une noria de gamins coiffés de bonnets multicolores se faufila dans le labyrinthe de voitures.

16 h 30. Putain, la sortie des écoles !

J'ai tourné à la première intersection pour éviter la foule. Après avoir erré dans un dédale de rues, entre sens interdits et culs-de-sac, je me suis garé dans une ruelle déserte. J'ai enfoncé mon bonnet Nike sur ma tête, tiré mon pantalon afin qu'il pende suffisamment pour dissimuler ma prothèse, puis je suis descendu de la Fiat 500. Le trottoir était couvert d'une neige fondue dégueulasse dans laquelle mon pied raide traçait une fine rigole.

Je me suis engouffré dans le premier commerce aux vitres embuées.

Je faisais le pari que Piroz n'avait pas alerté chaque gendarmerie du département et que les flics n'avaient pas encore affiché mon portrait dès le matin dans toutes les vitrines des boutiques de la région.

Un primeur. Le type était occupé à faire tenir en équilibre ses pommes sur un plan incliné.

« Légumes et fruits bio », annonçait une pancarte en évidence au-dessus de la caisse.

— Vous désirez ?

— Je cherche un gîte. Le Dos-d'Ane. Il est toujours tenu par Carmen Avril ?

Le commerçant se redressa. Il était presque chauve, à l'exception d'une touffe de cheveux coiffée en brosse comme une tige d'ananas.

— Vous lui voulez quoi ?

J'ai tenté de désamorcer sa méfiance par un sourire forcé.

— Je ne vais pas mentir. Je suis journaliste, on prépare un reportage sur le meurtre de sa fille, Morgane.

Tige d'Ananas m'évalua de la tête au pied, comme ses clients devaient le faire pour choisir un fruit mûr. Tout juste s'il ne me tâta pas la jambe.

— Je crois pas qu'elle ait envie qu'on vienne la faire chier avec ça aujourd'hui. C'est vieux, tout ça.

— Dix ans, ai-je précisé. On aimerait relancer l'enquête, quelques mois avant la prescription.

Il ne se donna même pas la peine de me répondre et se tourna vers une pyramide de fruits rouges. En plein hiver, ce con vendait des fraises bio, des framboises bio, des cerises bio…

Un bruit de pas derrière moi me fit sursauter. Une fille rougeaude portait à bout de bras trois caisses de choux rouges, blancs et verts. Elle me bouscula sans ménagement tout en soufflant.

— Carmen s'ra d'accord. C'est pas qu'elle porte les journaleux dans son cœur, mais même après tout ce temps, elle écoutera tout ce qui pourrait l'aider à coincer le salopard qu'a tué sa fille.

Tige d'Ananas haussa les épaules et grogna seul dans son coin :

— Vont encore nous faire passer pour un village de pervers.

La commerçante posa en quinconce, d'un geste précis, les trois cageots.

— Vous trouverez le Dos-d'Ane un kilomètre au-dessus de Neufchâtel, sur la route de Foucarmont. Vous pourrez pas rater le panneau Gîtes de France.

Elle ajouta, comme une menace, au moment où je sortais de la boutique :

— Par contre, vous amusez pas à la baratiner.

Des gamins marchaient devant moi sur le chemin qui me menait à la voiture. Trois de front sur la route pour éviter les nids-de-poule du trottoir transformés en mares glacées. Je n'ai pas repéré un seul parent les accompagnant, comme s'ils n'allaient chercher leurs gosses que par beau temps.

Cela m'arrangeait. Moins de témoins.

J'ai soufflé sur mes doigts froids et j'ai ouvert la portière de la Fiat.

Ma main s'immobilisa sur la poignée de métal, comme collée par le gel.

L'enveloppe marron était posée sur le fauteuil passager.

Pour Jamal Salaoui.

Cette putain d'écriture désormais familière.

J'ai tout de suite pensé à Mona. Elle était la seule à savoir que je me rendais à Neufchâtel... mais il lui était matériellement impossible de se trouver ici ! Comment aurait-elle pu se procurer une autre voiture ? Comment aurait-elle pu arriver avant moi dans le Bray alors que j'avais roulé pied au plancher toute la route ? Comment aurait-elle pu me suivre alors que j'avais passé la moitié du trajet les yeux dans le rétroviseur ?

Pourquoi jouerait-elle ce jeu sadique ?

Je me suis assis dans la Fiat. J'ai mis le contact et j'ai posé mes doigts contre la ventilation pour les réchauffer.

Qui pouvait savoir que je m'étais garé ici ?

Personne.

Qui pouvait avoir glissé l'enveloppe sur le fauteuil ?

N'importe qui. La portière de la voiture ne fermait pas...

J'ai attendu de longues minutes, poussant la ventilation au maximum et la réglant sur mon visage, jusqu'à ce que le souffle d'air chaud me brûle la peau. Puis j'ai ouvert l'enveloppe.

***

Affaire Myrtille Camus – Vendredi 8 octobre 2004

Le commandant Léo Bastinet relisait pour la troisième fois chaque détail du fax du brigadier Larochelle.

L'inconnu à la casquette Adidas, le suspect n° 1 dans le meurtre de Myrtille Camus, s'appelait Olivier Roy.

Il avait vingt et un ans, habitait Morsalines, chez ses parents qui tenaient la maison de la presse de Valognes. Il suivait à Caen une formation en alternance de médiation culturelle.

Le brigadier Larochelle n'avait eu aucun mérite à identifier le garçon dont le portrait-robot s'affichait dans toutes les gendarmeries de la région : ses parents, Monique et Gildas Roy, s'étaient présentés le 7 octobre 2004 à la brigade de Valognes pour signaler la disparition de leur fils. Aucun doute, Olivier était bien le type que la police recherchait. Il avait campé à Isigny-sur-Mer, navigué près des îles Saint-Marcouf, bronzé sur la plage de Grandcamp-Maisy aux moments précis où Myrtille Camus s'y trouvait.

Ses parents expliquèrent que le meurtre de Myrtille Camus avait personnellement touché Olivier, sans qu'ils en comprennent vraiment la raison. Dès l'annonce de la mort de la jeune fille, il s'était enfermé pendant d'interminables heures dans sa chambre, n'en sortant que pour de longues promenades solitaires. Le 6 octobre 2004, en fin d'après-midi, il était parti plein nord, boulevard des Dunes, vers Saint-Vaast-la-Hougue. Il n'était jamais revenu.

Le commandant Bastinet crut pendant très exactement trente-sept heures tenir le coupable. Le silence d'Olivier Roy pouvait être interprété comme une volonté d'échapper à la police, sa déprime comme des remords, sa fuite comme un aveu.

Le lendemain, vers 18 heures, toute l'accusation s'effondra comme un château de cartes.

L'ADN d'Olivier Roy n'était pas celui du violeur !

Une heure plus tard, une seconde information tomba : Olivier Roy ne pouvait pas avoir assassiné Morgane Avril, ni même être l'inconnu à l'écharpe rouge croisé par les festivaliers de Riff on Cliff. Le week-end du 5 juin 2004, il se trouvait avec trois autres copains de sa promotion au festival des arts de la rue de Biarritz, à neuf cents kilomètres d'Yport.

L'apparition-disparition d'Olivier Roy fit exploser le dossier de Bastinet. On diffusa encore quelques semaines des avis de recherche. On arracha les portraits-robots flous et on les remplaça par la photo d'Olivier Roy. Sans conviction.

A quoi bon s'acharner à retrouver un type qui n'était au mieux qu'un témoin ?

Le juge Paul-Hugo Lagarde s'interrogea publiquement sur les méthodes de Bastinet avant d'intriguer auprès de la cour de cassation pour qu'on le dessaisisse de cette affaire marécageuse où il risquait d'enliser sa carrière. Les journaux locaux tournèrent la page. Les chroniqueurs judiciaires changèrent d'âne et se précipitèrent sur l'histoire d'un ouvrier de Mondeville qui s'était suicidé par asphyxie à l'oxyde de carbone dans son garage, en compagnie de sa femme et de ses quatre enfants.

La psychocriminologue Ellen Nilsson prit de moins en moins souvent le train Paris-Caen, puis plus du tout, et les flics du SRPJ, qui avaient parié sur la prochaine partie de son corps à être rajeunie par la magie du bistouri, en furent quittes pour reprendre leurs mises.

Tous ceux qui avaient travaillé jour et nuit sur cette enquête, dans les semaines qui avaient suivi le meurtre de Myrtille Camus, n'avaient redouté qu'une chose, la découverte d'une nouvelle victime. C'est cette crainte, cette course contre la montre, qui les avait fait tenir, courir, dopés à la même adrénaline. Désormais, ils en venaient à espérer qu'un autre viol relance l'affaire. Espoir vain.

Le tueur à l'écharpe rouge avait pris sa retraite…

Carmen Avril rencontra Léo Bastinet au SRPJ de Caen le 12 octobre 2004, quelques jours après que la piste Olivier Roy eut été abandonnée. Elle posa sur le bureau du commandant un lourd dossier, *Double inconnu,* qu'elle résuma en quelques phrases définitives.

Il n'y avait qu'une seule piste à suivre pour découvrir l'identité du tueur de Morgane et Myrtille : chercher qui pouvait se trouver à la fois à Yport le 5 juin 2004 et à Isigny-sur-Mer le 26 août 2004. La probabilité pour qu'une telle personne fût innocente était quasiment nulle, d'autant plus qu'elle ne s'était pas présentée spontanément à la police.

Bastinet acquiesça de la tête et ouvrit d'un geste fatigué le dossier. Il contenait d'interminables listings, des séries d'adresses, des numéros de téléphone, des copies d'écran. Chercher un type, pensait le commandant, un seul, sur la côte normande, un samedi de printemps d'abord et un jeudi de fin d'été ensuite, obligeait à vérifier le nom de tous les touristes qui avaient loué un emplacement de camping, une chambre d'hôtel, un gîte. De ceux qui avaient logé chez des amis ou de la famille. De ceux qui ne s'étaient rendus qu'une journée en Normandie mais avaient réglé un péage sur l'autoroute avec leur carte bancaire, déjeuné dans un restaurant, acheté un souvenir dans une boutique. De ceux qui avaient laissé une carte de visite, un chèque, ou même seulement leur visage sur une photo.

Le commandant referma doucement le dossier, puis leva ses yeux cernés vers Carmen.

— Madame Avril, je vais être franc. L'effectif affecté à l'affaire Avril-Camus a été divisé par dix depuis un mois. De cinquante enquêteurs, nous sommes passés à cinq. Dans quelques semaines, sans aucun fait nouveau, plus aucun flic n'aura pour mission exclusive de se consacrer à cette affaire.

Carmen Avril ne bougeait plus un cil. Bastinet enfonça le clou.

— Officiellement, depuis la semaine dernière, cette affaire ne devrait pas occuper plus de dix pour cent de mon travail.

Il repoussa vers elle le dossier *Double inconnu*, sans même prendre la peine de lui donner une évaluation sur l'intérêt d'un tel travail de bénédictin.

— Nous n'abandonnons pas, madame Avril. L'enquête est simplement en veille. Nous disposons de l'empreinte génétique du violeur, nous savons qu'il a déjà récidivé. Il faut attendre...

Bastinet était persuadé que Carmen allait riposter. Une claque bien méritée, au fond.

Attendre quoi ? Qu'il viole une autre fille ?

Il fut déçu.

Carmen secoua son corps sans même le regarder, colla le dossier sous son bras et explosa la porte en hurlant pour que tout l'étage entende :

— On se démerdera sans vous !

Dès juin 2004, quelques jours après le meurtre de Morgane, Carmen Avril avait créé un collectif. Tous ceux qui avaient connu Morgane de près ou de loin y avaient adhéré, près de cinq cents personnes, mais, rapidement, seuls une petite dizaine de proches s'étaient révélés suffisamment actifs, et surtout suffisamment généreux pour aider à payer les honoraires des avocats chargés de l'affaire.

Le soir même de la découverte du cadavre de Myrtille Camus, Carmen avait invité Charles et Louise à rejoindre le collectif. Ils avaient fondé dès le lendemain l'association Fil Rouge. L'article premier des statuts déposés en préfecture tenait en trois mots.

N'oublier jamais.

Charles Camus en devint le président ; son calme et sa diplomatie apparaissaient plus efficaces pour négocier avec la police et la justice que la fougue de Carmen Avril, qui se contenta de la vice-présidence. A son grand regret. Carmen avait toujours eu du mal avec les hommes en général. Avec leur autorité en particulier. Océane, la sœur de Morgane, assura le secrétariat et Alina Masson, la meilleure amie de Myrtille, fut désignée trésorière. L'hypothèse du « double inconnu » souda les deux familles pendant les semaines qui suivirent le second meurtre, mais dès qu'il fut clair que personne ne les aiderait à aller au bout de leurs investigations, le groupe se fissura.

« On se démerdera sans vous », avait claqué la mère de Morgane à la gueule du commandant Bastinet.

Carmen Avril pensait croisade, vengeance, punition.

Charles Camus pensait vérité, justice et même pardon.

Le mince consensus au sein de l'association Fil Rouge explosa au cours de l'année 2005. Carmen avait répondu favorablement à un journaliste de France 2 qui souhaitait réaliser un épisode du magazine « Faites entrer l'accusé » sur l'affaire du double meurtre à l'écharpe rouge. Charles avait opposé un veto catégorique, mais la mère de Morgane avait argumenté sur le nombre de témoins potentiels que cette diffusion toucherait, sans même parler de la négociation financière des droits à l'image qui permettrait de payer avocats et enquêteurs. Tout le clan Avril se rangea derrière elle. Louise Camus se tut, Alina Masson et Frédéric Saint-Michel hésitèrent dans un premier temps à désavouer Charles, puis suivirent Carmen.

L'émission fut programmée pour le 24 mars 2005, à 22 h 30.

Comme les autres membres de Fil Rouge, Carmen découvrit les quatre-vingt-dix minutes de film en avant-première lors d'une séance privée dans des studios de La Plaine-Saint-Denis. Le magazine déclinait l'enchaînement des événements et les rebondissements de l'enquête, alternant reconstitutions glauques, photographies impudiques des victimes et témoignages apitoyés des voisins. Sans apporter le moindre éclairage nouveau sur l'affaire.

Au premier rang de la salle de projection, les visages s'étaient fermés.

Du pur voyeurisme ! Le double viol de Morgane et de Myrtille n'avait été mis en scène que pour concurrencer *Les Experts* ou *NCIS* diffusés par les autres chaînes. Carmen Avril voulut interdire la diffusion du reportage, mais France 2 tint bon. L'émission fit 18,6 % de part d'audience, ce qui était un peu en deçà de la moyenne habituelle. La chaîne ne versa pas le moindre centime à l'association Fil Rouge, et encore moins, à titre posthume, aux deux actrices principales.

Quelques jours plus tard, Charles et Louise Camus annoncèrent leur souhait de prendre leurs distances avec le groupe. Charles évoqua un problème de santé, que l'on accepta comme une excuse diplomatique.

La dernière fois qu'ils adressèrent la parole à Carmen Avril, ce fut la veille du drame.

Le 27 décembre 2007.

26

Attendre quoi ? Qu'il viole une autre fille ?

J'ai rangé les feuilles dans l'enveloppe et glissé le tout dans le vide-poches de la Fiat 500.

Ainsi, les deux affaires Morgane Avril et Myrtille Camus n'en faisaient plus qu'une, moins d'un an après le double meurtre.

Une affaire classée !

Tout en démarrant la Fiat, j'ai esquissé un sourire. Ces dernières informations allaient m'être utiles.

Immédiatement.

Carmen Avril m'accueillerait à bras ouverts, je venais lui annoncer que le meurtrier de sa fille, dix ans plus tard, était sorti de sa tanière.

Quelques minutes plus tard, je garais la voiture une centaine de mètres après le panneau Gîtes de France. Une femme marchait le long du talus, courbée sous le poids de trois cartables. Elle tirait une farandole de trois enfants en direction d'un bosquet de pavillons tout neufs, construits comme punis sur les hauteurs de Neufchâtel.

— Je cherche Carmen Avril.

La mère porteuse souffla.

— Vous descendez l'allée. Vous ne pouvez pas la rater. Tenez, c'est elle, sur la terrasse de son gîte.

Elle me désigna une silhouette bleue entre les branches des arbres têtards, puis, telle une locomotive, tira sur la main du premier enfant pour que les deux autres wagons suivent.

J'ai descendu l'allée.

Le gîte du Dos-d'Ane s'étirait sur une cinquantaine de mètres. Le gris de l'hiver s'accordait avec les pierres de taille de la longère, mais nul doute qu'au printemps les murs sévères disparaissaient derrière les immenses massifs d'hortensias ou les branches fleuries du grand pommier nu au milieu de la cour.

Sur la terrasse, une femme de forte corpulence, armée d'un marteau, s'acharnait à redresser la barre du pas de vis de ce que je devinais être un vieux pressoir à pommes. Une pièce de collection ayant toute sa place dans ce jardin digne d'un musée des arts et traditions normands.

Carmen frappait avec force, énergie et précision.

De dos, on aurait dit un homme.

Soudain, le marteau se figea en l'air. Carmen se retourna d'instinct, comme si elle avait flairé ma présence.

— C'est pour quoi ?

— Madame Avril ?

— Oui ?

Mon rythme cardiaque s'accéléra alors que je lançais le plus naturellement possible la tirade dix fois répétée dans ma tête depuis Yport.

— Je suis le capitaine Lopez. Commissariat de Fécamp. J'aimerais vous parler.

Elle me dévisagea de la tête au pied. Une question semblait brûler ses lèvres – « On embauche des infirmes dans la police ? » – mais elle se retint.

— Qu'est-ce que vous me voulez ?

— Je vais être direct, madame Avril. C'est à propos du meurtre de votre fille, Morgane. Il... il y a du nouveau.

Le marteau s'écrasa sur les dalles de la terrasse sans que Carmen puisse le retenir. Son visage rouge et flétri comme une pomme oubliée au fond d'un panier se crevassa encore, alors qu'une bouffée de soulagement me submergeait.

Piroz ne l'avait pas contactée !

C'était un peu étrange, compte tenu de la somme des coïncidences entre Magali Verron et Morgane Avril, mais c'était mon pari en risquant cette rencontre avec Carmen Avril.

— Du nouveau ?

— Rien de concret, madame Avril, je ne voudrais pas vous donner de faux espoirs. Mais il s'est produit ces derniers jours, à Yport, une série d'événements troublants. Je peux entrer ?

L'intérieur de la chaumière était à la hauteur du jardin paysager. Une petite merveille de gîte de charme. Poutres apparentes. Large cheminée de brique et de grès dans laquelle on aurait fait rôtir un veau. Pièces de ferme habilement recyclées, roue de charrette en table de salon et billots de bois en tabourets massifs. Des tons pastel, des tableaux champêtres, un peu de verre et de fer pour la touche de modernité. Un écrin rustique idéal pour des Parisiens de passage. Le gîte de Carmen Avril ne devait pas désemplir !

Carmen me proposa de m'asseoir sur un canapé qui sentait le cuir de vache. Un bref instant, je me suis demandé comment une femme, seule, avait pu venir à bout de tels travaux de rénovation.

Puis j'ai tout raconté.

Le suicide de Magali Verron, le viol qui l'avait précédé, l'écharpe de cachemire Burberry retrouvée autour de son cou. Oubliant seulement de préciser que Magali avait croisé un joggeur en haut de la falaise. Moi…

Carmen Avril m'écouta pendant près d'un quart d'heure, bouche bée.

— Ce salaud est revenu, murmura-t-elle entre ses dents.

Sans la laisser souffler, j'ai sorti de mon sac à dos le dossier « Magali Verron » volé sur le bureau de Piroz. Les en-têtes bleu-blanc-rouge et les tampons officiels rendaient crédibles les informations surréalistes que j'allais asséner à Carmen.

— Il va falloir m'écouter sans m'interrompre, madame Avril. Ensuite seulement, je vous demanderai une explication. Si toutefois vous en avez une…

Elle hocha la tête. Excitée. Le tueur de sa fille avait refait surface, elle était prête à tout entendre. J'ai pris une immense respiration et j'ai énuméré tout ce que j'avais appris sur Magali Verron.

Née le 10 mai 1993, à Neufchâtel, au Canada. Successivement élève en région parisienne à l'école primaire Claude-Monet, au collège Albert-Schweitzer, au lycée Georges-Brassens, pour terminer par des études médicales. Danseuse de raqs sharqi. Fan de rock progressif des années 70.

L'excitation de Carmen s'était transformée en stupéfaction.

Quel sens pouvait avoir cette succession de points communs avec la vie de sa fille ? Mêmes jour et lieu de naissance, mêmes noms d'établissements scolaires fréquentés, mêmes goûts.

Du pur délire.

La patronne du Dos-d'Ane se leva sans rien dire, seul un léger déséquilibre dans sa démarche traduisait son trouble. Elle fit trois pas vers la kitchenette puis revint avec un plateau standard destiné à l'accueil de ses hôtes. Biscuits locaux, verres, carafe d'eau, orangeade et lait frais. Le plateau vibrait entre ses mains tremblantes. Elle s'en débarrassa sur la table basse avant de me répondre d'une voix mal assurée.

— Capitaine, comment vous dire ? Tout ce que vous me racontez me semble, disons, incroyable. Prodigieusement incroyable. Qui est cette fille ? Cette… Magali Verron.

Je me suis servi un verre de lait avant de planter un nouveau clou.

— Je ne vous ai pas encore tout dit, madame Avril. Magali Verron ressemblait à votre fille. Une ressemblance plus que troublante…

J'hésitais à évoquer la fécondation *in vitro* de sa fille et l'hypothèse que Morgane et Magali aient pu être demi-sœurs, par leur père. Carmen, comme si elle lisait dans mes pensées, me devança.

— Une ressemblance, capitaine Lopez ? C'est ridicule. Morgane n'avait pas de sœur cadette ! Et pas davantage de cousine de dix ans plus jeune qu'elle. Personne d'autre que moi et sa sœur Océane.

J'ai secoué la tête comme si je réfléchissais aux autres explications possibles. En réalité, je gagnais du temps. Pour sortir Carmen de l'eau, je devais laisser doucement filer l'hameçon à la surface. J'ai feuilleté à nouveau le dossier « Magali Verron » jusqu'à la page détaillant son empreinte génétique.

— Madame Avril, je vais en venir à ce qui m'amène ici. Nous savons que vous conservez toutes les archives de votre association Fil Rouge. J'aimerais procéder à une vérification avec vous.

Carmen allait forcément mordre à l'appât. Si tout ce que j'avais lu sur elle était vrai, elle serait prête à s'engager sur chaque piste pouvant la mener à l'assassin de sa fille. Même la plus insensée.

J'ai négligemment attrapé un gâteau sec puis avancé la feuille vers elle.

— Je voudrais comparer l'empreinte génétique de Magali Verron avec celle de Morgane.

Le fil se tendit immédiatement. Le ton de Carmen se durcit. Depuis dix ans, elle avait appris à se méfier des flics.

— Vous n'avez pas conservé le dossier de ma fille dans vos propres archives ?

J'ai mouliné. A toute vitesse.

— Si. Si, bien entendu. Mais rouvrir le dossier oblige à lancer une procédure extrêmement longue, avoir l'accord du juge d'instruction, des autorisations à n'en plus finir. J'ai pensé que ce serait plus rapide en venant vous voir.

Elle me fixa bizarrement. Je n'étais pas certain qu'elle m'ait cru, mais elle prenait peut-être mes justifications pour une preuve supplémentaire de l'incompétence de la police.

— Vous travaillez avec le capitaine Piroz ? me lança-t-elle soudain.

J'ai mâché avec constance le biscuit. Miel et amande. Un peu collant. Pendant la route jusqu'à Neufchâtel, j'avais essayé de préparer des parades à toutes les questions possibles mais, stupidement, je n'avais pas prévu celle-là.

J'ai vidé ma bouche, le temps d'amortir la surprise.

— Oui, bien entendu. C'est lui qui m'envoie.

Sur son visage fatigué, deux pommettes roses virèrent au carmin. Pour la première fois, Carmen Avril sembla se détendre.

— OK, venez avec moi dans le bureau. Piroz est le seul flic honnête de Normandie.

J'ai évité de lui signaler que je ne partageais pas exactement son opinion. Nous avons traversé une sorte de vestibule.

— Attendez-moi là, fit la patronne du Dos-d'Ane.

Elle me planta dans la pièce et passa dans une autre, sans doute celle dans laquelle elle archivait toutes les informations sur l'affaire Avril-Camus.

Pendant son absence, j'ai détaillé le bureau. Il s'agissait visiblement d'une chambre d'enfant inoccupée que Carmen avait transformée. Des photographies décoraient le papier peint aux motifs d'avions et de montgolfières. Des clichés de Morgane enfant. Morgane jouant au docteur. Morgane jouant au cow-boy. Morgane jouant au pompier.

Etrangement, je n'ai repéré aucune photographie de sa sœur Océane.

Carmen revint avec une boîte archives qu'elle posa sur une table en équilibre sur deux tréteaux.

— Je vous laisse le consulter, capitaine, je suis à vous dans une minute.

Elle disparut à nouveau dans la pièce voisine alors que je me précipitais sur le carton. Après avoir fébrilement feuilleté quelques pages volantes, je me suis arrêté sur la photocopie d'un document de la gendarmerie de Fécamp.

Empreintes génétiques de Morgane Avril établies le lundi 7 juin 2004. Service Régional d'Identité Judiciaire. Rouen.

J'ai posé juste à côté l'autre feuille. La présentation et la police de caractères utilisées par le SRIJ avaient changé depuis 2004, mais les logos, les en-têtes et les tampons restaient les mêmes.

Empreintes génétiques de Magali Verron établies le jeudi 20 février 2014. Service Régional d'Identité Judiciaire. Rouen.

La première information indiquait le groupe sanguin. Morgane comme Magali appartenaient au groupe B+. Pas le groupe le plus courant, d'après ce dont je me souvenais des cours de biologie médicale suivis à l'Institut Saint-Antoine. Moins de dix pour cent de la population française.

Une coïncidence de plus.

Des frissons parcouraient ma nuque. Mes yeux descendirent vers les figures composant le code génétique des deux filles.

Je me suis arrêté sur deux graphiques, annotés de longues séries de lettres et de chiffres.

TH01chr 11 6/9. D2 25/29. D18 16/18
TH01chr 11 6/9. D2 25/29. D18 16/15

J'ignorais les détails. Des histoires de génotypes homozygotes et hétérozygotes auxquelles je n'avais rien compris, mais j'avais retenu qu'il était scientifiquement impossible que deux individus différents possèdent les mêmes marqueurs et fréquences d'apparition. Les chiffres dansaient devant moi.

VWA chr 12 14/17 TPOX chr 15 9/12 FGA 21/23
VWA chr 12 14/17 TPOX chr 15 9/12 FGA 21/23

Les courbes vertes et bleues ressemblaient à des encéphalogrammes, précis au dixième de millimètre. J'avais beau continuer de traquer la moindre différence entre les deux histogrammes, j'avais déjà compris...

Les profils génétiques de Magali et de Morgane étaient identiques !

J'ai continué de suivre mécaniquement les lignes de la pointe de mon index, comme un savant fou relirait à l'infini une formule qui défie les lois de l'univers.

D7 9/10. D16, 11/13, CSF1PO chr, 14/17
D7 9/10. D16, 11/13, CSF1PO chr, 14/17

Ce que je déchiffrais était impossible.

Deux personnes, nées à dix ans d'intervalle, ne pouvaient pas posséder le même code génétique !

Magali.

Morgane.

Toutes les deux ne formaient donc qu'une seule et même personne ?

Aussi délirante que soit cette évidence, c'était ma conviction depuis le début. Morgane Avril n'était pas morte il y a dix ans. C'était elle qui m'avait parlé, le mercredi matin, près du blockhaus, avant de se jeter de la falaise. D'ailleurs, plus je repensais à cette sidérante ressemblance entre Morgane Avril et cette fille qui s'était suicidée sous mes yeux, Magali Verron, plus je devais reconnaître qu'au fond elle m'avait semblé un peu plus âgée que la Morgane des photographies de 2004. Le même visage, trait pour trait, mais qui aurait vieilli de quelques années, dix ans peut-être.

On en revenait à la même conclusion, plus évidente encore : Morgane Avril, vivante, deux jours plus tôt !

Allèle fréquence D3, 0,0789. Génotype fréquence D3, 0,013
Allèle fréquence D3, 0,0789. Génotype fréquence D3, 0,013

J'ai repensé en un éclair à l'énorme machine judiciaire mise en place pour résoudre l'affaire Avril. Les flics, les juges, les témoins, les journalistes, les centaines d'articles de journaux. Comment Morgane avait-elle pu tromper tout le monde ? Survivre ? Une nouvelle fois, cela n'avait aucun sens…

D'un pas mal assuré, je me suis avancé vers la pièce voisine pour prévenir Carmen.

Sa fille Morgane, vivante.

Il y a encore deux jours.

Avant de mourir une seconde fois…

La patronne du Dos-d'Ane ne m'avait pas entendu entrer. Elle me tournait le dos et parlait au téléphone, couvrant sa bouche et le combiné de sa main gauche.

— Je vous dis que j'ai un collègue à vous ici, chuchotait-elle. Nom de Dieu, Piroz, qu'est-ce que c'est que cette histoire de sosie de ma fille qui se serait suicidé à Yport avant-hier ?

Mes muscles se tétanisèrent.

Carmen Avril parlait aux flics !

Cette teigne s'était méfiée de moi et avait voulu vérifier ce que je racontais. Elle avait confiance en Piroz, elle me l'avait dit…

Bordel !

Je me maudissais de n'avoir pas été plus vigilant. J'ai fait un pas en avant vers le socle du téléphone sans fil pour appuyer sur le bouton du haut-parleur.

La voix hystérique du capitaine Piroz explosa dans la pièce.

— Retenez-le, madame Avril. Retenez-le, nom de Dieu, nous arrivons !

Clic.

Mon pouce coupa la communication. Dans le même mouvement, presque sans réfléchir, j'ai sorti de ma poche le King Cobra emprunté au patron de thèse de Mona et je l'ai pointé sur Carmen.

— Qui êtes-vous ? hurla-t-elle.

Que répondre ?

Lui coller le nez sur les lignes de code ADN jusqu'à ce qu'elle me croie ?

La planter là et courir, dehors. Fuir, encore.

Jusqu'où ?

Existait-il encore un endroit où je puisse échapper à cette toile d'araignée ? N'était-il pas plus simple de poser ce revolver et d'attendre Piroz sur le canapé du salon ?

Carmen se pencha légèrement, muscles bandés, comme une ourse près de bondir hors de sa grotte. Les murs tremblaient autour de moi, je peinais à maintenir l'équilibre du canon de mon King Cobra. La pièce où nous nous tenions était une seconde chambre d'enfant, transformée en débarras. D'autres photos de Morgane étaient accrochées aux murs.

Morgane, trois ans, accrochant des guirlandes de Noël sur les épaules de sa mère.

Morgane, six ans, sur un tracteur.

Morgane, sept ans, grimpée dans le pommier du jardin.

Carmen esquissa un imperceptible mouvement en avant. Le canon du King Cobra se baissa de quelques millimètres, alors que mon regard posé sur la photographie descendait vers une autre branche du pommier.

Tout explosa en même temps, comme si une prodigieuse accélération venait de pousser toutes mes pensées dans la même direction pour les faire s'écraser contre mes certitudes. Puis voler en des milliers d'éclats.

J'avais compris. Tout.

Je savais qui était Magali Verron...

Tout en serrant la crosse du King Cobra, je fus incapable de retenir un interminable rire de fou...

27

Qui êtes-vous ?

Deux fillettes de sept ans se balançaient aux branches du pommier.

Morgane et sa sœur, Océane.

Même bonnet rouge, même manteau vert à capuche de fourrure, mêmes bottes fourrées, même écharpe de laine autour du cou.

Même âge. Même visage.

Des jumelles !

Tout en essuyant le coin de mes yeux, mouillés des larmes de mon rire nerveux, j'ai levé le canon du King Cobra vers Carmen pour lui signifier de ne rien tenter.

Morgane avait une sœur jumelle !

Dans les enveloppes marron, aucun document ne mentionnait ce détail. L'enquête évoquait Océane, la sœur de Morgane, son témoignage lors de la soirée du festival Riff on Cliff, mais son âge n'était jamais précisé. A aucun moment je n'y avais prêté attention.

Tout était clair.

On avait oublié de me donner cette information pour mieux me piéger.

Du bout de mon revolver, j'ai fait signe à Carmen de sortir de la pièce.

Dans ma tête, plusieurs pièces du puzzle s'emboîtaient désormais. Morgane était bel et bien morte, violée, assassinée, le 5 juin 2004. Dix ans plus tard, c'est Océane, sa sœur jumelle, qui s'était jetée du haut de la falaise d'Yport. C'est son regard désespéré que j'avais croisé près du blockhaus. Sans doute Océane ne pouvait-elle pas admettre la mort de sa sœur. Elle avait alors inventé, composé et joué ce personnage de Magali Verron. Même date de naissance, mêmes goûts, même scolarité... Et même ADN !

J'ai poussé Carmen vers le bureau. De ma main gauche, j'ai ramassé sur la table les deux analyses génétiques.

Comment Océane avait-elle pu tromper la police ? Comment était-elle parvenue à faire croire que son double virtuel, Magali Verron, était né dix ans plus tard, au Canada, qu'elle y avait grandi jusqu'à ses sept ans ?

Mes yeux se posèrent sur l'analyse du Service régional d'identité judiciaire, glissèrent sur le tampon de la gendarmerie nationale.

A moins que Piroz ne m'ait volontairement fourni de fausses informations.

Du bout du canon, j'ai désigné une des photographies au mur. Celle où une fillette de six ans était déguisée en cow-boy.

— C'est elle ? ai-je demandé à Carmen. C'est Océane, votre autre fille ?

— Oui. Elles étaient inséparables. Océane était un garçon manqué, Morgane, une petite princesse, mais personne n'a jamais pu se glisser entre elles, pas même moi. Quand Morgane a été assassinée, j'ai cru qu'Océane ne lui survivrait pas.

— Dix ans tout de même, ai-je glissé. C'est Océane, n'est-ce pas, c'est elle qui s'est jetée de la falaise, il y a deux jours ?

Tout en prononçant ces mots, je me rendais compte que quelque chose ne collait pas. Carmen Avril m'observait, méfiante, mais je ne percevais ni tristesse ni colère dans son attitude. Rien qui puisse laisser penser qu'elle venait de perdre sa seconde fille dans un drame comparable à celui d'il y a dix ans.

Elle tourna la tête vers la pendule accrochée au-dessus de la porte.

— J'ai l'air d'une mère en deuil ?

J'ai repensé aux mots de Piroz hurlés dans le téléphone.

Retenez-le, nom de Dieu, nous arrivons.

Je devais foutre le camp, le plus vite possible. Je me suis entendu pourtant répondre avec calme, détachant les mots pour donner à chacun de l'importance.

— C'était votre fille, madame Avril. C'était Océane. Je l'ai vue sauter. J'ai… j'ai vu son cadavre.

La patronne du Dos-d'Ane m'a souri. Nullement impressionnée.

— Quand cela ?

— Mercredi. Il y a deux jours. Très tôt le matin…

— Je vais avoir du mal à croire à votre fable, monsieur… monsieur Lopez.

Elle avança ; le canon du King Cobra s'inclina à hauteur de son nombril.

— J'ai eu Océane au téléphone ce midi, il y a moins de cinq heures.

J'ai encaissé le coup.

Carmen bluffait ! Cette femme était un bloc de béton. Elle mentait pour laisser à Piroz le temps d'arriver. Tous voulaient me coller sur le dos la mort des trois filles.

— OK, je vous crois, ai-je fini par dire. Votre fille Océane est vivante, elle ne s'est pas jetée de la falaise d'Yport avant-hier. Mais, dans ce cas, je veux lui parler.

— Hors de question !

— Elle habite loin d'ici ?

Carmen me jeta un regard méprisant.

— Vous n'êtes qu'un dangereux malade mental.

Je n'avais plus le temps. Piroz ou des flics de Neufchâtel qu'il aurait prévenus allaient se pointer.

— Plus encore que vous le croyez, madame Avril. Suivez-moi, on va aller discuter ailleurs.

Elle jaugea quelques instants ma détermination, puis m'obéit sans protester. Elle avança dans le jardin en faisant crisser avec nonchalance les graviers sous ses pas. L'ombre du pommier projetait son immense squelette sur l'herbe gelée. A chaque instant, j'imaginais entendre la sirène des gendarmes déchirer le silence, voir des bolides surgir et s'engouffrer dans l'allée du gîte.

Personne. La route de Foucarmont était déserte. Carmen Avril s'installa dans le fauteuil passager de la Fiat 500, toujours sous la menace discrète du revolver.

Je la trouvais étonnamment coopérative.

— N'essayez pas de vous tirer, ai-je néanmoins grogné au moment d'attraper la clé de contact.

— Ne vous inquiétez pas pour ça. Je ne sais pas qui vous êtes, mais d'une façon ou d'une autre, vous avez un rapport avec la mort de Morgane. Avec la mort de cette fille aussi, cette fille violée et étranglée avant-hier.

— Violée peut-être. Pas étranglée.

Elle me fixa comme un gamin pris en flagrant délit de mensonge.

— Etranglée ! Piroz a eu le temps de me préciser cela au téléphone. Cette Magali Verron ne s'est pas suicidée comme vous me l'avez raconté, elle a été assassinée. Je ne vais pas vous lâcher, Lopez, il y a dix ans que j'attends ce moment…

Quel moment ?

Je n'ai pas eu le temps de demander à Carmen de préciser, elle s'en chargea tout en me défiant du regard.

— Que l'assassin de ma fille et de la petite Myrtille Camus frappe à nouveau.

J'ai soutenu le bras de fer, iris contre iris.

— Piroz joue un sale jeu. Je ne sais pas ce qu'il vous a raconté, mais il cherche un bouc émissaire. Désolé, votre copain flic devra courir encore un peu avant de l'égorger.

Carmen haussa les épaules, comme si mes arguments n'avaient aucun poids. Peu importait, j'avais compris qu'elle se montrerait docile tant qu'elle ne saurait pas quel rôle exact je jouais dans cette histoire. Sa mort comptait sans doute moins pour elle que sa quête de vérité.

— Je peux savoir où vous m'emmenez ?

J'ai démarré sans répondre. Nous avons roulé deux kilomètres pour sortir de Neufchâtel, puis j'ai tourné dans un chemin de terre. « Avenue verte, accès n° 11 », indiquait un panneau en bois. Je me suis garé sous un tilleul après le premier virage. J'ai coupé le contact et braqué à nouveau le King Cobra en direction de ma passagère.

— Donnez-moi votre téléphone. Vite.

— Pour quoi faire ?

J'ai insisté. Carmen n'esquissa pas un geste, ni pour m'aider ni pour protester quand je me suis penché pour attraper son sac et en extraire un Samsung Galaxy.

Mon pouce glissa sur l'écran tactile.

Liste des contacts.

OCEANE.

J'ai double-cliqué pour appeler.

La photographie d'Océane s'afficha. Plein écran. Une décharge électrique !

C'était elle. Une certitude définitive.

Magali Verron et Océane Avril ne formaient qu'une seule et même personne.

Sur le cliché du portable, elle souriait sous un ciel de coton dans une pose presque identique à celle adoptée une seconde avant de sauter de la falaise, ses cheveux fous abandonnés au vent du large, ses yeux plissés en amande, plein soleil, comme un défi à la lumière.

Juste avant qu'elle ne s'écrase sur les galets. La fille dont je composais le numéro de téléphone était morte, avant-hier.

Une voix répondit à la première sonnerie. Un chuchotement lointain, presque inaudible.

— Maman ? Je suis en consultation. Je te rappelle dans dix minutes.

J'ai patienté quelques instants dans le silence avant de comprendre qu'elle avait déjà raccroché.

Sur le siège passager, Carmen triomphait.

— Cette fois, vous êtes content, Lopez ? Vous avez entendu la voix d'Océane. Vous n'êtes pas tombé sur le répondeur d'un fantôme ? Vous n'avez pas fait l'indicatif du paradis ?

Le Samsung glissait entre mes mains couvertes de sueur. Je ne réfléchissais plus. J'agissais sur ordre d'un cerveau proche de l'implosion. Rien ne me prouvait que la fille qui m'avait répondu était Océane Avril ! La liste des contacts défila sous mes doigts. Je me suis arrêté quelques lettres plus loin.

TRAVAIL-OCEANE

Double clic.

Trois sonneries cette fois avant que quelqu'un ne décroche : une femme, enjouée, parlant fort en articulant chaque mot.

— Cabinet médical du Marquis, j'écoute.

J'ai soufflé quelques secondes, puis j'ai improvisé.

— Bonjour ! Je galère pour vous trouver. J'ai rendez-vous dans un quart d'heure. Vous pouvez me guider ?

— Aucun souci, monsieur, vous êtes à Neufchâtel ?

— Presque…

Carmen roulait des yeux paniqués pendant que la secrétaire m'indiquait la route.

Demi-tour en direction du centre-ville, à droite vers la rue principale, encore à droite avant l'église. Après le bref réveil de la sortie des classes, Neufchâtel semblait s'être à nouveau engourdi dans une humidité poisseuse et froide.

Aucune trace de flics.

La place du Marquis était presque vide. Je me suis garé juste en face du cabinet médical.

Malgré la menace de mon revolver, Carmen hésita à sortir de la Fiat. Pour la première fois, je lisais de la peur dans son regard. J'ai serré le King Cobra tout en bredouillant quelques mots qui sonnaient comme une excuse.

— Je n'ai tué personne, Carmen. Je veux simplement connaître la vérité. Comme vous.

La patronne du gîte me cracha sa réponse.

— Elle ne sera pas celle que vous attendez, Lopez. Océane travaille de l'autre côté de cette porte. Ce n'est pas elle, la fille que vous cherchez, cette Magali Verron que vous n'avez pas pu sauver.

Carmen décrocha sa ceinture de sécurité, résignée, puis ajouta :

— Ni elle ni aucune autre de mes filles. Je vous rassure, je n'ai pas de triplées…

J'avais un instant pensé à cette éventualité.

Des triplées, des quadruplées, des quintuplées.

Des jeunes filles comme autant de clones qui sauteraient les unes après les autres de la falaise. Une tous les dix ans. Ridicule ! Digne d'un très mauvais polar.

Je me suis assuré que le parking était désert et je suis sorti de la Fiat en prenant soin de dissimuler mon poignet et le revolver sous un chiffon sale déniché dans le vide-poches. Pour un passant pressé, cela pouvait ressembler à un bandage de fortune.

Une marche. J'ai poussé la porte de verre poli et laissé Carmen entrer la première. Mes yeux accrochèrent les quatre rectangles d'or gravés aux noms et titres des médecins exerçant dans le cabinet. Ils s'arrêtèrent sur le troisième.

Océane Avril
Gynécologue-obstétricienne

Mon pied raide dérapa sur la marche. J'ai contrôlé le déséquilibre en prenant appui sur le mur de crépi, sans lâcher l'arme dissimulée sous le tissu.

Non ! hurlait une voix dans mon cerveau. La fille qui venait de me répondre au téléphone ne pouvait pas être la sœur jumelle de Morgane. Cette sœur jumelle avait fait une chute de cent vingt mètres, sous mes yeux. Je m'accrochais comme à deux béquilles aux deux axiomes posés par Mona hier soir. Il n'existait que deux certitudes.

Morgane Avril était morte il y a dix ans
Magali Verron était morte il y a deux jours.

Leur prodigieuse ressemblance, jusqu'à leur empreinte génétique identique, ne pouvait s'expliquer que parce qu'elles étaient jumelles !

Je suis entré et, d'un geste qui pouvait paraître amical, j'ai posé ma main bandée contre la hanche de Carmen. Une fille en blouse blanche nous sourit derrière le meuble d'accueil, puis s'adressa directement à Carmen.

— Bonjour, madame Avril. Si c'est pour voir Océane, elle est en rendez-vous. Elle ne devrait pas en avoir pour longtemps.

Elle fixa la porte sur ma droite.

Docteur Avril.

Sans davantage réfléchir, j'ai écarté Carmen et j'ai poussé la porte.

Quatre paires d'yeux se braquèrent sur moi.

Une femme assise, tenant entre ses paumes tremblantes son ventre rond.

Un homme debout à ses côtés, la main sur son épaule, l'autre prête à frapper quiconque l'approcherait, elle.

Un enfant de deux ans, dans le coin de la pièce, jouant à quatre pattes avec une tour de Lego branlante sortie d'une caisse de jeux.

Océane Avril, derrière son bureau.

— Oui ?

L'obstétricienne m'observa sans comprendre mon intrusion.

Une immense bouffée de chaleur me submergea.

C'était elle... C'était Magali Verron.

Même regard mélancolique.

Même grâce délicate.

Même perfection de chacun de ses traits, comme si un peintre en avait dessiné les contours à partir de mes émotions les plus intimes... La fille de mes rêves, comment aurais-je pu me tromper ?

Celle à qui j'avais tendu la main près du blockhaus...

Celle dont j'avais veillé le cadavre sur la plage, de longues minutes, avant que les gendarmes de Fécamp n'arrivent.

Elle qui se tenait devant moi. Bien vivante, à expliquer à un jeune couple comment donner la vie à un enfant...

Mon bras pendit stupidement. Le chiffon tomba par terre comme une méduse morte, dévoilant le King Cobra.

La femme enceinte hurla, entraînant les pleurs de son fils. La tour de Lego chavira. L'enfant traversa la pièce et bondit se coller au torse de son père. Mâchoire fermée. Poings serrés.

— Sortez d'ici ! ordonna Océane.

Carmen Avril, pour me couper toute retraite, se tenait entre la porte et le couloir. Des bébés nus de toutes les couleurs de peau me fixaient sur les quatre murs dans leurs cadres de verre, indignés, comme sur le point de refermer sur moi une immense chaîne multiraciale.

Je devais fuir. Penser ensuite.

Je me suis brusquement retourné et j'ai poussé Carmen de toutes mes forces. Elle tomba lourdement en arrière, renversant deux chaises dans le couloir. J'ai agité le revolver devant moi, au hasard, provoquant d'autres hurlements, ceux de la fille en blouse blanche à l'accueil.

La porte de verre vola.

Une marche.

La seconde suivante, j'étais assis derrière le volant de la Fiat 500. Une autre seconde, la voiture reculait sur le parking désert, braquait, sautait le caniveau sans même marquer le stop.

J'ai repris ma respiration et je me suis forcé à lever le pied, à rouler lentement, au moins jusqu'à la sortie de Neufchâtel-en-Bray. Dans mon rétroviseur, en haut de la route de Foucarmont, j'ai cru percevoir le halo bleuté d'un gyrophare, un peu au-dessous du panneau « Gîtes de France ».

J'ai ralenti encore...

Les flics étaient chez Carmen !

Il leur faudrait sans doute encore un peu de temps pour disposer de mon signalement, de la marque de ma voiture, de sa plaque minéralogique peut-être, si Carmen avait été observatrice.

La Fiat franchit le pont sur l'Arques. « 49 km/h » clignota un smiley lumineux.

Je devais disparaître. Carmen avait peut-être déjà appelé les flics. S'ils me rataient à Neufchâtel, ils m'attendraient forcément pour me coincer sur l'autoroute.

J'ai tourné sur ma droite en direction de Mesnières-en-Bray. Je n'avais pas d'autre choix que de me perdre sur les routes de campagne.

J'avais une chance.

Les flics n'allaient pas déclencher le plan Epervier pour moi. Je ne connaissais pas les procédures, mais un tel dispositif me semblait rarissime, plus rare en tout cas que les faits divers sordides et leur cortège de meurtriers en cavale. Si je ne quittais pas les routes départementales, si j'attendais la nuit, avec un peu de prudence je pourrais rejoindre Vaucottes.

Ensuite...

J'ai allumé les phares. La chaussée devant moi se rétrécissait. Dans la pénombre, la ligne blanche au milieu de la route devint rapidement mon seul repère. Un fil d'Ariane qui découpait mon chemin en deux parties égales. Mes yeux se concentraient sur cette ligne, hypnotisés, comme si à force de la fixer j'allais parvenir à scinder ma raison en deux chambres étanches.

La première renonçait. J'avais tout inventé. Aucune fille ne s'était suicidée il y a deux jours. Si cette jeune fille existait, elle était morte étranglée, de mes propres mains. Son visage n'était pas celui d'Océane Avril, j'avais confondu avec celui d'un autre meurtre, dix ans plus tôt, celui de sa sœur. Peut-être même avais-je étranglé également Morgane. J'étais fou, je tuais, j'oubliais, je mélangeais mes victimes. Je ne me souvenais pas non plus de Myrtille Camus, mais si j'avais assassiné Morgane Avril, alors j'avais violé et tué aussi cette troisième fille.

Le ruban blanc dans la lumière crue des phares se déroulait lentement, jusqu'au vertige.

Je comprenais maintenant ces innocents qui avouent aux flics un crime qu'ils n'ont pas commis, après des nuits de garde à vue, après des heures d'arguments, d'hypothèses et de preuves assénés par l'accusation. Ces innocents qui finissent par croire à la vérité énoncée par d'autres, qui en viennent à douter de leurs propres certitudes, celles qu'ils possédaient en entrant dans le bureau du juge.

Un virage serré.

Le fil d'albâtre vira en épingle à cheveux.

Non ! cogna la voix dans mon crâne.

Non !

La seconde chambre de ma raison résistait encore. Il existait une clé, une explication logique.

Elle était là, proche.

Il suffisait de se calmer, de réfléchir. De reprendre tous les éléments et de les assembler autrement.

Il suffisait de prendre de la hauteur, du recul. De dépasser les apparences.

De parler avec quelqu'un qui accepterait de me croire.

Mona ?

28

De parler à quelqu'un qui accepterait de me croire ?

— Les flics ont le signalement de ma bagnole ?

Mona hurlait dans le téléphone.

Les phares de la Fiat aveuglèrent un gamin prêt à s'élancer sur la route, ballon sous le bras, juste devant le panneau « Carville-Pot-de-Fer ».

J'ai écrasé le frein. La pancarte à côté du gosse me narguait. « *Ralentissez, pensez à nos enfants* ». Le gamin en carton me regarda passer au ralenti avec indifférence.

Carville-Pot-de-Fer dormait.

Depuis près d'une heure, je sautais d'un village à l'autre par des chemins de traverse boueux creusés comme des tranchées dans le plateau du pays de Caux.

J'ai collé mon portable sur mes lèvres.

— Pas sûr, Mona. Carmen Avril n'a peut-être pas relevé la plaque.

— Tu penses ! Dix ans qu'elle attend l'assassin de sa fille ! Putain, Jamal, les flics vont faire le rapprochement avec moi dès qu'elle leur parlera d'une Fiat 500.

Le frère jumeau du gamin au ballon rapetissait déjà dans mon rétroviseur. Carville-Pot-de-Fer n'était qu'un hameau frileux pelotonné sur lui-même. J'aurais dû dire à Mona de laisser tomber, qu'elle n'avait qu'à raconter aux flics que j'avais volé sa voiture, que la portière ne fermait pas, que...

— Rejoins-moi à Vaucottes, ai-je murmuré dans l'appareil.

— Et je fais comment ? Tu te souviens ? Tu roules dans ma voiture en ce moment.

J'ai hésité à lui proposer un point de rendez-vous près d'Yport. Trop risqué ! J'ai encore poussé le bouchon.

— A pied. Il y a à peine deux kilomètres pour Vaucottes.

J'ai cru un instant que Mona allait me raccrocher au nez. Un immense manoir cauchois illuminé surgit devant moi, dominant la vallée de la Durdent.

— Deux bornes ! Et la falaise à grimper et à redescendre, mon grand. J'ai pas de jambe bionique, moi !

La pluie se mit à tomber vers 21 heures. Froide et épaisse. J'imaginais qu'elle devait se transformer en neige un peu plus loin de la mer. Dans la valleuse de Vaucottes, elle se contentait de suivre la pente bitumée pour former un torrent éphémère qui allait se déverser dans les galets. Un oued, c'est ce qu'aurait dit ma mère. Existait-il un synonyme en cauchois ?

Je guettais Mona par la fenêtre. Plusieurs fois, j'ai hésité à sortir, à reprendre la voiture planquée dans le jardin de Martin Denain et à aller à sa rencontre. Mais Mona allait sans doute emprunter le sentier littoral… A quoi bon prendre un risque supplémentaire ? Pour soulager ma mauvaise conscience ?

Le faisceau lumineux perfora l'averse vingt minutes plus tard, timide et tremblant. Une silhouette sombre progressait derrière, arc-boutée contre le vent et les gouttes. J'ai encore hésité à me précipiter, à ouvrir la porte, à tendre une couverture, à crier dans la nuit « Dieu merci, tu es venue ».

Etait-ce seulement Mona qui entrait dans le parc ?

Je ne l'ai reconnue que lorsqu'elle a fait voler la porte de chêne. Mona n'a tout d'abord rien dit, a juste passé par-dessus sa tête la cape imperméable jaune qui lui donnait une allure de lutin et me l'a collée, trempée, contre le torse.

Je me suis contenté d'écarter la bâche qui s'égouttait sur le parquet. Je remarquai que, pour la première fois depuis hier, Mona ne portait pas mon étoile de shérif accrochée sur son cœur. En toute logique, elle allait commencer par m'engueuler. Après, peut-être, elle m'écouterait.

Mona me fixa longuement. Je l'ai trouvé jolie, les cheveux roux collés à son visage ruisselant, tel un petit animal des bois qui aurait fui l'orage pour trouver refuge dans la maison de la clairière. Craintif. A serrer sur son cœur pour le réchauffer. Puis elle lâcha un sourire irrésistible.

— Je crois que personne ne m'a suivie !

Elle referma la porte sur la nuit détrempée.

— Je vais prendre une douche, Jamal. Une putain de douche bouillante.

Mona redescendit une demi-heure plus tard. Elle avait ôté tous ses vêtements mouillés et enfilé sur sa peau nue un large pull de laine vierge grise qui descendait jusqu'à mi-cuisse et glissait sur son épaule droite. Ses cheveux roux étaient peignés en arrière, luisants, agrandissant son front. Elle s'assit sur le canapé, tira sur le pull jusqu'à ce qu'il recouvre ses cuisses nues ramenées contre sa poitrine, puis m'interrogea du regard.

— Alors, raconte.

J'ai tout raconté.

Ma virée à Neufchâtel-en-Bray pour trouver Carmen Avril. Mes stratagèmes pour qu'elle exhume le dossier judiciaire de Morgane. L'empreinte génétique identique. Les photos des sœurs jumelles. La course jusqu'au cabinet médical. Mon tête-à-tête avec Océane Avril. Vivante…

— Elle était aussi belle que dans ton souvenir ?

La question me surprit. Je n'ai pas répondu. Pas vraiment.

— C'était elle, Mona. Même si je sais que c'est impossible, c'était elle. Cette fille qui se faisait appeler Magali Verron. Celle à qui j'ai tendu l'écharpe sur la falaise avant qu'elle saute.

Elle n'insista pas. Elle me demanda de lui préparer un thé. J'ai trouvé des sachets de Twinings sous l'évier de Denain. Quand je suis revenu dans la salle, elle serrait ses jambes entre ses bras, le menton posé sur ses genoux. Elle me fit penser à un petit hérisson roulé en boule.

— Tu n'as toujours aucune envie de te rendre aux flics ?

— Ils cherchent à me piéger, Mona.

— OK, OK, on va pas refaire cette conversation…

— Merci d'être venue.

— De rien. Merci pour l'adrénaline.

La bouilloire sifflait dans la cuisine. Je n'ai pas bougé.

— Tu vas faire quoi maintenant ? demanda Mona.

— J'ai réfléchi pendant la route. Je me laisse une nuit. Juste une nuit ! On reprend tout depuis le début, on cherche une solution, une façon d'emboîter toutes les pièces. Si je n'ai pas trouvé demain, je téléphone à Piroz et je me rends.

Mona regarda le balancier de cuivre s'agiter tel un métronome dans la caisse de l'horloge normande.

21 h 40

— Une nuit ? Banco ! Si je retire trois heures pour dormir un peu, et au moins une pour faire l'amour, ça ne nous laisse pas beaucoup de temps…

Elle se leva d'un coup. La laine vierge XXL bâillait jusqu'à la naissance de ses seins blancs. Elle posa ses pieds nus sur le parquet brun.

— On commence par quoi ?

J'ai répondu sans hésiter.

— Magali Verron ! Les flics ont bossé depuis dix ans sur l'affaire Avril-Camus, visiblement sans trouver grand-chose. C'est cette Magali Verron qui est la clé de tout.

J'ai étalé sur la table les deux dossiers, celui de Morgane Avril emprunté à sa mère et celui de Magali Verron volé dans le bureau de Piroz.

— OK, fit Mona. Je m'occupe d'Internet. Tu as peut-être laissé passer des infos sur elle hier.

Elle s'avança et se colla à moi. Elle sentait le gel douche à la pomme. Mes mains glissèrent sur ses cuisses nues, ses fesses chaudes, sa taille ferme et cambrée sous la laine épaisse. Elle se hissa sur la pointe des pieds alors que je pressais contre son ventre mon sexe en érection. Le pull de laine n'était plus qu'un cocon de soie emballant son corps à butiner. Dans l'instant, il m'a semblé suffisamment large pour que je me déshabille à mon tour et qu'on s'y glisse à deux. Mona posa un long baiser sur mes lèvres, puis me repoussa doucement.

— Au travail, mon grand !

Elle s'installa devant l'ordinateur de Martin Denain. J'ai étalé sur la table une dizaine de feuilles, celles des enveloppes reçues depuis deux jours.

Concentration.

Nous n'étions plus que deux étudiants fébriles révisant leurs devoirs quelques heures avant l'examen décisif. Le balancier de cuivre égrenait le compte à rebours, comme s'il se cognait contre les planches pour s'échapper de son cercueil de chêne.

Le cri de Mona déchira le silence

— Tu te fous de ma gueule ?

Je me suis approché, surpris. Penché au-dessus d'elle, mon regard oscillait entre l'écran du Dell et ses seins libres dans son pull ouvert.

— Hier, continua Mona tête baissée, au parc de jeux d'Yport, tu m'as reconstitué la vie de Magali Verron à partir de liens sur Internet. Facebook. Copains d'avant. Twitter. LinkedIn. Dailymotion. Tu te souviens ? Deux colonnes, une pour Morgane, une pour Magali. Pink Floyd et compagnie, ses groupes préférés, sa passion pour le raqs sharqi, son parcours scolaire au Canada puis dans un collège et un lycée de la région parisienne qui portent le même nom que les bahuts de Neufchâtel-en-Bray. Jusqu'à sa date de naissance, même jour, même lieu, à dix ans d'intervalle... Bref, toute cette série de ressemblances complètement dingues.

— Oui, et alors, tu as trouvé quoi ?

Mona leva vers moi des yeux désolés. Comme lorsqu'on apprend la mort d'un parent à un enfant de six ans.

— Rien, Jamal. Il n'y a rien sur Internet. J'ai essayé tous les moteurs de recherche, il n'y a aucune trace de Magali Verron. Comme si elle n'avait jamais existé.

29

Comme si elle n'avait jamais existé ?

Mes doigts parcouraient le clavier de l'ordinateur comme ceux d'un pianiste fou. Je me souvenais parfaitement des chemins d'accès qui m'avaient permis de dénicher les renseignements sur Magali Verron. Des sites accessibles en trois clics sur lesquels des millions de jeunes adultes exposaient leur vie.

Rien.

Il n'y avait plus aucune trace de cette fille sur la Toile.

Je me suis tourné vers Mona.

— Quelqu'un a effacé toutes les informations...

Ma voix tremblait. Mona ne répondit rien ; j'ai cru bon d'ajouter :

— N'importe qui peut faire ça. Effacer des pages sur des sites Internet. C'est une nouvelle preuve... (J'ai repris mon souffle.) Une nouvelle preuve qu'on veut me piéger.

Mona se leva. Elle tira son pull vers le bas, jusqu'à mi-cuisse, mais la laine s'amusait à remonter, dévoilant une peau picorée de frissons.

— Et si tu avais imaginé cette fille ?

J'ai regardé Mona sans rien répondre. Elle

marchait dans la pièce, pieds nus, incapable de rester immobile une seconde.

— Mon Dieu, Jamal, qu'est-ce qu'on sait sur Magali Verron ? Uniquement ce que tu me racontes ! Tu dis que tu as lu sa vie sur le Net, mais il n'y a aucun lien la concernant. Tu m'as décrit son visage, mais c'est celui d'une autre fille, une fille morte il y a dix ans, ou de sa jumelle vivante. Tu dis que cette fille s'est jetée de la falaise, violée, étranglée, mais les journalistes n'en ont pas soufflé un mot. Aucun autre témoin de la scène ne peut confirmer. Ton Christian Le Medef a disparu. Denise Joubain prétend qu'elle n'a pas quitté sa maison depuis des mois... Te rends-tu compte, Jamal ? Il y a une solution qui explique tout. Une clé simple et évidente.

Je n'ai même pas tourné la tête vers elle. J'ai continué de taper des mots au hasard sur l'écran d'ordinateur, espérant découvrir une preuve, une seule. Magali Verron se tenait là, cachée quelque part...

Mona s'arrêta brusquement. Elle remonta le col du pull sur son épaule droite dénudée.

— Magali Verron n'existe pas, Jamal ! Tu as tout inventé. Il n'y a pas eu de suicide il y a trois jours. Tu as imaginé cette scène ! Tu as imaginé le visage de cette fille. Tu as imaginé sa vie. Tu as imaginé ces témoins.

Je me suis levé d'un coup. J'ai brandi sous le nez de Mona le dossier volé dans le bureau de Piroz.

Une chemise verte.

Magali Verron, inscrit au feutre noir, de la main de Piroz.

— Et les flics qui me courent après ? J'ai aussi imaginé leurs putains d'accusations ? Les flics sont venus te voir ce matin à la Sirène, non ?

Elle me répondit avec la patience d'une institutrice.

— Exact. Les flics te cherchaient. Ils sont restés deux minutes, ils m'ont demandé si je te connaissais, si je savais où tu étais, mais à aucun moment ils ne m'ont parlé de Magali Verron. Ni même d'une histoire de viol avant-hier.

J'ai collé le dossier sous les yeux de Mona.

— Bordel, Mona ! Et ces rapports médicaux ? Et ces photos des membres disloqués de Magali Verron, et ces analyses génétiques avec le tampon de la gendarmerie ? Je serais timbré au point de les avoir fabriqués moi-même ?

Pour la première fois, elle sembla douter.

— Je ne sais pas. Tout ce que je vois, c'est que si tu as tout inventé, cela explique tout. Presque tout... Et puis surtout, ce serait une bonne nouvelle, non ?

Une bonne nouvelle ?

Je l'ai dévisagée, stupéfait.

— Réfléchis, Jamal. Pas de cadavre de Magali Verron, cela signifie qu'il n'y a pas eu de viol. Pas d'accusation de meurtre. Les flics n'ont rien contre toi ! Tu es juste un poil parano, peut-être même en as-tu rajouté un peu pour me sauter...

Je n'ai pas relevé son trait d'humour.

— Bordel, Mona, qu'aurais-je été foutre à la gendarmerie le jour où on s'est rencontrés devant le distributeur ?

— Je n'en sais rien. Tu étais peut-être convoqué comme témoin pour autre chose...

Elle marqua un silence. Seule la pendule n'a pas retenu sa respiration.

Soudain, j'ai compris.

J'ai vu clairement la face cachée de la pièce de puzzle emboîtée par Mona.

Je n'avais pas imaginé cette Magali Verron par hasard. Son visage, son viol, l'écharpe rouge autour de son cou, les falaises d'Yport.

J'avais revu une scène que j'avais déjà vécue !

C'est bien à cela que pensait Mona. Les flics de Fécamp m'avaient convoqué comme témoin d'une affaire vieille de dix ans : le crime de Morgane Avril. J'avais confondu. Mélangé le passé dans un présent fantasmé.

J'étais fou...

Je me suis accroché aux dernières aspérités avant de glisser définitivement dans le précipice.

— Et ces enveloppes ? ai-je demandé à Mona en désignant les documents sur la table. Je me les suis envoyées moi-même ?

Elle s'avança et posa sa main sur mon épaule.

— Non, Jamal. Non. Mais quelqu'un a peut-être intérêt à ce que tu te souviennes de cette affaire Avril-Camus ? C'est ce qui expliquerait...

J'ai repoussé sa main et explosé.

— Que je me souvienne de quoi ? Je n'avais jamais entendu parler de cette affaire avant cette semaine !

Mona fourra sa main sous son pull. Je regrettais déjà ma réaction. Je ne savais plus où j'en étais. Coupable ou innocent ? Une envie de pleurer piquait mes yeux. De fondre en larmes comme un enfant.

— Je… je n'ai rien à voir avec cette histoire, Mona. On veut me faire porter le chapeau. Me rendre cinglé. Si tu me laisses seul, ils vont y parvenir…

Mona détourna son regard du mien et fixa une dernière fois l'horloge.

22 h 10

— Une nuit, Jamal ! Je te laisse une nuit pour me convaincre. Dès que le soleil se pointe au-dessus des falaises, tu te rends chez les flics.

— D'ici là, j'ai le choix du plan de bataille ?

— Dis toujours.

— A part Piroz et les flics, seules deux personnes peuvent confirmer que je n'ai pas inventé le suicide de Magali Verron. Christian Le Medef et Denise Joubain.

— Tu les as déjà interrogés.

— Ouais. Le Medef a tout confirmé, avant de disparaître. Ou qu'on ne le fasse disparaître. Denise Joubain, elle, crevait de trouille. On va retourner chez eux, tous les deux, tu te feras ta propre idée.

— En pleine nuit ?

— Oui.

— Et les flics ? Tu risques de tomber sur eux à Yport.

— Des flics à mes trousses ? Tu ne serais pas un peu parano ?

Mona éclata de rire. Ses lèvres effleurèrent les miennes.

— Tu ne devais pas me faire du thé ?

Je l'ai regardée s'éloigner vers la cuisine. J'ai crié :

— Pour ma défense, tu m'autorises à passer un coup de fil à un ami ?

— Pardon ?

— Il y a une autre piste que je n'ai pas suivie, cette suite de chiffres retrouvée chez Piroz et chez Le Medef. Impossible de trouver quoi que ce soit sur Internet en rapport avec ça. J'ai un pote genre encyclopédie vivante à l'Institut Saint-Antoine. Ibou. On ne sait jamais...

— Tu as raison, appelle un ami savant, les docteurs en chimie expérimentale sont des cruches !

Ibou me répondit presque aussitôt. J'ai coupé court à ses effusions sur mon entraînement pour la North Face, sur la météo locale et sur les derniers potins de l'Institut.

— T'as une minute, Ibou ? T'as rien à gagner mais tu peux m'empêcher de perdre gros...

J'ai décrit le tableau, énuméré les chiffres, persuadé qu'il s'agissait d'un code impossible à percer.

2/2	3/0
0/3	1/1

Le grand rire d'Ibou résonna dans le combiné.

— Fastoche, mon lapin. Tout le monde connaît ça ! C'est le quadrant du dilemme du prisonnier.

— Le quoi ?

— Le dilemme du prisonnier ! C'est une sorte de théorème issu de la théorie des jeux.

J'ai enclenché le haut-parleur pour que Mona entende.

— Le principe théorique est simple. Imagine que deux suspects, pour un braquage par exemple, soient arrêtés par la police et interrogés séparément. Chaque prisonnier, s'il ne veut pas avouer, a donc le choix entre deux attitudes : se taire ou dénoncer son complice. S'il le dénonce, il bénéficie d'une remise de peine et son pote, à l'inverse, prend un max. Mais le problème, c'est que chaque prisonnier ignore ce que l'autre va faire...

— Je ne comprends rien, Ibou. C'est quoi, la théorie, dans ton histoire ?

— J'y viens. Imagine que l'on formalise cela avec des chiffres, qui représentent des années de prison par exemple. C'est le fameux quadrant. Si les deux prisonniers se taisent, ils bénéficient du doute et n'écopent chacun que d'un an de prison. S'ils se dénoncent mutuellement, ils morflent tous les deux et prennent chacun deux ans de prison.

— Pourquoi parler aux flics alors ?

— Parce que pour que le théorème fonctionne, il faut que l'intérêt individuel rapporte plus que celui de coopérer. Si l'un des deux prisonniers dénonce l'autre sans que lui-même soit trahi, il est innocenté et l'autre prend tout, trois ans de taule pour son copain et zéro pour lui. Il est libre !

— Putain, Ibou. On paye vraiment des chercheurs pour inventer des trucs comme ça ?

— Ouais ! Un Américain en particulier. Robert Axelrod. Il a lancé un concours pour trouver l'équation qui permettrait de gagner le maximum au jeu du dilemme du prisonnier.

— Parce qu'on peut y jouer ?

— Oui. A deux. A dix. A cent. La règle est la plus simple du monde : tu trahis ou tu coopères. Tu fais ton choix en secret puis tu compares celui des autres joueurs et tu comptes les points.

— Et alors ? C'est quoi la formule magique ?

— Selon Axelrod, elle tient en trois mots. Coopération-Réciprocité-Pardon. En clair, tu proposes d'abord la coopération à un autre joueur. S'il te baise en te trahissant, tu réponds le coup d'après en le trahissant aussi. Puis tu proposes à nouveau la coopération. Selon Axelrod, c'est la règle d'or qui devrait influencer tous les comportements entre les êtres humains.

— Rien que ça !

Je ne voyais aucun rapport entre cette théorie à la con, l'affaire Avril-Camus et le suicide de Magali Verron. Pourquoi Piroz et Le Medef avaient-ils inscrit sur une feuille les chiffres de ce théorème ?

J'ai pris le temps de réfléchir quelques secondes.

— Dis-moi si je me trompe, Ibou, mais cette solution d'Axelrod, elle ne fonctionne que si les joueurs jouent plusieurs fois l'un contre l'autre. Si je résume, le principe, c'est de ne pas se faire baiser deux fois de suite. Mais si on ne joue qu'un coup, définitif, la bonne solution, c'est de mettre en confiance le type avec qui tu joues, puis de le trahir, non ?

— T'as tout compris, mon grand !

J'ai raccroché sans avoir le sentiment d'avoir progressé. Visiblement, le dilemme du prisonnier n'inspirait pas non plus Mona. Peut-être avais-je également inventé ces suites de chiffres griffonnés...

Elle fourra un paquet de gâteaux secs dans un sac plastique, sortit une Thermos et mit en route la cafetière.

— T'as pas dû dormir plus de deux heures depuis hier. Surveille le café, je vais me changer.

Sur le coup, je me suis demandé où elle allait dénicher dans cette maison des vêtements féminins secs, mais elle ne me laissa pas le temps de m'interroger davantage. Elle tira nerveusement sur son pull.

— J'ai besoin de savoir, Jamal. C'est important... (Elle tendit encore la laine jusqu'à en déformer les mailles.) Il y a dix ans, avais-tu encore... (Le pull gris n'était plus qu'un grillage zébrant sa peau nue.) Avais-tu encore l'usage de tes deux jambes ?

La même question que celle de Piroz à la gendarmerie.

Je l'ai toisée. Cynique. Glacial.

— L'usage de mes deux jambes ? C'est bien cela la question, Mona ? Continue alors, va au bout de ta pensée. Etais-je capable de danser il y a dix ans ? De grimper sur la falaise ? De courir après une fille ? De la draguer, de la violer, de l'étrangler, c'est bien cela la question, Mona ?

— Ce n'est pas ce que je crois, Jamal.

— Un boiteux dans les environs, on l'aurait repéré.

— J'ai besoin que tu me le dises, répéta Mona.

J'ai doucement soulevé mon pantalon pour dévoiler la tige de fer qui reliait mon genou à mon pied de carbone.

— Je suis passé à travers la verrière du centre commercial Beaugrenelle, dans le XVe. On pratiquait le yamakasi avec une dizaine de potes de La Courneuve. Le nerf fibulaire profond a été sectionné net.

Mona ouvrit la bouche façon poisson suspendu au-dessus de l'eau. J'ai été plus rapide.

— Ça s'est passé en mai 2002, il y a douze ans.

Mona ne broncha pas. Elle lâcha le pull qui reprit sa forme d'armure mohair.

— Tu me fais marcher ?

— Peut-être, j'adore inventer des histoires.

Mona préférait conduire. Elle avait enfilé un jean Kaporal, top mode mais trop grand pour elle, sans doute emprunté à la garde-robe du fils de Martin Denain, et un pull vert passé sous sa veste encore humide.

Toujours aucune étoile accrochée à son cœur...

La pluie s'était calmée mais le thermomètre était descendu au-dessous du zéro. Avant que Mona démarre la voiture, j'ai posé mes doigts sur sa main.

— Si cela tourne mal...

J'ai ouvert la boîte à gants. Ma main toucha le contact froid de la crosse du King Cobra. J'ai pensé que Mona allait hurler.

Tout l'inverse !

Elle me dévisagea comme si j'étais le dernier des abrutis.

— C'est le revolver de Martin Denain ? C'est une arme de défense, Jamal ! Il ne tire que des balles en caoutchouc ou des cartouches à blanc. Martin n'aurait jamais gardé chez lui un truc pouvant tuer quelqu'un.

Etais-je rassuré ou terrifié par cette révélation de Mona ?

Je n'ai pas eu le temps d'y réfléchir, mes doigts accrochèrent l'instant suivant la surface sulfurisée du papier au moment où je rangeais l'arme. La texture d'une enveloppe.

Une enveloppe marron.

Mon nom, dessus.

Elle n'était pas dans la boîte à gants deux heures avant, lorsque j'avais garé la Fiat au fond de l'allée. J'y avais rangé avec précaution le King Cobra. Pouvait-on imaginer qu'un inconnu, sans faire aucun bruit, pénètre dans le jardin, profitant de la nuit noire et de l'averse ?

Un inconnu… ou, plus simplement, Mona ?

Décidé à lui demander une explication, j'ai levé les yeux vers elle… et j'ai compris qu'elle pensait la même chose.

Pour elle, j'étais le seul à avoir pu glisser cette enveloppe dans la voiture.

Le seul à savoir que j'allais ouvrir la boîte à gants pour y prendre le revolver…

Mona me fixait toujours. J'ai repensé aux mots d'Ibou. Le dilemme du prisonnier.

Ce putain de jeu…

Deux complices. Un choix, secret.

Trahir ou faire confiance.

Puis j'ai déchiré l'enveloppe.

30

Coopération-réciprocité-pardon ?

Journal d'Alina Masson – Décembre 2004

D'aussi loin que je me souvienne, Myrtille a toujours été là.

J'habitais rue du Puchot, un appartement au sixième étage, avec vue sur la Seine, le pont Guynemer et le chemin de halage en face où l'on n'allait jamais jouer.

Myrtille habitait passage Tabouelle, une petite maison de ville avec un petit jardin. La rue juste en face.

Je l'ai toujours appelée Mimy.

Moi, c'était Lina.

Mimy-Lina

Les deux inséparables.

On avait calculé qu'on s'était croisées pour la première fois à l'hôpital des Feugrais, en 1983. J'étais sortie de la maternité le 17 décembre et Mimy y était née le 15. Mais sa maman, Louise, aimait nous raconter que nous étions vraiment devenues copines à treize mois, au parc de jeux du Puchot, à descendre toutes les deux le toboggan en file indienne. J'ai souvent regardé ces vieilles photos de nous deux, avec nos moufles, nos écharpes et nos bonnets, depuis que Mimy n'est plus là.

On s'était retrouvées dans la même classe de maternelle. Normal ! J'allais souvent jouer chez Mimy, avec elle et son petit chien farceur, Buffo. Je n'ai su que bien plus tard que Charles l'avait appelé ainsi à cause d'un clown célèbre. On le torturait, on le promenait en poussette, on lui enfilait des bavoirs, on lui donnait des petits pots à manger.

Jamais Mimy ne venait chez moi. J'avais un peu honte. Et puis je n'avais pas de chien.

On était comme deux jumelles, c'est ce que l'on disait de nous à la primaire Alphonse-Daudet. Même si on ne se ressemblait pas, physiquement.

Louise et Charles travaillaient beaucoup. Surtout le mercredi, le samedi et les vacances. Louise avait son école de danse, Charles recevait des groupes au musée. Des fois on traînait dans les rues d'Elbeuf, le plus souvent on allait chez la grand-mère de Mimy, Jeanine.

Elle habitait route des Roches à Orival, dans une maison creusée dans la falaise de la Seine avec des grottes dans le jardin où l'on n'avait pas le droit d'aller à cause des éboulements. Jeanine nous faisait rire et on ne lui obéissait pas trop. On l'avait surnommée grand-mère Ninja. Jeanine, mais en verlan ; c'est Mimy qui avait trouvé. Mimy aimait beaucoup jouer avec les mots.

Parfois, on emmenait Buffo chez elle. On le tenait en laisse le long du boulevard de la Plage. Le boulevard s'appelle toujours comme ça, je crois. Mais il n'y a pas plus de plage aujourd'hui qu'hier sur le bord de la Seine.

A huit ans, on a fait notre première colo ensemble, au Bois-Plage-en-Ré, dans les pins. Frédéric était déjà animateur et Mimy le trouvait trop beau avec ses cheveux longs, sa guitare et ses bras musclés qui la faisaient voler au-dessus de sa tête. C'était Louise et Charles qui dirigeaient le centre. Les autres gamins, qui venaient de tous les quartiers d'Elbeuf, faisaient la misère à Mimy. C'était la chouchoute, la fille des dirlos, peut-être la seule dont les deux parents avaient un travail.

Avec Mimy, on se serrait les coudes.

Mimy-Lina, pour toujours.

A la colo des Bois, comme on l'appelait, Mimy pleurait souvent et ne voulait rien dire à ses parents. On dormait tous ensemble dans un grand dortoir. La nuit, Mimy faisait parfois pipi au lit. Elle disait pour rire que c'est pour cela que la colo s'appelait le Drap d'Or, à cause des draps pisseux. Moi je l'aidais. On s'arrangeait pour être toutes les deux seules dans le dortoir et on échangeait les matelas. Je lui prêtais le mien, et quand un de nos deux matelas sentait trop l'urine, on l'échangeait avec celui de l'animateur de garde dans le couloir.

Personne n'a jamais rien su.

Notre secret.

Elle m'aurait tuée si je l'avais raconté. Je n'ai jamais rien dit. C'est elle qui est morte.

Après le collège, on se retrouvait aux ateliers de la MJC. Pour retrouver Fred aussi, bien entendu. Mimy faisait de la danse et du théâtre. Moi juste du cirque. J'étais assez bonne pour tous les trucs d'équilibre, la boule, le tonneau, le rolla-bolla, mais Mimy, elle, c'était autre chose, l'harmonie parfaite, la grâce. De temps en temps, Louise ouvrait le cirque-théâtre rien que pour nous et on marchait sur la scène ronde en rêvant. Une fois, on avait décroché du vestiaire une vieille affiche, un trapéziste en justaucorps qui passait à travers un cerceau en flammes. Il s'appelait Rustam Trifon, il venait du cirque de Moldavie. Il était beau comme un dieu, blond avec des yeux d'acier. On se prêtait le poster, une semaine sur deux. Ça nous faisait délirer d'avoir Rustam Trifon comme idole. C'était quand même autre chose que Filip Nikolic des 2Be3. On chantait à fond *What's up* des 4 Non Blondes en rêvant de partir sur les chemins de Transnistrie... C'est là qu'habitait Rustam.

On a fait notre première colo au Bois-Plage-en-Ré comme animatrices en 2001. Frédéric était directeur et Mimy le trouvait toujours aussi beau avec ses cheveux coupés très court et son ukulélé. C'étaient toujours les mêmes gamins des quartiers d'Elbeuf, ou leurs cousins, leurs petits frères, leurs enfants peut-être déjà. Avec Mimy, on se tapait des fous rires lorsqu'on les levait la nuit pour qu'ils aillent faire pipi tout en vérifiant si leur matelas ou leur pyjama était sec.

Avec la paye, on s'est offert les Vieilles Charrues l'année suivante et on y a carrément vu les Blues Brothers. Presque à les toucher. On draguait les bénévoles bretons. A croquer ! Mimy était sortie un soir avec celui qui selon elle devait être le plus gentil de tous, celui qui s'occupait de nettoyer les chiottes.

Mimy était comme ça.

Quand on est revenues, après quinze jours dans le Finistère, Buffo était mort. Le jour de la Sainte-Anne. Il s'était juste endormi entre les rosiers, un après-midi où il faisait très chaud. Charles l'a enterré là, il a creusé un trou sous lui sans même déplacer son corps. Depuis, chaque fois que je suis repassée chez Charles et Louise, impasse Tabouelle, jamais je n'ai pu regarder ces fleurs sans repenser à Buffo.

Je crois qu'il aurait aimé se réincarner en rose.

En 2003, pour la première fois, la colo a quitté l'île de Ré pour la Normandie, la faute aux subventions qui diminuaient. Elle s'est mise à accueillir plus d'ados aussi. Un soir de septembre, Mimy a trouvé un petit chiot perdu derrière le McDo de Caudebec-lès-Elbeuf. Elle l'a appelé Ronald, c'était un peu idiot comme nom mais c'était le premier nom de clown qui lui était venu. Elle l'a ramené dans ses bras à Charles et Louise. C'était aussi une façon de faire comprendre à ses parents qu'elle serait moins là désormais. Elle était sortie avec Frédéric pendant la colo. Il y avait là une sorte d'évidence, même s'il avait dix-neuf ans de plus qu'elle.

On s'y attendait tous, à vrai dire. On trouvait même qu'ils avaient un peu lambiné à se trouver. Au printemps suivant, Mimy m'a demandé si je voulais être témoin à son mariage. Elle voulait aller vite. Mariage programmé le 2 octobre à Orival, dans l'église du bord de Seine encastrée dans la falaise, aussi solide que son amour, disait-elle. Mimy était plus romantique que moi, plus catholique aussi, plus robe blanche, plus poèmes, plus prince charmant.

J'ai dit oui. J'ai dit aussi que j'allais lui en faire baver avant. Que j'allais imaginer les plans les plus méga-dingues pour son enterrement de vie de jeune fille. En vrai, j'avais monté un plan pour que l'on parte toutes les deux après le camp d'Isigny, une semaine, à l'autre bout de l'Europe, sac à dos et auto-stop, peut-être jusqu'en Transnistrie…

Mimy m'a quittée le 26 août 2004.

Sans même me dire au revoir.

C'était son jour de congé, elle n'a pas été plus loin que le chemin des Grandes Carrières à huit cents mètres de la base d'Isigny.

J'ai été une des premières, encadrée par deux gendarmes, à découvrir son cou bleu, son corps dénudé sous sa robe déchirée, ses yeux grands ouverts vers le ciel.

C'est moi qui ai prévenu Charles et Louise. C'est eux qui ont prévenu Frédéric.

J'ai repensé à chaque minute de ma vie avant de les appeler, à toute vitesse, le parc de jeux du

Puchot, Buffo, le cirque, Rustam Trifon, les grottes de mamy Ninja...

Je n'arrivais pas à imaginer qu'il me faudrait supporter une vie entière sans Mimy.

Avec Charles, Louise et Frédéric, nous voulions connaître la vérité.

Pourtant, cela ne colla jamais vraiment, avec Carmen Avril et cette association contre l'oubli, Fil Rouge. Ce fut quand même l'occasion de discuter longuement, souvent, avec Océane, la sœur de Morgane. Nous avions presque le même âge, nous avions toutes les deux perdu l'être le plus cher au monde.

Assassiné par le même individu.

Jumelles de douleur.

Pourtant, nous ne nous comprenions pas. Pas vraiment. Comme sa mère, Océane carburait à la haine. Océane rêvait de retrouver l'assassin de sa sœur pour le tuer de ses propres mains. Moi, je crois que j'aurais été capable d'aller le visiter chaque jour en prison pour lui raconter chaque détail de la vie de Mimy, pour lui faire comprendre qui elle était, pour lui faire regretter son geste, pour qu'il l'aime, pour qu'il implore son pardon.

Charles et Louise comprirent qu'on ne découvrirait jamais la vérité sur la mort de leur fille unique lorsque le suspect n° 1, Olivier Roy, fut identifié.

Puis innocenté.

Le commandant Léo Bastinet s'en était à peine caché. Affaire classée… Sauf imprévu. Ils quittèrent l'association Fil Rouge en 2005. C'était leur choix, personnel. Ils insistèrent beaucoup pour que Frédéric et moi continuions de nous y investir.

N'oublier jamais.

Nous n'avions pas compris pourquoi alors.

Louise patienta jusqu'en décembre 2007, jusqu'à l'inauguration du cirque-théâtre d'Elbeuf après presque dix ans de travaux de rénovation. Charles et Louise invitèrent pour l'occasion quelques grands artistes internationaux.

Rustam Trifon était présent. Il avait cinquante-trois ans. Son affiche était encore punaisée au-dessus du lit de Mimy. Il accepta de se rendre impasse Tabouelle, il monta jusqu'à sa chambre, grimpant l'escalier avec la grâce d'un ange. Puis je lui ai demandé de cueillir une rose dans le jardin et il est allé la poser sur la tombe de Mimy, au cimetière Saint-Etienne. Il avait l'air ému.

C'était un moment beau et triste.

Le soir, nous sommes restés tous les trois dans l'arène, Charles, Louise et moi. J'ai juste dit, en regardant l'immense rideau de velours pourpre sous les rangées de spots :

— Mimy aurait adoré.

Charles et Louise n'ont rien répondu. Peut-être pensaient-ils que Mimy voyait tout de là-haut. Entendait. Captait les mêmes émotions. Peut-être pas. Depuis la mort de Mimy, ils s'étaient un peu perdus de vue avec Dieu.

On s'est quittés ainsi.

J'ai regretté, sur le moment, de ne pas leur avoir parlé de mes doutes.

Le lendemain, Charles et Louise sont partis sur l'île de Ré. Les locaux de la colo du Bois-Plage-en-Ré avaient été vendus depuis près de dix ans pour en faire un camping. Un de plus. Un truc de luxe avec piscine et courts de tennis où aucun gamin d'Elbeuf n'irait jamais mettre les pieds. Vers 18 h 50, juste avant la fermeture, ils sont montés jusqu'en haut du phare des Baleines. Cinquante-sept mètres. Deux cent cinquante-sept marches. Un vent froid soufflait de l'Atlantique, ils étaient seuls.

Main dans la main, ils ont escaladé la balustrade de béton et ils se sont jetés dans le vide.

Depuis, j'ai souvent rendu visite à grand-mère Ninja, route des Roches. Elle était la seule survivante de ma vraie famille. Nous avons beaucoup discuté. Au bout du compte, j'ai fini par lui avouer ce que j'avais sur le cœur. Elle m'a rassurée. J'avais bien fait de ne rien dire à Charles et Louise. Mieux valait qu'ils soient partis ainsi, persuadés que Mimy avait été assassinée par hasard. Sans personne d'autre à accuser que la fatalité. Mais elle m'a aussi fait comprendre que ce doute allait me ronger, moi aussi. Qu'il fallait que je m'en débarrasse.

— Comment, Jeanine ? Comment ?

— En racontant tout aux policiers, ma jolie. Même si cela doit rouvrir les pires cicatrices.

J'ai alors repensé à ce poème de Mimy.

Les derniers vers.

Je construirai autour de nous une bastille
Et je la défendrai
M2O

Mimy n'aurait jamais pu écrire cela.
Mimy me manquait tant.

31

Rouvrir les pires cicatrices ?

Mona éteignit le plafonnier de la Fiat et se tourna vers moi.

— Alors ?

L'enveloppe marron était tombée à mes pieds. J'avais du mal à connecter tout ce que je venais de lire avec le meurtre de Morgane Avril, le suicide de Magali Verron, mais le lien existait, forcément.

Il suffisait de le dénouer... L'image d'une écharpe rouge serrée trop fort autour d'un cou m'est venue.

Mona remarqua qu'une larme brillait à l'angle de mes yeux.

— Emouvant ?

— Très.

— A propos de Morgane ou de Myrtille ?

— Myrtille. Mimy plutôt... Une très jolie déclaration d'amour.

Le regard de Mona pétilla étrangement. Elle hésita, puis passa un doigt délicat sur ma paupière pour l'essuyer.

— Merci, fit-elle.

— De quoi ?

Elle ne répondit pas et enclencha la marche arrière pour sortir la voiture du jardin.

23 h 10.

Mona se gara place Jean-Paul-Laurens, juste en face de chez Christian Le Medef. Aucun flic à l'horizon. Avant de traverser le parking, j'ai tout de même relevé la capuche de mon WindWall North Face. Je me suis arrêté devant la maison de pêcheur.

— Ce n'était pas fermé à clé hier.

J'ai tourné la poignée. La porte s'est ouverte.

— Pas méfiant, ton témoin, plaisanta Mona.

J'ai attendu que nous soyons entrés tous les deux, puis j'ai crié.

— Christian ? Christian Le Medef ?

Aucune réponse, comme je m'y attendais. Atarax, l'ex-ingénieur nucléaire, n'était pas rentré.

Enfui ?

Enlevé ?

Assassiné ?

Mona me suivit dans le couloir sombre, presque amusée.

Je me suis arrêté brusquement. Glacé, comme si la température était tombée d'un coup dans la pièce.

L'obscurité complète recouvrait l'escalier face à nous.

— Aucune lumière, ai-je murmuré.

— Logique, non ?

— Non ! Hier, à l'étage, la veilleuse était allumée dans la chambre de Le Medef.

— Tu l'as éteinte avant de partir.

J'ai secoué la tête. J'en étais certain, je n'avais rien touché. Du bout des doigts, j'ai allumé l'application torche sur mon iPhone. Le flash continu éclaira les marches.

Rien. Aucun bruit. Aucune vie. Exactement comme lors de ma visite la nuit précédente.

A l'exception de cette lampe de chevet éteinte.

J'ai grimpé une dizaine de marches pour éclairer le palier de l'étage, puis je me suis arrêté et j'ai appelé à nouveau.

— Le Medef ?

Personne.

Je me trompais, une nouvelle fois. J'avais appuyé hier soir sur l'interrupteur de cette foutue lampe pour l'éteindre, sans même m'en apercevoir.

— Tu vas voir si je suis fou ! ai-je soudain lancé à Mona en redescendant l'escalier. Suis-moi dans la salle.

Elle me laissa passer dans le couloir, nos corps se frôlèrent. Le flash de mon téléphone portable glissait sur les murs, éclairant le papier peint décollé par l'humidité, les prises électriques grises, les boiseries moisies. Obsédé la veille par la disparition de Christian Le Medef, je n'avais pas remarqué à quel point la maison de pêcheur, qu'il était censé entretenir, paraissait proche de l'abandon.

J'ai baissé la torche pour éclairer le carrelage blanc et noir. Seul le bruit de nos pas sur le sol troublait le silence.

Le silence...

Une nouvelle décharge électrisa mon corps. La folie rôdait, une fois de plus.

Je n'entendais plus aucun bourdonnement. Quelqu'un avait éteint le transistor !

J'ai murmuré dans la pénombre.

— La radio était allumée, hier.

Mona ne me répondit pas. Je sentais simplement sa respiration dans mon dos. Des frissons parcouraient ma colonne vertébrale. Qu'allais-je découvrir dans cette salle ? Je me suis arrêté sur le pas de la porte.

— Christian ?

Ridicule. Qu'imaginais-je ? Que ses ravisseurs l'avaient ramené dans la journée pour qu'il termine ses tagliatelles ?

Aucune réponse, bien entendu. Pas même un jingle de France Bleu.

Qui avait pu passer après ma visite ? Pour quelle foutue raison ? Pour déposer le cadavre de Le Medef ?

Mon flash balaya la salle en direction de la table au centre de la pièce, puis de la chaise, du micro-ondes, du téléviseur, du poste radio... Plusieurs fois. En cercles de plus en plus rapides, presque hystériques au bout de quelques instants.

La poursuite d'un éclairagiste devenu fou.

Puis soudain, au mépris de toute prudence, j'ai appuyé sur l'interrupteur. La lumière blanche d'une ampoule nue explosa dans la pièce, affolant nos paupières. J'ai posé ma main en visière au-dessus de mes yeux, incapable de croire ce que je voyais.

La pièce était vide.

Entièrement vide.

Ni chaise, ni table, ni bouteille, ni assiette ou verre, ni programme télé, ni même radio. Ni même aucun meuble.

La salle et la cuisine avaient été intégralement déménagées depuis la veille.

Mon téléphone pesa soudain une tonne au bout de mon bras. Ma tête chavirait. Mona s'avança dans la pièce. Un léger écho accompagnait sa marche.

— Le Medef habitait là ?

— Oui.

J'ai surmonté mon vertige et j'ai désigné un à un les emplacements précis des meubles. J'ai passé mes doigts sur les murs, sur les sols. Les traces de poussière, ou leur absence, indiquaient de façon explicite que des objets avaient été déplacés récemment. Qu'on avait tout transféré en catastrophe.

— Ils ont tout vidé, ai-je dit.

— Qui cela, ils ?

— J'en sais rien, Mona. Mais ce n'est pas très difficile. Une table, une chaise, un peu d'électroménager. Ça tient dans une camionnette...

Mona ne répondit rien. J'ai continué à dérouler le fil de mon explication.

— On fait d'abord disparaître le témoin gênant. Puis toutes les autres preuves...

— Un complot... Ils sont sacrément organisés, Jamal.

Il y avait une pointe d'ironie chez Mona.

Je me suis retourné vers elle et je l'ai saisie par les épaules.

— Putain, Mona ! Tu crois que j'aurais pu tout inventer ? Chaque détail ? Le verre de vin, l'assiette de tagliatelles, la radio en sourdine ? Tu crois que je suis dingue à ce point ?

Mes mots trop forts se cognèrent aux murs nus. Mona se plaça au centre de la pièce, juste à l'emplacement de la chaise de Le Medef. La veille.

— On va arrêter de se poser ce genre de questions, Jamal. On va juste s'en tenir au programme. A ta promesse, tu te souviens ? Cette nuit, on s'offre une dernière visite-surprise à tes deux témoins. Christian Le Medef et Denise Joubain. Ensuite, tu te rends chez les flics.

Je n'ai pas protesté. Je n'en avais plus la force.

Nous sommes encore restés quelques minutes dans la maison, puis Mona me prit par la main pour que l'on sorte. Dès que nous avons mis les pieds dans la rue, la porte de la maison d'en face s'est ouverte. Une faible lumière éclaira la chaussée. Par réflexe, je me suis dissimulé dans l'obscurité. Le type qui sortait ne pouvait distinguer que la silhouette de Mona.

— Pas chaud, hein ?

Une ombre boiteuse se faufila entre ses jambes. J'ai reconnu le chien à trois pattes d'hier soir. Son maître mit une éternité à allumer une cigarette, le temps de profiter de la lueur de la flamme pour évaluer le visage de Mona.

— C'est pas toutes les nuits qu'on voit une jolie fille comme vous traîner dans la rue.

Le chien tripède claudiquait vers moi. Mona eut le réflexe de l'appeler d'un claquement de langue et de se baisser pour le caresser. Le voisin sembla apprécier le geste.

— Vous habitez ici depuis longtemps ? demanda la chercheuse.

— Waouh ! Bien dix ans maintenant...

Il tira une bouffée.

— Vous faisiez quoi dans la maison ?

Ce con avait vu la lumière !

— On visitait, répondit Mona avec naturel.

Je me suis encore reculé dans la nuit, prenant soin de lever mon pied gauche quelques centimètres au-dessus du trottoir.

— A cette heure-là ?

Il parut étonné. En un réflexe qui me surprit, j'ai serré la crosse du King Cobra dans ma poche. Le type souffla un peu de fumée puis haussa les épaules.

— Faut croire qu'ils sont prêts à tout pour vendre...

— Pour vendre ? insista Mona.

— Ouais. Six mois qu'ils cherchent un acheteur. Faut dire qu'Yport, c'est pas Deauville, hein. Y en a des dizaines ici, des maisons à vendre comme celle-là...

Mes jambes tremblaient. J'ai conservé mon équilibre en posant ma main sur une pierre de grès froide et granuleuse. Mona joua les ingénues.

— La maison est vide depuis six mois ?

— Ouais. A part les clients qui visitent. Mais bon, c'est plutôt rare. Surtout à cette heure...

Il cracha son mégot et balança un sourire à Mona, imaginant, sans trop y croire, qu'elle ferait une voisine charmante, puis rappela son chien. La porte claqua derrière lui.

J'ai attendu, puis marché dans le noir vers la Fiat. La voix de Mona se planta dans mon dos.

— Satisfait ?

Je me suis forcé à marteler les plus improbables des arguments.

— Une maison vide ! L'idéal pour me piéger. On installe et désinstalle le décor en toute tranquillité.

Mona fit clignoter les phares de la Fiat.

— Le Medef était complice, alors ? Je croyais qu'il était ton allié ? C'est lui qui t'a désigné la maison où il habitait, non ?

— Peut-être qu'il ne me faisait pas confiance. Il parlait de complot, d'omerta. Peut-être qu'il avait peur ! Peut-être que...

Mona me tendit les clés.

— OK, let's go, Jamal. Dernière étape. Je te laisse conduire, c'est toi qui connais la route de chez Denise.

Pas un mot de plus.

Elle aurait pourtant pu me balancer mille arguments pour démontrer que j'avais rêvé la scène de la disparition de Christian Le Medef. Puis l'enlèvement de tous ses meubles. Que le voisin était du genre à remarquer un camion de déménageurs garé devant sa porte, par exemple. Qu'au fond, le seul témoin dont je disposais, entre la nuit d'hier et celle d'aujourd'hui, était un chien à trois pattes.

J'ai démarré la Fiat.

Le tableau de bord affichait l'heure en chiffres vert fluo. 23 h 32.

— Denise Joubain va faire une crise cardiaque à cette heure...

— Ou moi, répondit Mona. C'est quoi la prochaine surprise au programme. Denise égorgée par des aliens ? Son fantôme qui nous offre le thé ?

Le fantôme de Denise Joubain...

Dans le silence de l'habitacle, je me suis souvenu des paroles de la vieille dame. Elle affirmait ne plus sortir de chez elle depuis des années. M'avoir reconnu tout de même, m'avoir croisé, mais c'était il y a dix ans, sur la plage d'Yport, le matin du meurtre de Morgane Avril. Mon dernier espoir reposait sur le témoignage d'une vieille sénile dont les délires allaient encore un peu plus contribuer à me convaincre de ma propre amnésie.

Assise dans le fauteuil passager, Mona avait allumé le plafonnier et feuilletait les dossiers de Morgane Avril et de Magali Verron volés à Carmen Avril et à Piroz. Concentrée. J'ai soudain eu l'impression qu'un élément la troublait. Ses yeux passaient sans cesse d'un dossier à l'autre.

J'ai ralenti à l'entrée de la longue ligne droite qui menait à l'ancienne gare de Tourville-lès-Ifs.

— Tu as trouvé quelque chose ?

Elle posa un regard étrange sur moi.

Une évidence.

Elle avait trouvé quelque chose. Quelque chose qui la bouleversait.

— Non. Enfin, peut-être.

— Quoi ?
— Après. Après la vieille.
— Pourquoi ?
Mona haussa brusquement le ton.
— Après la vieille, bordel.

32

Tu as trouvé quelque chose ?

Les phares de la Fiat éclairèrent d'abord le wagon de l'Orient-Express, puis la loco Pacific Chapelon, et enfin la façade de l'ancienne gare dont l'horloge indiquait toujours 7 h 34.

Dès que j'ai coupé le contact, la gare, les trains et le parking disparurent dans la nuit noire. Nous nous sommes avancés à la lueur de nos torches. Nos deux faisceaux zébrèrent les murs bleu lin de la maison de maître.

— On réveille Denise ? demanda Mona.

Avant de répondre, j'ai saisi la poignée de la porte. Fermée, cette fois. Le hameau des Ifs se résumait à quelques pavillons dont on devinait les silhouettes à une cinquantaine de mètres.

— On va surtout réveiller tout le quartier, si on tambourine.

Sans même prendre le temps de réfléchir, j'ai fait trois pas vers la fenêtre à croisillons. Les volets n'étaient pas fermés. J'ai attrapé une pierre de la taille d'un œuf et j'ai cogné d'un coup sec contre le carreau, celui le plus proche de la clenche. Dix centimètres sur dix. Une brève cascade de verre brisé scintilla dans le silence. Sans la moindre précaution supplémentaire, j'ai ouvert la fenêtre de l'intérieur.

Quelques gouttes de sang perlèrent le long de ma paume. Coupures bénignes. Mona me regardait sans rien dire.

— On va faire la surprise à Denise, ai-je plaisanté.

Le ton n'y était pas.

Pourquoi entrer ainsi par effraction ? Pour lutter contre les évidences qu'on me servait ? Qu'espérais-je ? Surprendre chez Denise Joubain une armée de comploteurs occupés à préparer un nouveau décor, à monter les cloisons d'une nouvelle chambre des illusions ?

Nous sommes passés en escaladant la fenêtre.

Arnold, ai-je aussitôt pensé.

Arnold va nous repérer !

Curieusement, le shih tzu ne se manifesta pas. Je tentai de me remémorer la disposition des pièces de l'ancienne gare. La chambre de Denise se situait dans la diagonale opposée.

Ma lampe éclaira les murs.

Un immense soulagement me submergea. Une chaleur rassurante, presque brûlante. Les photos de trains parcourant le monde étaient toujours accrochées ! L'Orient-Express filait à travers la lagune de Venise, le Shinkansen se faufilait dans sa ville japonaise. Ma torche continua d'inspecter la salle, survolant les poutres apparentes, l'armoire normande, les fleurs séchées dans le vase, les chaises au canevas de paille.

Chaque détail était identique à mes souvenirs ! Quelques neurones de mon cerveau se connectaient donc encore. Pour la première fois depuis longtemps, je pouvais me fier à ma mémoire. Je n'avais pas rêvé cet entretien dément avec Denise.

J'ai hésité entre appeler Denise Joubain comme je l'avais fait pour Christian Le Medef, la surprendre dans son lit pour provoquer un électrochoc, la secouer, la porter jusque sous la douche, la torturer jusqu'à ce qu'elle change sa version et se souvienne de la plage d'Yport, mercredi, de Piroz et du cadavre de Magali Verron.

Nous nous sommes approchés de la chambre. Alors que je poussais la porte, ma basket vissée à la prothèse de mon pied gauche enfonça un objet mou posé sur le sol.

Un couinement surréaliste déchira le silence. Le bruit d'un jouet en plastique. Une girafe, ou n'importe quel autre doudou d'un très jeune enfant.

Presque aussitôt, la lampe de la chambre de Denise Joubain s'alluma. Mes rétines explosèrent. J'ai serré le revolver dans ma poche. Ne pas laisser la vieille hurler. Ne pas lui laisser le temps de donner l'alerte cette fois. Ne pas…

Un papier peint Hello Kitty couvrait les murs de la chambre de la vieille femme.

Des petites fées accrochées par un fil au plafond pendaient au-dessus de ma tête. D'autres lutins grimpaient le long du rideau. Des peluches géantes s'entassaient. Chiens, lapins et éléphants. Au-dessus du lit bleu turquoise, d'autres fées se balançaient. A l'intérieur, deux yeux éblouis me fixaient. Ceux d'un enfant de six ans.

Un cri me fit tourner la tête, sur ma droite, provenant d'un second lit, plus petit, aux barreaux roses celui-ci.

La tête d'une fillette de trois ans émergea. Terrifiée. La gamine hurlait sans discontinuer, sans même respirer, sans même se soucier du rouge qui pigmentait ses joues, son front, son cou.

— Putain, Jamal…

Mona semblait incapable de prononcer un autre mot. Comme si elle avait jusqu'à présent accepté avec compréhension mon jeu de piste délirant, mais que j'avais cette fois franchi la ligne rouge.

J'ai pivoté sur moi-même, cherchant une attitude pour rassurer la fillette.

Peine perdue.

Le garçon explosa à son tour, criant plus fort encore que sa sœur tout en recroquevillant son corps maigre dans son pyjama orné de pirates.

— Qu'est-ce que vous foutez là ? tonna une voix dans notre dos.

Deux adultes se tenaient derrière nous. Une femme en chemise de nuit, décoiffée, pâle, muette d'effroi. Un homme torse nu, la quarantaine, le poil gris, brandissant un couteau de cuisine dans sa main droite.

Tremblante…

La paume moite de Mona se posa sur mon épaule alors que je braquais le King Cobra vers les deux parents.

Pur réflexe.

Le concert des cris d'enfants redoubla dans la chambre. La mère, telle une louve, semblait guetter la moindre inattention de notre part pour se jeter sur les deux étrangers qui la séparaient de ses enfants.

La voix de Mona se fit suppliante.

— Jamal, non.

J'ai serré la crosse du revolver.

— Qu'est-ce que vous foutez là ? ai-je demandé à mon tour.

— Quoi ?

Le père de famille, bien que surpris, soutint mon regard. Il ne laissait pas transparaître la moindre peur.

J'ai répété.

— Qu'est-ce que vous foutez là ?

Il ne sembla pas comprendre le sens de ma question mais répondit tout de même.

— On a loué le gîte pour la semaine...

Mona lâcha un soupir et me tira par la manche.

— C'est bon, Jamal. Cette fois, on se casse...

Je ne bougeais pas. Le King Cobra n'était qu'un revolver de défense inoffensif, mais l'homme au couteau l'ignorait.

— Et hier ? ai-je demandé. En début d'après-midi, vous étiez là ?

— Non, fit le père de famille. Nous avons visité toute la journée les plages du Débarquement, mais...

Sa voix gagnait en assurance au fur et à mesure de mes questions. Peut-être pensait-il avoir affaire à des flics borderline...

Mona me tira à nouveau par le bras.

— Viens. Tu me fais peur.

Je l'ai suivie, lentement, tout en continuant de braquer les parents. La mère s'est précipitée vers sa petite qui s'est tue comme par magie. Le père ne nous a pas quittés des yeux, couteau pointé vers nous.

La main de Mona saisit la mienne, la serra pour que je sorte plus vite. Sans perdre l'équilibre. Les bibelots de l'ancienne gare dansaient en sarabande dans ma tête. Les trains aux murs, les chaises en paille, les fées au plafond.

Putain, je ne pouvais pas avoir inventé tous ces détails ! Je me souvenais parfaitement de ces photos, de ces meubles, de chaque emplacement de chaque objet dans cette pièce.

Une fois passé la porte de l'ancienne gare, Mona m'obligea à courir. Je me rappelais que, quelques heures plus tôt, Arnold m'avait poursuivi jusque sur le parking, comme s'il avait toujours habité ici et qu'il défendait son territoire de toute sa hargne de roquet. Deux vélos d'enfant, un sans roulettes et un avec, étaient appuyés contre le mur. Une Audi immatriculée 75 garée quelques mètres plus loin.

Mona conduisit, cette fois, sans dire un mot. Je parlais seul, comme pour me convaincre moi-même. Mitraillant mes arguments, frénétique, jusqu'à la dernière cartouche.

— Cette ancienne gare est un gîte rural, d'accord. Cette famille l'a loué pour la semaine,

OK. Mais elle a libéré les lieux toute la journée d'hier. Cela laissait assez de temps pour ranger les jouets des gosses dans la chambre. Pour que Denise s'installe dans cette maison. Me joue cette comédie. Me raconte son histoire de mari cheminot. Prétende ne pas se souvenir du suicide de Magali Verron.

Mona ne répondit rien. Nous n'avions pas roulé trois cents mètres lorsqu'elle tourna brusquement sur la droite et stoppa la voiture sur un vaste parking désert, devant un long bâtiment de ciment. *Entrepôt Bénédictine,* indiquaient de grandes lettres rouges. L'endroit semblait abandonné.

Mona coupa le contact.

— C'est la fin de la route, Jamal. J'ai été aussi loin que je pouvais.

— Ecoute-moi, Mona...

Je fixais mon esprit sur les photos de trains dans leur cadre. La Magistrale Baïkal-Amour bloquée par la neige, les pentes andines et les digues traversant la mer. J'avais vu ces tableaux la veille ! Dans l'ancienne gare des Ifs.

— Non, Jamal, c'est fini. Denise Joubain n'a jamais habité dans cette gare. Pas plus que Christian Le Medef n'a habité cette maison place Jean-Paul-Laurens. Tu ne leur as jamais parlé, ils n'ont jamais vu cette fille sauter de la falaise. Ni eux ni personne. Ni aucun journaliste. Ni aucun flic. Parce que cette Magali Verron n'a jamais existé, Jamal. Tu l'as inventée. Je ne sais pas pourquoi, mais tu as créé de toutes pièces cette fille. Cela a sans doute un rapport avec Morgane Avril, puisque tu lui as donné son visage. Peut-être aussi avec le meurtre de Myrtille Camus. C'est sans doute pour cela que les flics veulent te retrouver, mais une chose est certaine, Jamal, et c'est plutôt une bonne nouvelle. (Elle respira avant de m'achever.) Les flics ne peuvent pas te coller le meurtre et le viol de Magali Verron sur le dos : cette fille n'existe pas !

J'ai attrapé le dossier de la gendarmerie, celui volé chez Piroz.

MAGALI VERRON, écrit en lettres majuscules.

Je ne pouvais pas l'avoir inv...

D'un geste agacé, Mona me fit signe de me taire.

— On a déjà eu cette conversation tout à l'heure. J'ai rempli ma part du contrat, Jamal. A toi de remplir la tienne. Tu vas te rendre aux flics dès que le soleil se lèvera.

Je refusais de céder.

— Putain, Mona, ils n'attendent que ça ! OK, pour l'instant, on se cogne aux murs, mais il y a encore d'autres zones d'ombre à explorer, tu ne trouves pas ? Tiens, cette histoire de dilemme du prisonnier, par exemple. Et ces courriers aussi ! Je ne suis tout de même pas assez malade pour laisser traîner ces enveloppes dans la boîte à gants et les oublier une heure plus tard.

Mona me lança un regard tendre qui me fit penser à celui des psys de l'Institut Saint-Antoine lorsqu'ils écoutaient avec une patience professionnelle les explications abracadabrantes des jeunes pris en flagrant délit de mensonge.

Bordel ! Je ne renonçais pas.

— L'explication se trouve dans ces lettres ! Quelque chose que personne n'a remarqué, Mona. Que je suis le seul à pouvoir trouver…

Elle passa tendrement une main dans mes cheveux. Un geste plus maternel qu'amoureux.

— Oublie, Jamal. Oublie le présent. Oublie tout ce qui s'est passé depuis trois jours. Tu l'as fantasmé. (Son index descendit jusqu'à mon front.) Tu l'as fantasmé parce que la vérité est dans ta tête quelque part, très loin, enfouie. Il faut que tu cherches ce qui s'est passé il y a dix ans, pas ce qui s'est passé cette semaine.

Sans réfléchir, j'ai attrapé son poignet et je l'ai serré, fort, trop fort, avant de le jeter sur ses genoux comme une branche morte.

Ma voix se glaça.

— Alors toi aussi.

— Toi aussi quoi ?

— Toi aussi, tu joues ce petit jeu. Me rendre dingue pour me faire porter le chapeau ! Me coller sur le dos le meurtre de ces deux filles il y a dix ans. C'est cela l'objectif, n'est-ce pas ? Me faire craquer ? Me faire avouer ?

Subitement, j'ai repensé aux enveloppes dans la boîte à gants de la Fiat 500, au facteur qui avait porté un courrier à Vaucottes, à ces coups montés à l'avance, comme si on était capable d'anticiper le moindre de mes déplacements. Seule Mona pouvait avoir organisé tout cela ! Elle était une pièce essentielle dans ce complot.

— Laisse-moi maintenant, Mona. Je continue. Seul.

Sa main tenta de se poser à nouveau sur la mienne. Je l'ai repoussée.

— Je n'ai plus confiance, Mona. Je n'ai plus confiance en personne.

Je me rendais compte que j'étais le pire des salauds.

Peut-être...

Mona avait pris des risques inouïs pour moi.

Ou pas.

Douter, c'était prendre un risque. Un risque que je ne pouvais plus me permettre. J'allais me lever, quitter la Fiat et me perdre dans la nuit. Mona ouvrit la portière.

— Garde la voiture, Jamal. Tu en auras plus besoin que moi...

Le regard de la chercheuse passa une dernière fois du dossier de Magali Verron à celui de Morgane Avril. Je me suis souvenu qu'elle y avait découvert quelque chose avant qu'on s'arrête devant l'ancienne gare, quelque chose qui la persuadait un peu plus encore que je délirais.

Après. Après la vieille, avait-elle dit.

Trop tard pour lui demander.

Elle sortit, puis se pencha vers moi. Eclairé par le réverbère quelques mètres plus loin, son visage s'allongeait. Elle ne ressemblait plus à une ronde et joyeuse musaraigne, plutôt à un animal traqué, à un petit rongeur imprudent qui n'aurait pas vu venir l'hiver. Des larmes coulaient le long de ses joues.

— Il y a une autre chose, Jamal. C'est même le fond du problème, je crois. Dans ton puzzle, il faut ajouter une donnée importante, une donnée qui saute aux yeux et dont tu n'as pourtant pas conscience.

Les larmes redoublaient d'intensité.

Une donnée importante que j'aurais négligée ?

Avant même que mon cerveau n'ait le temps de rechercher le sens de ces sous-entendus, Mona clarifia.

Plein cœur.

— Tu es tombé amoureux de cette fille, Jamal ! De cette Morgane Avril. De ce visage que tu m'as tant décrit. Si noble, si pur, si triste. De ce visage que tu as cru croiser à nouveau il y a trois jours au-dessus de la falaise. Grave et désespéré, tu te souviens ? Avant qu'il ne te file entre les doigts et ne s'évapore dans le vide. Tu fantasmes sur un cadavre, mon amour ! Un joli petit cadavre mort et enterré depuis dix ans. Désolée, je ne fais pas le poids. Je ne peux être jalouse d'un fantôme.

— Cette fille existe, Mona.

Elle me lança un sourire, sans répondre, puis elle s'avança jusque devant la Fiat. Elle observa un long moment la route droite et déserte, puis sortit un objet de sa veste.

Un éclat d'or scintilla dans la nuit.

— Je te la rends, fit Mona.

Elle posa doucement l'étoile de shérif sur le capot de la voiture.

J'étais incapable de prononcer le moindre mot.

— Bonne chance, souffla-t-elle par la portière ouverte.

L'étoile du shérif. Mes cinq caps à franchir...

Les cinq directions de mon étoile, comme le reste, avaient été balayées par la tourmente de ces derniers jours. Curieusement, elles défilèrent dans ma tête alors que Mona s'éloignait, avalée par les ténèbres du parking. *Devenir, Faire, Avoir, Etre, Payer.*

Perdu dans mes pensées, je n'ai tout d'abord pas remarqué que Mona faisait demi-tour. Ensuite, lorsqu'elle se rapprocha à nouveau de la Fiat, j'ai cru qu'elle allait me revenir, m'embrasser, me serrer dans ses bras, s'effondrer et me demander pardon.

Elle se contenta de relever l'essuie-glace.

A quoi jouait-elle, bordel ?

Lentement, d'un seul doigt, elle écrivit dans la poussière du pare-brise. Douze lettres.

M.A.G.A.L.I V.E.R.R.O.N

Son doigt commença ensuite par effacer une lettre, une seule, pour aussitôt écrire la même, quelques centimètres en dessous.

M d'abord.

Puis O.

Puis R.

Puis G.

Puis toutes les autres.

Quand chacune des douze lettres fut effacée puis tracée sur une autre ligne, un peu plus bas, mais dans un ordre différent, un nouveau nom apparut dans la poussière du verre du pare-brise.

Mona se pencha encore vers la portière de la Fiat 500.

— Une seule et même femme, Jamal. Une morte et son fantôme...

Au bout de la route, deux phares jaillirent, puis, presque aussitôt après, la lumière crue d'un gyrophare fit basculer la nuit dans un tourbillon bleu.

33

Une morte et son fantôme ?

Le Boxer de la gendarmerie quitta brusquement sa trajectoire pour mordre le talus et arrêter sa course à quelques mètres de la Fiat 500.

Pleins phares. Deux soleils braqués à bout portant alors qu'un ciel bleu électrique valsait tout autour.

Un instant, je me suis demandé comment les gendarmes avaient pu nous retrouver aussi facilement. Un instant seulement.

Quel con !

Forcément, dès notre départ, les parents du gîte de l'ancienne gare avaient téléphoné aux flics, un type armé d'un flingue, entré chez eux par effraction, debout dans la chambre de leurs gosses.

Un Arabe. Boiteux. Excité.

Forcément, la cavalerie avait chargé.

Deux ombres surgirent du fourgon ; j'ai reconnu la lourde silhouette de Piroz, et celle, longue et courbée, de son adjoint.

La voix du capitaine hurla dans la nuit.

— Salaoui, fini de jouer ! Sortez de la bagnole les mains en l'air !

Piroz et son adjoint tenaient chacun un flingue. Ils progressèrent d'un mètre. Les phares dans leur dos agrandissaient leurs ombres à l'infini. Mona se recula jusqu'à se plaquer au capot de la Fiat, comme effrayée par leurs bras armés disproportionnés.

Piroz tonna encore.

— Ne bougez pas, mademoiselle Salinas.

Je restai tétanisé dans la voiture, incapable de prendre la moindre décision. Je sentais le poids du King Cobra dans ma poche. Une arme dérisoire tirant des balles en caoutchouc.

— Sortez, maintenant, Salaoui !

J'ai ouvert la portière. Calmement.

Je ressentais ce qu'on doit ressentir avant de mourir, une intense résignation, mais aussi, insidieuse, l'ultime excitation... Savoir enfin ce qui se cache après. L'explication du grand mystère.

Qui étais-je ?

Pervers amnésique ou bouc émissaire piégé ?

— Avancez, Salaoui !

Mon regard embrassa le parking de l'entrepôt Bénédictine. La nuit grignotait le bitume à moins de dix mètres de moi.

— Pas de conneries, aboya encore Piroz, je n'ai aucune envie de vous tirer dessus.

Je n'avais qu'à sprinter pour me perdre dans l'obscurité, un simple coup de reins. Les flics oseraient-ils faire feu ?

— Fais ce qu'ils te disent, implora Mona.

Tout en me levant, j'ai collé mon bras gauche à la voiture, dans l'ombre de la carrosserie. Je sentais la chaleur de Mona à moins d'un mètre, sa respiration affolée. J'ai pris ma décision en une seconde.

La pire qui soit.

Tenter ma chance. Jusqu'au bout.

Un réflexe de moineau, comme n'importe quel gamin de banlieue face à l'uniforme. *M'envoler !*

Avec une infinie lenteur, j'ai levé ma main droite alors que ma main gauche, dissimulée contre la portière, fouillait la poche de mon Wind-Wall.

Tout se déroula alors très vite.

J'ai levé d'un coup le bras gauche, main crispée sur le King Cobra, braqué vers les étoiles, pour que Piroz soit surpris par deux informations contradictoires.

Simultanées.

J'étais armé. Je me rendais.

Je comptais profiter de cette infime hésitation pour sauter dans la nuit, courir plein est, avaler les trente mètres de parking d'abord, puis les kilomètres de champs plats ensuite. Mes centaines d'heures d'entraînement allaient servir à sauver ma peau.

La détonation claqua sans sommation.

Piroz m'avait tiré dessus. A bout portant.

Aucune douleur.

Simultanément, Piroz et son adjoint baissèrent leurs armes, muets d'effroi.

Dans un lent mouvement, presque au ralenti, Mona chavira sur moi.

Le King Cobra dansait au bout de mon poing, frénétique, alors que le corps de Mona hoquetait contre mon épaule. Du sang bouillonnait de sa poitrine, inondant son pull vert marécage. Un second filet écarlate coulait de ses lèvres.

Mon cœur cognait à se rompre.

Colère. Peur. Haine.

Mona suffoquait. Des mots invisibles s'échappaient de sa gorge, mystères muets murmurés aux oreilles des anges. Ses yeux se sont doucement embués, comme s'ils découvraient un paysage que nul n'avait jamais contemplé, puis d'un coup s'y sont arrêtés.

Pour l'éternité.

Le corps de Mona glissa contre le mien, jusqu'à tomber, face contre bitume, presque sans bruit, avec l'élégance d'un petit rat de l'Opéra qui meurt sur scène.

Mes mains tremblantes tentèrent d'arrêter la course du King Cobra. Dans la pénombre, il était impossible pour les flics de distinguer la marque du revolver que je pointais sur eux. J'ai tenté ma chance.

Canon du flingue orienté pleine gueule de Piroz !

Lentement, j'ai contourné la Fiat pour m'asseoir côté conducteur. Les deux flics, bras ballants, n'esquissèrent pas le moindre geste, comme écrasés par le poids de leur bavure.

Une certitude me vrillait le cœur.

Les flics ne m'avaient laissé aucune chance ! Ils avaient tiré pour me tuer. Mona s'était trouvée sur la trajectoire, elle était morte de ne pas m'avoir cru.

J'avais raison, depuis le début.

Les flics cherchaient à me piéger. Quel qu'en soit le prix.

J'ai jeté un dernier regard à la jolie musaraigne écrasée sur le goudron, puis j'ai appuyé de tout le poids de ma douleur sur la pédale d'accélérateur.

Un bruit de métal carillonna dans le silence. Une poussière d'or scintilla sur le capot de la Fiat.

Mes tripes se tordirent. Pied au plancher.

L'étoile de shérif resta en équilibre un bref instant, puis bascula sur le parking. Dans les films, l'héroïne la porte sur son cœur, la balle ricoche dessus. Elle ne meurt pas…

Dans les films.

La Fiat a bondi. J'ai entendu le pneu avant droit rouler sur l'insigne de fer doré acheté cinq francs par ma mère. C'était dans une autre vie. Celle que maman avait rêvée pour moi, celle où j'arrêtais les méchants.

Les entrepôts de la Bénédictine défilèrent, interminables. Soudain, j'ai braqué entre deux haies pour rejoindre la départementale. Sombre et déserte.

En route pour l'enfer. Je n'y croiserais plus Mona.

Le fantôme de Morgane Avril, peut-être…

34

Dans une autre vie ?

J'ai roulé encore quelques instants sur le chemin forestier, puis j'ai stoppé la Fiat 500. En tournant la clé de contact, j'ai eu l'impression de faire disjoncter l'univers autour de moi, de couper d'un seul geste toute forme de vie civilisée. Les phares, les voyants lumineux du tableau de bord, mais également les étoiles et la lune, invisibles derrière la voûte d'arbres. Nuit noire.

Je suis resté ainsi longtemps, dans l'obscurité totale.

Finalement, j'ai ouvert la portière, je me suis penché et j'ai vomi dans le lit d'herbes et sur le pneu de la voiture de Mona. Puis j'ai à nouveau collé ma nuque et mon dos contre le siège conducteur. Pendant de longues minutes, je n'ai pas bougé. Des larmes coulaient le long de mes joues sans que je fasse le moindre geste pour les essuyer. Elles descendaient jusqu'à mes lèvres pour se mêler aux relents aigres dans ma gorge. Un moment, j'ai imaginé que les visions produites par mon cerveau délirant pourraient s'évacuer ainsi, rejetées par ma bile, sécrétées par mes glandes lacrymales. Par mon sang aussi, pour peu que je me coupe une veine.

L'odeur et le goût devenaient insupportables. Ma main s'est tendue pour allumer le plafonnier.

Douze lettres apparurent, comme gravées sur le pare-brise sale.

M.O.R.G.A.N.E A.V.R.I.L

Je revoyais la silhouette de Mona les traçant de son doigt, son sourire fatigué, ses derniers mots en déposant mon étoile sur le capot.

Bonne chance.

Qu'est-ce que la chance en a à foutre de nous, Mona ?

Un mince brouillard se levait dans le sous-bois, comme si la fumée sortait du sol. Le thermomètre de la Fiat indiquait moins deux degrés.

Bientôt les douze lettres disparurent à leur tour dans un nuage ouaté.

Une illusion.

Je devais me rendre à l'évidence. Magali Verron n'avait jamais existé. Ni rien de ce qui pouvait avoir un rapport avec sa mort.

Ni témoin, ni écharpe, ni viol, ni meurtre par étranglement.

Une anagramme. Un fantôme. Un fantasme.

Je sautais d'une pensée à l'autre comme sur des pierres au-dessus d'une cascade.

Si rien n'était vrai, pourquoi Piroz m'avait-il traqué depuis trois jours ? Jusqu'à ne pas hésiter à me descendre ?

Une autre pierre. Celle-ci bougeait. Un équilibre instable

Si rien n'était vrai du suicide de Magali Verron, quand avais-je vu Piroz pour la première fois ? Pas sur la plage d'Yport, le matin, avec son adjoint. L'avais-je rencontré pour la première fois à la gendarmerie de Fécamp, le jour où j'avais croisé Mona ? Les flics m'avaient donc convoqué pour une tout autre raison. Une autre affaire. J'avais alors inventé cette fable.

Encore un saut. Une autre pierre. L'autre rive était à perte de vue.

Quelque chose ne collait pas ! La gendarmerie ne tire pas sur un suspect ! Pas sans sommations. Pas à bout portant. Pas pour tuer. J'avais levé le King Cobra au ciel. A aucun moment je n'avais menacé Piroz. Il avait pourtant fait feu pour m'empêcher de fuir. Il avait préféré m'abattre plutôt que de me laisser courir dans la nature. Pourquoi ?

Parce qu'il était persuadé que j'étais le violeur de Morgane Avril et de Myrtille Camus, un double meurtrier, celui que la police recherchait depuis dix ans ? Parce que si j'avais tout oublié, eux avaient accumulé des preuves suffisantes pour n'avoir aucun doute ?

Mes doigts touchèrent le pare-brise gelé. Les douze lettres invisibles me narguaient, impossibles à effacer.

A l'Institut Saint-Antoine j'avais entendu des dizaines de fois des psys parler de cela. Des gosses qui niaient les atrocités dont ils avaient été les victimes. Non, leurs parents n'étaient pas des violeurs. Non, ils n'avaient pas subi d'attouchements.

Oui, ils voulaient retourner habiter chez eux. Ces gosses se fabriquaient une autre vie, plus supportable. Dans leur tête au moins.

Le brouillard enveloppait maintenant la Fiat, donnant l'impression qu'elle volait en silence dans les nuages.

Avais-je vieilli ainsi ? En tissant progressivement un voile autour de moi ? Sauf que je n'étais pas un gosse violé. Pas une victime traumatisée.

J'étais un monstre.

J'avais tué ces filles dix ans plus tôt.

J'étais responsable, et moi seul, de la mort de Mona.

Je suis sorti dans la forêt. Le froid m'a saisi comme un étau bloquant ma poitrine. Je m'en moquais. Des flaques d'eau gelées craquaient sous mes pas. J'ai marché, quelques mètres, titubant. La première plaque de verglas plus épaisse me fit perdre l'équilibre. Mes mains s'agrippèrent au tronc d'arbre le plus proche, un orme dont l'écorce me déchira les paumes au sang.

Alors, sans même que ma raison le décide, j'ai hurlé dans le silence.

Non !!!

Quelques feuilles vibrèrent dix mètres devant moi. Un lapin, un oiseau, un animal quelconque réveillé en sursaut. Les animaux de la forêt font-ils des cauchemars ? Ont-ils seulement peur de la nuit ?

J'ai soudain eu envie de faire fuir la forêt entière. J'ai explosé une seconde fois.

Non !!!

J'ai tenu mon cri pendant une éternité, jusqu'à ce que mes tympans explosent. Un ultime barrage de mon cerveau refusait de céder.

Non, ai-je enfin répété.

Presque un murmure cette fois.

Non.

Je ne me souvenais pas de l'assassinat de Morgane Avril et de Myrtille Camus. Je ne m'en souvenais pas pour une raison simple.

J'étais innocent !

Magali Verron s'était jetée devant moi dans le vide trois jours plus tôt. J'avais surveillé son cadavre sur la plage en compagnie de Christian Le Medef et de Denise Joubain. Il existait une clé pour tout expliquer, toute proche, à portée de main. Un détail qu'il me fallait décoder, ce dilemme du prisonnier par exemple, ou ce dernier poème de Myrtille Camus envoyé à son fiancé, cette signature, M2O.

J'ai essuyé sur mon jean les gouttes de sang qui perlaient à la surface de mes paumes. Le mélange de bile et de larmes dans ma bouche m'écœurait. Je ne devais pas sombrer, crever là dans le froid, attendre que les flics viennent ramasser un type rongé par le remords. Une bête au bout du rouleau qu'on achèverait sans davantage s'interroger. Je me suis souvenu de la dernière attention de Mona, chez Martin Denain, à Vaucottes. Du café et des gâteaux.

Je me suis avancé jusqu'au coffre de la Fiat tout en faisant à nouveau défiler le fil des trois derniers jours dans ma tête.

Tous ces événements ne pouvaient pas se succéder par hasard, ils possédaient forcément une cohérence, ils suivaient une logique...

L'humidité qui se déposait sur la voiture se transformait déjà en une fine couche de glace.

... mais une logique impossible à déterminer dans le feu de l'action, en enchaînant les étapes comme un lecteur enchaîne les chapitres d'un livre policier. Je devais prendre de la hauteur, faire le point, seul. M'arrêter, dormir.

Ou boire un litre de café.

J'ai ouvert le coffre.

Le froid m'envahit, me figeant devant la Fiat, laissant le givre m'engourdir. Une statue de verre.

A côté de la Thermos et du paquet de gâteaux, il y avait une enveloppe marron.

A mon nom.

Qui d'autre qu'un fantôme aurait pu la poser là ?

Qui d'autre à part moi ?

J'ai pris le temps de dévorer les gâteaux, des spéculoos Lotus puisés dans le stock de Martin Denain, de boire deux gobelets de café bouillant, fort, sans sucre.

Puis j'ai ouvert l'enveloppe.

35

Quelque chose ne collait pas ?

Affaire Avril / Camus – Printemps 2007

L'enquête sur l'affaire Avril-Camus fut officiellement retirée au SRPJ de Caen le 9 juin 2007. Le commandant Léo Bastinet n'avait collecté aucun fait nouveau depuis près d'un an, et plus personne n'avait consulté l'une des trois mille pages du dossier d'instruction. Le juge Paul-Hugo Lagarde proposa, avec l'accord de Léo Bastinet, de confier la gestion de l'affaire Avril-Camus, jusqu'à sa prescription, à la brigade de Fécamp.

Les gendarmes de Fécamp avaient été les premiers à enquêter sur le meurtre, restaient associés à chaque investigation, et le capitaine Grima, mis sur la touche dès le second meurtre, considérerait sans doute comme une petite revanche personnelle que l'enquête lui revienne, après que les grands moyens du SRPJ n'eurent abouti à rien.

Le capitaine Grima accepta et on transféra les dossiers de la double enquête de Caen à Fécamp le vendredi 15 juin 2007. Le lendemain, il reçut une première visite de Carmen Avril. Elle revint encore quelques jours plus tard, puis presque chaque semaine pendant l'été. Grima comprit alors que le juge Lagarde ne s'était pas contenté de lui refiler un dossier au point mort ; il s'était également débarrassé d'une emmerdeuse qui harcelait justice et police depuis des années.

N'oublier jamais.

Le temps n'entamait en rien la détermination de la présidente de l'association Fil Rouge, désormais seule aux commandes depuis le suicide de Charles et Louise Camus.

Trois ans plus tard, sans doute lassé des assauts de la houle sur la digue de béton fécampoise, et sans doute également de ceux de Carmen Avril, Grima obtint sa mutation pour la gendarmerie de Saint-Florent, un petit port de Corse coincé entre le cap Corse et le désert des Agriates. Le capitaine de gendarmerie et l'hôtesse du Dos-d'Ane ne s'étaient jamais compris, ni réconciliés depuis cette piste jamais refermée du garçon à l'écharpe Burberry. Avant de quitter définitivement les falaises flanquées de blockhaus pour rejoindre celles hérissées de tours génoises, Grima confia les clés de l'affaire au plus vieux gendarme de la maison, un fidèle parmi les fidèles, qui s'était notamment chargé dès le lendemain du meurtre de coordonner les interrogatoires des témoins ayant croisé l'inconnu à l'écharpe rouge. Sonia Thurau la fille du vestiaire, Mickey le videur, Vincent Carré l'étudiant en chimie.

Le capitaine Piroz.

Un méthodique. Celui-là, Carmen Avril l'aimait bien. Piroz avait tout de suite adhéré à son hypothèse du double inconnu. Il n'était pas effrayé par la perspective de devoir constituer deux séries de plusieurs milliers d'individus, une pour les Yportais, une autre pour les Isignais, avec pour unique but de trouver le seul nom commun aux deux listes. Au contraire... Piroz possédait une ténacité qui confinait à l'obsession. Vieux garçon. Sans gosses ni neveux. Sans talent ni goût pour le foot, les romans policiers ou les dominos, il occupait ses soirées à ressasser l'affaire comme d'autres construisent des maquettes du palais de la Bénédictine en allumettes.

Pour rien...

Piroz ne s'approcha pas davantage de l'identité du tueur que le capitaine Grima, le commandant Bastinet ou la psychocriminologue Ellen Nilsson.

Carmen Avril, depuis la mort de Louise et Charles Camus, tenait à bout de bras l'association Fil Rouge, même si celle-ci n'avait plus d'autre raison d'exister qu'un devoir de mémoire célébré lors d'une lugubre assemblée générale annuelle. L'occasion de renouveler pour l'éternité un bureau désormais fantôme.

Carmen Avril, mère de Morgane Avril, présidente
Frédéric Saint-Michel, fiancé de Myrtille Camus, vice-président
Océane Avril, sœur de Morgane Avril, secrétaire
Jeanine Dubois, grand-mère de Myrtille Camus, secrétaire adjointe
Alina Masson, meilleure amie de Myrtille Camus, trésorière

Les rares rencontres de l'association furent l'occasion pour Alina de se rapprocher d'Océane. Elles avaient toutes les deux perdu leur sœur jumelle, de sang ou de cœur. Amputées d'une moitié d'elles-mêmes. Elles se comprenaient, même si Océane avait hérité de sa mère, et sans doute du viol de sa sœur, une haine tenace des hommes qu'elle peinait à contenir lors de leurs longues conversations nocturnes. Pour la première fois, Alina s'ouvrit, osa exposer les doutes qui la rongeaient depuis des années. Océane l'écouta, n'en parla à personne, pas même à sa mère, puis conseilla à Alina de reprendre contact avec les policiers qui avaient enquêté sur l'assassinat de Myrtille. Avec Ellen Nilsson plutôt que Bastinet. La psychocriminologue connaissait aussi bien le dossier que le commandant, mais serait plus apte à comprendre. Peut-être.

Ellen Nilsson refusa de parler à Alina Masson. Le dossier Avril-Camus était clos depuis quatre ans et elle prétendait avoir d'autres affaires plus pressantes à traiter.

Dix coups de téléphone n'y changèrent rien.

Il fallut passer par Piroz, qui lui-même mit la pression sur le juge Lagarde, pour que la psychocriminologue accepte enfin de recevoir le capitaine de gendarmerie et la meilleure amie de Myrtille Camus dans son cabinet parisien, rue d'Aubigné, dans le IVe arrondissement. Piroz râla dans le métro sale et puant, manqua de se faire renverser place de la Concorde, pesta encore en tassant son ventre dans le petit ascenseur de fer forgé qui montait au cabinet Nilsson, quatrième étage, plein sud, vue sur Seine.

Alina, elle, se taisait.

Lorsque Ellen en personne ouvrit la lourde porte de chêne, vêtue d'une robe Ralph Lauren décolletée sur des seins tout neufs, elle faillit même faire demi-tour.

Apte à comprendre ?

Le gros corps de Piroz, visiblement impressionné par les courbes customisées de l'ex-limande suédoise, resta à l'inverse vissé au parquet du palier, lui interdisant toute retraite.

Ils s'installèrent. Fauteuils en cuir. Table basse de verre. Panorama sur l'île Saint-Louis et le ballet incessant des bateaux-mouches. Un vertige saisissait Alina. Comment avancer vers la vérité sans entacher la mémoire de Myrtille ?

Ellen déplia ses jambes parfaites et plissa son visage trop lisse.

— Vous souhaitiez me rencontrer, mademoiselle Masson ?

Alina n'avait plus d'autre choix que de se jeter dans le vide.

— Vous vous souvenez, parvint-elle enfin à articuler. La première fois que nous nous sommes rencontrées, au SRPJ de Caen, juste après le meurtre de Myrtille. Vous aviez posé une question. Une question étonnante.

— Laquelle ? fit Ellen, qui visiblement n'avait pas révisé le dossier. C'était il y a plus de six ans.

— Vous... vous vous êtes demandé pourquoi Myrtille était habillée de façon si sexy le jour où elle a été violée... Une robe courte, bleu ciel avec des fleurs d'hibiscus. Des dessous coordonnés, mauves. Pas la tenue habituelle d'une animatrice de camp d'ados.

— C'est possible. Nous avions suivi tant d'hypothèses…

— A quoi pensiez-vous, à ce moment-là ? insista Alina.

Ellen consentit l'effort de se plonger dans sa mémoire, puis répondit avec lassitude.

— A rien de précis. Si je me souviens bien, Bastinet pensait qu'il fallait s'intéresser aux coupables potentiels, pas aux victimes. Il avait raison, sur le fond, Myrtille Camus comme Morgane Avril furent des proies choisies au hasard.

Piroz bâilla.

— Parce que, continua Alina, j'ai beaucoup réfléchi à votre remarque pendant toutes ces années. A vrai dire, je n'ai jamais cessé d'y penser. Vous aviez raison, Myrtille ne s'habillait pas ainsi d'habitude.

— Mais Myrtille est morte un jour de congé ! D'après mes souvenirs, vous dirigiez le camp du Drap d'Or à Isigny, et c'est précisément ce que vous m'aviez répondu à l'époque.

— Même lors d'un jour de congé, Myrtille ne se serait pas habillée ainsi.

Le visage d'Ellen se plissa plus encore.

— Que voulez-vous dire exactement, mademoiselle Masson ? Que Myrtille n'a pas été assassinée par un rôdeur ? Qu'elle connaissait son violeur ? Qu'elle… qu'elle avait rendez-vous avec lui, c'est bien cela ?

Alina hésita. Au mur, dans un cadre de verre, était accrochée l'immense photo d'une femme nue, agenouillée, le visage masqué par une cascade de cheveux blonds.

Ellen ?

Tout était agencé pour qu'on le croie.

— Oui, lâcha enfin Alina. Myrtille avait rendez-vous. Avec un homme. Sans doute son assassin.

— Elle n'était pas fiancée avec ce type qui jouait de la guitare ?

Le visage d'Alina vira au rose. Elle s'était tue pendant toutes ces années pour cette unique raison. Protéger Myrtille. Ne pas ternir l'image que ses proches conservaient d'elle. Parfaite. Fidèle. Amoureuse.

— Si…

— Chichin, quelque chose comme cela ?

— Chichin, c'était son surnom. Il s'appelle Frédéric Saint-Michel.

Pour la première fois, la psychocriminologue se pencha sur le dossier posé sur la table basse devant elle. Elle feuilleta quelques pages puis leva les yeux.

— Myrtille aurait donc été victime d'un dragueur, quelque chose comme cela ? D'un type qui lui aurait tourné la tête ? Savez-vous, mademoiselle Masson, que votre conviction correspond exactement à l'hypothèse originelle du capitaine Grima ? Morgane Avril n'aurait pas été victime d'un rôdeur qui l'agresse par surprise mais d'un séducteur qui la piège.

Alina hocha la tête sans rien ajouter. Bien entendu, elle savait…

— Ce qui au fond ne change rien, poursuivit la psychocriminologue. Dragueur plutôt que prédateur, en quoi cela nous avance-t-il pour identifier l'assassin ? A moins, évidemment, de découvrir avec qui Myrtille avait rendez-vous. Vous avez une idée plus précise, mademoiselle Masson ?

— Non…

— Pourquoi pas avec cet Olivier Roy, le type à la casquette Adidas qui rôdait autour d'elle au camp d'Isigny ? Celui qui a disparu quelques mois après le meurtre ?

Pour la première fois, Piroz prit la parole. Ellen, surprise, se tourna vers le capitaine.

— Impossible ! Olivier Roy possédait un alibi en béton le soir du meurtre de Morgane Avril. Et son ADN ne correspond pas à celui du violeur…

— Exact, concéda la psychocriminologue. C'est même ce qui a planté l'enquête de ce pauvre Bastinet. Rendez-vous avec qui, alors ?

— Je ne sais pas, lâcha Alina.

Des larmes perlaient au coin de ses yeux, elle sortit un mouchoir en papier de sa poche. Ellen prit un long moment pour se pencher vers le dossier. Piroz en profita pour se tordre le cou et comparer la poitrine de la fille blonde exhibée sur le mur à celle qu'il devinait sous la robe myosotis de la psychocriminologue. Lorsqu'elle se redressa, Piroz orienta brusquement son regard vers les bateaux-mouches. Un gamin pris en faute. Celui d'Ellen remonta au contraire jusque vers la photo, s'y arrêta comme devant un miroir, puis elle écarta d'une pichenette une poussière invisible tombée entre ses deux seins.

— Il faut admettre, continua-t-elle, que même après toutes ces années, quelques détails restent troublants. Cette robe sexy que Myrtille ne portait pas d'habitude, par exemple. Ce bloc-notes Moleskine bleu ciel que l'on n'a jamais retrouvé, alors que tout le monde affirmait que Myrtille y notait ses pensées les plus secrètes, peut-être même l'identité de celui avec qui elle avait rendez-vous. Cet Olivier Roy qui se planque malgré des avis de recherche lancés dans toute la région, puis qui disparaît pour toujours dès que la police le serre de trop près. Cette petite culotte aussi.

Alina sursauta.

— Cette petite culotte ?

La psychocriminologue se tourna successivement vers Piroz et Alina.

— Un détail. Vous êtes au courant, bien entendu. On n'a pas découvert de sperme dans le vagin de Myrtille Camus, mais sur sa culotte, retrouvée à une centaine de mètres, sur le chenal de la baie des Veys.

Non, Alina n'était pas au courant. Piroz l'était sans doute, il se laissait à nouveau déconcentrer par la prière impudique de la fille sous verre.

— Comment les experts ont-ils expliqué cela ? insista Alina.

— Assez simplement. Le violeur a dû vouloir se retirer avant de jouir, mais n'y est parvenu que partiellement et a éjaculé sur Myrtille, du moins, sur sa culotte. La question que nous nous sommes posée fut tout aussi simple. Pourquoi avoir voulu se retirer, sinon parce que son sperme pouvait le confondre ?

— Parce que, suggéra Alina, son ADN, comme tous ceux des criminels, était enregistré au Fichier national des empreintes génétiques ?

— Sauf qu'il ne l'était pas...

Piroz baissa les yeux et intervint.

— Le violeur espérait peut-être que le meurtre de Myrtille Camus ne serait pas associé à celui de Morgane Avril,

— Peu crédible, répliqua Ellen. Il aurait été difficile de ne pas faire le rapprochement entre les deux crimes, même si l'empreinte génétique du violeur n'avait pas été identique. Deux filles violées, étranglées, dans la même région, avec la même écharpe...

Piroz bougonna.

— Nous avons affaire à un déséquilibré...

— Ou, glissa Alina d'une voix blanche, il y a une troisième hypothèse... Si son ADN pouvait le confondre, c'est donc qu'il connaissait Myrtille ?

Ellen Nilsson laissa passer une seconde avant de répondre.

— C'est ce que l'on a tout de suite pensé. Nous avons relevé l'empreinte génétique de plus de mille cinq cents individus, la famille de Myrtille Camus, ses amis, les habitants d'Isigny, d'Elbeuf, des environs, sans exception. Tous ceux qui auraient pu l'approcher. Pour rien !

Alina se tut.

Pourquoi avoir voulu dissimuler son ADN, répétait une voix dans sa tête, si le violeur ne connaissait pas Myrtille ? Connaissait-il aussi Morgane

Avril ? Tout se brouillait. La robe déchirée aux fleurs d'hibiscus, Olivier Roy qui tournait autour de sa meilleure amie sur la plage de Grandcamp-Maisy et au large des îles Saint-Marcouf, le carnet Moleskine bleu ciel, ce poème envoyé à Frédéric pendant le camp, béquilles, jonquilles, guenilles et bastille, signé M2O. Mariage 2 octobre…

— Et votre hypothèse du double inconnu ? demanda Ellen. Cela avance ?

Alina, perdue dans ses pensées, ne répondit pas.

— Doucement, concéda Piroz. On ne se presse pas. On a toute la vie…

— Pas tout à fait, corrigea Ellen. Vous le savez comme moi, au bout de dix ans sans acte judiciaire, c'est-à-dire sans élément nouveau dans l'enquête, il y aura prescription. Le violeur aura gagné…

— Alors ? demanda Alina dans l'ascenseur.

Elle se collait au fer forgé pour éviter le contact du corps gras de Piroz.

— Alors, répéta-t-elle. Vous en pensez quoi ?

— Ce n'est pas elle, fit Piroz.

— Comment ça, pas elle ?

— Ce n'est pas elle sur la photo ! La jolie blonde à poil, ce n'est pas la psy. Elle se fout de notre gueule.

Un peu plus tard, dans le métro, entre Bastille et Saint-Paul, Piroz, pressé par un groupe de gamins de sept ans portant tous la même casquette qui avait envahi la voiture, se colla à Alina. Elle ne put l'éviter, cette fois. Il lui souffla dans l'oreille :

— J'ai bien vu votre sourire en coin tout à l'heure. Ne pas croire à la thèse du double inconnu, c'est bien joli, mais une seule chose est certaine : le tueur était à Yport le 5 juin 2004 et à Isigny trois mois plus tard…

Les gamins braillaient, Alina dut hausser la voix.

— Comme des milliers d'autres personnes. Le tueur a pu venir n'importe comment, en voiture ou même à pied, sans que personne le voie ni arriver ni repartir. Sans que son nom apparaisse nulle part.

Piroz haussa les épaules.

Louvre.

Il laissa traîner son regard sur une affiche publicitaire pour Dior. La silhouette dénudée de Charlize Theron rappelait celle accrochée chez la psy.

— Je sais, admit Piroz. Mais rechercher ce lien empêche Carmen et sa fille Océane de devenir folles. Attendre et espérer, c'est tout ce qu'il leur reste.

Concorde.

Encadrés par deux institutrices, les gamins à casquette disparurent plus rapidement qu'une volée de pigeons. Alina se recula et maintint un mètre de distance entre elle et le capitaine.

— Attendre quoi ? demanda-t-elle. Que le violeur recommence ?

Six ans s'étaient écoulés depuis le meurtre de Myrtille.

— Trop tard, répondit Piroz. Il ne recommencera pas…

Champs-Elysées-Clemenceau.

D'autres Charlize Theron nues défilèrent. Quatre mètres sur trois. Dior matraquait les esprits et Piroz appréciait, Alina se pinçait les lèvres. Est-ce ainsi que naissent les pulsions ?

— Il ne recommencera pas, réaffirma Piroz, absorbé par la contemplation d'un grain de peau blanc agrandi mille fois.

D'instinct, Alina pensait le contraire.

36

Est-ce ainsi que naissent les pulsions ?

J'ai franchi la Seine par le pont de Brotonne vers 1 heure du matin. J'ai ensuite alterné entre routes nationales et routes départementales. Les noms des bourgs normands que je contournais systématiquement défilaient sur les panneaux indicateurs éclairés par les phares de la Fiat. Pont-Audemer. Beuzeville. Pont-l'Evêque.

Dans mon cerveau défilaient en boucle les pages que je venais de lire. Je ruminais la certitude que l'identité du tueur à l'écharpe rouge se trouvait dans la somme de ces détails liés au meurtre de Myrtille Camus. Qu'on ne me les livrait pas pour rien. Que les preuves de mon innocence se tenaient là, à portée de main.

Une illusion ? Une illusion de plus ?

Mon ultime fuite, jusqu'à Isigny-sur-Mer, avait-elle le moindre sens ?

Mon téléphone sonna au fond de ma poche un peu avant l'entrée de Troarn. Il était presque 2 heures du matin.

Piroz, bien entendu…

Je n'ai pas décroché. Piroz avait hérité de l'affaire Avril-Camus, on avait pris soin de me l'apprendre en me confiant cette enveloppe. Après toutes ces années, ce flic monomaniaque avait fini par trouver son coupable.

Moi !

Quelques secondes plus tard, un carillon m'indiqua qu'on m'avait laissé un message. Sans cesser de conduire, j'ai attrapé le téléphone.

J'ai failli lâcher le volant de surprise.

J'avais tout faux !

Ce n'était pas un salopard de flic à mes trousses qui m'avait appelé, mais Ophélie. Une douce bouffée de chaleur me submergea. L'adolescente de l'Institut Saint-Antoine m'avait posté la photographie d'un type qui semblait avoir été découpé dans un magazine de mode, regard bleu acier, crâne lisse, chemise blanche ouverte et sourire carnassier.

En direct du César's, précisait un bref commentaire sous la photo.

20 sur 20 ?

Cela m'arracha un sourire. J'ai tapé ma réponse en aveugle sans même ralentir

Trop beau. Méfie-toi des apparences

Moins d'une minute après, Ophélie répliquait.

Connard !
Et toi, t'en es où avec ta jolie rousse ?

Mon cœur chavira.

Ma jolie rousse.
Mona.

L'image de son corps chaud contre le mien s'imposa sans prévenir.

Son corps sans doute déjà emballé dans une bâche plastique, à l'arrière d'une bagnole de flics, en route vers la morgue. J'ai résisté à l'envie de balancer le téléphone par la vitre, de hurler dans le silence de la nuit, d'appuyer encore sur l'accélérateur et de foncer sur le premier platane. Je me suis contenté de coincer le portable sous mes cuisses et de me concentrer sur la route : j'approchais de Caen et je devais éviter d'emprunter la rocade.

La Fiat 500 entra dans le village de Grandcamp-Maisy un peu avant 3 heures du matin.

« Omaha Beach – Route de la liberté », indiquaient depuis quelques kilomètres des panneaux invitant au pèlerinage entre blockhaus, trous d'obus, cimetières et musées du Débarquement.

« Route de la liberté », relisais-je dans ma tête. Drôle de nom pour une cavale sans espoir.

Je me suis garé sur le parking de l'église et j'ai déplié une carte routière de la Normandie. Isigny-sur-Mer se situait à trois kilomètres de la plage de Grandcamp-Maisy, mais je recherchais un lieu plus précis, les Grandes Carrières, le hameau où, selon les rapports de police, le corps de Myrtille Camus avait été retrouvé le 26 août 2004.

Mon doigt identifia l'endroit. J'ai bu une nouvelle tasse de café, tiède, tout en levant les yeux vers l'église, le seul édifice éclairé dans le village.

Etrange. Moderne. Rasée en juin 44, bien entendu, puis reconstruite à la va-vite : un cube de béton flanqué, en guise de clocher, d'une cheminée grise percée de meurtrières. Même à La Courneuve, les églises avaient plus de gueule !

Même à La Courneuve...

Une certitude me traversa soudain. Comme si quelqu'un avait projeté un hologramme à l'intérieur de mon cerveau.

J'avais déjà vu cette église !

Tout au long de la route, des bribes de souvenirs m'étaient revenues, ce nom de village, Grandcamp-Maisy, ce paysage de haies et de maisons en pierre de Caen, ces toits d'ardoise, cette célébration du débarquement de juin 44 à chaque carrefour, mais ma mémoire était parvenue à les maintenir sous une bulle de verre opaque.

Une bulle que ce clocher avait brusquement crevée.

J'avais déjà vu cette église. Une fois. Il y a longtemps.

Chaque détail me revenait à présent.

C'était l'été. Comme tous les ans, j'encadrais un camp à Clécy, en Suisse normande, près de Falaise, à plus de cent kilomètres de Grandcamp-Maisy. Escalade, canoë, rando... Les gosses qui revenaient au centre de loisirs de la Communauté d'agglomération Plaine Commune étaient toujours les mêmes, des mômes de La Courneuve, d'Aubervilliers ou de Villetaneuse, au total, plus de cinq cents gamins, répartis dans une dizaine de camps en France, dont deux en Normandie, celui de Clécy, le mien, et un autre au bord de la mer, ici, à Grandcamp-Maisy. La mer, ce n'était pas trop mon truc mais, cette fois-là, un animateur du camp voile avait eu besoin de sa journée. L'enterrement de sa grand-mère, ou un truc dans le genre. Je me souvenais seulement qu'ils avaient galéré pour trouver un remplaçant à la journée. Comme j'avais un peu d'expérience, on m'a demandé de m'y coller. J'avais fait l'aller-retour dans la journée. Il ne s'était rien passé de spécial à Grandcamp-Maisy. Baignade dans cette putain d'eau gelée, drague entre ados sur la plage, recadrage de quelques petits caïds. Ce remplacement express m'était sorti de la tête depuis des années. Sans cette église de béton, jamais je ne m'en serais souvenu.

J'ai fermé les yeux. Retrouver la date exacte de mon passage ici relevait de l'impossible. Il faisait beau puisqu'on s'était baignés. C'était plutôt la fin de l'été. Cela remontait au moins à une dizaine d'années.

Mes doigts se crispèrent sur la carte routière.

Fin août 2004 ?

Le jeudi 26 août, pour être plus précis ?

Le jour du meurtre de Myrtille Camus ?

Impossible !

Les flics avaient bouclé la zone dès la découverte du cadavre, les journalistes s'étaient précipités dans le coin. Si je m'étais trouvé à Grandcamp, fin août 2004, à quelques kilomètres du lieu où une fille avait été retrouvée violée et assassinée, les ados n'auraient parlé que de ça, je m'en serais forcément souvenu.

J'ai ouvert les yeux et observé sur la carte les bâtiments du hameau des Grandes Carrières. Quatre minuscules rectangles noirs.

Sauf que l'affaire Camus n'avait été rendue publique que le lendemain du meurtre. Les flics avaient tenu un embargo de vingt-quatre heures avant de prévenir les médias. Je n'avais pas couché sur place, j'étais reparti en Suisse normande dès la fin de l'après-midi. Cette histoire de viol aurait pu exploser quelques heures après mon passage à Grandcamp, je m'en serais foutu, je n'en aurais même pas entendu parler, j'étais à Clécy et on vivait presque coupés du monde, sans journaux ni télé...

L'église de béton illuminée dans la nuit me narguait, obsédante, aussi terrifiante que le mirador d'un camp de concentration.

Serait-ce possible ?

Mes mains tremblantes tentaient, sans y parvenir, de replier la carte routière.

Serait-ce possible que j'aie croisé Myrtille Camus ce jour-là ? Sur la route d'Isigny, près des Grandes Carrières ? J'avais sans doute la camionnette du camp de la Communauté d'agglo de Plaine Commune, un vieux Renault Trafic.

J'ai froissé la carte d'un geste nerveux et je l'ai jetée sur le siège passager.

Serait-ce possible que je me sois arrêté, que je l'aie violée, puis étranglée, puis que ma mémoire en ait effacé toutes les traces ?

J'ai bu à nouveau du café, directement au goulot de la Thermos cette fois, et j'ai démarré la voiture.

Après Osmanville, je me suis engagé dans le chemin de la ferme des Carrières. J'ai laissé sur ma droite une grande bâtisse normande, poutres et torchis, volets bleus fermés, pour continuer jusqu'au bout du chemin de terre.

Une nouvelle certitude.

Jamais je n'étais venu là.

Les phares de la Fiat 500 éclairèrent les alentours, j'ai pris le temps de scruter le moindre détail dont je pourrais me souvenir. Un indice quelconque qui confirmerait cette folie.

J'étais venu ici dix ans auparavant, j'y avais abandonné le corps d'une fille de vingt ans, après l'avoir assassinée.

Où, exactement ?

Au fond de cette petite carrière blanche creusée dans le calcaire ? Dans ce bosquet de noisetiers ? Un peu vers l'ouest, au pied de cette minuscule chapelle de schiste cernée par les racines d'un if centenaire ? Quelques mètres plus loin encore, dans l'un de ces champs clos de haies vives ? Ou tout au bout du paysage, le long du canal de la Vire qui courait sur deux kilomètres d'Isigny à la mer ?

Dans le halo pâle des phares, la campagne endormie ressemblait à un paysage de Millet, mais sans l'angélus, sans les prières, sans les paysans levés à l'aurore. Sans témoins, à part une dizaine de vaches blanches et noires, sans doute déjà là à brouter la même herbe dix ans plus tôt. Témoins muets et indifférents.

Je me suis garé sous l'unique réverbère du hameau, une cinquantaine de mètres avant la ferme, puis je suis descendu de la Fiat. Je m'attendais presque à ce que l'une des vaches se tourne vers moi, me reconnaisse, et me jette un regard accusateur.

Je devenais fou.

Je ne me souvenais de rien.

J'ai marché droit devant. Il faisait froid, il n'y avait presque pas de vent. Je n'ai pas d'abord compris pourquoi je me dirigeais sur ma droite, vers le sous-bois. J'ai un moment pensé qu'une sorte de mémoire fantôme me guidait, que mes pieds et mes mains allaient reproduire les gestes que ma conscience refusait d'admettre.

Puis j'ai aperçu la lueur. Les deux lueurs, pour être exact.

Deux torches brûlaient au pied d'un noisetier.

Puis j'ai vu le tapis de pétales de fleurs au pied des torches.

Puis j'ai vu l'ombre des deux écriteaux cloués sur le noisetier.

Il m'était impossible de déchiffrer le moindre mot à cette distance ; je me suis approché.

Les deux flambeaux brûlaient dans deux coupelles de porcelaine, sans doute remplies d'un liquide inflammable dans lequel deux mèches étaient plongées. Des pétales de pommier de toutes les nuances de rose dessinaient la forme de deux corps allongés.

J'ai levé les yeux vers le tronc, je savais déjà ce que j'allais lire sur les deux planches de bois.

Morgane Avril 1983-2004
Myrtille Camus 1983-2004

Je suis resté immobile, sans même chercher à comprendre qui avait pu organiser cette mise en scène funèbre, ni depuis combien de temps brûlaient ces flammes, ni comment avaient pu fleurir ces pétales de pommier en plein hiver.

Encore moins quel en était le sens.

Je suis simplement resté immobile.

Je ressentais une grande lassitude, comme si mes bras, mes cuisses, ma jambe s'étaient vidés de toute leur force. J'ai repoussé l'envie de m'allonger sur ces fleurs, d'y dormir, d'en finir ainsi.

Tout était limpide.

Morgane Avril 1983-2004
Myrtille Camus 1983-2004

J'avais tué ces deux filles. Acculé par les flics, ma raison avait explosé. J'avais déliré pour me protéger. Inventé un suicide, des témoins, une fuite sans fin. J'avais entraîné Mona dans ma folie et elle l'avait payé de sa vie, quelques heures plus tôt. D'autres innocents allaient mourir si je continuais à nier l'évidence.

Les deux noms dansaient dans la lueur des flammes.

Morgane Avril 1983-2004
Myrtille Camus 1983-2004

Mes yeux fiévreux ne pouvaient s'en détacher. Mes jambes chancelaient. J'étais perché sur deux allumettes de verre. J'allais attendre ici que les flics viennent me cueillir. Mon cerveau s'engourdissait.

Je n'avais presque pas dormi depuis trois jours, mais ce n'était pas seulement la fatigue qui m'aspirait dans une sorte de trou blanc cotonneux. C'était une digue qui se rompait, la dernière. La crue de sang versé pouvait inonder ma conscience, j'étais prêt.

J'ai sorti le King Cobra de ma poche. Je l'ai tenu de longues secondes contre ma tempe.

Mes doigts se crispèrent sur la crosse glacée, incapables de se plier davantage.

J'ai jeté le revolver sur le lit de fleurs de pommier.

J'attendrais mon jugement.

D'autres m'apprendraient quel monstre j'étais.

J'ai à peine entendu les ombres s'approcher dans mon dos, juste quelques pas qui s'arrêtèrent à dix mètres de moi. L'une des ombres s'exprima, tout bas, comme on chuchote dans une église. Je connaissais sa voix, je l'avais entendue, il y a quelques heures, mais mon esprit au ralenti était incapable de la reconnaître.

— Elles avaient tout juste vingt ans. Elles étaient si belles.

Une voix de femme. Je me suis retourné. Carmen Avril se tenait derrière moi. Elle portait un pantalon et une veste noire, simplement colorée d'un mince fil rouge accroché à sa boutonnière. Elle serrait une fleur de pommier entre ses doigts. D'un lent mouvement, elle la jeta sur l'un des deux lits de pétales, celui de droite.

— Morgane avait la vie devant elle. Si seulement elle ne vous avait pas croisé cette nuit-là... Si seulement...

Elle se tut, comme incapable de prononcer un mot de plus. D'autres herbes, sur ma gauche, se couchèrent sous le poids de pas, plus légers. Une ombre élancée s'avança sous un noisetier. Vêtue de noir elle aussi, mais court vêtue. Un blouson de cuir coupé à la taille posé sur une robe de velours anthracite. Et un mince fil rouge cousu sur le cœur.

Océane.

Des larmes coulaient sur ses joues.

— Vous auriez dû m'assassiner aussi ce soir-là, murmura la jeune fille. Morgane et moi ne faisions qu'une. Deux sœurs. Un cœur.

Elle déposa près des flammes la fleur de pommier qu'elle tenait à la main.

— Oui, Jamal Salaoui, vous auriez dû m'assassiner. Même les pires chasseurs achèvent leur proie. Une bête blessée n'oublie jamais.

Sans réfléchir, tel un somnambule, j'ai marché vers le sous-bois pour me perdre dans la nuit. Mes jambes me portaient avec peine, je devais prendre appui sur chaque tronc, mais j'avançais, comme un ivrogne titube de table en table. Derrière moi, Carmen et Océane Avril n'avaient pas bougé. J'ai aperçu une sorte de clarté en direction de l'orée du bois, dans les champs qui s'étendaient jusqu'à la mer.

J'ai dépassé le dernier rideau d'arbres.

Quelques dizaines de mètres devant moi, une silhouette de femme, immobile dans la prairie, regardait l'estuaire. Elle tenait dans sa main droite un chandelier. Cinq flammes fragiles défiant comme par magie les vents du large.

Cette silhouette m'était familière…

Le sang s'arrêta brusquement de circuler dans mes veines.

— Myrtille était ma meilleure amie, fit doucement la voix.

Les mots s'envolèrent au-dessus des haies, vers l'horizon. Quelques cris de mouettes poignardèrent le silence.

— Myrtille était un ange. Pourquoi ôter la vie à un ange, Jamal ?

Elle se retourna, lentement. Je connaissais déjà le visage de cette fille dont les yeux humides allaient me crucifier de douleur. Une douleur sans haine, sans désir de vengeance. Juste une incompréhension face au mal absolu.

— Pourquoi, Jamal ? répéta-t-elle.

Puis Mona me lança un sourire triste qui signifiait qu'elle ne pouvait plus rien pour moi.

Je suis tombé, droit devant moi, genoux et paumes dans la boue. Je suis resté ainsi de longues secondes, attendant que l'argile rouge m'avale, ou qu'une de ces femmes vienne m'achever.

Océane. Carmen.

Le fantôme de Mona.

Les cloches de la chapelle sonnèrent alors, un carillon lugubre qui dura quelques secondes. Instinctivement, je me suis relevé, courbé, sale, comme si la glaise avait suffisamment séché pour raidir chacun de mes membres. J'ai marché vers l'ombre de la petite église aux murs de schiste, cinquante mètres sur ma gauche.

Curieusement, malgré l'enchaînement continu de faits inexplicables, je savais que je ne rêvais pas. Mon esprit avait abandonné l'espoir que je me réveille en sueur dans le lit de la chambre n° 7 de la Sirène ou que je me sois assoupi au volant de la Fiat 500.

Je vivais réellement ces événements. Sans doute les derniers de mon existence.

Les deux battants de la porte de la chapelle s'ouvrirent brusquement. Des néons et des halogènes illuminaient l'intérieur, puissants au point de m'éblouir. Je me suis avancé, mes deux mains en visière. J'ai distingué dans la minuscule nef deux prie-Dieu devant un autel fleuri de fleurs fanées. En m'approchant encore, j'ai aperçu quelques bancs de chêne clair, vides, eux aussi, sur lesquels étaient posés des livres rouges. Sans doute des bibles ou des livres de prière.

La cloche sonna une fois encore. J'ai écarté mes mains rouges de terre.

— Nous devions nous marier le 2 octobre, résonna une voix dans la chapelle. Tout était prêt. Charles méritait de conduire sa fille jusqu'à l'autel. Louise de porter sur ses genoux l'enfant que j'aurais eu avec Myrtille. Si seulement elle ne t'avait pas croisé.

Deux pas cognèrent sur le pavé. Le costume de marié de l'homme se détacha de la porte de la chapelle. Mes yeux s'accrochèrent d'abord au fil rouge à sa boutonnière, puis s'élevèrent vers son visage.

Un visage que je connaissais.

La figure sévère de Christian Le Medef me fixa, puis il répéta distinctement à mon intention :

— Mme Myrtille Camus-Saint-Michel. Cela sonnait plutôt bien, non ?

Pendant que je m'enfuyais, j'ai entendu les quelques mots qu'il prononçait, pour lui-même cette fois.

— Si seulement j'avais été là pour la protéger.

J'ai marché droit devant moi, vers la ferme aux volets clos dont je devinais la masse tout au bout de l'impasse, après le réverbère. J'allais tambouriner à la porte, hurler, supplier les habitants de m'ouvrir, de fermer au verrou derrière moi, de ne surtout pas laisser entrer mes fantômes.

Il n'y avait pas un être vivant dans la cour de la ferme, pas même un coq pour dissiper les cauchemars.

Le chien aboya juste après. Un petit jappement ridicule de caniche, rien à voir avec un molosse gardant une propriété. Puis une lumière s'alluma quelque part et la boule de poils surgit comme une flèche. Elle se statufia à quelques mètres de mes jambes d'argile.

— Arnold ? ai-je crié.

Le ventre du shih tzu était recouvert d'un pull beige à rayures rouges, celui qu'il portait dans les bras de Denise, le matin du suicide de Magali Verron.

— Arnold, ai-je répété.

Le roquet refusait de reconnaître son nom. Il m'épiait avec un air de défi, montrant les crocs dès que j'esquissais le moindre geste.

J'ai désespérément cherché du regard une aide en direction des volets clos de la ferme, puis j'ai décidé d'avancer, tendant au shih tzu ma main de terre rouge. Les muscles du chien se bandèrent, gueule ouverte prête à se refermer sur mon poignet.

— Ça suffit ! hurla une voix à l'autre bout de la cour.

Le chien hésita un instant, puis renonça et détala en direction de la voix. Deux secondes plus tard, il sautait dans les bras de sa maîtresse. Denise Joubain lâcha la canne qu'elle tenait dans sa main droite pour le serrer contre elle.

J'ai croisé un instant le regard métallique de la vieille maîtresse du shih tzu, puis j'ai une nouvelle fois fait demi-tour. Il ne me restait plus qu'une direction à emprunter, le chemin du chenal ; toutes les autres retraites étaient coupées par des spectres.

Mon crâne explosait, comme si chacun de mes neurones se tendait jusqu'à l'infini pour ensuite se briser net. Des millions de fois simultanément. Un filet de sécurité qui se rompait, qui tombait dans le vide en arrachant tous les points d'attache. Mes bras, mes jambes, mes doigts, mon cou m'abandonnaient eux aussi. Je sentais mon sang ralentir sa course, tel un moteur qui tousse d'abord, puis, inexorablement, ralentit pour s'arrêter, définitivement.

Je devais tenir encore quelques secondes.

M'éloigner. M'éloigner. Fuir ces fantômes.

J'avais passé la dernière haie, presque à tâtons, quand les deux hommes en uniforme bleu surgirent dans mon dos.

— Ne bouge plus, Salaoui.

Piroz…

Bien entendu… Il ne manquait plus que lui au bal des morts-vivants.

Je me suis retourné, peinant à conserver mon équilibre.

Les deux phares du Boxer m'éblouirent comme un garenne aveuglé par des chasseurs. Le capitaine de gendarmerie, entre l'ombre et la lumière, braqua dans ma direction son revolver. Son adjoint fit de même avec son manque de conviction habituel. J'ai reculé de trois pas, le chenal n'était plus qu'à quelques mètres.

— Stop ! Stop, Salaoui. C'est la fin de la course, cette fois.

J'ai levé les mains mécaniquement et reculé encore d'un mètre.

— Nous n'avons pas terminé notre conversation, Salaoui. Tu te souviens ? Je te posais une question, il y a deux jours. Juste avant que tu me fracasses la maquette de l'*Etoile-de-Noël* sur la tête.

J'ai observé sur ma droite, au loin, les lumières d'Isigny. Le canal sombre sortait du port et descendait jusqu'à la mer, tel un égout géant à ciel ouvert.

— Une dernière fois, Salaoui. As-tu violé et étranglé Morgane Avril et Myrtille Camus il y a dix ans ?

J'ai fermé les yeux. La digue explosa dans mon cerveau. Des dizaines d'images affluèrent, ma main emprisonnait le sexe d'une femme sous une robe, son corps hystérique m'échappait, je déchirais la robe, clouais la femme au sol sous le poids de mon corps, écrasais ses seins, arrachais la culotte, libérais mon sexe, mes mains ensanglantées serraient une écharpe de cachemire rouge sur un cou blanc, fort, longtemps, jusqu'à ce que le corps abandonne. Je recommençais, à nouveau. Une fois, deux fois. Mona m'observait, en pleurs.

J'ai fait un pas en arrière et, quand j'ai hurlé, trois corbeaux se sont envolés du champ, mêlant au loin leur vol à celui des mouettes.

— Oui, Piroz ! Vous avez gagné. Je les ai violées et étranglées. Toutes les trois...

Ma volonté ne décidait plus de grand-chose lorsque j'ai basculé dans le chenal.

III

Jugement

Rosny-sous-Bois, le 3 août 2014,

De M. Gérard Calmette, Unité Gendarmerie d'Identification des Victimes de Catastrophes (UGIVC), Institut de Recherche Criminelle de la Gendarmerie Nationale (IRCGN)

A destination de M. le lieutenant Bertrand Donnadieu, Gendarmerie Nationale, Brigade Territoriale de Proximité d'Etretat, Seine-Maritime

Monsieur le lieutenant,

Je reviens vers vous suite à mon courrier du 22 juillet 2014 relatif à la découverte sur la plage d'Yport, Seine-Maritime, le 12 juillet 2014, de trois squelettes humains.

Comme convenu, nous avons procédé à un examen approfondi de l'ensemble des ossements, en particulier de leur empreinte génétique.

Nous sommes parvenus, somme toute assez rapidement, à élucider un premier mystère, à savoir la cause de leur mort. Elle est identique pour ces trois inconnus, que, je vous le rappelle, nous avons baptisés pour les commodités de l'enquête Albert, Bernard et Clovis.

Albert, Bernard et Clovis ont été empoisonnés. Leurs os contiennent des traces de muscarine, la toxine extraite des amanites, à une teneur qui ne laisse aucun doute sur l'origine criminelle de leur mort. Pour mémoire, la muscarine est une toxine difficilement décelable dans un aliment et qui entraîne une paralysie rapide du système nerveux central, puis un ralentissement inéluctable du rythme cardiaque.

Toujours pour mémoire, je vous rappelle que nous avons établi tout aussi formellement qu'Albert, Bernard et Clovis sont décédés à plusieurs années d'écart. Plus précisément, Albert est décédé lors de l'été 2004 ; Bernard, entre l'automne 2004 et l'hiver 2005 ; Clovis en 2014, entre février et mars. L'hypothèse la plus vraisemblable est donc qu'ils ont été assassinés par la même personne, selon le même mode opératoire, à plusieurs années d'intervalle. Rien cependant ne permet de l'assurer, et on pourrait tout autant faire l'hypothèse que Clovis a empoisonné Albert et Bernard avant de se donner la mort, ou même qu'Albert a assassiné Bernard, lui-même assassiné par la suite par Clovis.

Sur ce plan, il ne nous est guère possible d'aller plus loin.

Par contre, et c'est l'objet principal de ce courrier, le croisement entre l'ADN d'Albert,

Bernard, Clovis et le Fichier national automatisé des empreintes génétiques éclaire d'un jour nouveau non seulement l'identité de ces trois individus, mais également la résolution d'une affaire ancienne, le double meurtre de Morgane Avril et de Myrtille Camus (affaire dite de l'écharpe rouge), à laquelle la localisation de la découverte de ces trois squelettes, à savoir la plage de la falaise d'Yport, ne manque pas de laisser penser.

Pour être précis, le croisement des empreintes génétiques de Bernard et Clovis avec le FNAEG n'a rien donné. L'identité de ces deux individus est inconnue des services de police.

L'empreinte génétique d'Albert ne correspond elle non plus à aucun des fichiers recensés par le FNAEG, mais son ADN ne nous est cependant pas inconnu. C'est un euphémisme de le formuler ainsi, car on pourrait même affirmer sans exagération qu'il est l'un des codes génétiques les plus célèbres de nos services, et ceci depuis plus de dix ans. En effet, *l'ADN d'Albert correspond, sans aucun doute possible, à celui du sperme retrouvé sur les cadavres de Morgane Avril et de Myrtille Camus*. La date de la mort d'Albert pouvant être estimée entre juin et septembre 2004, et sachant que Myrtille a été violée le 26 août 2004, on peut en conclure avec certitude qu'Albert a trouvé la mort entre quelques jours et quelques semaines après le deuxième crime. Ceci explique pourquoi, malgré des milliers de tests ADN pratiqués auprès des proches et habitants, le violeur n'a jamais été identifié par son empreinte génétique, mais ne permet pas davantage ni de connaître son identité, ni de déterminer les raisons de sa mort.

J'ai par ailleurs transmis ces mêmes données au juge Paul-Hugo Lagarde, qui estimera si cette information est susceptible de remettre en cause, totalement ou partiellement, la thèse officielle sur l'identité du double meurtrier, qui, comme nous le savons vous et moi, a été démasqué formellement le samedi 22 février 2014.

Je ne sais, monsieur le lieutenant, si ces éléments d'information vous permettront à votre tour de faire davantage la lumière sur cette affaire. Nos hommes continuent de travailler sur cette énigme passionnante. Albert, Bernard et Clovis n'ont peut-être pas révélé tout ce qu'ils avaient à nous dire, et nous procédons actuellement à certains examens complémentaires. Nous sommes évidemment disposés à effectuer toutes les recherches que vous jugerez utiles à l'aune de ces récentes révélations.

Dans l'attente d'une issue que j'espère favorable à cette enquête, veuillez agréer, monsieur le lieutenant, l'expression de mes sentiments les plus distingués.

Gérard Calmette, directeur de l'UGIVC

37

L'espoir que je me réveille ?

La lumière dansait devant mes yeux, une lumière artificielle, comme celle d'un poisson fluorescent dans les profondeurs d'un océan sombre, un minuscule point brillant qui se mit à grossir, jusqu'à occuper tout mon champ de vision.

Je ne voyais plus qu'un carré blanc.

Il devait s'agir d'une sorte de tableau d'école sur lequel on écrit avec des feutres à l'encre effaçable, ou des lettres magnétiques.

J'ai repéré un petit carton rouge collé en haut du tableau. J'en connaissais déjà chaque mot.

Carmen Avril, mère de Morgane Avril, présidente
Frédéric Saint-Michel, fiancé de Myrtille Camus, vice-président
Océane Avril, sœur de Morgane Avril, secrétaire
Jeanine Dubois, grand-mère de Myrtille Camus, secrétaire adjointe
Alina Masson, meilleure amie de Myrtille Camus, trésorière

Tel un artiste qui surgit sur scène en écartant un rideau noir, Carmen Avril apparut soudain face à moi. Elle ouvrit la bouche et sa voix résonna dans mon cerveau, comme si ses pensées remplaçaient les miennes.

— Ce n'est pas bien difficile, monsieur Salaoui, de faire perdre pied à quelqu'un au point de le rendre fou. De faire basculer dans le néant toutes ses certitudes. Une toute petite association suffit, cinq personnes tout au plus, à condition qu'elles soient déterminées. A condition qu'elles soient soudées par le même but, absolu, inébranlable. *N'oublier jamais.*

Elle avança d'un pas. Du moins c'est ce que je crus en observant son visage prendre des proportions démesurées, comme lorsqu'un acteur s'approche d'une caméra. Sa voix aussi augmenta de volume, martelant sous mon crâne des mots saccadés qui semblaient se cogner d'une tempe à l'autre.

— J'ai deux bonnes nouvelles, monsieur Salaoui, vous n'êtes ni fou ni mort. Mais j'en ai également une mauvaise. Nous, membres de l'association Fil Rouge, vous accusons du double meurtre de Morgane Avril et de Myrtille Camus.

Aussi brusquement qu'elle était apparue, la silhouette de Carmen Avril se fondit dans l'obscurité, et à sa place se matérialisa celle de la vieille Denise. J'ai remarqué seulement alors des lettres magnétiques colorées aimantées sur le tableau blanc. Treize lettres exactement.

D.E.N.I.S.E J.O.U.B.A.I.N

Denise me regarda, du moins elle regarda dans ma direction car j'étais incapable de bouger, incapable de dire même si j'étais là, devant elle, de savoir si je possédais encore un corps.

Sa voix grinça.

— Tu vois, mon garçon, je ne suis pas la seule à perdre la mémoire.

D.E.N.I.S.E J.O.U.B.A.I.N

Ses mains ridées, lentement, firent glisser les lettres magnétiques sur le tableau.

Jusqu'à former un autre nom.

J.E.A.N.I.N.E D.U.B.O.I.S

La voix trembla encore.

— Tu sais tout, mon garçon, maintenant. J'espère seulement connaître à mon tour la vérité avant de mourir. Toute la vérité. Les derniers mots, le dernier souffle de ma petite-fille. Tu peux au moins m'accorder cela.

D'un coup, elle disparut, comme si un metteur en scène avait coupé la scène au montage. La seconde suivante, le tableau était toujours là, mais les lettres avaient changé.

Seize lettres cette fois.

C.H.R.I.S.T.I.A.N L.E M.E.D.E.F

Le chômeur déprimé surgit brusquement devant le tableau, comme craché par la nuit.

Un vague sourire au coin des lèvres.

Elles ne bougeaient pas, et pourtant j'entendais distinctement le timbre éraillé de sa voix de fumeur vibrer dans mon crâne, comme si lui aussi piratait mon cerveau.

— Entre un type de cinquante ans, usé, seul, et un autre de quarante, filant l'amour parfait avec une amoureuse de vingt ans, à quelques mois de construire une famille, sa famille, il y a plus qu'une lettre de différence, Salaoui. Il y a une vie. Celle que tu m'as volée.

Ses longs doigts déplacèrent les lettres de son nom.

C.H.R.I.S.T.I.A.N L.E M.E.D.E.F

En composèrent un autre.

F.R.E.D S.A.I.N.T-M.I.C.H.E.L

— Le Medef, vibra la voix cassée dans ma tête. Il fallait oser l'inventer, non ? Baptiser Le Medef un personnage au chômage… C'était tellement évident, tellement tentant, tellement risqué… Tu y as cru pourtant, jusqu'au bout… Alors que tout était là, devant tes yeux, énorme !

Il disparut à son tour.

Je n'étais qu'un pur esprit, lent, calme, comme ligoté à un rêve de coton, impuissant, condamné à observer ce défilé devant le tableau sans la moindre force pour même tourner la tête, lever un bras ou une main. En possédais-je encore, perdu quelque part dans les limbes d'une mémoire violée ?

Le tableau toujours.
D'autres lettres.

M.O.N.A S.A.L.I.N.A.S

Mona surgit de nulle part, sans doute d'un trou de souris.

Regard baissé. Voix faible, presque un chuchotement, qui pourtant se mélangeait, comme amplifiée, à mes pensées.

— Merci, Jamal. Tu as trouvé mon histoire émouvante, tu me l'as avoué tout à l'heure. J'aimerais entendre la tienne maintenant, la vraie histoire, Jamal. Pas une nouvelle invention. Pas une nouvelle fuite.

M.O.N.A S.A.L.I.N.A.S

Elle ôta la première et la dernière lettre de son nom de famille, inséra les deux « S » dans son prénom...

A.L.I.N.A M.A.S.S.O.N

— Nous n'avons pas triché, Jamal. Tu disposais de tous les indices. De tous les noms, de toutes les lettres, de toutes les clés. Il n'y avait qu'à regarder. Qu'à les remettre dans le bon ordre. Mais tu n'as rien vu...

Elle disparut.
J'en avais enfin fini avec les fantômes, pensais-je.

Nouveau flash
Le tableau.
Six lettres.

A.R.N.O.L.D

Le shih tzu dormait sous le tableau, sur le sol.
Une main anonyme traversa mon champ de vision.
Se contenta de changer l'ordre de trois lettres.

R.O.N.A.L.D

Le chien ouvrit un œil puis se rendormit.
Noir total.

38

La vraie histoire ?

Lorsque je me suis réveillé, il faisait encore nuit et mon corps tanguait. J'ai un instant imaginé que j'étais mort noyé, que mon cadavre dérivait entre deux eaux noires au fond de l'océan mais que, par je ne sais quel miracle, ma conscience demeurait intacte. Puis ma main droite a touché le fond. Chaud. Mou. Doux.

Un matelas…

J'étais allongé sur un lit.

J'ai continué l'exploration à tâtons. Le sommier semblait encastré dans un meuble de bois. J'ai tenté de me lever. Impossible. Mon poignet gauche était retenu par une menotte accrochée à une planche de la paroi.

J'ai tiré sur mon bras entravé pour fouiller l'obscurité. Ma main se heurta à un plafond de bois moins d'un mètre au-dessus de ma tête.

Des planches, tout autour de moi.

Un cercueil ?

Les planches bougeaient.

Un cercueil dans le coffre d'un corbillard ?

Un frisson me parcourut. J'étais entièrement nu sur ce lit. A l'exception de ce rêve, ce défilé de fantômes devant le tableau blanc, mon dernier souvenir était celui de la morsure de l'eau glacée du chenal d'Isigny à la mer. Mes sauveteurs, puisqu'on m'avait sorti de l'eau, sans doute inconscient, avaient pris soin de confisquer ma prothèse. Comme si les menottes ne suffisaient pas…

J'ai changé de position, je me suis accroupi sur le lit. Ma main au bout de la cloison frôla un tissu épais, se glissa dessous. Mes doigts se posèrent sur une paroi de verre froide. Une fenêtre ? Un rideau ? J'ai tiré sur l'étoffe, la faible lueur me suffit pour comprendre.

L'eau giclait sur le verre.

J'étais enfermé dans la cabine d'un bateau !

Plus tard, mais il faisait encore nuit puisque seule une demi-lune éclairait vaguement la cabine par le hublot, on cogna à la porte.

Mon visiteur n'attendit pas que je l'invite à entrer. Il appuya sur l'interrupteur et referma la porte derrière lui. Le néon au plafond m'aveugla. Dans le halo blanc, j'ai reconnu le capitaine Piroz. Il portait une bouteille de calvados, deux petits verres à goutte, et une feuille de papier roulée en cylindre fermée par un bolduc rouge.

— Cadeau, fit Piroz à voix basse.

Je comprenais sans qu'il le dise que sa visite nocturne avait un caractère clandestin. Il m'observa sans pudeur, nu sur le lit, puis fixa mon moignon avec dégoût.

— Quelle idée de te jeter dans le canal ! Putain, on a dû plonger nous aussi pour te sortir de la flotte. La Vire ne devait pas faire dix degrés. Tu nous excuseras de ne pas t'avoir demandé l'autorisation de te foutre à poil. C'était ça ou tu crevais d'hypothermie...

Je me suis recroquevillé, dissimulant mon pénis sous ma jambe atrophiée.

— Faut dire, continua Piroz, Alina avait un peu forcé sur le Stilnox dans la Thermos de café.

— Alina ?

— Ouais... Tu dois te souvenir. La jolie petite rousse qui n'a pas hésité à se faire sauter par un infirme ? A moins que tu ne la connaisses mieux sous le nom de Mona ?

Mona. Alina. Les fantômes des Grandes Carrières surgirent à nouveau devant mes yeux. Flous. Incertains. Les cloches de la chapelle se mélangeaient aux jappements du shih tzu. Le Stilnox dans le café, sans doute. J'ai tenté de les balayer pour me concentrer sur l'instant présent.

— Où je suis ?

— T'as deviné, je suppose. Sur un bateau. Le *Paramé*, un kotter hollandais retapé par des Bretons. Il est à peine 5 heures du matin, on a largué les amarres d'Isigny dès qu'on t'a repêché.

Il marqua une pause, posa la bouteille et les verres sur le chevet de la couchette, puis précisa sans même que je lui demande :

— Direction Saint-Marcouf ! Tu as dû apprendre ces derniers jours l'existence de cet archipel de merde, les seules îles de la Manche du Cotentin jusqu'à la frontière belge. Je te rassure, le trajet n'est pas très long, à peine sept kilomètres, mais on traîne pour ne pas arriver avant l'aube.

J'ai vainement cherché autour de moi un drap pour me couvrir.

— Qu'est-ce qu'on va foutre à Saint-Marcouf ? ai-je aboyé.

Piroz versa doucement le calvados dans chacun des deux verres.

— Je crois que cela devrait ressembler à un procès. Interrogatoire, aveux, instruction, jugement. Mais ils vont accélérer la procédure, je pense. Leur objectif est de tout boucler le temps d'une marée.

— Qui ça, ils ?

Le capitaine enfonça le bouchon du plat de la paume et me regarda.

— T'as pas encore compris, alors ? On t'a passé un petit montage vidéo tout à l'heure, pour mettre les points sur les *i* et sur les autres lettres aussi, dans l'ordre, écouteurs vissés dans les oreilles et écran collé sous ton nez, mais visiblement t'étais encore dans le coaltar. Pour t'expliquer le plus simplement possible, on va dire que tu as eu affaire à des comédiens qui appartiennent tous à la même troupe, Fil Rouge, ça te dit quelque chose ? Certains ont joué leur propre rôle, d'autres un personnage sorti de nulle part, mais tous avaient le même but, mon grand. Te piéger !

Me piéger ?

Les événements des trois derniers jours défilèrent. Les coïncidences, les incohérences, les témoignages contradictoires…

— Un joli casting, non ? insista Piroz. Carmen et Océane Avril jouaient leur propre rôle. Logique, il y avait fort à parier que tu essaierais de les rencontrer. La petite Alina a hérité du personnage le plus difficile, celui de Mona, une fille pas très farouche de passage à Yport qui, selon le script, devait te séduire, et même baiser avec toi en cas de besoin… Je peux même t'avouer que c'est moi qui ai eu l'idée du baratin sur la silice des galets. Le fameux prof de chimie moléculaire, Martin Denain, s'est fait cambrioler sa villa de Vaucottes il y a un an. Je suis intervenu, on a sympathisé, il s'était un peu intéressé à l'affaire Morgane Avril, à l'époque. Il m'a laissé un jeu de clés pour que je surveille de temps en temps sa résidence secondaire. Cela nous a permis de te fournir une planque crédible sans même avoir à demander l'autorisation à ce brave chercheur qui ne met jamais les pieds dans le coin en hiver.

Mona n'avait jamais été chercheuse.

Mona n'existait pas…

Elle n'était qu'un avatar créé de toutes pièces, interprété par une fille qui avait docilement appris son rôle.

Piroz observa mon trouble avec une pointe de sadisme, puis continua.

— Les trois autres rôles supposaient moins d'intimité. Ce pauvre Frédéric Saint-Michel, le fiancé de Myrtille Camus, a endossé le costume du premier témoin, le dépressif Christian Le Medef. La grand-mère de Myrtille, mamie Ninja, jouait le second, la vieille Denise Joubain, son chien Ronald sous le bras, celui qu'elle a recueilli après la mort de Louise et Charles Camus. Je dois t'avouer qu'il a été plus difficile de convaincre le dernier acteur, Gilbert Avril, le frère de Carmen, mais il fallait bien que quelqu'un joue le flic à mes côtés. On ne peut pas dire que cet abruti l'ait fait avec beaucoup de conviction.

Dès que Piroz eut terminé d'énumérer le générique, j'ai répondu sans réfléchir, sans chercher à repasser dans ma tête le nombre d'indices crevant les yeux que j'avais laissés passer.

— Pourquoi tout ce cirque, bordel ? Pourquoi monter ce barnum pour moi ?

Le gendarme me tendit un verre de calvados. Je l'ai reniflé avec méfiance.

— L'association Fil Rouge a consacré des milliers d'heures à creuser cette hypothèse, le double inconnu, jusqu'à isoler le seul type présent à la fois le samedi 5 juin 2004 à Yport et le jeudi 26 août 2004 à Isigny-sur-Mer. Au bout du compte, des années plus tard, en 2011 exactement, après avoir recoupé des centaines de témoignages, un seul nom est sorti du chapeau. Le tien, mon grand ! Jamal Salaoui. Tu as loué une chambre au gîte la Caïque la nuit du 5 juin et tu as passé une journée à Grandcamp-Maisy, au camp voile de la Communauté d'agglo de Plaine Commune, le 26 août. CQFD, Jamal. C'est toi le coupable…

J'ai soufflé de soulagement. Un immense poids sur ma conscience venait de fondre.

Toute cette mise en scène ubuesque n'avait pour origine qu'un malentendu !

J'ai renoncé sur le moment à expliquer à Piroz que je n'avais jamais mis les pieds à Yport avant cette semaine, que j'avais annulé cette réservation au gîte parce que la fille avec qui je voulais passer le week-end m'avait fait faux bond, que j'avais fait l'aller-retour Clécy-Grandcamp sans passer par Isigny ni entendre parler du meurtre de Myrtille Camus.

— Quelle bande de malades ! ai-je sifflé. Et vous, Piroz, vous avez accepté de participer à cette mascarade ?

Le capitaine vida son calva cul sec, puis me sourit.

— L'idée de la machination venait de Carmen Avril, tu t'en doutes. C'est elle qui a convaincu tous les autres. Mets-toi à leur place un instant. Tu es le seul coupable possible, mais il n'y a aucune preuve contre toi à part cette coprésence. Insuffisant pour convaincre le juge Lagarde de bouger la moindre fesse après toutes ces années, et j'ai essayé pourtant, tu peux me croire. Pire même, on s'approchait de la date fatidique des dix ans sans nouvelle procédure judiciaire, donc de la prescription définitive de l'affaire...

Mets-toi à leur place...

Piroz ne s'associait pas à eux. J'avais la curieuse impression que le capitaine ne partageait pas la conviction des membres de l'association Fil Rouge. J'ai insisté.

— Vous n'avez pas répondu, Piroz. Depuis quand la gendarmerie nationale participe-t-elle à ce genre de délire pour piéger un suspect ?

Il fit couler une ultime goutte d'alcool sur ses lèvres.

— Au départ, Jamal, ce n'était pas bien méchant. Il s'agissait simplement de te faire revenir à Yport et de te mettre en condition, de faire resurgir dans ta mémoire certains souvenirs. La mise en scène ne devait durer qu'une journée et avait deux objectifs bien précis, un pour chacune de tes visites à la gendarmerie. Pour la première, récupérer ton empreinte génétique, ton sperme, ton sang, tes ongles et tes poils de cul. Pour la seconde, le lendemain, te coincer et te faire avouer les deux crimes. Tout devait s'arrêter alors. Preuves génétiques et aveux ! Nous n'avions pas prévu, mon salaud, que tu m'écraserais ma maquette de l'*Etoile-de-Noël* sur la gueule et que tu foutrais le camp dans la nature. A partir de ce moment-là, nous avons improvisé pour garder l'avantage, c'est-à-dire, en clair, te rendre complètement timbré.

S'il s'attendait que je m'excuse pour sa maquette à la con, il pouvait se brosser. J'ai reposé le verre de calva sur le chevet.

— Tu devrais boire, garçon, me conseilla Piroz. T'es gelé. Tu vas attraper la mort.

— Ça va, je vais survivre ! Puisque vous avez récupéré mon sperme et tout le reste, vous avez eu le temps de les comparer avec l'ADN du tueur à l'écharpe rouge, non ? (J'ai forcé l'ironie dans ma voix.) Je suppose que vous allez m'annoncer que mon sperme correspond très exactement à celui du violeur qu'on recherche depuis dix ans. Bonne pioche ! Le contraire serait plutôt con, non ? S'être donné tant de mal pour rien.

Piroz me regarda avec des yeux amusés.

— T'as raison au moins sur un point, mon garçon, j'ai les résultats...

Il agita devant mon nez la feuille blanche enroulée dans un bolduc fuchsia.

— Ce morceau de papier contient la preuve ultime. Une chance sur deux. Ton bon de sortie ou un aller simple pour la perpétuité... Mais il va juste falloir attendre un peu avant d'avoir la réponse.

J'ai eu la même impression que quelques instants auparavant. Piroz ne semblait plus croire à ma culpabilité. Ou bien, une nouvelle fois, il jouait au chat et à la souris avec moi.

Il se servit un nouveau verre de calva.

— Je vais d'abord répondre à ta question, celle d'avant, pourquoi un flic comme moi a-t-il accepté de participer à cette mascarade, au point de te convoquer à la gendarmerie de Fécamp sans qu'aucun collègue soit au courant de ce que tu venais y faire ? Tout d'abord, Salaoui, je prends ma retraite dans trois mois, alors tu comprends, le blâme et toute la hiérarchie qui va me tomber dessus, je m'en contrefous. Ça m'amuserait presque. Ensuite, cela fait près de dix ans que je travaille sur cette affaire de double meurtre, et faut bien reconnaître que sans l'idée à la con de Carmen, te secouer, te mettre la pression pour t'amener à te trahir, je n'avais aucun élément pour que Lagarde accepte d'ouvrir officiellement l'enquête et te fasse comparaître comme témoin.

Mon poing se crispa.

— Mon cul ! Il suffisait de me demander. Qui vous dit que je n'aurais pas accepté ? Je n'ai pas violé ces filles ! Je vous aurais filé une éprouvette de mon sang ou de mon sperme et tout aurait été fini sans avoir besoin de passer par vos conneries. En prime, je suppose que des aveux obtenus avec des moyens aussi tordus n'auraient aucune valeur devant un juge.

Piroz m'observa, comme si je l'impressionnais par ma clairvoyance.

— Aucune valeur légale, tu as raison, mon grand. Tu as parfaitement raison. En réalité, si j'ai accepté cette putain de mise en scène de Carmen Avril, c'est pour une tout autre raison, une raison que je suis le seul à connaître. (Il leva son verre.) Mais comme pour tes résultats d'ADN, il faudra juste que tu attendes un peu pour que je te l'explique. Allez, santé !

39

Un joli casting, non ?

Il vida son second verre de calva. Sans réfléchir, j'ai attrapé le mien et j'ai fait de même. Le tord-boyaux m'incendia le palais. J'ai essuyé les gouttes glacées qui coulaient le long de mes tempes et j'ai tenté de faire le point à voix haute.

— Donc, Piroz, si je résume, vous me gardiez sous contrôle. Mona me surveillait et distribuait les enveloppes marron qui me révélaient, à dose homéopathique, les tenants et aboutissants de l'affaire Avril-Camus. Frédéric Saint-Michel et mamie Ninja jouaient à cache-cache pour me faire douter de tout. Vous créez ce personnage de Magali Verron, vous lui inventez une identité sur Internet pour que la ressemblance avec Morgane Avril soit troublante, pour que je puisse même en venir à penser avoir mélangé les deux femmes. Mais…

Ma main se crispa soudain sur le verre vide. L'image de la fille au visage tuméfié, l'écharpe rouge autour du cou, sur la plage d'Yport, m'explosa à la figure.

— Mais, bordel, Piroz. Qui s'est jetée dans le vide il y a trois jours ? Qui est morte ce matin-là ?

— Personne, Salaoui.

— Putain, vous n'allez pas recommencer à me prendre pour un con. J'étais là ! Elle est tombée du haut de la falaise devant mes yeux.

Piroz reposa doucement son verre.

— Tu as vu *Vertigo,* Salaoui, le film de Hitchcock ?

J'ai secoué la tête sans vraiment répondre

— *Vertigo,* c'est l'histoire d'un détective privé qui se fait engager pour surveiller la femme d'un de ses amis. Elle a des tendances suicidaires et, au bout du compte, elle se tue devant lui en se jetant dans le vide du haut d'une tour. Du moins il le croit. En fait, c'était une arnaque, un coup monté par le mari, elle a balancé un mannequin à sa place. Ce détective n'avait été choisi que pour une seule raison : il souffrait de vertige et donc ne pouvait pas assister en direct au plongeon de la belle...

— Quel rapport avec moi ?

— Ta jambe de bois, ducon ! A cause d'elle, tu ne pouvais pas t'approcher assez près de la falaise pour voir le corps de Magali Verron s'écraser sur les galets. Surtout un matin, sur un tapis d'herbe gelée. Au fond, toute l'idée tordue de Carmen est née de là, une association d'idées, la falaise d'Yport et ta patte folle...

— Je l'ai vue se jeter dans le vide. Puis, juste après, son corps en sang sur les galets...

— Juste après... Sois plus précis, Salaoui. Quarante-sept secondes exactement ! Le temps de courir vers la plage par la rue Jean-Hélie, de descendre l'escalier du casino, d'arriver sur la digue. On a refait les calculs des dizaines de fois, impossible pour toi de mettre moins de temps. Une fois en bas, deux témoins dont tu ne pouvais pas douter de la sincérité te confirmaient avoir vu le corps de Magali s'écraser sur la plage.

J'ai regardé Piroz, toujours sans comprendre. Il suait lui aussi. Il n'avait pas l'air très à l'aise. J'avais l'impression qu'il hésitait à se servir un troisième verre.

— Si je ne suis pas complètement débile, je suppose que c'est Océane Avril qui a joué le rôle de Magali Verron. Mais un détail m'échappe alors, Piroz, juste un détail de rien du tout. Si tout est bidon, comment a fait Océane pour se poser en douceur sur la plage ? Elle s'est laissé pousser des ailes ?

— Océane est un sacré brin de fille ! Belle à se damner. Sportive. Déterminée, surtout. Déterminée à venger sa sœur jumelle. Dès que le plan a été échafaudé, il y a près d'un an maintenant, elle a commencé l'entraînement.

Une étrange chaleur a envahi mon ventre à l'énoncé des qualités d'Océane. La fille de mes rêves, ai-je un instant repensé. Un ange capable de voler.

Je me suis forcé à agresser Piroz.

— L'entraînement de quoi, putain ?

— De base jump. La fédération compte quelques centaines d'adhérents en France et quelques milliers dans le monde. Pour te résumer, le base jump consiste à effectuer des sauts très courts à partir d'un point fixe. Le bord d'un précipice. Une tour d'immeuble. Le clocher d'une église. Une falaise. On joue pas à ça dans ta banlieue ?

Je n'ai rien répondu ; j'attendais, incrédule.

— Si tu veux tout savoir, Salaoui, les sauts en base jump se pratiquent à partir d'une hauteur d'un minimum de cinquante mètres. Les falaises à Yport s'élèvent à près de cent vingt mètres au-dessus de la plage, donc tu vois, même sans être une professionnelle, Océane ne risquait pas grand-chose.

— Je l'ai vue se jeter dans le vide devant moi, ai-je encore répété. L'écharpe rouge à la main. Sa robe déchirée…

— C'est l'avantage du base jump. La discipline se pratique avec un extracteur, une sorte de petit parachute rond replié dans une pochette fermée par un Velcro. Dans leur jargon, ils appellent aussi cela la tail pocket, un sac qui épouse la forme du dos, épais de moins de dix centimètres. Très impressionnant, presque invisible sous une veste ou un manteau.

— Ou une robe déchirée ? ai-je ajouté d'une voix blanche.

— Gagné, mon garçon ! Ce que tu as pris pour une robe déchirée dans la précipitation par un agresseur nous a demandé de longues heures de confection. Il fallait que la robe sexy dissimule juste ce qu'il faut les harnais qui entouraient sa taille et passaient entre ses cuisses et ses épaules, et bien entendu la tail pocket dans son dos, libérée dès qu'Océane sauterait et tirerait sur sa robe en lambeaux. Océane est une excellente comédienne… et elle possédait beaucoup d'arguments pour détourner ton attention, non ?

Je n'ai rien répondu au flic. Incapable de le croire. Incapable d'admettre une vérité aussi effarante.

Depuis cet entretien, depuis la fin de toute cette histoire, j'ai vérifié. J'ai visionné sur You Tube des centaines de vidéos de base jump. Je suis resté une nuit entière, fasciné, à suivre ces fous furieux s'amuser aux quatre coins du monde à se jeter dans le vide à partir des endroits les plus improbables, cathédrales, ponts, antennes-relais. J'ai aussi surfé sur les sites de matériel spécialisé. Piroz n'inventait rien. Une tail pocket peut s'acheter en ligne sur Internet et prend moins de place qu'un sac à main porté sur le dos.

— Une chute dure moins de quatre secondes, continua Piroz. Tu as dû remarquer que la base de la falaise est percée de dizaines de cavités dans le calcaire, des grottes, plus ou moins larges, suffisantes pour que quelqu'un s'y dissimule. Même la grosse Carmen ! Quarante-sept secondes, c'était plus que suffisant pour qu'elle maquille le visage d'Océane, rouge sang, puis qu'elle se cache, avec la tail pocket, dans la cavité de la falaise la plus proche.

J'ai repensé à ma course éperdue jusqu'à la plage. Mon arrivée près du corps, juste avant Christian Le Medef et Denise Joubain. Ce cadavre allongé.

— Océane jouait la morte ? Bordel, comment a-t-elle pu tenir tout ce temps ? On vous a attendus plus de dix minutes avant que vous ne vous pointiez avec le fourgon de la gendarmerie.

Piroz ne résista pas. Il se servit un troisième verre.

— Souviens-toi, Salaoui. Il faisait un froid de canard, ce matin-là. Pourtant, quel a été le premier geste de Jeanine, enfin, Denise-la-zinzin pour toi ?

La réaction de Denise me revint. Evidente. Comment avais-je pu être idiot à ce point ?

Piroz triompha.

— Elle t'a demandé ta veste pour couvrir le visage et le tronc d'Océane ! Et surtout lui permettre de respirer tranquille pendant que tu te les caillais !

Piroz trempa ses lèvres dans le verre de goutte, comme pour faire durer le plaisir.

— Il y a juste un détail que l'on n'avait pas prévu, c'est que tu aies l'idée de lancer à Océane cette écharpe rouge qu'on avait soigneusement accrochée sur ton chemin. On a improvisé. Océane a sauté avec. Carmen a eu l'idée de l'enrouler autour du cou de sa fille, histoire de pimenter un peu plus la mise en scène. Ça a dû te faire gamberger, non ?

— Bande d'enculés !

Piroz éclata de rire.

— Content que tu le prennes bien !

Pendant qu'il sirotait son alcool, sans oser le vider d'un trait, j'ai fixé mon regard sur le rouleau de papier.

Mon empreinte génétique comparée à celle du double tueur.

La preuve de mon innocence, que tout ce délire ne rimait à rien. Sauf si Piroz avait truqué cet examen, comme le reste.

— Vous vous êtes donné beaucoup de peine pour rien, ai-je fanfaronné. Avec tout le respect que je dois à la douleur de ces faux culs de l'association Fil Rouge, avec une mention spéciale pour cette salope de Mona, ou Alina, comme vous voudrez, vous avez misé sur le mauvais cheval. Je ne suis pas le tueur. Dommage... Vous ferez passer le message ?

J'ai tendu la main, comme pour signifier à Piroz que j'attendais la clé ouvrant la menotte qui liait mon poignet droit au mur.

— Je crois que tu n'as pas bien compris, Salaoui. Que tu sois ou non le violeur, ils s'en foutent. Ils veulent juste un coupable !

Un frisson parcourut mon corps nu du haut du dos jusqu'à mon genou coupé.

— Putain. C'est quoi, leur prochain délire ?

— T'obliger à avouer, d'abord. Puis ils vont t'exécuter. Dix ans qu'ils ruminent ce moment-là. Dix ans que Carmen rêve de couper les couilles de celui qui lui a pris sa fille chérie. Dix ans qu'elle aiguise la douleur d'Océane comme un poignard. Dix ans que Frédéric Saint-Michel se retient, comme une cocotte-minute qui va exploser. Dix ans qu'il rêve de faire valser tous ses principes de bon chrétien pour étrangler de ses propres mains l'assassin de sa fiancée.

— Bordel, Piroz. Je suis innocent !

Piroz avança doucement son verre vers le mien. Ce con voulait trinquer ! Je n'ai pas réagi. Sans se vexer, il vida le godet en renversant sa nuque d'un mouvement sec.

— Je sais, lâcha-t-il enfin.

Une décharge électrisa chaque infime portion de ma peau.

Il sait ?

Il sait quoi ?

Que je ne suis pas coupable ?

Le capitaine de gendarmerie dénoua lentement le bolduc autour de la feuille roulée, puis me le tendit.

— Cadeau, Salaoui. Ça ne m'aurait pas déplu que tu sois le violeur. Un Arabe débile avec une seule jambe, cela aurait simplifié les choses. Mais je dois bien reconnaître l'évidence, ton ADN ne correspond pas à celui du tueur à l'écharpe rouge. Tu n'es pas l'assassin, mon grand.

Fébrile, j'ai consulté sur la feuille une suite interminable de triplets de lettres, similaires à celles que j'avais lues dans le dossier de Morgane Avril et de Magali Verron. Piroz n'avait aucune raison de me mentir, cette fois. J'ai soufflé. Mon regard se perdit au-delà du hublot, vers la nuit pâle sur la mer.

— Vous le savez depuis quand ?

— Cet après-midi. Aux alentours de 17 heures…

J'ai explosé.

— Pourquoi tout ce cirque alors, si vous aviez la preuve que j'étais innocent ? Cette fusillade bidon près de l'ancienne gare des Ifs ? Cette mise en scène grand-guignol aux Grandes Carrières d'Isigny ? Pourquoi cette croisière vers Saint-Marcouf, bordel ?

Piroz me reprit la feuille d'analyse ADN et la roula à nouveau.

— Doucement, Salaoui. Savoure. Les forces de l'ordre sont de ton côté. Elles te savent innocent. Elles te protègent. Tu n'as plus rien à craindre.

J'ai tiré sur mon poignet menotté.

— Libérez-moi, putain...

— Du calme, je te dis. Pour être sincère, ce résultat ne m'a pas surpris. Jamais je ne dirais cela devant Carmen Avril, elle serait capable de m'arracher les yeux, mais je n'ai jamais cru en son hypothèse du double inconnu, du moins je n'ai jamais cru que ta présence à la fois à Yport et à Isigny te désignait de façon certaine comme coupable. Depuis le temps que je travaille sur l'affaire, j'ai eu le temps d'échafauder une autre hypothèse. Une hypothèse plus personnelle, si tu veux... Plus complexe aussi.

— Allez-y, déballez, on a toute la nuit.

— Et toute la marée montante demain matin, tu verras. Pour faire court, disons que quand Carmen Avril a essayé de me vendre son idée délirante, te coincer en faisant jouer un rôle à tous les membres de l'association Fil Rouge, j'ai sauté sur l'occasion.

— Ne tournez pas autour du pot, Piroz.

Le capitaine toussa. Il ne semblait pas très à l'aise.

— Tu n'as pas encore compris ? Je vais clarifier, alors. Je t'ai utilisé comme appât ! J'ai marché dans leur combine pour détourner leur attention. Parce que...

Piroz toussa à nouveau. J'ai repensé au contenu des enveloppes marron, aux dernières avancées de l'enquête, aux doutes de Mona-Alina. Myrtille

Camus connaissait son violeur. Elle et Morgane Avril avaient été victimes d'un dragueur. Elles avaient rendez-vous avec lui...

J'ai élevé la voix.

— Parce que vous avez découvert l'identité du véritable coupable ?

Piroz me fit signe de baisser d'un ton. J'ai continué, tout en parlant à peine moins fort.

— Je le connais ? La police a vérifié toutes les empreintes génétiques des proches de Morgane Avril et de Myrtille Camus. Il est impossible que le double violeur soit l'un d'eux !

J'ai marqué une pause, puis j'ai avancé une autre question.

— Et que vient foutre cette histoire de dilemme du prisonnier dans tout ce cirque ?

Piroz me répondit par un sourire énigmatique.

— Tu sauras ça dans quelques heures, Salaoui. Tout est prévu. Tout est en place. Fais-moi confiance. Je ne te demande qu'un service : joue leur jeu ! Ils t'ont suffisamment fait tourner en bourrique ces derniers jours pour que tu puisses leur jouer la comédie quelques heures, non ? Demain matin, ne leur parle pas de notre petite conversation. Personne d'autre n'est au courant. Ton innocence doit rester un secret encore quelques heures. C'est le seul moyen pour amener le coupable à se trahir.

— Vous me faites chier avec vos stratégies à la con.

Il ouvrit à nouveau la bouteille de calva et se servit un quatrième verre.

— A ta santé, Salaoui. Dans quelques heures, tout sera terminé. Tu seras blanc comme neige. Tu pourras t'envoyer en l'air autant que tu le voudras avec la petite Alina.

Il prit un verre sur le chevet, me le tendit, mais je n'ai pas esquissé le moindre geste. Piroz haussa les épaules.

— Tu lui as tapé dans l'œil, mon grand. Plus elle te fréquentait et moins elle semblait croire en ta culpabilité. Retiens bien ce conseil, Salaoui. Avec moi, elle est ta seule alliée sur ce bateau.

Mona ?

Ma seule alliée ?

A cet instant j'éprouvais pour cette souris sournoise le mépris le plus profond.

Illusion. Trahison. Déception.

Dire qu'Ophélie lui avait donné la note de 21 sur 20 avec cette mention :

Ne la lâche pas, c'est la femme de ta vie.

La femme de ma vie ?

Ma seule alliée ?

Je ne savais pas encore à quel point Ophélie, tout comme Piroz, se trompait.

Lorsque Piroz sortit de la cabine du bateau, reprenant sa feuille, sa bouteille et ses deux verres, titubant un peu, j'ai senti une intense chaleur monter, m'envelopper, m'asphyxier, comme si les lattes de bois de la cabine étaient en réalité celles d'un sauna. Bizarrement, j'ai repensé au jour où j'avais fumé mon premier joint, tout seul, un samedi soir, sur le toit du préau de l'école Louise-Michel. Ce jour-là, j'avais coupé d'un coup toutes les amarres, tous les sacs de lest qui me ratatinaient au sol.

Largués !

Je me sentais léger. J'étais innocent. Les flics en avaient la preuve.

Il ne me restait plus qu'à dire adieu à cette troupe de connards qui avaient failli me rendre dingue.

A l'exception d'Océane peut-être...

40

Joue leur jeu ?

Les cris des cormorans et des goélands me réveillèrent, comme si des milliers d'oiseaux marins s'étaient donné rendez-vous sur un réseau social pour accueillir l'arrivée du *Paramé* à Saint-Marcouf. Le jour semblait à peine levé. Un timide soleil pointait un œil rouge au milieu du hublot, cerné de larmes d'écume.

Les murs de bois vibrèrent soudain. Des cris, d'hommes cette fois. J'ai compris qu'on amarrait le *Paramé*. La porte de ma cabine vola dans l'instant suivant. J'ai reconnu Carmen Avril à sa masse imposante. Elle portait un ample ciré violet.

— C'est l'heure ! cria-t-elle.

Elle détailla avec dégoût mon corps nu, s'attarda sur le moignon à mon genou gauche. Elle toisait un monstre. Un être infirme et pervers. J'avais rarement observé face à mon handicap un tel mélange de fascination et de haine.

L'assassin de sa fille chérie. Qu'elle croyait…

Je me suis ostensiblement étiré sur le matelas, ouvrant les cuisses sur mon pénis.

J'étais innocent ! Les flics étaient de mon côté, pas du sien.

— Enfile ça, beugla Carmen en lançant une boule de vêtements sur mon lit.

Dans le même mouvement, elle pointa vers moi la tige de fer qu'elle tenait derrière son dos. Une sorte de tisonnier, mais en plus long et plus épais, deux bons centimètres de diamètre pour un mètre de long.

Instinctivement, je me suis reculé au fond de l'alcôve. J'étais innocent mais menotté, nu, sans défense face à une folle ayant ruminé sa vengeance pendant dix ans. Carmen Avril approcha la barre de fer puis la tint en équilibre juste devant mon visage.

Le temps s'arrêta. Infini.

Enfin, elle la laissa tomber sur le sol. Le fer à béton vibra dans un interminable écho de cymbales.

— Ça te servira de béquille.

Sans un mot de plus, elle posa une petite clé sur le chevet, sans doute celle de mes menottes, et sortit de la cabine.

Dès que j'ai mis le pied sur le pont du *Paramé*, vêtu de la combinaison néoprène jetée par Carmen, Frédéric Saint-Michel me croisa sans un mot et descendit dans la cale. Je n'ai pas eu le temps de les insulter, de leur crier à quel point il était humiliant pour moi d'avoir dû monter l'escalier à cloche-pied, de me tenir en équilibre sur ce bateau sur une seule jambe, simplement aidé d'une barre de métal. Frédéric Saint-Michel était déjà remonté, menottes en main, et me fit signe de tendre les poignets.

Saint-Michel... Cet enfoiré d'Atarax ! Il avait bien morflé en dix ans, le Chichin chéri des jeunes filles...

J'ai repensé aux conseils de Piroz.

Tout est prévu.

Tout est en place.

Joue leur jeu.

J'ai lâché la barre de fer et j'ai tendu les bras. Puis j'ai sautillé jusqu'à un banc-coffre au pied du bastingage pour m'y asseoir.

Deux mains entravées, une seule jambe. Ils croyaient vraiment que j'avais l'intention de rejoindre le continent à la nage ?

Le *Paramé* était amarré à l'île du Large, l'une des deux îles de l'archipel de Saint-Marcouf. Cet îlot de cent cinquante mètres sur quatre-vingts se résumait à un château fort construit au milieu de la mer. Immédiatement, il me fit penser à *Fort Boyard,* mes premières peurs et fantasmes de môme, les nains, les tigres, les araignées et les seins des starlettes dans leur maillot décolleté.

La partie centrale du fort de Saint-Marcouf, une sorte de Colisée surmonté d'une vigie, était protégée par des douves qui couraient tout autour de la citadelle, puis par d'épais murs de brique presque intégralement recouverts d'algues ou de mousse. A marée haute, la mer devait submerger une bonne partie de l'enceinte. Seule la digue où le *Paramé* était amarré semblait plus récente.

Carmen se planta devant moi.

— Ne compte pas trop sur des secours, Salaoui. Le mouillage sur l'île du Large est interdit depuis des années pour des raisons de sécurité. Seule l'association qui rénove le fort a l'autorisation d'y accoster, mais les bénévoles ne travaillent pas l'hiver… Pas plus que les voiliers ne sortent sur la Manche.

Je n'ai rien répondu. Sur une table posée sur le pont étaient entassées des tasses, une Thermos de café et des viennoiseries. Frédéric Saint-Michel se tourna vers moi, un café et un croissant à la main.

— Une tasse de café ? me fit-il d'un ton morne qui ne reflétait ni sympathie ni antipathie.

Il n'avait dû avoir aucun mal à incarner son personnage, il traînait sur sa figure le même masque dépressif que celui de Christian Le Medef.

— Non merci, ai-je répliqué assez fort pour que Mona entende. (Combien de temps me faudrait-il pour l'appeler Alina ?) Le dernier que j'ai bu m'est resté sur le cœur.

Mona ne releva pas.

Elle se tenait près de la proue, tournée de trois quarts vers l'autre îlot, l'île de Terre. Ses cheveux roux, dénoués, battaient avec violence son visage rougi par le froid, et peut-être même par quelques larmes séchées autour de ses paupières gonflées. A ses côtés, à bâbord, Denise Joubain avait posé une main sur le bastingage et de l'autre tenait son shih tzu. Arnold déchiquetait un pain au chocolat comme s'il s'acharnait sur une proie vivante.

Gilbert Avril se tenait au-dessus de moi, derrière la vitre de la cabine de pilotage, occupé à contrôler je ne sais quel appareil de mesure nautique.

Le moins convaincu de la troupe, ai-je pensé. Même pour un trajet de sept kilomètres, même amarré, même par temps calme, ce type allait sans doute trouver tous les prétextes pour ne pas quitter la barre et laisser les autres faire le sale boulot.

Carmen passa devant moi, se servit une tasse de café, au moins pour y réchauffer ses doigts, puis passa devant Océane et lui offrit un sourire radieux.

La complicité de celles qui ont gagné après tant d'efforts.

La récompense. L'apothéose.

Océane tenait une cigarette entre ses doigts qui dépassaient de mitaines mauves. Elle avait noué ses cheveux en arrière à l'aide de pinces de la même couleur. Sa coiffure agrandissait son visage, ses yeux sombres, lui donnait une élégance d'actrice américaine. Une belle sur le pont d'un transatlantique partant de New York pour séduire Paris. Contrairement aux autres, elle ne fuyait pas mon regard. Elle me fixait, laissant simplement de temps à autre le vent du large pousser la fumée de cigarette entre nous.

Un léger voile de mystère. J'étais manchot, unijambiste, mais je me sentais pourtant invincible.

Innocent !

Océane me sondait. S'intéressait à moi. S'interrogeait. L'occasion était presque trop belle, au fond. Sans une telle méprise, sans un malentendu aussi glauque, jamais une fille aussi superbe n'aurait posé les yeux sur moi.

Tout est prévu, avait dit Piroz.
Tout est en place.
Joue leur jeu.

Ce vieil ivrogne était le seul à ne pas se tenir sur le pont. Il devait cuver son calva en attendant de sortir de sa manche sa fameuse contre-hypothèse.

La voix grave de Frédéric Saint-Michel retentit dans mon dos.

— On en finit ?

Carmen posa sa tasse de café.

— Tu as raison, perdons pas de temps, la mer remonte déjà depuis deux heures.

Je n'ai pas compris le rapport.

— Alina, a-t-elle ordonné. Resserre les amarres.

Mona réagit de façon mécanique, bougea avec lenteur ses bras pour tirer sur les bouées orange calées entre le *Paramé* et la digue de l'île du Large. Denise éloigna Arnold pendant la manœuvre.

— Laquelle ? demanda Carmen en scrutant le mur de brique.

— La troisième en partant du haut, répondit Frédéric Saint-Michel en regardant dans la même direction.

La troisième quoi ?

Je ne voyais rien sur le mur d'enceinte que des algues gluantes, certaines noyées par la mer, d'autres encore à sec pour quelques minutes.

— La moins rouillée, précisa Carmen en tendant le doigt.

Elle désignait un anneau de cuivre scellé dans le mur d'enceinte, plus d'un mètre au-dessus du niveau actuel de la mer, mais cinquante centimètres au-dessous de son niveau maximal, à en juger par l'humidité permanente des mousses. J'ai immédiatement compris pourquoi ils m'avaient demandé d'enfiler une combinaison de néoprène…

Ils comptaient m'attacher à cet anneau ! Et attendre que la mer monte.

Un filet de sueur âcre se glissa entre ma peau et la combinaison.

Quel était leur but ? Me faire avouer des crimes que je n'avais pas commis ? M'arracher des confessions puis me livrer à la police ? Ou suivre leur logique jusqu'au bout et me laisser crever là ?

J'ai repensé aux conseils de Piroz.

Tout est prévu. Tout est en place.

J'ai prié pour que le capitaine de gendarmerie ne se trompe pas.

Ce flic qui n'était toujours pas réveillé.

Océane jeta d'une pichenette son mégot à la mer, puis me défia à nouveau du regard. Insondable…

Carmen s'avança vers moi.

— T'as compris cette fois-ci, Salaoui. La mer remonte à peu près d'un centimètre à la minute… Tu vas avoir un peu plus d'une heure pour nous parler de tes crimes.

J'ai ravalé ma salive.

Joue leur jeu…

OK, Piroz, je n'ai pas le choix, mais magne-toi.

— Et ensuite ? ai-je demandé.

— Tu veux vraiment que je te détaille la liste des jurés ? A la fin de l'audience, c'est le jury qui décidera. Un jury populaire ; t'as intérêt à être convaincant.

Joue leur jeu.

— Vous êtes des malades ! ai-je craché.

Carmen encaissa, stoïque.

— Va me chercher Piroz ! cria-t-elle à Frédéric. On va avoir besoin d'un autre homme pour foutre Salaoui à la flotte, puisque Gilbert refuse de se salir les mains.

Gilbert Avril ne répondit pas. Sans doute même n'entendit-il pas la remarque de sa sœur, couverte par les cris des goélands massés sur le toit de la cabine de pilotage.

Frédéric disparut dans la cale. Mona continuait de crisper ses mains sur les cordes d'amarrage fouettées par l'écume. Bleuies. Le maigre soleil de l'aube s'était déjà fait avaler par un édredon de nuages. La température extérieure ne devait pas dépasser les cinq degrés. J'imaginais à peine celle de l'eau.

Océane alluma une seconde cigarette. Carmen vida une seconde tasse de café.

— Qu'est-ce qu'il fait, ce con ? marmonna-t-elle à propos de Saint-Michel qui n'était toujours pas remonté.

Enfin, ses pas résonnèrent dans l'escalier. La stupeur défigurait son visage.

— Piroz n'est pas dans sa cabine, lâcha-t-il.

Un gouffre béant s'ouvrit sous moi. Le destin s'amusait à me fracasser contre les murs. J'ai eu l'impression que les milliers de cormorans piaillaient uniquement pour se foutre de ma gueule.

— T'as cherché ailleurs ? insista Carmen. Aux chiottes ? Sous la douche ?

Frédéric ne dissimula pas un geste d'agacement. Il passa sa main dans sa barbe mal rasée.

— Putain, Carmen, ce bateau fait trente mètres. Puisque je te dis qu'il n'est pas dans la cale !

Personne n'ajouta rien. Carmen, puis Océane, puis Denise descendirent à leur tour. Fouillèrent chaque recoin du *Paramé*.

Sans succès.

Le capitaine de gendarmerie n'était plus sur le bateau

Piroz avait-il trop bu et était-il tombé, ivre, par-dessus le bastingage ? Avait-il volontairement sauté dans l'eau glacée, à bord de je ne sais quel canot gonflable, pour pousser jusqu'à la côte et chercher des secours ? Ou l'avait-on tout simplement fait taire, parce qu'il en savait trop, parce qu'il n'avait pas été assez prudent ?

Pendant que, pressé par Carmen, Gilbert Avril comptait un à un les gilets de sauvetage du *Paramé*, j'ai repensé aux paroles de Piroz.

Personne d'autre n'est au courant. Ton innocence doit rester un secret encore quelques heures.

Personne d'autre n'est au courant.

Gilbert Avril pesta et rangea en vrac les gilets de sauvetage dans leur coffre.

Il n'en manquait aucun !

J'ai regardé avec terreur l'anneau de cuivre planté dans le rempart de brique.

La mer était déjà montée d'une bonne dizaine de centimètres.

41

Personne d'autre n'est au courant ?

« On avait de la flotte jusqu'aux genoux, et le vieux con a dit d'avancer. »

Sans que je sache pourquoi, cette vieille chanson de Graeme Allwright qu'on chantait en camp quand on était gamins flottait dans mon crâne.

Obsédante.

Une façon comme une autre de permettre à mon esprit de s'évader. L'eau, en réalité, me dévorait déjà jusqu'à mi-cuisse. Je n'avais pas froid, pas encore, protégé par le néoprène. Le plus douloureux était la traction de l'anneau sur mes bras.

Depuis quelques minutes, j'avais expérimenté diverses positions, utilisant une main, puis l'autre, puis les deux pour éviter que tout mon poids porte sur la même épaule. Je savais que dès que l'eau monterait, dès que mon corps flotterait, je souffrirais moins.

Avant de ne plus souffrir du tout.

Gilbert Avril avait dû aider Carmen et Saint-Michel à me descendre du bateau, à arrimer mes menottes à l'anneau de cuivre fixé au mur de l'enceinte. Il avait rechigné, emprunté à Océane une cigarette qu'il avait balancée presque aussitôt, avait marmonné « Quelle connerie » entre ses dents, plusieurs fois, avant de retourner sur le pont du *Paramé* dès que j'ai été enchaîné à mon poteau de torture.

Je ne me suis pas débattu. J'avais hésité un instant à ne pas leur faciliter la tâche, à hurler, à me tordre sur le pont comme un ver coupé en deux, à ajouter l'humiliation à tout ce que j'avais déjà enduré.

En pure perte…

Ils étaient six. Frédéric Saint-Michel et Océane Avril portaient chacun dans leur poche un revolver qu'ils m'avaient ostensiblement laissé apercevoir. J'étais seul. Entravé. Même sans me menacer de leur arme, il leur aurait suffi de me balancer dans l'eau froide, menotté, pour que je les supplie de m'accrocher à la moindre prise hors de l'eau.

Comme prévu, avec une précision d'horloge suisse, l'eau montait d'un centimètre par minute. La mer était plutôt calme, ce qui n'empêchait pas la houle de se briser avec violence contre les remparts du fort de Saint-Marcouf. L'eau de mer, projetée sur mon visage, me salait les yeux et la bouche sans que j'aie la moindre possibilité de les essuyer pour atténuer l'irritation. Mon corps se soulevait à chaque vague plus forte, pour être ensuite plaqué contre le mur d'algues molles. Je n'étais plus qu'un homme-tronc pendu dans la tempête, ballotté jusqu'à l'épuisement.

Denise se tenait avec Arnold sur le pont du *Paramé*, toujours appuyée au bastingage. Mes quatre autres tortionnaires s'étaient hissés sur la citadelle, assis ou debout sur le rempart fraîchement rénové, cinq mètres sur ma gauche. De ma position, je n'apercevais que ce mur de brique, le haut de la partie centrale de la citadelle et la vigie qui se détachait dans le ciel de coton.

Mon ultime espoir...

L'idée m'était venue alors qu'on me liait à l'anneau de cuivre. Piroz n'avait peut-être pas cherché à rejoindre la côte, mais se cachait sur l'île du Large. Il attendait son heure pour surgir, peut-être même accompagné d'un escadron de flics planqués dans l'arène.

Des quatre fous de Fil Rouge, Mona – j'avais renoncé à penser à elle en la prénommant Alina – était la plus éloignée de moi, assise tout au bout du rempart.

Délibérément ?

Ses jambes cognaient sur le mur, nerveusement, comme si le temps lui paraissait interminable. Ses cheveux fous jouaient les essuie-glaces devant ses yeux noyés. Saint-Michel s'était accroupi à côté d'elle mais se levait toutes les trente secondes, nerveux lui aussi. Carmen, droite et stoïque, dominait les autres de sa masse. Pas une fois elle ne s'était assise. Elle ne détournait le regard que pour le poser sur le cadran de sa montre.

— Moins d'une heure, Salaoui. Si tu veux que le jury ait le temps de délibérer avant que tu boives définitivement la tasse, je te conseille de parler.

L'écume m'explosait à la figure.

Seule Océane paraissait calme. Elle s'était recroquevillée en tailleur, son K-Way tombant sur son jean. Elle fumait toujours et me fixait sans animosité ni pitié. Juste une curiosité d'enfant qui observe dans un jardin un insecte en dévorer un autre et qui ne tente rien pour le sauver, qui comprend simplement à cette occasion que le monde est cruel.

Incroyablement belle.

— Parler de quoi ? ai-je hurlé entre deux vagues.

Personne ne me répondit. J'étais censé avouer sans qu'on me souffle les réponses.

Bordel, que foutait ce connard de Piroz ?

L'eau était montée d'une trentaine de centimètres supplémentaires, elle m'enserrait la poitrine comme un étau.

Tout est prévu, tout est en place, martelait la voix du capitaine de gendarmerie dans mon crâne.

Toujours aucune trace de lui.

— Il te reste moins d'une demi-heure, annonça Carmen.

Le temps passait trop vite. Une clepsydre trafiquée. *Fort Boyard,* version snuff movie.

J'ai craché un mélange d'eau et de bave.

— OK, je vais tout vous dire !

Il me restait trop peu de temps. Tant pis pour les recommandations de Piroz, avais-je pensé, je ne pouvais pas attendre davantage. Ce gros flic alcoolo n'avait qu'à être plus clair, m'indiquer avec précision quand débarquerait la cavalerie.

J'ai crié pour couvrir la houle.

— Vous vous plantez dès le début. Je ne suis pas l'assassin de Morgane et Myrtille ! Piroz le sait lui aussi, il m'a tout dit cette nuit.

Puis j'ai donné tous les détails, en terminant par la feuille de test ADN qui se trouvait sans doute dans la cabine de Piroz, ou n'importe où, mais qu'ils se dépêchent, putain, qu'ils la trouvent !

— Allez voir, fit Carmen à Océane et Saint-Michel.

Ils se levèrent sans broncher.

J'ai continué d'argumenter pendant ce temps. Yport où je n'avais jamais mis les pieds, malgré les apparences, malgré cette réservation bidon dans ce gîte. Ce coin de Normandie dont je n'avais vu que l'église de béton de Grandcamp-Maisy, le temps d'un après-midi, mais ni les Grandes Carrières, ni le chenal d'Isigny-sur-Mer.

Mona ne tourna même pas la tête. Elle connaissait déjà cette version. Une vague plus haute que les autres me fouetta le visage, ravalant mes derniers arguments en une atroce gorgée d'eau salée que j'ai recrachée mêlée de bile.

J'étais en train de crever.

Je n'ai rien ajouté. J'avais décidé de ne rien dire pour l'instant à propos du double jeu de Piroz, son véritable objectif, m'utiliser comme appât pour démasquer le coupable.

Quelqu'un sur ce bateau ?

« Y en avait jusqu'à la ceinture », fredonnait Graeme Allwright.

Océane et Frédéric Saint-Michel réapparurent de la cale dix minutes plus tard, mains vides, secouant la tête.

Rien. Ils avaient fouillé partout.

Aucune trace d'analyse ADN. Piroz avait disparu et n'avait même pas pensé à protéger la seule preuve m'innocentant. Ce flic n'était qu'un sale con incompétent !

Mes yeux se consumaient, piqués par des milliers de cristaux abrasifs.

— Attendez, bordel ! ai-je hurlé, la gorge débordant de bave et d'écume. Piroz m'a montré cette feuille cette nuit. C'est le Service régional d'identité judiciaire de Rouen qui a effectué ces analyses. Téléphonez-leur, bordel. Ils confirmeront.

Océane alluma une nouvelle cigarette et se rassit. Indifférente. Saint-Michel amorça quelques pas vers la citadelle.

— Ne cherchez pas à gagner du temps, Salaoui, se contenta de répondre Carmen. Il vous en reste peu.

Vingt minutes peut-être…

Maximum.

L'eau me recouvrait jusqu'aux omoplates. Ma position devenait plus supportable, je parvenais tant bien que mal à tendre mon corps et à le maintenir à la surface dans un équilibre précaire. Je pouvais même, aidé de ma jambe amputée, anticiper les vagues les plus agressives. La torture imaginée par Carmen et ses amis était d'une redoutable efficacité. Chaque once de confort gagnée, seconde après seconde, me rapprochait de la mort.

L'horizon demeurait désespérément vide.

Quelques nuages crevèrent. Une fine bruine se mit à tomber sur Saint-Marcouf. Providentielle !

Bouche grande ouverte, yeux écarquillés, j'ai lapé l'eau douce qui ruisselait sur mon visage. Sur le pont du *Paramé,* Denise et oncle Gilbert rentrèrent à l'abri dans la cabine de pilotage puis disparurent avec Arnold dans la cage de verre embuée.

Carmen se contenta de relever la capuche de son ciré violet sur sa tête. Saint-Michel ouvrit un parapluie noir qui semblait ne pas devoir résister bien longtemps au vent et se rapprocha de Mona pour lui proposer un abri. Elle n'amorça pas le moindre geste, ni de merci ni d'agacement.

Seule Océane bravait l'averse.

Les gouttes balayaient son visage, faisant couler son rimmel et le maquillage mauve sur ses paupières jusqu'à ses joues et sa bouche. La rendant plus splendide encore, une icône orientale oubliée sous la pluie, dont les couleurs d'or et de pourpre se délaveraient pour composer un prodige peint par les dieux.

Je ne détachais quasiment plus mon regard d'elle. J'étais stupidement en train de tomber amoureux. Alors même que j'allais crever noyé dans quelques minutes, j'éprouvais un irrépressible désir pour cette fille, cette fille qui sans doute désirait plus que tout ma mort. Il y avait sûrement là un transfert que les psys de mon institut se seraient fait une joie d'analyser, une fuite abyssale, une partie de mon cerveau qui déraillait.

J'ai tiré sur l'anneau pour hisser mon corps hors de l'eau, quelques instants, puis j'ai hurlé pour couvrir le bruit des vagues, des goélands et de la pluie.

— Piroz avait une autre théorie ! Il voulait piéger le véritable coupable.

Mon tronc est retombé dans l'eau glacée.

— Pas moi, me suis-je époumoné. Pas moi !

Une ultime respiration. Puis j'ai expulsé tout l'air qui me restait.

— L'un d'entre vous !

Aucune réaction. Arnold, que Denise avait laissé sortir de la cabine, jappa en courant après un cormoran posé sur le pont.

— Foutaises, Salaoui, commenta Carmen. Il vous reste un quart d'heure pour avouer.

« J'en avais jusqu'à la poitrine », se marrait Graeme.

« Tout est prévu, tout est en place », lui répondait Piroz.

Salauds !

Quel plan avait pu prévoir Piroz sur ce caillou désert ? Pourquoi ici, à Saint-Marcouf ? Parce que Myrtille Camus y avait séjourné une journée lors d'une sortie voile, quelques jours avant sa mort ? Quel rapport entre ce plan et les doutes émis par Alina, sa meilleure amie ? Myrtille habillée sexy pour son jour de congé, Myrtille qui avait rendez-vous avec son violeur, Myrtille qui confiait ses secrets à un carnet Moleskine bleu ciel que personne n'avait jamais revu.

Myrtille et cette signature d'un poème qui troublait Alina. M2O.

Elle savait donc, elle aussi, que je n'étais pas le tueur.

Alina, la Mona chargée de me séduire, était ma seule alliée, c'est ce qu'avait affirmé Piroz.

Alina, une inconnue. Mona, la traîtresse.

Mes yeux quittèrent à regret Océane pour fixer celle que, décidément, je ne parvenais pas à appeler autrement que Mona, prostrée sous le parapluie de Saint-Michel.

Je l'ai suppliée du regard.

Dis-leur tout, Mona. Dis-leur tout. Vite.

Elle m'écouta sans que j'aie à ouvrir la bouche, me comprit sans un mot. Doucement, elle se hissa sur ses pieds. Elle écarta le parapluie de Saint-Michel d'un bras déterminé.

— Ça suffit, fit-elle d'une voix basse que je peinais à entendre.

Elle s'adressa à Carmen.

— Vous voyez bien qu'il ne dira rien. Coupable ou innocent, c'est plus à nous de décider. Sortons-le de là et livrons-le à la police.

— Ils le relâcheront, trancha Carmen. Sans aveux, ils le relâcheront.

Mona ne céda pas.

— On avait décidé de constituer un jury. C'est ce jury qui doit décider. On prend les décisions ensemble, c'est ce qu'on a toujours fait.

L'eau cascadait par-dessus mes épaules.

Accélérez, bordel...

— OK, concéda Carmen, que ceux qui sont pour sortir ce fumier de l'eau lèvent la main.

Gilbert et Denise, dans la cabine, n'avaient pas entendu la question, ou firent semblant. Océane se contenta d'allumer une nouvelle cigarette sans esquisser le moindre autre geste.

Mona interrogea longuement du regard chaque membre de Fil Rouge, puis leva la main.

— Nom de Dieu, fit-elle. Il y a un doute. Nous savons tous qu'il y a un doute. On ne peut pas laisser crever ce garçon simplement parce qu'on n'a personne d'autre sur qui se venger…

Elle se tourna vers Saint-Michel. Une éternité.

Trois centimètres d'eau supplémentaires, une lame glacée étranglait ma pomme d'Adam.

Saint-Michel ne leva jamais la main.

— Nous sommes d'accord, trancha Carmen. Une voix pour sauver Salaoui, cinq voix contre. Désolée, Alina…

C'était fini, j'étais condamné.

« On avait de la flotte jusqu'au cou », ricanait Graeme Allwright.

Une vague sur deux s'écrasait sur ma bouche. J'en avalais deux sur trois. Je toussais. Suffoquais.

Tout est prévu, avait dit Piroz. *Tout est en place.*

Connard !

Un test ADN me disculpait, un flic croyait en mon innocence, sauf que les membres de l'association Fil Rouge s'en foutaient. Il leur fallait exécuter quelqu'un parce que l'un des leurs avait été exécuté.

Une vie contre une autre.

Le cycle de la mort.

Mon cou disparaissait dans l'écume.

Soudain, dans un semi-brouillard, j'entendis Arnold aboyer sur le pont du *Paramé*. Plus fort, plus longtemps qu'il ne le faisait après les goélands.

Tous se retournèrent. Mes yeux s'écarquillèrent.

Porté par les courants jusqu'à l'île du Large, un corps flottait contre la coque du *Paramé.*

Piroz.

Il n'était pas tombé par hasard par-dessus bord après un verre de trop, il était encore moins parti chercher des secours. Il flottait sur le dos tel un radeau écarlate, un mât ridicule planté dans le cœur.

Le manche d'un couteau.

Assassiné.

Tout est prévu, tout est en place, avait-il affirmé.

Mon cul !

Nous avions parlé trop fort hier soir dans ma cabine. Piroz n'avait pas été assez prudent. Le véritable coupable nous avait épiés, l'avait fait taire.

Qui ?

Peu importait, désormais. Seule importait cette certitude.

Personne d'autre n'était au courant.

La seule personne au monde à détenir la preuve de mon innocence avait été réduite à jamais au silence. J'étais définitivement condamné à mort.

Tous les membres de Fil Rouge, incrédules, suivaient du regard le corps sans vie de Piroz qui dérivait dans le port de poche, bouffi d'eau, plus corpulent encore que d'ordinaire.

Tous sauf Océane Avril.

Océane, seule, semblait obsédée par un autre point, à quelques mètres d'elle, sur le mur de brique, presque sous le pied de Mona.

Par réflexe, j'ai tourné la tête et j'ai cherché à comprendre ce qu'elle voyait.

Tout d'abord, mes yeux, entre deux vagues, ne sont pas parvenus à déchiffrer. Puis, soudain, l'évidence m'est apparue.

Il suffisait de regarder au bon endroit.

Océane avait l'air aussi sidérée que moi.

Sur les briques ocre étaient gravés deux lettres et un chiffre, presque effacés, des initiales comme en tracent les amoureux pour marquer leur amour d'un sceau d'éternité.

M2O

42

L'un d'entre vous ?

M2O

Je fixais la brique des yeux, incrédule.

Les deux lettres et le chiffre se détachaient en fins traits blancs creusés dans la pierre d'argile, comme si Myrtille Camus était revenue quelques jours plus tôt sur Saint-Marcouf pour les graver ou que quelqu'un d'autre, avec dévotion, depuis dix ans, les avait entretenus.

Une gerbe d'eau explosa sur mon visage. J'ai craché un mélange d'écume froide et de sel.

Dans l'urgence, peu m'importait comment cette épitaphe était resurgie du passé, seule comptait sa signification. Evidente. Aussi violente qu'un rideau qui se déchire et dévoile d'un coup la vérité crue.

M2O ne signifiait pas « mariage 2 octobre » comme tout le monde l'avait cru.

M2O avait un autre sens, d'une implacable logique.

Des initiales comme en gravent les amoureux, ai-je repensé.

Myrtille aime Olivier.

M.M.O.

M2O

Myrtille aimait Olivier. Olivier Roy, le beau gosse qui tournait autour d'elle au camp d'Isigny, au large de Saint-Marcouf ou sur la plage de Grandcamp-Maisy, le type à la casquette Adidas blanche et bleue recherché par tous les services du commandant Bastinet, disparu depuis le 6 octobre 2004.

Alina s'était trompée lorsqu'elle avait témoigné devant les flics. Olivier Roy ne rôdait pas autour de Myrtille Camus parce qu'il s'agissait d'un pervers guettant une proie potentielle… Non ! La raison était beaucoup plus simple : Myrtille et Olivier couchaient ensemble. Ils vivaient une romance d'été, et Myrtille, à quelques mois de son mariage, n'avait rien osé dire à sa meilleure amie… Alina avait douté, toutes ces années, mais sans jamais parvenir à s'avouer la vérité.

La mer noyait mon menton. Mon corps tremblait de froid et d'excitation. L'adrénaline accélérait mes pensées. Les informations enregistrées les jours précédents défilaient. Toute l'enquête du commandant Bastinet et d'Ellen Nilsson.

M2O

Myrtille aime Olivier.

Quelques vers dansèrent dans ma mémoire…

Je poserai sur l'univers des grilles
Pour l'empêcher de nous séparer

Je demanderai à la vie une famille
Pour l'empêcher de nous ennuyer

Je construirai autour de nous une bastille
Et je la défendrai

M2O

La signature d'un poème qui avait été écrit pour Olivier Roy, pas pour Frédéric Saint-Michel…

D'un mouvement désespéré, j'ai tiré sur mes bras pour me hisser un instant au-dessus de l'eau. J'ai gonflé mes poumons puis j'ai hurlé.

— Là !

Le doigt pointé d'Océane accompagna mon cri.

Tous les membres de l'association Fil Rouge s'immobilisèrent. Le corps gorgé d'eau du capitaine Piroz s'échoua contre la digue du fort de Saint-Marcouf puis, telle une baudruche entêtée, s'acharna à rebondir contre le mur à chaque flux et reflux des vagues. Personne ne lui accorda le moindre regard.

Sans attendre d'explication supplémentaire, Mona s'allongea sur le rebord du rempart et tendit les bras jusqu'à la pierre gravée, un mètre au-dessus du niveau de la mer. La brique n'était pas scellée dans le mur.

Doucement, la main droite de Mona fit glisser la pierre de son emplacement, révélant une cache d'une dizaine de centimètres. Elle se pencha encore. Sa main gauche explora à tâtons l'espace vide libéré dans le mur. La seconde suivante, elle en extirpait un sac plastique transparent.

L'eau léchait ma lèvre inférieure. Elle avalerait ma bouche dans la minute. Alors qu'une nouvelle vague noyait mon visage, j'ai distingué un rectangle bleu ciel sous la Cellophane. Bien entendu, je savais ce que Mona venait de découvrir.

La surprise de Piroz ?

Tout est en place, avait-il affirmé.

Avait-il préparé lui-même cette mise en scène ? Gravé cette pierre et dissimulé ce sac ?

Mona déchira le plastique avec ses dents. Des débris transparents flottèrent un instant au vent de la Manche alors que ses doigts se crispaient sur le petit carnet bleu.

Un bloc-notes Moleskine. Celui de Myrtille, celui dans lequel elle notait ses émotions les plus intimes.

Bien plus tard, lorsque je repenserais à chaque détail de cette scène, je listerais la somme des coïncidences, l'attitude précise de chacun des membres de l'association Fil Rouge, leur position exacte sur le pont du *Paramé* ou sur le rempart du fort de l'île du Large, et je leur trouverais une explication logique. L'exutoire inévitable d'une longue, très longue attente. Mais, dans l'instant, mon cerveau ne hurlait qu'un ordre :

Accélère, Mona !

L'eau rongeait mes narines. L'acide lactique brûlait les muscles de mes épaules. J'ai pourtant à nouveau tendu mes deltoïdes pour me hisser au-dessus de la ligne de flottaison, menton hors de l'eau. Quand la douleur fut trop forte, j'ai soufflé, relâché, bloqué ma respiration et plongé la tête dans la mer. De longues secondes, soulageant mes muscles avant de les bander à nouveau pour remonter à l'air libre. Combien de temps pourrais-je tenir ainsi ?

Mona lisait le bloc-notes. Seules ses lèvres bougeaient. En perspective, sa silhouette se détachait du ciel blanc, coiffée par la vigie du fort.

— Alors, Alina ? hurla soudain la voix de Denise sur le pont du bateau.

Arnold aboya.

Frédéric Saint-Michel crispa sa main dans la poche de sa veste.

Carmen et Océane s'étaient rapprochées l'une de l'autre. Leurs deux K-Way de couleur identique ne formaient qu'une seule bâche plastique mauve. La mère et la fille semblaient ne rien comprendre à l'enchaînement des événements.

Une nouvelle plongée. Ma tête compta jusqu'à trente.

J'ai explosé à la surface.

Mona leva les yeux du carnet, les braqua vers Frédéric Saint-Michel. Sa voix me parut lointaine, presque irréelle, filtrée par des litres d'eau de mer.

— Elle voulait te quitter, Frédéric. Myrtille ne t'aimait plus...

— Foutaises ! hurla Saint-Michel.

Carmen fit un pas en avant mais Océane la retint de la main. Mona baissa à nouveau la tête vers le Moleskine. Elle mit une éternité à tourner une nouvelle page.

Mona, je t'en prie !

La Manche m'avala à nouveau. Je tins vingt secondes cette fois. Puis, arc-bouté sur l'anneau de cuivre, poignets bloqués, je surgis encore, happant l'oxygène à m'en faire exploser les poumons.

La voix de Mona traînait, de plus en plus lointaine.

— Elle avait rencontré quelqu'un d'autre, Frédéric. Quelqu'un qui lui avait ouvert les yeux. Qui lui avait donné le courage d'affronter ses proches. Charles et Louise. Moi. Le courage de refuser ce que tout le monde attendait d'elle...

— Conneries ! hurla la voix de Saint-Michel.

Le cadavre de Piroz avait dérivé et flottait maintenant à deux mètres de moi. Je l'ai regardé, à bout de forces. La vague me frappa pleine face, bouche ouverte. J'ai cru que l'océan entrait en moi. Je me noyais, incapable de cracher un mot, sans que personne m'accorde la moindre attention.

Tous pendus aux lèvres de Mona.

— Ce sont ses derniers mots, Frédéric. Les derniers mots qu'elle a écrits sur ce carnet.

Les mots ont tourbillonné. Ma jambe, seul muscle encore capable de résistance, a accroché le mur dans un élan désespéré et mes orteils ont recherché sous l'eau une anfractuosité entre deux briques.

Prendre appui. Gagner quelques secondes au prix d'un équilibre instable que la moindre vague soufflerait.

Mon pied battit dans le vide sans trouver la moindre prise.

Impossible de sortir la tête de l'eau.

J'ai fermé les paupières, la bouche, bloqué ma respiration pour l'éternité. A quelques centimètres de la surface, comme dans une bulle, j'entendais Mona lire.

— « 25 août. 3 heures du matin. Fred arrive demain. C'est mon jour de congé. Il a insisté pour venir. Il ne parvient pas à admettre que tout est terminé. Je lui ai donné rendez-vous dans un endroit discret, à côté de la ferme des Grandes Carrières, près d'Isigny. J'espère qu'il comprendra, cette fois. J'espère que papa, maman et Alina comprendront. J'espère que je ne les décevrai pas, tous. J'espère que cela ira vite. J'ai hâte, Olivier, tellement hâte de te retrouver. »

J'ai ouvert les yeux. Ma cage thoracique allait imploser. Je n'ai aperçu que des ombres floues à travers l'eau.

Mona s'avancer d'un pas vers Saint-Michel.

— Tu étais à Isigny, Frédéric ? Aux Grandes Carrières ? Le jour où Myrtille a été tuée ?

La silhouette difforme de Saint-Michel se pencher, tendre le bras, le braquer dans ma direction.

— C'est un coup monté, bordel. C'est lui le tueur. Lui !

J'ai compris trop tard que Saint-Michel tenait un flingue au bout de son bras, qu'il allait tirer, sur moi.

Je me suis laissé couler, mais mes poignets menottés à l'anneau me retenaient à moins de cinquante centimètres sous l'eau.

Une cible idéale…

Tout se passa alors très vite.

— Crève ! hurla Saint-Michel.

J'ai ensuite entendu le cri d'Océane, « Non ! », puis la détonation, persuadé qu'une balle allait me traverser le corps.

Rien.

Trois autres détonations encore, puis, juste après, le corps de Frédéric Saint-Michel bascula du rempart, à cinq mètres de moi, alors qu'Océane hurlait.

J'ai compris qu'elle avait été la plus rapide, qu'elle avait tiré la première. Puis encore et encore, sur l'assassin de Myrtille Camus. L'assassin de sa sœur Morgane.

La seconde suivante, une nouvelle gerbe éclaboussa la surface.

Mona avait plongé.

J'ai senti son corps se coller au mien, sa bouche prendre la mienne et m'embrasser pour m'octroyer un sursis de quelques secondes, quelques bouffées supplémentaires d'oxygène. Remonter, prendre une respiration, replonger sous l'eau et m'embrasser à nouveau alors que ses doigts fébriles s'accrochaient à l'anneau de cuivre.

J'ai entendu le cliquetis métallique de clés qui se cognent, puis d'un coup les menottes se sont ouvertes.

J'étais libre ! Vivant. Innocent.

Du haut du pont du *Paramé,* oncle Gilbert, visage fermé, nous lança deux bouées orange.

Côté île, Océane pleurait dans les bras de Carmen, droite comme un roc sur le rempart, masquant de sa taille la moitié du fort.

Mona, trempée dans son jean Kaporal et son pull vert, se colla à moi et chercha à m'embrasser à nouveau. Elle ne toucha de ses lèvres qu'un coin de tempe mêlé de cheveux et d'algues.

Je m'étais détourné. Je n'étais qu'un bois froid dérivant loin des mensonges.

Mona m'avait trahi.

Ce n'est pas elle qui m'avait sauvé.

Tout en m'agrippant à l'échelle de corde qui pendait de la coque du *Paramé*, j'ai à nouveau tourné les yeux vers Océane.

Elle avait relevé son visage et soutenait mon regard.

C'était le même que quelques jours plus tôt, en haut de la falaise, avant qu'elle ne se jette dans le vide.

L'iris des abysses.

Un revolver gisait à ses pieds, sur le rempart.

Océane venait de tuer un homme pour que je vive.

43

Un coup monté, bordel ?

La plage de Grandcamp-Maisy était encore à un bon kilomètre, mais je distinguais déjà les façades claires des maisons du front de mer, alignées telles les dents blanches d'un immense sourire.

Carmen Avril avait téléphoné aux flics. Ils nous attendaient au port. Ils y seraient avant nous, avaient-ils assuré, même si la traversée de Saint-Marcouf ne durait que quelques minutes. Ils allaient sans doute mobiliser toutes les brigades du coin pour nous accueillir. Derrière nous, l'île du Large avait déjà disparu dans une brume du matin. Seul le vol des cormorans au-dessus de la mer vide pouvait laisser deviner qu'une terre existait à portée d'ailes.

J'étais assis sur le banc-coffre. Personne n'avait pensé à me redonner ma prothèse. Océane sanglotait, blottie contre moi. Carmen, pendue au téléphone, m'avait confié sa fille sans me laisser le choix. J'étais trempé. L'eau avait fini par se glisser entre la combinaison de néoprène et ma peau pour y stagner, glacée, refroidie encore par le vent de terre qui nous cinglait le visage.

Pour rien au monde je n'aurais échangé ma place.

Je n'aurais pas esquissé le moindre geste pour me mettre à l'abri de la brise, pour essuyer les ruisseaux gelés qui coulaient sur mon torse, mes bras et mes jambes, le moindre mouvement qui aurait pu modifier le moindre millimètre de cet équilibre miraculeux.

Le visage d'Océane posé sur mon épaule. Sa main autour de ma taille. Ses larmes chaudes dans mon cou, quelques gouttes brûlantes dans un torrent de glace.

Prostrée.

Océane n'avait pas vu Gilbert et Carmen Avril hisser, après de longues minutes d'efforts, les cadavres de Piroz et de Saint-Michel jusque sur le pont du *Paramé*. Gilbert se charger, seul, de les descendre dans la cale, sans un mot, juste une Marlboro coincée entre les lèvres.

« Je savais que c'était une histoire à la con », s'était-il contenté de bougonner à l'adresse de sa sœur. Puis il était retourné dans la cabine de pilotage et avait lâché les gaz.

Carmen n'avait pas répondu, l'oreille et la bouche collées à son portable, les flics sans doute. Elle n'aurait pas assez de la traversée pour leur expliquer pourquoi le kotter hollandais ramenait deux cadavres dans ses cales.

Un flic et un assassin.

Mona était assise contre le bastingage, près de la proue. Elle fixait le ciel blanc en direction du mirador de l'église de Grandcamp, le seul mât de la côte auquel accrocher une prière. Les yeux rouges. Denise avait attaché Arnold à ses pieds et passait sa main dans ses cheveux roux. Mona aurait besoin de temps. Sa meilleure amie avait été assassinée par un homme qu'elle connaissait depuis son enfance. Chichin. L'homme que ses parents, Charles et Louise, avaient choisi pour le bonheur de leur fille.

Tous disparus, ensevelis sous une avalanche de mensonges.

Tous sauf elle.

Le roulis berçait Océane. Je n'avais presque jamais tenu un bébé entre mes bras, mais je comprenais les pères, capables de rester des nuits à porter un enfant contre leur sein. Je comprenais cet incroyable sentiment de responsabilité qui imposait de ne rien faire, d'attendre, statufié pour l'éternité. Qu'être là suffisait.

Seules mes pensées couraient. Avant d'entrer dans le port de Grandcamp, elles s'égaraient dans le vide. Je n'avais rien compris, ou presque, sinon que Frédéric Saint-Michel était le double violeur, le tueur à l'écharpe rouge que les flics cherchaient depuis dix ans, que Piroz l'avait deviné et lui avait tendu un piège.

Le long de l'interminable digue de béton isolant la plage de Grandcamp du village, j'ai suivi du regard les trois estafettes de flics qui roulaient en direction du port. Excités sans doute. Pendus aux lèvres de Carmen.

Dix ans qu'ils attendaient. Tout irait pourtant très vite, ensuite.

Ni moi ni eux ne le savions encore.

Avant la fin de l'après-midi, les flics auraient achevé les premières expertises du bloc-notes Moleskine retrouvé derrière une brique de l'île de Saint-Marcouf et certifié, sans aucun doute possible, qu'il avait été rédigé par Myrtille Camus une dizaine d'années plus tôt. D'autres flics auraient épluché l'emploi du temps de Frédéric Saint-Michel le 26 août 2004. Un employé de mairie d'Elbeuf se souviendrait que la veille du meurtre de sa fiancée le directeur du centre de loisirs du Puchot avait annulé ses rendez-vous avec des parents pour aller visiter de futurs lieux d'accueil pour les camps de découverte. Gîtes. Bases nautiques. Poney-clubs. Personne n'avait vérifié, personne n'y avait fait attention à l'époque. On avait affaire à un tueur en série. Qui aurait pu imaginer que Frédéric Saint-Michel avait fait l'aller-retour Elbeuf-Isigny dans la journée, trois cent soixante kilomètres, pour aller violer et étrangler sa future fiancée ?

Avant la fin de la soirée, vers 23 heures, les flics de la brigade d'Elbeuf, munis d'une commission rogatoire du juge Lagarde, auraient fouillé l'appartement de Frédéric Saint-Michel, rue Sainte-Cécile. A leur stupéfaction, ils allaient y trouver, dans un tiroir fermé à clé qu'ils finirent par attaquer au pied-de-biche, le sac à main de Morgane Avril. Ils téléphoneraient alors au juge pour hurler que oui, pour la première fois, un lien entre les deux affaires Avril et Camus était établi.

Vers minuit, jointe au téléphone par l'aspirant Hachani, Sandra Fontaine, une ex-animatrice du centre du Puchot à présent institutrice à Thuit-

Simer, au-dessus d'Elbeuf, se souviendrait d'avoir parlé à son directeur du festival Riff on Cliff, et en particulier d'un groupe qui passait à Yport ce soir-là. Histoires d'A, une formation qui reprenait les tubes des Rita Mitsouko. Sandra Fontaine ignorait si son directeur s'était rendu au festival, mais elle se rappelait avec précision avoir discuté avec lui de Riff on Cliff le lendemain, autour d'un café. Dans la région d'ailleurs, ce jour-là, tout le monde parlait du festival. Pas du programme musical, de la gamine retrouvée violée, étranglée et jetée du haut de la falaise d'Yport.

Vers 1 heure du matin, un groupe de trois policiers, pilotés par le commandant Weissman du SRPJ de Rouen, allait passer le reste de la nuit à rédiger un premier rapport. Vraisemblablement, Frédéric Saint-Michel s'était rendu seul au festival Riff on Cliff, y était tombé sous le charme de Morgane Avril qui enflammait ce soir-là la piste de dance du SeaView. Sans doute Morgane Avril n'avait-elle pas été indifférente aux avances de Saint-Michel. Ils étaient sortis ensemble de la boîte. Tout avait dû déraper ensuite. Saint-Michel avait violé la fille, puis l'avait étranglée, était retourné à Elbeuf en ne conservant que le sac à main que les flics cherchaient.

Que se passa-t-il quelques mois plus tard, quand Myrtille Camus, sa fiancée, lui donna rendez-vous aux Grandes Carrières pour lui annoncer qu'elle voulait rompre ? Un nouvel accès de fureur ? Un plan machiavélique minutieusement préparé ? Sans doute ne le saurait-on jamais, mais Frédéric

Saint-Michel suivit le même *modus operandi* que lors de son premier meurtre. Robe arrachée. Echarpe rouge Burberry utilisée pour étrangler la victime. Il détournait ainsi les soupçons de la police. Le tueur était un rôdeur, un pervers. En aucun cas un proche de l'une des filles...

Vers 3 heures du matin, le commandant Weissman allait octroyer une pause à ses collaborateurs et tenter de réveiller le commandant Léo Bastinet, en retraite depuis plus de cinq ans près d'Ambert, dans le Puy-de-Dôme, pour l'informer de l'ultime rebondissement de l'affaire Avril-Camus. Le commandant Bastinet décrocha après une dizaine de sonneries et lui raccrocha au nez avant qu'il ait pu placer dix mots. Ce ne fut pas le cas d'Ellen Nilsson, que Weissman parvint à joindre dans les minutes qui suivirent.

Dès 6 heures du matin, la psychocriminologue donna sa première interview sur l'antenne d'i>Télé. Décoiffée comme au saut du lit, visage sans fard ni ride, poitrine gonflée sous un chemisier de soie transparent enfilé à la hâte, elle affirma au journaliste qui reluquait ses jambes nues qu'elle avait toujours su que Myrtille Camus connaissait son assassin, mais qu'elle avait été, hélas ! la seule à croire à cette hypothèse.

A 10 heures du matin, les standardistes du SRPJ de Rouen avaient déjà recueilli cinq nouveaux témoignages d'anciennes animatrices du Drap d'Or ou de la MJC d'Elbeuf. Toutes révélèrent que lorsqu'il dirigeait les centres le beau Chichin était très attiré par les jeunes et jolies stagiaires BAFA et s'était constitué un impressionnant palmarès de groupies disposées à le suivre jusque sous la couette, dans une tranche d'âge allant de dix-sept à vingt ans. Plusieurs filles avouèrent avoir succombé aux avances du guitariste et détaillèrent la métamorphose du séducteur, dès qu'elles avaient rendu les armes : le soupirant attentionné du soir se muait à l'aube en amant sans pitié. Pressé. Blasé. Les flics, par contre, n'étaient parvenus à découvrir aucune fille passée dans le lit de Saint-Michel après l'été 2003, date où il sortit officiellement avec Myrtille Camus. Saint-Michel avait-il trouvé le grand amour ? Celui qu'il ne pourrait supporter de perdre ?

Gilbert Avril donna un solide coup de barre à droite. Le *Paramé* vira en direction du port, droit vers la jetée en béton qui commandait l'étroite entrée du chenal. Malgré l'heure matinale, quelques dizaines de badauds se massaient déjà sur la digue. Des habitants du front de mer et des commerçants sans doute, alertés par le défilé des camionnettes de gendarmerie.

Ils nous jetaient des regards curieux, pointaient des doigts dans notre direction, riaient ou chuchotaient. Plusieurs flashs d'appareils photo crépitèrent.

Océane, toujours lovée entre mes bras, leur tournait le dos. Le *Paramé* glissait doucement sur l'eau calme. Je devinais que dès que nous aurions accosté la tempête se déclencherait. Chaque membre de l'association Fil Rouge serait pris en charge par les flics.

Exfiltration vers la gendarmerie la plus proche. Interrogatoires séparés. Meute de journalistes campant devant la brigade.

J'ai profité des dernières secondes de calme pour lister dans ma tête les doutes que ne levait pas la mort de Saint-Michel.

Qui avait placé le journal intime de Myrtille Camus sur l'île de Saint-Marcouf ? Piroz, pour confondre Frédéric Saint-Michel, comme il l'avait sous-entendu dans la cale du *Paramé* ? Mais s'il avait mis la main sur une preuve aussi déterminante que ce journal intime, pourquoi ne pas avoir directement accusé Saint-Michel ? Si Piroz avait deviné la réelle signification de la signature M2O, pourquoi avoir accepté de participer à cette machination folle pensée par Carmen Avril, jusqu'à ce dénouement macabre sur l'île de Saint-Marcouf ?

Tout est en place, avait affirmé le capitaine.

Qu'avait prévu Piroz avant que Saint-Michel ne le poignarde ? Que venait faire dans cette histoire cette théorie du dilemme du prisonnier à laquelle le capitaine attachait tant d'importance ?

Le kotter hollandais rasa la vigie au bout de la jetée. Un type en bonnet marin, en équilibre sur la rambarde, armé d'un appareil photo à téléobjectif, nous adressa des grands signes de bras. *Connard !*

Instinctivement, j'ai pivoté de trois quarts pour dissimuler le visage d'Océane. La meute se massait sur les quais. Mon cerveau s'affolait à nouveau.

Océane avait tué un homme quelques minutes plus tôt, Frédéric Saint-Michel était coupable, sans aucun doute, même si...

Il restait un dernier écueil. Le principal au fond, celui qui expliquait pourquoi on n'avait jamais soupçonné Saint-Michel.

Son ADN !

Comme pour tous les proches de Myrtille Camus, les flics avaient vérifié l'empreinte génétique de Frédéric Saint-Michel. Bien entendu, elle ne correspondait pas au sperme retrouvé sur les corps de Morgane et Myrtille. Le beau Chichin avait-il lui aussi été victime de coïncidences improbables, d'un enchaînement vertigineux qui en faisait le coupable idéal ? Ou bien avait-il inventé le plus ingénieux des tours de passe-passe ?

Nous l'ignorions tous alors, mais les flics allaient trouver la solution dès le lendemain, vers 13 heures.

Une solution aussi simple qu'évidente...

44

Avait-il trouvé le grand amour ?

Soixante-trois sacs plastique scellés parvinrent avant minuit au Service régional d'identité judiciaire de Rouen. Des verres, des bouteilles, des couteaux, des fourchettes, des brosses à dents, des peignes, des vêtements, des chaussures, des lunettes, des gants, des mouchoirs, des stylos, des clés, des capodastres de guitare, des écouteurs de MP3...

Les flics de la brigade d'Elbeuf avaient obéi aux ordres stricts du commandant Weissman, ils avaient minutieusement recueilli chez Frédéric Saint-Michel tous les objets qui pouvaient leur paraître, de près ou de loin, susceptibles de receler une empreinte génétique.

Parmi ce bric-à-brac, une première analyse tomba au petit matin : un banal flacon de verre, trouvé entre un gel douche et un shampooing, contenait de très anciens résidus de sperme. Quelques heures plus tard, un ordinateur cracha un code génétique.

Les flics vérifièrent pendant de longues minutes chaque lettre, chaque chiffre, tels des joueurs de Loto qui n'osent pas croire qu'ils tiennent entre leurs mains le bulletin gagnant. Dix ans qu'ils attendaient que sorte la bonne combinaison...

Puis ils explosèrent de joie.

Le sperme contenu dans le flacon était le même que celui retrouvé sur les corps de Morgane Avril et Myrtille Camus !

Weissman rédigea dans la foulée pour le juge Lagarde un rapport définitif : Frédéric Saint-Michel s'était procuré le sperme d'un inconnu pour détourner les soupçons. Cette certitude bouclait l'affaire tout en la rendant plus sordide encore. De simple amant paniqué face à la volte-face de ses deux maîtresses, le beau Chichin devenait un tueur sadique ayant prémédité avec minutie ses deux meurtres. Un médecin légiste, le Dr Courade, eut beau affirmer qu'il lui semblait techniquement impossible que le sperme retrouvé dans le vagin de Morgane Avril ait pu y être introduit de façon artificielle, personne ne s'attarda sur ce détail. Frédéric Saint-Michel, même avec trois balles dans le ventre, entrait au panthéon des assassins machiavéliques

Le *Paramé* pénétra dans le port de Grandcamp-Maisy. Il dépassa une dizaine de chalutiers colorés qui flottaient paresseusement devant le quai. Les gendarmes alignés au milieu des bacs de polystyrène semblaient avoir été pris dans les filets des bateaux de pêche et entassés là pour y attendre la criée.

Denise lança une amarre au flic le plus proche. Le *Paramé* écrasa les bouées jaunes pour se coller au quai de brique.

— Ils veulent te parler, glissa Carmen à l'oreille d'Océane. Ils veulent parler à chacun d'entre nous. Mais toi d'abord.

Voix inquiète. Téléphone serré dans le poing.

Le regard mouillé d'Océane délaissa celui de sa mère et m'inonda à nouveau. Une vague de pluie, chaude celle-ci. Bien entendu, elle devrait s'expliquer devant les flics. Elle avait abattu un homme. Trois balles dans le corps, moins de trente minutes auparavant.

Pour se venger.

Pour me sauver...

Sa main glissa lentement sur mon bras.

— Excusez-moi, Jamal, fit-elle. Excusez-nous, c'était...

— Ils t'attendent, insista Carmen.

Océane se leva. J'ai cru apercevoir un regret dans ses yeux.

— On s'appelle, murmura-t-elle.

On s'appelle.

Alors que Carmen et Océane disparaissaient à l'arrière du Renault Trafic bleu garé face au *Paramé,* d'autres gendarmes investissaient le pont du kotter. Une dizaine. Certains avaient enfilé des gants de latex et des charlottes en plastique transparent. J'étais toujours assis sur le banc-coffre cadenassé et personne ne semblait s'intéresser à moi. Droit dans mon champ de vision, toujours appuyée au bastingage, Mona glissa un mot au flic qui s'avançait vers elle.

Trop loin. Impossible d'entendre.

Le type hocha la tête et s'éloigna. La seconde suivante, Mona se plantait devant moi.

— Bonjour, Jamal. Depuis que je suis morte près de la gare des Ifs, nous n'avons pas beaucoup eu l'occasion de reparler.

Son rire sonna faux. Creux plutôt. Aucun écho à attendre de ma part.

Elle pinça les lèvres. Le vent jouait à faire entrer ses cheveux roux dans la capuche de K-Way.

— Je suis désolée, Jamal. Tu n'étais pour rien dans cette histoire. Nous nous sommes plantés. Tous.

Une eau froide coulait toujours sous ma combinaison. J'avais envie d'en finir. De bâcler une déposition aux flics, de la signer, de me tirer de là.

— Tu t'en foutras, continua Mona, si je te dis que je n'étais pas d'accord avec eux. Mais que je n'avais pas le choix.

J'ai tourné la tête. Carmen était ressortie du Renault Trafic accompagnée d'une gendarmette. Pas Océane.

— Mais tu vois, au final Carmen Avril avait raison. Piroz aussi. Pour faire remonter la vérité à la surface, il fallait remuer le passé.

Remuer le passé ?

Faire remonter la vérité à la surface ?

Deux cadavres pourrissaient dans la cale du *Paramé,* et sans doute pas ceux prévus au début du programme.

Un flic s'avança vers nous, képi vissé jusqu'aux sourcils. Avant qu'il ait pu nous adresser la parole, Denise l'intercepta en lui collant Arnold dans les bras. Visiblement, Mona avait négocié une trêve. Le temps de me parler.

Qu'espérait-elle ?

Une mèche affolée agaça ses lèvres, elle la repoussa d'une grimace. Elle n'avait plus rien de commun avec une petite musaraigne apeurée.

— Très vite, Jamal, j'ai su que tu étais innocent...

Très vite ?

Précise, ma jolie...

Dès que nous avons couché ensemble ? Avant ? Après ? Pendant ?

J'ai aperçu un quatrième flic descendre dans la cale du kotter.

— Je devais aller au bout de mon rôle, plaida Mona. En mémoire de Myrtille... De Louise, de Charles... C'était, comment dire, irréel. Tu te souviens, hier soir, dans la Fiat, à Vaucottes, lorsque tu as lu l'enveloppe marron, le destin d'une petite gamine du Puchot et sa copine d'enfance. Mimy et Lina. La vie triste à mourir d'une fille qui pleurait à côté de toi pendant que tu lisais cette lettre d'une inconnue...

Hier soir. Il y avait à peine dix heures. J'avais l'impression qu'une année entière s'était écoulée depuis.

Vaucottes. La Fiat. Une enveloppe marron.

« Emouvant ? » m'avait-elle demandé. « Merci », avait-elle ajouté.

Je n'avais rien compris.

J'ai craché une poignée de mots empoisonnés.

— Je me souviens. Tu t'es bien foutue de ma gueule.

— Non, Jamal…

— Si… Chapeau bas. Tu es une sacrée comédienne.

Elle entortilla une mèche rousse entre ses doigts, sautilla sur la pointe des pieds telle une collégienne timide, puis prit une longue respiration.

— Non, Jamal. J'étais sincère. Contrairement à toutes les apparences, j'étais sincère. Absolument sincère. Tu ne vas pas me croire, Jamal, je ne me fais aucune illusion, mais il faut que je te le dise. Maintenant. A l'exception de ce qui concernait le double meurtre, jamais…

Elle termina sa déclaration en apnée.

— … jamais je n'ai été aussi sincère dans une relation avec un garçon.

Son sourire maladroit s'écrasa contre mon visage.

Sincère ?

A l'exception de ce qui concernait le double meurtre ?

A l'exception des enveloppes marron semées dans mon dos aussi.

A l'exception de la virée nocturne chez Le Medef. A l'exception de la visite de la chambre des gamins traumatisés dans le gîte de l'ancienne gare des Ifs. A l'exception de la vie inventée de Magali Verron. A l'exception de la vie rêvée d'une certaine Mona Salinas, titulaire d'un doctorat sur la silice des galets, étudiante chérie d'un directeur de thèse à la tête du plus grand laboratoire de chimie expérimentale de France qui lui prête sa villa. Pourquoi se priver, hein, Mona ? Quitte à avoir le choix, autant endosser le rôle d'une fille drôle, intelligente et surdiplômée… Histoire de se donner toutes les chances de séduire le pigeon assis face à elle à la table de la Sirène.

— Rien n'était vrai, ai-je murmuré. Rien.

— Ni vrai ni faux, Jamal... Nous inventions, nous nous racontions des histoires !

Un cri sourd explosa au-dessus de ma tête.

— Faites pas chier !

Dans la cabine de pilotage du *Paramé,* Gilbert Avril engueulait un flic qui essayait de le décrocher de la barre. Les mouettes affolées volaient d'un mât à l'autre.

Mon regard passa au-dessus des épaules de Mona.

— Non. Moi, j'y ai cru.

Un silence.

J'ai vu ressortir Océane du Renault Trafic, encadrée par deux gendarmes, puis disparaître à nouveau à l'arrière d'une C4. La berline tourna quelques secondes plus tard au bout du quai.

Une boule m'écrasait le ventre. J'ai détourné les yeux.

— J'y ai cru, Mona, ai-je répété. Tu vois, je continue de t'appeler « Mona ». Débile, non ? Mona Salinas n'existe pas ! N'a jamais existé. Tu es... une inconnue !

Ses cheveux volaient toujours autour d'elle, aussi agaçants qu'un essaim de moustiques.

— Si c'est ce que tu crois..., fit-elle après un long moment. Alina n'est pourtant pas si différente de Mona. C'est la même fille, Jamal. Seul change l'ordre des lettres. Nous jouions tous notre propre rôle, au fond.

Elle s'avança et m'embrassa sur la joue. Elle tremblait. Elle força un sourire.

— Je ne peux pas t'en vouloir. Ce serait le comble, non ? Sans rancune, alors...

Je n'ai pas réagi. Je n'ai pas ajouté un seul mot. Le ton joyeux de Mona me semblait terriblement artificiel.

— Tu te souviens de notre première rencontre, Jamal ? Notre dîner en tête à tête à la Sirène. Je t'avais demandé si tu m'aurais donné une de ces cartes de visite, celles que tu distribuais aux plus belles filles dans la rue ?

— Je t'avais répondu oui.

— C'est vrai. Mais tu te rappelles ce que j'avais ajouté ?

Aucune idée.

J'ai encore scruté le quai vide, jusqu'à l'angle où la C4 d'Océane avait disparu derrière le pavillon crème.

— Je te vouvoyais alors, Jamal. Je t'avais dit quelque chose comme : « Je suis certaine que vous ne m'auriez pas donné votre carte. Vous aimez les femmes romantiques, les beautés fatales, les évanescentes. Pas les filles directes comme moi. (Mona passa un doigt froid sur ma joue.) Vous attirez des images, vous les collectionnez comme des figures Panini. Vous n'attrapez pas celles qu'il vous faut. »

Un flash dans le jour pâle me fit cligner les paupières. Un flic prenait des photos du bastingage du *Paramé*, sans doute pour trouver de quel coin du pont Saint-Michel avait balancé Piroz par-dessus bord. Aucun d'eux ne semblait pressé de nous interroger.

Les mots de Mona continuaient de glisser dans ma tête.

Vous aimez les femmes romantiques, les beautés fatales, les évanescentes.

Vous n'attrapez pas celles qu'il vous faut.

Je me souvenais maintenant, elle m'avait dit ça dès le premier soir, une prémonition à laquelle je n'avais pas prêté la moindre attention.

— Sans rancune, ai-je confirmé à haute voix. Tu avais raison, Mona, je suis attiré par les étoiles.

Ma main traversa l'espace vide sous mon genou gauche.

— Celles que je dois conquérir ! Les sommets inaccessibles. Gravir le mont Blanc, ce genre de conneries. Je m'entraîne dur pour cela.

— Je sais. Je l'ai toujours su, au fond. Tchao, Jamal. Les flics nous attendent. Je crois qu'on peut tous les deux enterrer cette brave Mona, alors...

Alina. M'enfoncer ce prénom dans la tête.

Elle se tortilla pour parvenir à sortir un objet de la poche de son jean.

— En parlant de tes futurs sommets, j'ai récupéré ça hier. Je l'avais posée sur le capot de la Fiat près de l'ancienne gare des Ifs. Elle a glissé quand tu as démarré pour échapper à Piroz. Peut-être même as-tu roulé dessus...

Mona glissa dans ma main l'étoile jaune de shérif. Noire de boue. Cabossée.

— Tu me l'avais confiée. Tu devras trouver une autre gardienne.

J'ai levé les yeux au ciel. Au-dessus du croissant de lune qui s'effilochait en longs nuages blancs, une dernière constellation scintillait.

— Merci, Mona. Mais je n'en ai plus besoin.

J'ai scruté à nouveau les étoiles du matin qui jouaient les coquettes, dissimulées derrière un mince voile de brume, puis j'ai saisi l'insigne du shérif entre le pouce et l'index.

D'un geste déterminé, je l'ai lancé le plus loin possible dans l'eau.

Le morceau de métal doré vola un long moment, épousant une courbe élégante, jusqu'à se poser en ricochets à la surface noire du port.

— Tu n'aurais pas dû, protesta Mona. C'était ton talisman…

L'étoile de shérif coulait doucement.

— Ton porte-bonheur, ajouta-t-elle.

Elle s'éloigna. Elle n'avait pas descendu trois barreaux de l'échelle du *Paramé* pour atteindre le quai qu'un flic en blouson de cuir sortait déjà les mains de ses poches pour l'aider.

Sur le pont, portés par quatre autres gendarmes, les cadavres de Piroz et de Saint-Michel passèrent, enveloppés dans des sacs plastique opaques.

Un flic tourna la tête vers moi, indifférent. Peut-être même espérait-il que je les aide à déplacer les macchabées.

J'ai fermé les yeux, laissant le roulis du bateau me bercer.

Cinq verbes dansaient dans ma tête.

Cinq commandements.

Devenir le premier sportif handicapé à participer à l'Ultra-Trail du Mont-Blanc

Faire l'amour à une femme plus belle que moi

Avoir un enfant

Etre pleuré par une femme quand je serai mort
Payer ma dette avant de mourir

Je n'avais pas bluffé devant Mona, pas cette fois.

Je n'avais plus besoin d'étoile pour me guider. Je touchais du doigt mes cinq caps. Le premier n'était qu'une question d'entraînement. Le second n'était plus un Everest inaccessible.

Océane...

Jamais je n'avais eu autant envie que la même femme exauce trois de mes vœux. Quant au cinquième, j'avais tant frôlé la mort ces derniers jours que, fatiguée, elle me laisserait un long répit...

Difficile d'estimer combien de temps je suis resté sur le coffre, perdu dans mes pensées, avant qu'un flic s'approche pour m'interroger. Il était jeune et souriant, on aurait presque dit un stagiaire. Il me tendit une couverture en me demandant si je voulais me changer. J'ai hoché la tête.

— Suivez-moi...

Je me suis levé et j'ai sauté à cloche-pied sur mon unique jambe. Le stagiaire se retourna, gêné. Il semblait chercher quelque part sur le kotter la moitié de jambe qui me manquait. Tout juste s'il ne vérifia pas par-dessus bord si un crocodile, gueule ouverte, n'attendait pas pour me dévorer l'autre.

Puis, très vite, j'ai senti que sa gêne se muait en malaise. Son regard remonta jusqu'à mon visage.

Suspicieux.

Peut-être avait-il lui aussi du mal à croire que le petit Arabe unijambiste était complètement innocent dans cette affaire. Pas de fumée sans feu... Après tout, l'association Fil Rouge avait réuni les preuves, j'étais le double inconnu, le seul type présent au mauvais moment sur les lieux des crimes de Morgane Avril et Myrtille Camus. J'étais le dernier à avoir parlé avec Piroz avant son assassinat... Après tout, il demeurait beaucoup de zones d'ombre dans le dossier de Saint-Michel.

Après tout, je restais le bouc émissaire idéal.

Après tout, peut-être avais-je menti depuis le début.

J'ai tendu la main pour que le jeune flic me prête son épaule. Où ces connards de l'association Fil Rouge avaient-ils pu bien foutre ma prothèse ? Je me doutais bien que, dans les heures qui allaient suivre, j'allais devoir raconter, et raconter encore, l'invraisemblable enchaînement des événements de ces six derniers jours.

L'écrire aussi, pour ne rien oublier.

Le pire comme le meilleur.

Le pire derrière moi, le meilleur à venir.

Souvenez-vous. C'était la première scène de ce récit.

Je dînais chez la plus jolie fille du monde.

Elle venait d'enfiler une robe tulipe bleue. Ses seins dansaient, nus et libres sous la soie d'un décolleté dans lequel j'avais le droit de plonger les yeux aussi longtemps que je le désirais.

A présent, je peux vous révéler son prénom.

Océane.

J'étais sur le point de lui faire l'amour.

C'étaient les premières lignes de ce récit, ce seront les dernières.

Amateurs de thrillers, désolé de vous décevoir…

Ce sera un *happy end* !

45

Le meilleur à venir ?

Du champagne, Piper-Heidsieck, cuvée millésimée 2005.

Une coupe.

Des bûches dans la cheminée, devant une table basse sombre, d'un bois exotique que je ne connais pas, hors de prix sans doute.

Un fauteuil de cuir dans lequel je suis assis. Patiné, du même cuir brun clair dont on fait les selles de Harley, les bottes de gaucho, les stetsons de Texans. Une fortune ! Il faut croire que cela rapporte, gynécologue.

Océane fait du bruit dans la cuisine. Ma coupe de Piper-Heidsieck est posée sur la table, juste à côté de la centaine de feuilles, cent treize exactement. Le récit de mes six derniers jours. J'en rédige les dernières lignes et dans quelques minutes, après l'avoir fait lire à Océane, je le refermerai. Pour toujours.

Qui le rouvrira ?

Qui le lira ?

Restera-t-il une introspection intime oubliée au fond d'un tiroir ? Deviendra-t-il un sidérant roman à énigme dont je serai le personnage principal ?

Qui serez-vous, vous qui avez les yeux posés sur ce texte ? Existerez-vous seulement ?

Dans le doute, je noircis ces dernières pages.

Les flics ont libéré Océane en fin d'après-midi. Son avocat a affirmé qu'elle ne risquait plus rien. Légitime défense. Cinq témoins l'ont confirmé. Frédéric Saint-Michel allait tirer sur moi, m'aurait abattu si Océane n'avait pas dégainé la première. L'IGS continue d'enquêter sur le rôle de Piroz dans l'affaire. Nous serons tous encore entendus comme témoins, plusieurs fois sans doute. Le commandant Weissman et trois de ses adjoints, après avoir écouté mon histoire, m'ont regardé avec une sorte de pitié malsaine et m'ont demandé si je souhaitais porter plainte.

Porter plainte. Contre qui ?

Ils n'ont pas eu l'air de comprendre et m'ont laissé. Les flics pinaillaient, ratissaient, grattaient depuis deux jours, mais au fond ils s'en foutent, je crois, maintenant. Ils ont un coupable, un mobile, des aveux et plus de preuves qu'il n'en faut.

Frédéric Saint-Michel.

Arrêté. Jugé. Exécuté.

Affaire classée.

Je suis arrivé chez Océane il y a moins d'une heure. Elle habite une petite maison isolée, à Lucy, à quelques kilomètres de Neufchâtel-en-Bray, une chaumière de poupée, colombages et murs de torchis, paille et iris sur le toit, posée entre quatre haies. Un puits, une mare, un labyrinthe de gravier qui court entre des parterres de plantes impeccablement taillées. Carmen doit faire des heures supplémentaires dans le jardin de sa fille.

Océane m'a fait entrer, m'a désigné le fauteuil de cuir et m'a laissé ouvrir la bouteille de champagne, le temps pour elle d'aller se changer à l'étage. Quand elle est redescendue, quelques minutes plus tard, elle avait troqué son pull et son jean pour une robe tulipe bleue.

Le stylo m'a glissé des mains. J'ai senti le cuir du fauteuil fondre sous moi.

Un large ruban turquoise passait derrière sa nuque pour se partager en deux pans qui couvraient sa poitrine puis s'accrochaient à sa ceinture, séparés l'un de l'autre par un décolleté affolant. La robe-fleur s'évasait sous la ceinture en une corolle de soie s'ouvrant sur deux jolis pistils gainés de bas résille bleu lagon.

Elle s'est penchée vers moi, m'a tendu une coupe, puis s'est éloignée pour attiser le feu dans la cheminée. La danse de ses longs cheveux sur son visage m'a paru un défi à celle des flammes dans l'âtre.

Je l'ai trouvée belle à m'en couper le souffle.

Mon cœur battait à se rompre. Pour qu'il n'explose pas, j'ai accroché mon regard aux courbes de sa robe. Océane ne portait rien dessous, ni sangle de parachute pour s'échapper encore, ni soutien-gorge.

Elle s'est avancée face à moi.

— Ne va pas croire que je suis gentille avec toi uniquement pour me faire pardonner.

Ses lèvres se sont collées sur les miennes, comme pour m'empêcher de répondre.

— Tu aurais dû voir ta tête le jour où tu es entré dans mon cabinet à Neufchâtel. Comme si tu avais croisé un fantôme.

— Un ange, ai-je murmuré.

Elle a posé un doigt à la verticale sur le creux de ma bouche. Moqueuse.

— Et ton adorable terreur, le matin où j'ai sauté dans le vide de la falaise d'Yport.

— Un ange, ai-je répété.

Elle a fait tinter sa coupe de champagne contre la mienne.

— Je peux ?

Sans attendre mon autorisation, elle s'est assise sur mes genoux, délicatement, avec la légèreté câline d'une petite fille, comme pour ménager ma jambe artificielle. J'ai retenu ma respiration.

— Tu es si…

A nouveau, elle a pointé son doigt sur mes lèvres.

— Chut…

Elle m'a fixé de ses yeux charbon, à bout portant. Un bras de fer, paupière contre paupière, jusqu'à ce que je cède, que je baisse le regard vers ses seins libres à peine dissimulés par les deux rideaux turquoise. J'ai résisté au désir de les écarter, de couvrir de mes mains sa poitrine, de suivre du bout de mes doigts son galbe, de faire le tour mille fois de ses aréoles sombres. Toujours assise sur mes genoux, Océane a ondulé pour avancer encore. Sa poitrine s'est écrasée contre mon torse alors que son pubis se collait contre la braguette de mon jean.

J'ai frissonné.

La belle ne portait rien sous sa robe.

Avant que j'aie eu le temps d'emprisonner sa taille, elle s'est levée. Ses doigts ont dégrafé mon ceinturon puis ont fait glisser dans le même mouvement mon pantalon et mon boxer jusqu'à mes chevilles.

J'ai supplié le ciel que la vision de mon tibia d'acier ne freine pas son élan. Elle n'a même pas semblé le remarquer. D'un geste de princesse, elle a soulevé sa robe, comme pour éviter de la froisser en s'asseyant.

Ses cuisses ont fléchi, doucement.

Ses lèvres ont tremblé un peu alors que j'entrais en elle.

La peau nue d'Océane était un écran de cinéma sur lequel se projetaient les ombres fauves des flammes dans la cheminée.

— Tu ne m'as pas posé la question, ai-je murmuré à son oreille.

Le champagne coulait dans sa gorge. L'envie me titillait de renverser au creux de son cou la bouteille qu'elle buvait au goulot pour y tremper ensuite mes lèvres et ma langue.

— Quelle question ?

— Celle que tout le monde me pose. Ma jambe. Comment est-ce arrivé ? Avant ou après 2004 ?

— Je m'en fiche, Jamal.

Elle a collé contre moi son corps bouillant. Jamais je n'avais parlé sérieusement de mon handicap à un adulte. Pourtant, à cet instant précis, je n'avais plus envie de jouer, de fuir, de mentir.

Après tout, je transcrirais dans les dernières lignes de mon récit chaque mot de cette conversation avec la femme de mes rêves. Mes futurs lecteurs méritaient bien eux aussi de connaître la vérité avant la fin.

J'ai glissé ma main le long du dos nu d'Océane et j'ai pris un ton de conspirateur.

— Depuis que je suis né, j'ai semé des dizaines de versions, toutes différentes. J'en ai même servi quelques-unes aux membres de ton association Fil Rouge. Exploits héroïques, accidents tragiques. J'ai joué au pompier estropié, au braqueur malchanceux, au yamakasi imprudent… Mais la vérité est beaucoup plus simple.

Sa main s'est posée avec tendresse sur mon épaule alors que ses lèvres embrassaient mon cou.

— Certaines naissent avec une sœur jumelle, la vie multiplie tout par deux. (J'ai souri en la contemplant.) Pour moi, au contraire, elle a tout divisé par deux. Je suis né avec un rein, un poumon, une jambe, un cœur, bien sûr, mais trop faible. Ma mère, Nadia, avait quarante-six ans lorsqu'elle est tombée enceinte, mon père en avait plus de cinquante. J'étais pour elle une sorte de petit miracle. Pendant les quinze premières années de sa vie de femme, elle avait eu un enfant tous les trois ans. Puis aucun pendant les quinze années suivantes… Jusqu'à moi.

Les baisers d'Océane descendaient sur ma poitrine, mes caresses jusqu'à la cambrure de son dos.

— Maman a passé les quinze dernières années de sa vie à veiller sur moi. J'ai subi dix-huit opérations jusqu'à mon adolescence, j'ai dû passer au total plus de vingt mois sur un lit d'hôpital. J'ai creusé le trou de la sécu du 9.3 à moi tout seul, du haut de mes dix ans. J'ai grandi avec l'idée que je ne serais jamais grand, que je n'avais pas assez de pièces en bon état dans mon moteur pour aller bien loin sur la route. Que la panne pouvait arriver n'importe quand et me laisser en rade sur le bord du chemin. Alors j'ai inventé mon avenir, je me suis imaginé un destin d'Achille, tu vois ce que je veux dire ? Accepter de mourir jeune mais à condition d'en profiter avant, de fixer la barre non pas en chiffrant les années à vivre, mais les objectifs à atteindre.

— Tu en as beaucoup ? a murmuré Océane.

Il y avait une infinie tendresse dans sa voix. Comme si mes aveux la rendaient amoureuse. J'en venais à regretter toutes ces versions ridicules inventées depuis mon adolescence pour séduire les filles.

— Cinq… Les cinq branches de mon étoile.

Elle a doucement attrapé la main qui courait sur sa peau et l'a serrée.

— Tu penses bien que ma mère, le destin d'Achille, elle ne voulait pas en entendre parler ! Un rein, un poumon, un gros cœur, ça se trouve, ça s'achète, ou ça se donne. Elle a promené son Caddie à organes dans tous les hôpitaux de France, elle est devenue le cauchemar des chirurgiens les plus réputés. Elle a réglé des opérations qui valaient des millions d'euros avec sa carte CMU. Dix-huit opérations, tu imagines. Elle m'a donné un de ses poumons dès que j'ai eu une cage thoracique de la taille de la sienne, à quinze ans. Ce fut ma dernière opération. L'hiver suivant a emporté maman.

Ses cinq doigts ont emprisonné les miens.

— Ma dernière opération, ai-je répété. J'étais l'homme qui coûtait trois milliards. Robocop, pour les copains de La Courneuve. Un corps tout neuf à l'exception d'une jambe et d'un pied, la seule partie du corps humain qu'aucun chirurgien au monde n'était capable de greffer. Mais un seul pied n'empêche pas d'avancer aussi vite que les autres. Plus vite, même. J'ai commencé à courir le soir de l'enterrement de maman. Je n'ai plus jamais arrêté.

— Je comprends.

— Tout le monde me connaît, dans le quartier. Il vous aurait suffi de vous renseigner dans une cage d'escalier de La Courneuve. Je suis infirme de naissance, je ne pouvais pas être le violeur de Morgane et Myrtille.

— Excuse-nous.

J'ai profité de l'occasion pour lui voler un long baiser.

— Tu sais, j'ai grandi au jour le jour, avec la mort aux trousses, en demandant chaque 25 décembre au père Noël une nouvelle petite année de vie... Alors si vous m'aviez laissé me noyer à Saint-Marcouf, au fond, je n'aurais rien regretté...

— Même pas les cinq directions de ton étoile ?

J'ai hésité.

Avais-je changé ? Avais-je renoncé à ce destin d'Achille ?

J'ai détaché ma main de la sienne et l'ai posée sur son sein droit, rond et plein.

— Mon étoile peut continuer de briller après ma mort, non ?

Océane a frissonné. Sa main a rejoint la mienne. Elle l'a écrasée un long moment contre sa poitrine, puis elle l'a guidée sur sa peau, lentement, plus bas, plus bas encore, jusqu'au rebord du monde.

Océane s'est contentée d'enfiler sa robe en la passant par-dessus sa tête, d'un geste naturel. La soie l'a enveloppée comme une seconde peau.

— J'ai faim. Tu termines ton Goncourt pendant que je vais finir les préparatifs pour notre festin ?

Parce qu'en plus Océane cuisinait ?

Je l'ai observée traverser la salle, attraper machinalement la coupe de champagne pour la ranger, puis disparaître dans la cuisine.

C'était il y a quelques minutes.

Depuis, assis dans le fauteuil de cuir, je retranscris fidèlement chaque mot, chaque geste, chaque émotion ressentie pendant cette heure qui vient de s'écouler.

Ainsi s'achèvera mon récit.

Dans quelques instants, je vais le faire lire à Océane. Nous ferons sans doute à nouveau l'amour.

C'est une belle histoire, non ? Le petit beur infirme que tout le monde a cru coupable termine sa vie dans les bras de la femme de ses rêves. Qu'en pensez-vous ?

Une fin sans doute trop rose pour en faire un polar, d'accord. Mais pour une jolie romance populaire ? *La Belle et la Bête,* version banlieue…

Je lève les yeux. Au-dessus d'une armoire normande sculptée de fruits, une lucarne ronde sertie de dentelle s'ouvre sur le ciel. Des dizaines d'étoiles scintillent dans le ciel noir.

Laquelle est la mienne ?

Laquelle oriente les cinq directions de mon destin ?

Mon esprit vogue vers ma vie d'avant, celle que je retrouverai lundi, à l'Institut Saint-Nicolas. Ibou qui me prendra pour un fou, Ophélie qui aura collectionné de nouvelles photos de mecs, ce connard de Jérôme Pinelli qui sera jaloux à en crever.

Océane chante dans la cuisine. Je crois reconnaître *A nos actes manqués* de Goldman. Sans certitude.

Mon stylo ralentit sur la feuille blanche. Je dois choisir avec précaution les derniers mots de mon récit.

Ai-je gagné ?

La mort a-t-elle enfin renoncé à rôder autour de moi ?

Je tiens mon stylo en l'air pendant de longues secondes, jusqu'à ce qu'un bruit de porte de four qui claque me fasse tourner la tête. Océane apparaît, torchon à la main. Une odeur forte chatouille mes narines. Une sauce chasseur, celle que je n'avais pas le droit de goûter à la cantine. Champignons, échalotes, crème et vin.

— Tu es certain ? me lance Océane. Personne n'est au courant que tu es là ?

— Certain !

J'ai respecté sa pudeur, je n'ai parlé à personne de ma visite chez elle. La belle a sans doute encore un peu honte de son amant encombrant. Peur que Carmen n'apprécie pas. Peur qu'oncle Gilbert ronchonne. Peur de la réaction de Mona ?

Pas Mona, Alina !

Jalouse ?

J'adore ce parfum de mystère. Que cet amour soit clandestin l'épice encore davantage.

Mon stylo se pose sur la feuille pour la dernière fois. J'ai envie de trouver une jolie phrase pour finir. Je traîne. Je mordille le capuchon.

— C'est prêt ! crie Océane.

Tant pis. Je cède à la facilité.

Ce furent les premiers mots de ce récit, ce seront les derniers.

Longtemps, je n'ai pas eu de chance.
J'ai toujours cru que le hasard retomberait toujours du même côté, jamais du mien.

Pour être tout à fait sincère, j'ai encore du mal à croire qu'il ait changé de camp.

FIN

IV

Exécution

Rosny-sous-Bois, le 10 août 2014

De M. Gérard Calmette, Unité Gendarmerie d'Identification des Victimes de Catastrophes (UGIVC), Institut de Recherche Criminelle de la Gendarmerie Nationale (IRCGN)

A destination de M. le lieutenant Bertrand Donnadieu, Gendarmerie Nationale, Brigade Territoriale de Proximité d'Etretat, Seine-Maritime.

Monsieur le lieutenant,

Je vous adresse ce bref courrier pour vous faire part d'une interrogation particulière dans le cadre de l'affaire dite des trois squelettes, retrouvés le 12 juillet 2014 sur la plage d'Yport. Je vous rappelle succinctement que ces trois individus, que nous avons baptisés, pour des raisons de facilité d'enquête, Albert, Bernard et Clovis, sont décédés à des dates différentes, Albert, lors de l'été 2004 ; Bernard entre l'automne 2004 et l'hiver 2005 ; Clovis entre février et mars 2014, et que l'explication privilégiée de leur décès est un empoisonnement criminel à la muscarine, à une dose qui d'après les experts aurait entraîné la mort de chacun des trois individus, par arrêt cardiaque, moins de trente minutes après absorption du poison.

Mais en poussant plus avant les recherches, nous nous sommes trouvés confrontés à un détail étrange qui m'oblige à vous poser une question dont je m'excuse par avance, monsieur le lieutenant.

Vos services auraient-ils pu omettre de nous envoyer l'une des pièces à conviction de cette enquête ? Pour le dire autrement, il nous manque une des pièces du puzzle et nous vous demandons de vérifier avec la plus grande minutie qu'elle ne s'est pas égarée.

Je m'explique. Nous avons pu parfaitement reconstituer les squelettes d'Albert et Bernard à partir des os que vous nous avez transmis. Il s'agit là d'un travail précis de paléontologue, mais auquel nous sommes habitués.

Par contre, malgré nos efforts, nous ne sommes pas parvenus à reconstituer celui de Clovis, qui, je le rappelle, est le nom donné à l'individu décédé le plus récemment, en février 2014, soit quelques jours à peine après que l'affaire Avril-Camus a été résolue par la mort du double meurtrier supposé, Frédéric Saint-Michel. J'emploie à dessein l'adjectif « supposé », puisque, dans mon précédent courrier, j'indiquais formellement que l'ADN d'Albert, empoisonné en été 2004, correspondait à celui du sperme retrouvé sur les corps et vêtements de

Morgane Avril et Myrtille Camus. Je n'ai pour l'instant obtenu aucune réponse du juge Lagarde, destinataire en copie de mon précédent courrier.

Le squelette de Clovis correspond à celui d'un homme de moins de trente ans, parfaitement proportionné, décédé depuis six mois, en état de décomposition très avancé. Lorsque nous avons tenté d'assembler les os que vous nous avez envoyés, et ceci malgré nos recherches, combinaisons et investigations les plus poussées, nous avons dû nous rendre à l'évidence.

Il lui manque un tibia.

Dans l'espoir que vous pourrez nous fournir des explications sur cette étrange pièce égarée ou perdue, veuillez agréer, monsieur le lieutenant, l'expression de mes sentiments les plus distingués.

Gérard Calmette, directeur de l'UGIVC

46

Ai-je gagné ?

Océane claqua la porte du coffre de l'Audi Q3 sans jeter un regard au cadavre de Jamal. Elle se contenta de vérifier que personne ne pouvait les observer dans l'obscurité du jardin. La seule lumière proche émanait d'un réverbère au bout de la rue dont le halo ne perçait pas les haies qui entouraient la cour.

Il faisait froid. Une fine neige fondue tombait en pellicule humide sur les toits et les trottoirs. Personne ne sortirait ce soir. Océane aurait le champ libre pour transporter le corps près des autres.

Elle rentra s'abriter dans la chaumière.

Des trois garçons, Jamal Salaoui était celui qu'elle avait le plus longtemps hésité à tuer. Piroz ne comptait pas. Elle l'avait éliminé parce qu'il avait tout compris, qu'il allait rassembler les preuves ; lui planter un couteau dans le ventre et le balancer par-dessus le bastingage du *Paramé*, alors qu'il était à moitié ivre, lui avait pris moins d'une minute.

Elle avança vers la cheminée. Quelques dernières flammes mordillaient des quignons de bûches.

C'était différent pour Jamal Salaoui. Objectivement, il ne méritait pas de mourir. Il était une victime, comme elle. Victime du système, du jugement des autres et de leur violence mimétique. Un bouc émissaire, au sens le plus exact du terme, un innocent qui endosse la faute collective de tous les autres.

De tous les autres hommes.

Océane ramassa sur la table basse le récit de Jamal, plus d'une centaine de feuilles, et le jeta au feu. Il ne se passa d'abord rien, puis, d'un coup, l'ensemble de la pyramide de papier s'enflamma en une torche immense.

Jamal Salaoui aurait pu découvrir la vérité.

Ce fouineur de Piroz lui avait parlé du dilemme du prisonnier, Jamal avait tout consigné dans son journal. Et si Jamal n'avait pas compris, un lecteur habile aurait pu reconstituer autrement les indices qu'il avait négligés, s'interroger sur les incohérences de la version officielle. Comprendre…

Océane fit tomber sa robe tulipe. Elle demeura de longues secondes nue devant la cheminée, laissant la chaleur des flammes hautes dévorer sa peau. Elle savourait cet instant où aucun homme ne pouvait poser son regard sur son corps, ne pouvait la désirer comme un objet à posséder, à acheter aux enchères de ses petits jeux pervers.

Il n'y aura jamais aucun garçon entre nous.

La petite voix de Morgane résonna dans sa tête. Sa sœur avait sept ans, elles étaient grimpées toutes les deux dans le grand pommier face au gîte de maman. C'était le printemps, des pétales de fleurs tombaient sur leurs cheveux et leurs épaules, une pluie rose de conte de fées.

Il n'y aura jamais aucun garçon entre nous.

Elles avaient promis. Elles n'auraient pas besoin de chevalier, de prince ou de roi pour devenir princesses. Elles étaient sœurs, jumelles, l'une pour l'autre et l'autre pour l'une, sans que jamais rien ni personne ne puisse se glisser entre elles.

Pas même un pétale de fleur.

Le feu mourait déjà dans la cheminée. Seuls quelques lambeaux du journal de Jamal voletaient encore. Océane se pencha et rassembla les cendres pour ranimer des flammèches. Elle devait être prudente, comme elle l'avait toujours été depuis dix ans. Bien entendu, le gentil et obéissant Jamal n'avait confié à personne qu'il avait rendez-vous chez elle, mais lorsque les flics constateraient sa disparition, ils l'interrogeraient forcément. Elle ne devait laisser aucune trace de son passage chez elle. Encore moins de ce journal.

Morgane et elle étaient souvent remontées dans le pommier, jusqu'à leurs dix-huit ans. Elles avaient promis, chaque printemps, chaque année qui les rendait plus proches, plus fortes, plus belles aussi.

Aucun garçon entre elles. Jamais.

Elles étaient tour à tour Blanche-Neige et son miroir. Princesses siamoises. Deux cœurs mais un même sang.

Maman, avec un seul cœur, n'avait jamais eu besoin d'homme. Elle avait fondé une famille, seule. Elle avait bâti de ses mains la plus belle maison de Neufchâtel-en-Bray, seule. Elle avait pris le pouvoir au conseil municipal, à l'association de développement du Pays de Bray, seule. Il n'y avait jamais eu aucun garçon entre maman et elles.

Le feu était mort. Océane laissa quelques instants le froid hérisser sa peau, puis monta dans sa chambre enfiler un jean noir et un pull sombre. Il était l'heure que le cadavre de Jamal Salaoui aille retrouver celui des deux autres garçons.

Les routes du pays de Caux étaient désertes. La pluie froide blanchissait les talus et les squelettes des arbres, Océane ne courait aucun danger d'être arrêtée par la police. Qui pourrait s'aventurer dehors à 3 heures du matin, sur des routes départementales battues par le vent et la bruine glacée ? Dans la lumière des phares, un panneau indiquait la direction d'Yport. Dix kilomètres.

La promesse de Morgane résonna une nouvelle fois.

Il n'y aura jamais aucun garçon entre nous.

Les riffs de guitares de la soirée du 5 juin 2004 vrillaient son cerveau. Les images défilaient, recouvertes par la musique assourdissante. La virée vers Yport avec Clara, Nicolas, Mathieu et Morgane. La nuit au SeaView. La piste de danse.

Les essuie-glaces battaient au rythme de son cœur, écrasant les larmes qui pourtant renaissaient, chaque fois plus denses.

Aucun garçon entre nous. Jamais.

Océane le lui avait répété. Elle le lui avait murmuré à l'oreille, dans la Clio de Nicolas, lorsqu'elle avait aperçu Morgane se changer à l'arrière et enfiler cette robe qui lui moulait les fesses et les seins. Elle le lui avait hurlé sur la piste de danse, écartant la forêt d'hommes aux yeux de loups qui l'encerclait. La musique techno hurlait. Morgane, en transe, ne l'avait pas entendue. Pas écoutée. Pas même regardée.

Morgane avait promis, pourtant...

Nicolas et Clara s'embrassaient sur le canapé. Ce connard de Mathieu avait même tenté sa chance, passé une main sur ses cuisses, posé ses lèvres sur son cou. Croyait-il qu'elle allait renier sa promesse pour sortir avec un cancrelat de son espèce ? Il s'était endormi sur sa vodka orange. Océane avait bu aussi. Beaucoup. Beaucoup trop. Plus qu'elle n'avait jamais bu de sa vie.

Puis elle les avait suivis.

Morgane avait choisi l'un des loups. Pas un chef de meute, plutôt un louveteau aux dents de lait, chemise ouverte sur un torse épilé et une ridicule écharpe rouge autour du cou.

Océane les avait vus s'embrasser sur le parking, se déshabiller tout au bout de la plage. Dans l'ombre de la falaise, elle les avait entendus courir vers la mer, étouffer des rires, se toucher dans l'eau, ressortir en grelottant. Cachée derrière la digue, elle avait entendu Morgane soupirer sous les caresses de l'inconnu, retenir ses râles, se donner, s'oublier.

Tu avais promis, hurlait une voix dans sa tête, *aucun garçon, jamais*. Lorsqu'ils s'étaient rhabillés, sans même que Morgane prenne le temps d'enfiler sa culotte sous sa robe, Océane, titubante, avait suivi sa sœur et le garçon à l'écharpe jusqu'au blockhaus. Lequel des deux avait eu envie de prendre la main de l'autre, d'y grimper, d'y observer la mer et la falaise jusqu'à l'infini ? Océane ne l'avait jamais su.

Sous l'effet de l'alcool, tout en bas, les toits d'ardoise des maisons d'Yport tanguaient comme des vagues grises. Quelques minutes plus tard, quand le louveteau s'était enfin éloigné, Océane s'était approchée. Morgane portait autour du cou l'écharpe de l'inconnu.

— Alex me l'a donnée.

Il s'appelait Alexandre. Alexandre Da Costa.

— C'est notre lien. Notre fil rouge. On va se revoir. Il n'est pas comme les aut...

Les essuie-glaces ne parvenaient plus à évacuer les larmes. Océane ralentit, puis se gara sur le bord de la route, juste avant l'intersection indiquant la direction de Bénouville. Les images étaient trop fortes. Floues. Elles se chevauchaient les unes les autres.

Ses cris dans la nuit. Le sourire de Morgane.

Tu n'avais pas le droit. Tu avais promis. Tu n'avais pas le droit.

Le rire de Morgane.

Aucun garçon. Aucun garçon entre nous. Jamais.

Son rire de défi.

Océane revoyait ses doigts déchirer sa robe pour retenir sa sœur, ses mains serrer l'écharpe pour qu'elle cesse de rire, pour qu'elle pleure enfin, pour qu'elle lui demande pardon, pour qu'elle se blottisse dans ses bras.

Pour qu'aucun homme ne puisse plus jamais se glisser entre elles.

Océane revoyait les yeux si doux de Morgane se figer, son corps rouler sur l'herbe humide, doucement, suivre le sens de la pente, puis basculer dans le vide.

L'Audi redémarra, lentement. Océane avait revu des milliers de fois le regard de Morgane se noyer, s'asphyxier dans le sien avant de s'envoler. Laquelle, de la princesse ou de son miroir, était morte ce soir-là ?

Aucune ? Toutes les deux ?

Les flics n'avaient rien compris. Ils avaient découvert sur la plage une jolie fille étranglée, sa robe déchirée, des traces de sperme sur elle et dans son vagin, les marques d'une pénétration récente, violente, quelques minutes avant l'agression : leur conclusion de petits mâles ne pouvait envisager d'autres hypothèses qu'un viol ! Océane n'éprouvait que du mépris pour leur incompétence.

L'Audi dépassa Bénouville. Le village dormait. Peut-être même ne se réveillait-il pas de tout l'hiver. Un panneau avertissait les automobilistes : *Valleuse du Curé – Accès interdit.* Océane s'engagea. Elle devait rouler encore une centaine de mètres sur un chemin de terre. Qui pourrait venir chercher ici le cadavre de Jamal Salaoui ? Personne, pas plus que les deux autres, il y a des années. Demain matin, la pluie aurait effacé toute trace de pneus sur ce sentier.

Océane n'avait eu aucun mal à retrouver Alexandre Da Costa. Il se cachait à Blonville-sur-Mer, dans la résidence secondaire de ses parents, des préretraités qui habitaient neuf mois de l'année aux Antilles, à Saint-Vincent-et-les-Grenadines. Il était con comme un fin de race mais avait tout de même compris qu'il était le suspect n° 1 dans le viol et le meurtre de Morgane Avril, et qu'il porterait le chapeau, à cause de son ADN, de son sperme et de son écharpe s'il montrait le bout de son nez.

Océane eut encore moins de mal à le séduire. Elle lui téléphona, prétexta avoir reçu un message de sa sœur, juste avant qu'elle ne soit assassinée, un texto lui révélant le nom de son grand amour. Alexandre Da Costa.

Ce crétin supposait qu'un type avait agressé Morgane après qu'il l'avait laissée seule, peut-être pour lui voler son sac à main.

Elle lui avait donné rendez-vous à Yvetot, près de l'échangeur de l'A29, un soir, dans un hôtel Formule 1 où on ne croise personne, juste des machines qui distribuent des codes pour entrer, des repas surgelés ou des cafés. Elle précisa qu'elle ne l'avait pas dénoncé aux flics, comme elle aurait pu le faire, mais elle hésitait… Elle voulait lui parler avant. Elle voulait comprendre. Elle voulait connaître chacune des dernières émotions de sa sœur, ce soir-là. Il courut, le toutou. La queue entre les jambes, qu'il ne tarda pas à sortir.

Il fut bluffé par sa beauté, ce fou. Il la trouvait plus belle encore que sa sœur, ce monstre. Moins démonstrative, peut-être, sur le matelas de la chambre aux murs de carton, la 301, alors que son cœur s'arrêtait doucement de battre sous l'effet de la muscarine pilée dans l'infâme moussaka réchauffée au micro-ondes du hall. Océane avait minutieusement fait glisser entre ses doigts le préservatif contenant le sperme du jeune coq, l'avait vidé avec précaution dans un flacon de verre, puis avait chargé le corps dans le coffre de sa voiture vers 3 heures du matin.

« Il n'y aura jamais d'homme entre nous », avait-elle murmuré aux étoiles en laissant tomber son cadavre dans le noir.

Il fallut de très longs mois avant que les parents d'Alexandre Da Costa ne signalent la disparition de leur fils de vingt-deux ans qui ne leur donnait des nouvelles qu'une ou deux fois par an. Ils ignoraient même son dernier domicile ; outre la maison de Normandie, ils possédaient deux autres résidences en France, une sur la Côte d'Azur et l'autre sur l'île de Ré, une troisième sur l'île de Cres en Croatie et un appartement aux Baléares. Océane avait appris depuis que près de soixante-cinq mille personnes disparaissaient chaque année en France, et que plus de dix mille n'étaient pas retrouvées...

Jamais personne ne ferait le rapprochement...

Maman chercherait toute sa vie le meurtrier de sa fille, pour rien. Il était mort. Océane avait vengé sa sœur. L'homme qui avait tenté de les séparer, toutes les deux, toutes les trois, dormait pour l'éternité dans un trou au fond de la falaise.

Océane gara l'Audi Q3 derrière un bosquet de frênes, prenant garde à ce qu'aucun noctambule perdu dans les champs, au cas improbable où il en existe un, ne puisse repérer sa voiture sans passer juste devant. Le plus difficile commençait. Charger le corps sur ses épaules. Prendre soin de ne laisser aucune trace, aucune empreinte, aucun cheveu, aucune goutte de sueur. Parcourir encore cent cinquante mètres, à l'ouest de la valleuse du Curé.

Dix ans plus tôt, en juin 2004, avant de donner rendez-vous à Alexandre Da Costa au Formule 1, Océane avait passé des journées à errer le long des falaises. Elle se recueillait, pensaient les passants ou les flics. Inquiets. Sans doute s'imaginaient-ils qu'elle hésitait à sauter à son tour pour rejoindre sa jumelle. Ils auraient été trop contents. Comment auraient-ils pu deviner que dans ce gruyère de craie, sur des kilomètres, elle recherchait le meilleur des puits naturels pour y faire disparaître les hommes encombrants ? Un puits assez large pour y jeter la moitié de l'humanité.

Elle l'avait trouvé, un peu à l'est de Bénouville, près du fond d'Etigues, dans un aven perdu entre les ronces que seules les vaches connaissaient et où aucune ne s'était aventurée de mémoire de normande.

Océane bloqua sa respiration en ouvrant le coffre. Elle avait enroulé le corps de Jamal dans une couverture qu'elle brûlerait sitôt rentrée à Neufchâtel.

C'était la troisième fois de sa vie qu'elle garait sa voiture ici.

L'incroyable nouvelle était tombée le 27 août 2004. Une fille avait été retrouvée violée, étranglée avec une écharpe rouge Burberry, en Basse-Normandie. Une certaine Myrtille Camus. Affolement général. Le tueur en série avait de nouveau frappé. Et il frapperait encore…

Maman avait réuni l'association Fil Rouge le soir même, dans la salle de cantine de l'école de Grandcamp-Maisy que le maire avait libérée pour l'occasion. Elle souhaitait rencontrer tous les proches de cette Myrtille, ses parents, sa grand-mère, sa meilleure amie, son futur mari. Le temps pressait. Il fallait coincer le tueur avant qu'il ne file. Ou ne recommence. Recouper le maximum d'indices. Le discours de maman était radical, on ne pouvait pas faire confiance à des fonctionnaires de police débordés, mal payés, et qui n'avaient qu'une hâte au fond, rentrer au plus vite chez eux pour oublier cette affaire sordide.

En comptant Gilbert, le frère de maman, on atteignait huit personnes autour de la table. Trois côté Avril, cinq côté Camus.

Pendant toute la route de Neufchâtel à Grandcamp, alors qu'oncle Gilbert conduisait en pestant contre les Parisiens aoûtiens qui encombraient l'A13 et que maman ne cessait de siffler entre ses dents « Il a recommencé. On va coincer ce salaud. Il a recommencé », Océane avait ressassé sa conviction : le meurtrier connaissait Myrtille Camus ! Il était même l'un de ses proches, l'un des premiers que la police allait soupçonner. Sinon, pourquoi aurait-il maquillé son crime et détourné les soupçons vers un tueur recherché par toute la police normande, un homme violant puis étranglant ses victimes avec une écharpe Burberry rouge ? Pourquoi se serait-il donné tant de peine pour faire croire à un tueur en série ?

Un tueur en série qui n'existait pas ! Mais seules deux personnes partageaient ce secret : le meurtrier de Myrtille Camus… et elle.

Lorsque oncle Gilbert avait garé sa vieille Mercedes classe E sur le parking de l'école Jean-Marion de Grandcamp-Maisy, Océane avait peiné à masquer son excitation. Parmi les cinq personnes qui se tiendraient avec eux autour de la table, l'une d'elles était-elle l'assassin de Myrtille Camus ?

Océane laissa tomber le cadavre de Jamal. Le dos en feu. Elle n'avait pas fait trente mètres et se sentait épuisée. Jamais elle ne parviendrait à le porter jusqu'au puits. Elle prit le temps de réfléchir. Le tirer était la bonne solution. Le tirer puis tout nettoyer derrière elle. Elle souffla.

Son esprit, malgré elle, s'envolait à nouveau vers Grandcamp-Maisy, ce soir de la découverte du corps de Myrtille. Cette réunion avec la famille Camus dans la salle de la cantine. Ce soir-là, elle avait commis une erreur, la seule au cours de ces dix ans. Une erreur qui avait failli lui coûter cher, alors.

Dès qu'elle était entrée dans la salle de la cantine de l'école et qu'elle avait dévisagé les cinq personnes assises à la petite table octogonale, Océane avait soupçonné Frédéric Saint-Michel d'avoir tué sa fiancée. Aucun des autres proches, parents ou amie, n'avait le profil d'un coupable crédible. Elle l'avait observé toute la soirée, guettant ses moindres gestes, chacun de ses tremblements, la moindre de ses réactions à chaque indice fourni par la lecture des rapports de police.

Une heure plus tard, sa conviction était établie. C'était lui.

Mais elle avait oublié un détail capital.

Le meurtrier de Myrtille Camus possédait exactement le même avantage. Il savait lui aussi que le tueur en série n'était qu'une chimère imaginée par les flics. Il se doutait tout autant que l'assassin de Morgane pouvait être assis à la même table, en face de lui, à l'épier.

Quand leurs regards, enfin, s'étaient croisés, sans même se dire un mot, ils avaient compris. Océane s'était trahie en l'observant avec trop d'insistance. Qui aurait pu le soupçonner ? Qui aurait pu douter de la thèse du tueur en série, sinon quelqu'un qui savait que Morgane n'avait pas été tuée par un rôdeur frappant au hasard ?

Qui, sinon son assassin ?

Ils étaient liés par un pacte silencieux.

Tout en évaluant le meilleur moyen d'empoigner le cadavre de Jamal, Océane repensa à ce fameux théorème que Piroz avait exhumé, le dilemme du prisonnier, deux complices qui peuvent, ou non, se trahir. S'ils se dénoncent mutuellement, ils perdent tout. S'ils se taisent et coopèrent, ils gagnent ensemble. Jusqu'à ce que l'un des deux soit certain de pouvoir trahir sans que l'autre ait le temps de répliquer. Le gain maximal, selon le théorème. Piroz était le moins stupide de tous les flics, il avait fini par deviner, mais sa voix portait un peu trop fort, lorsqu'il avait trop bu, à travers les cloisons des cabines du *Paramé*.

Ce soir du meurtre de Myrtille Camus, dans la salle de la cantine, la réunion de l'association Fil Rouge s'était achevée vers minuit. Chacun avait regagné sa voiture, puis son hôtel, les yeux rougis. Juste avant de sortir, Océane s'était rendue aux toilettes au fond du couloir de l'école adjacente à la salle de la cantine. Frédéric Saint-Michel l'y avait rejointe. Livide.

« C'est un accident, avait-il bredouillé d'une voix sourde. Un accident. Je ne voulais pas l'étrangler. Nous devions nous marier. Elle m'aimait, elle ne m'aurait jamais quitté. C'était un coup de tête. Ce type ne comptait pas pour elle. Myrtille m'aimait. Nous avions fait l'amour une dernière fois juste avant que…

— Avec une capote, j'espère ? »

Saint-Michel l'avait dévisagée. Il ne valait pas mieux que les autres hommes. Dès cet instant, Océane pensait déjà à l'éliminer, comme les autres. Elle le ferait dès qu'elle le pourrait, dès qu'il n'y aurait plus de risques.

« Oui, avait-il admis.

— J'ai un cadeau pour vous ! »

Océane avait sorti le flacon de verre de sa poche. Saint-Michel, bien entendu, n'avait rien compris.

« Celui qui a violé ma sœur me l'a confié, avait précisé Océane. Mais il faudra être un peu plus bavard. »

Les mains de Saint-Michel s'étaient refermées sur le flacon alors qu'il murmurait des aveux qui tenaient davantage de la confession. Paniqué après l'assassinat de sa fiancée, il avait dissimulé le corps de Myrtille sous les fougères, dans les Grandes Carrières, espérant que personne ne le découvre avant qu'il revienne. Puis, certain qu'on le soupçonnerait dès que le cadavre de sa fiancée serait identifié, il avait eu l'idée de suivre le même protocole que celui du crime d'Yport dont les médias avaient parlé les derniers mois. Saint-Michel avait roulé jusqu'à Deauville où il était entré à la boutique Burberry du Printemps, avait acheté une chemise à cent cinquante euros pour endormir la méfiance des vendeuses pendant qu'il glissait sous son manteau une écharpe rouge en cachemire. Sur une plage déserte au retour, à Asnelles, il avait puisé de l'eau de mer dans un jerrycan pour en asperger le cadavre de Myrtille. Enfin, de retour aux Grandes Carrières, il avait volé son sac à main et sa petite culotte, reproduisant à l'identique les gestes de l'assassin de Morgane Avril. Un seul détail manquait, le bloc-notes Moleskine dans lequel Myrtille consignait ses pensées intimes. Aucune trace, ni sur elle ni dans son sac à main.

La voix forte de maman avait retenti à l'autre bout du couloir.

— On y va, Océane ?

— J'arrive, maman.

Océane avait abandonné à Saint-Michel le flacon de verre.

Coopération-réciprocité.

Cette simple offrande les innocentait mutuellement.

Dès le lendemain matin, la police retrouvait la petite culotte de Myrtille Camus accrochée dans les ronces à quelques centaines de mètres des Grandes Carrières, maculée du sperme du violeur, identique à celui recueilli dans le vagin de Morgane Avril.

La preuve ultime qu'il n'y avait qu'un seul tueur.

Un tueur en série qui choisissait ses victimes au hasard.

Océane souffla encore. Elle avait tiré le corps de Jamal sur une centaine de mètres. Plus qu'une vingtaine et tout serait terminé. Seuls quelques étoiles et un quart de lune éclairaient les champs à l'infini. La bruine s'était intensifiée. Elle brouillerait encore les pistes. Au petit matin, il ne resterait aucune trace. Océane releva la capuche de son manteau, frotta ses mains gantées puis se remit à l'ouvrage.

La chance d'Océane sonna le 6 octobre 2004, en fin d'après-midi, au fond de sa poche, sur son téléphone portable. Elle était alors secrétaire de l'association Fil Rouge, et maman passait régulièrement des annonces pour inviter des témoins potentiels à se présenter. Ceux qui n'auraient pas osé parler aux flics.

Olivier Roy avait une voix timide.

« Je suis celui que tout le monde recherche, avait-il pleurniché au téléphone. Le garçon à la casquette Adidas, celui qui tournait autour de Myrtille. Celui que la police... »

Océane lui avait ordonné de se taire, de ne surtout parler à personne. Elle avait voulu lui donner rendez-vous au Formule 1 d'Yvetot, le soir même, mais il avait refusé. Trop loin, trop tard, trop dangereux. Elle était parvenue à négocier une rencontre en fin de matinée au cœur du marais des Veys, à quelques kilomètres de chez lui, au sud d'Isigny, dans le gabion abandonné de l'ancien gué de Carentan.

« Je ne l'ai pas tuée, madame, avait-il continué de gémir au téléphone. Tout le monde le croit mais je ne l'ai pas tuée. Je l'aimais. Elle devait quitter son mec. Elle m'écrivait des poèmes. Elle l'écrivait dans son journal.

— Vous l'avez, ce journal ?

— Oui, mais...

— Apportez-le. »

Olivier Roy, comme tout le monde, pensait que Myrtille Camus avait été victime d'un rôdeur. Il n'avait aucune raison de soupçonner son rival. Il avait longuement hésité à se livrer à la police. Il avait passé ses journées entre sa chambre et quelques longues promenades dans des lieux déserts. A réfléchir. A penser à Myrtille. Il n'avait rien à se reprocher, après tout, il pourrait facilement prouver son innocence. Mais avec les flics... Ils souhaitaient tellement coffrer un coupable, ils avaient affiché un portrait-robot qui lui ressemblait vaguement partout dans le canton, ils lui colleraient les menottes aux poignets avant qu'il ait eu le temps de s'expliquer. Alors il avait eu l'idée de contacter d'abord les membres de cette association, Fil Rouge. Ils devaient être en cheville avec des avocats, connaître certains éléments de l'enquête que la police ne révélait pas. Ils l'écouteraient, le conseilleraient, lui expliqueraient comment s'y prendre avec les keufs.

Dans le gabion, Olivier avait remis à Océane tous les souvenirs qu'il possédait de Myrtille, son bloc-notes Moleskine, ses lettres, ses poèmes. Soulagé. Pas tant qu'Océane. Si Olivier Roy avait parlé, les soupçons se seraient reportés sur Frédéric Saint-Michel. Si Frédéric Saint-Michel tombait, elle tombait avec lui…

Il n'y aura jamais aucun garçon entre nous.

Océane avait ouvert son sac. Il était midi et le soleil pointait au zénith sur le marais. Des dizaines de canards et de bécasseaux nichaient en face d'eux, sur une tourbière couleur rouille déchiquetée par les marées. Olivier Roy semblait trouver cela joli. Il avait l'air romantique, dépressif, complètement paumé. Lorsque Océane avait sorti une bouteille de Coca, des parts de pizza froides et des pâtisseries orientales, il avait accepté machinalement de grignoter avec elle. Il avait dû trouver le tout étrangement épicé. Pas longtemps. Son regard avait commencé doucement à ralentir, ses muscles à se figer, puis, comme un chien de chasse aux aguets à l'appel du sifflet de son maître, il s'était immobilisé. Son cœur s'était arrêté de battre dans les minutes qui avaient suivi.

Le lendemain, Saint-Michel avait reçu dans sa boîte aux lettres un poème rédigé par sa défunte fiancée. Océane jouait le jeu.

Coopération-réciprocité.

Saint-Michel était malin, il s'en était servi face au commandant Bastinet. Pure prévention. La petite Alina, à force de repenser aux derniers jours de sa meilleure amie, se posait de plus en plus de questions.

Vingt mètres encore. Océane avançait avec précaution, prenant soin d'écarter les ronces sans s'y accrocher. Les flics étaient aveugles, mais maniaques. Un simple échantillon de tissu accroché au bout d'une épine pouvait permettre d'identifier celui, ou celle, venu ici vider ses poubelles.

Avec la disparition d'Olivier Roy, l'enquête s'était dégonflée comme une baudruche crevée. Malgré la fureur de maman, les flics laissaient tomber l'affaire. Ils avaient confié à la gendarmerie de Fécamp, et en particulier au capitaine Piroz, l'entretien de la flamme.

Retour à la case départ.

Maman s'accrochait à cette hypothèse du double inconnu. Trouver un type présent à la fois à Yport et Isigny... Océane ne s'y opposait pas. Après tout, cela empêchait maman de devenir complètement folle. Cela avait duré des années. Océane avait fini par se rapprocher d'Alina

Masson, la meilleure amie de Myrtille Camus, et petit à petit avait semé le doute chez elle, juste assez pour la préparer au jour où il faudrait se débarrasser de Saint-Michel, un virus, un cheval de Troie dans le disque dur de son cerveau, une question insidieuse.

Et si Myrtille n'avait pas été tuée par un rôdeur ?

Et si Myrtille connaissait son assassin ?

Et un beau jour, en mars 2013, un nom était enfin sorti de la grande tombola : Jamal Salaoui. Un pauvre type présent aux mauvais endroits aux mauvais moments. Mais cela, seuls Saint-Michel et elle le savaient.

Lorsque Carmen avait conçu son plan fou, cette mise en scène invraisemblable pour démasquer Salaoui, Océane avait accepté. Tout était en place. C'était l'occasion tant attendue d'en finir avec Saint-Michel. Elle avait imaginé un final magistral à Saint-Marcouf, l'avait suggéré à maman. La veille de lancer le grand bluff, elle avait réglé deux ou trois petits détails. Desceller une brique du mur de la citadelle de l'île du Large et y dissimuler le bloc-notes Moleskine de Myrtille Camus. Graver trois lettres sur cette brique. M2O. Continuer de rédiger avec Alina le contenu des enveloppes marron pour que Jamal Salaoui doute, lui aussi. Qu'il comprenne, au moment où il le faudrait… Puis passer chez Frédéric Saint-Michel, utiliser un double de ses clés dérobé lors d'une des interminables réunions Fil Rouge, cacher dans son appartement le sac à main de Morgane qu'elle avait toujours conservé, placer au fond d'un tiroir de la salle de bains un flacon de verre avec quelques vieilles traces du sperme oublié d'Alexandre Da Costa. Saint-Michel n'était tout de même pas assez con pour conserver une telle preuve chez lui.

Le lendemain, au petit matin, elle s'élançait de la falaise, sous le nez de Jamal Salaoui, pour un saut de cent vingt mètres uniquement ralenti par un parachute de poche. L'engrenage était lancé. Nul, pas même Piroz, ne pouvait l'arrêter. Jamal Salaoui s'était battu contre une machine qui l'aurait broyé, tôt ou tard.

Cet économiste, Axelrod, s'était trompé avec sa pseudo-méthode pour résoudre le dilemme du prisonnier.

Coopération-réciprocité-pardon.

Cela ne tenait que si les complices se retrouvaient ensuite, à la sortie de la prison, souhaitaient à nouveau collaborer. Ou se venger. La bonne méthode était de ne trahir qu'une fois, de façon définitive.

Rendre coup pour coup. Tirer le premier.

Coopération-trahison-sanction.

Océane traîna encore le cadavre de Jamal, au plus près du trou. D'après ses estimations, il était profond d'une trentaine de mètres, peut-être davantage en tenant compte des galeries adjacentes qui serpentaient sous le calcaire. Sans doute quelques paysans du coin connaissaient-ils le site et venaient également ici jeter quelques objets encombrants. Mais aucun n'aurait eu idée d'y descendre.

Au mieux, un spéléologue retrouverait les trois squelettes dans cinquante ans, au milieu de carcasses de chiens, de vieux téléviseurs et de machines à laver rouillées. Ou dans cent ans, lorsque la falaise aurait suffisamment reculé. Et même alors, et même si on découvrait ces corps demain, quel lien pourrait-on établir entre ces trois cadavres et Océane ? Même si on parvenait à identifier ces trois morts, à reconstituer la date de leur décès et la manière dont ils avaient été assassinés – des policiers scientifiques devaient être capables de cela –, rien, strictement rien, ne les reliait à elle, ne permettrait de l'accuser.

Elle ne s'accordait aucun mérite, à part celui de la prudence. Tous étaient tombés dans sa toile d'araignée sans même qu'elle ait à les y attirer.

Elle répéta une dernière fois, comme une prière : « Il n'y aura jamais aucun garçon entre nous. » C'était maintenant une certitude. Tous les hommes avaient payé. Tous les hommes qui s'étaient approchés d'elle, d'elles, étaient morts.

Elle dénoua les cordelettes, déroula la couverture. Le cadavre de Jamal roula doucement sur le tissu pourpre, comme sur un tapis qu'on aurait déroulé devant lui pour une ultime cérémonie. Son corps glissa sans un bruit dans le trou sans fond.

C'était terminé.

Océane avait hâte de retourner à Neufchâtel-en-Bray mais elle devait faire attention, vérifier qu'elle n'avait laissé aucun indice de son passage à la faible lueur de la torche qui éclairait à peine le bout de ses pieds.

Hâte de rentrer chez elle.

Hâte de revoir maman.

Océane regarda dans le halo pâle la silhouette rabougrie et nue des châtaigniers battus par le vent du large.

Hâte que le pommier dans la cour du gîte du Dos-d'Ane fleurisse à nouveau.

V

Révision

Fécamp, le 13 août 2014,

De Monsieur le lieutenant Bertrand Donnadieu, Gendarmerie Nationale, Brigade Territoriale de Proximité d'Etretat, Seine-Maritime.

A destination de M. Gérard Calmette, directeur de l'Unité Gendarmerie d'Identification des Victimes de Catastrophes (UGIVC), Institut de Recherche Criminelle de la Gendarmerie Nationale (IRCGN), Rosny-sous-Bois

Monsieur le directeur,

En réponse à votre courrier du 10 août 2014 relatif à l'identification des trois squelettes, Albert, Bernard et Clovis, retrouvés sur la plage d'Yport le 12 juillet 2014, et à votre inquiétude concernant « une pièce manquante du puzzle », je tiens tout d'abord à vous rassurer. Le tibia du dénommé Clovis n'a pas été égaré, ni par vos services, ni par les miens, ni même emporté par la mer après l'éboulement de la falaise.

A la lecture de votre courrier, nous n'avons pas manqué de faire le rapprochement avec l'un des principaux protagonistes de l'affaire Avril-Camus, Jamal Salaoui, un jeune qui fut un temps soupçonné d'avoir pu être le violeur et le meurtrier des deux jeunes filles. Vous comprendrez aisément les raisons de notre déduction. Jamal Salaoui souffrait d'un handicap et une prothèse remplaçait la partie inférieure de sa jambe gauche. Mais surtout, ce jeune homme a disparu, il y a six mois, quelques jours après que l'affaire Avril-Camus a été résolue. Sans raison apparente. Sans le moindre début d'explication.

Indéniablement, votre découverte relance l'affaire. D'évidence, et pour une raison inconnue, Jamal Salaoui a été assassiné.

Pour être tout à fait franc, monsieur le directeur, sans aucun autre indice que ce squelette nu, nous n'étions guère confiants sur l'issue de cette enquête, même si elle jetait le trouble sur les conclusions de l'affaire Avril-Camus. Le double violeur Frédéric Saint-Michel, abattu sur l'île Saint-Marcouf trois jours avant la disparition de Jamal Salaoui, peut difficilement être accusé de cet empoisonnement ! De près ou de loin, aucun autre acteur de ce drame ne nous semblait susceptible d'éveiller nos soupçons. Quel qu'il soit, l'individu qui a empoisonné les trois hommes dont nous avons retrouvé les squelettes a agi de façon particulièrement méticuleuse, méthodique et prudente.

Suite à votre courrier, nous avons relancé les recherches sur la disparition de Jamal Salaoui, conduites à l'époque conjointement par la gendarmerie de Fécamp et le SRPJ de Rouen. Nous avons interrogé à La Courneuve tous les proches de Salaoui, des parents, des cousins et des amis, ainsi que les autres protagonistes de l'affaire Avril-Camus, les membres de l'ex-association Fil Rouge, et enfin ses collègues de l'Institut thérapeutique Saint-Antoine. Personne ne savait rien. Jamal Salaoui était plutôt un garçon secret, introverti, ayant patiemment construit un imaginaire personnel, une sorte de bulle où il ne laissait pas entrer grand monde. Son supérieur hiérarchique, Jérôme Pinelli, nous l'a même présenté comme potentiellement dépressif. De là à s'empoisonner à la muscarine et se jeter dans un gouffre de la falaise pour y tenir compagnie à deux cadavres morts dans les mêmes circonstances des années auparavant, il y avait un pas que mes services n'ont pas franchi.

Nous nous apprêtions à quitter l'Institut Saint-Antoine et à classer l'affaire lorsqu'un dernier témoin s'est présenté spontanément. Une jeune fille de l'ITEP. Elle voulait à tout prix « parler aux keufs », comme elle le hurlait dans les couloirs, mais ses éducateurs, habitués à ses esclandres, l'avaient isolée dans sa chambre pour la durée de notre visite.

Elle a fini par nous interpeller, de sa fenêtre, au troisième étage, alors que nous montions dans nos voitures. C'était une gamine de quinze ans, internée dans l'Institut thérapeutique du lundi au vendredi et sous traitement anxiolytique vingt-quatre heures sur vingt-quatre. D'après les cadres de l'Institut, la gamine était instable psychologiquement et souffrait de graves troubles sexuels liés à son enfance. Un cas classique dans ce type d'établissement, ont-ils précisé. Elle s'était amourachée de Jamal Salaoui et il avait fallu recadrer plusieurs fois le jeune homme pour qu'il conserve la bonne distance avec elle et laisse travailler les professionnels. Pour le moins, le témoignage d'Ophélie Parodi, puisque tel était le nom de l'adolescente, se présentait comme peu fiable.

Un éducateur tenta de tirer la gamine en arrière pour l'éloigner de la fenêtre. Elle s'accrocha au rebord, puis au rideau, puis au pull de l'éducateur qu'elle bourra de coups de pied. Hystérique.

J'ai sonné la fin de la récréation en annonçant que j'allais écouter ce que la gamine avait à dire. Pour être franc, la petite Ophélie n'avait rien à nous dire…

Elle avait quelque chose à nous montrer !

Quand elle s'est retrouvée face à moi et deux de mes adjoints, presque calmée, respirant trop vite comme une biche qui a échappé à la meute, elle a simplement glissé son téléphone portable dans ma main.

L'écran était ouvert sur un texto.

J'ai lu le nom du contact.

Le prénom Jamal était encadré de deux smileys souriants.

Intrigué, j'ai regardé l'heure et le jour de l'envoi.

25 février 2014. 21 h 18.

Le jour correspondait à celui où Salaoui avait disparu. Personne ne l'avait revu depuis, si ce n'est six mois plus tard sous la forme d'un cadavre presque entièrement décomposé. La gamine ne délirait pas, elle était la dernière à être entrée en contact avec Salaoui.

J'ai baissé les yeux pour découvrir le contenu du message. Le texte était court et pour le moins ésotérique.

20 sur 20 ?

Il aurait même été parfaitement indéchiffrable s'il n'avait été accompagné d'une image. Une photo volée, centrée sur le dos et le quart du visage d'une jeune femme vêtue d'une robe tulipe bleue, un torchon à la main, occupée dans une pièce qu'on devinait être une cuisine.

Une très jolie femme.

Impossible de ne pas la reconnaître, même à partir d'un cliché flou, même si, monsieur le directeur, l'identité de cette femme me laissa sans voix.

Océane Avril.

La sœur de la première victime. Je l'avais interrogée plusieurs fois à propos de la disparition de Salaoui, sans à aucun moment émettre le moindre soupçon envers cette femme splendide, intelligente et digne malgré les épreuves qu'elle avait traversées.

Vous savez tout désormais, monsieur le directeur.

J'ai immédiatement passé un coup de téléphone à la gendarmerie de Neufchâtel-en-Bray. La BTA a interpellé Océane Avril à son cabinet d'obstétricienne dans les minutes qui ont suivi. Elle est actuellement incarcérée au centre de détention des Vignettes, à Val-de-Reuil. Les premiers rapports des psychiatres sont accablants.

Depuis, suite à de nouvelles investigations approfondies, les informaticiens de l'INPS sont parvenus à exhumer de l'ordinateur portable de Jamal Salaoui une trace informatique du récit qu'il a écrit avant sa mort, pendant les quelques jours qui ont suivi la résolution supposée de l'affaire Avril-Camus. Je l'ai lu, c'est édifiant. Entrecoupez ce manuscrit de nos correspondances, monsieur le directeur, et vous tenez là une histoire que n'importe quel éditeur s'empresserait de publier. Le petit Salaoui l'aurait bien mérité, au fond.

Je ne résiste pas à vous préciser un dernier élément, monsieur le directeur, même s'il n'apporte rien de plus à l'affaire. La jeune Ophélie Parodi avait répondu presque immédiatement au texto envoyé par Jamal Salaoui. D'après nos simulations, Salaoui avait alors déjà ingéré la muscarine, et sa mort dans les minutes qui allaient suivre était inéluctable.

Le message était bref. Il était la réplique exacte d'un message envoyé par Jamal Salaoui à Ophélie quelques jours auparavant. Pour vous livrer une opinion personnelle, quoi qu'en disent les psys de l'Institut Saint-Antoine, cette gamine caractérielle est loin d'être stupide. Sa réponse à la photo d'Océane Avril et à la question posée, « 20 sur 20 ? », tenait en deux lignes.

Trop belle. Méfie-toi des apparences.
Je préférais la rousse.

Veuillez agréer, monsieur le directeur, l'expression de mes sentiments les plus distingués.

Bertrand Donnadieu,
Brigade Territoriale de Proximité d'Etretat.

18 jours plus tard, le 31 août 2014

Emile ouvrit d'un geste mécanique la cabine 22 du téléphérique de l'aiguille du Midi et laissa sortir la soixantaine de touristes chinois aux jambes flageolantes après le voyage passé en équilibre sur un fil au-dessus d'un précipice de deux mille mètres.

Il fit trois pas vers le vide et alluma une Marlboro.

20 heures. En temps normal, c'était le dernier métro. Descente sur la station et bière à la terrasse du Choucas.

Pas aujourd'hui.

La petite rousse laissa passer les derniers Chinois puis s'avança vers lui. Une sorte d'armoire à glace la suivait, beau comme un chasseur alpin, en moins bronzé, mais portant le même genre de manteau blanc neige avec les écussons et les galons. La classe. Sans doute le type de la Direction des affaires criminelles et des grâces, pensa Emile.

Il tendit la main à la fille. Elle avait une frimousse de marmotte dans la capuche en fourrure de son manteau.

— Mademoiselle Alina Masson ?

La fille fourra sa main de rongeur dans la sienne.

— Non. Salinas. Mona Salinas.

Emile haussa les épaules. Si le ministère s'était planté, il s'en foutait. Le bodyguard de la DACG lui confia quelques autorisations tamponnées bleu-blanc-rouge. Emile cracha son mégot puis leur désigna la porte coulissante de la télécabine.

— Allez, c'est parti. Dernier voyage... Je monte avec vous, ce coup-ci. Ce que vous me demandez de faire, mademoiselle, je crois que c'est du jamais-vu.

Le téléphérique s'ébranla. Les deux câbles noirs semblaient deux immenses griffures défigurant la montagne jusqu'aux crêtes enneigées, près de trois mille mètres plus haut. Mona tenait son trésor sur sa poitrine. Hervé, le chargé de mission de la Direction des affaires criminelles et des grâces, restait de marbre.

— C'est quand même dingue, ce truc, continua Emile pour meubler le silence. Carrément interdit, même.

Le balèze prit une intonation de curé.

— L'autorisation est descendue directement de la ministre. Vous êtes au courant de l'histoire, non, vous ne trouvez pas cela émouvant ?

Emile fixa le mont Blanc, sans répondre.

Emouvant ?

Si les malabars du ministère se mettaient à sortir leurs Kleenex...

— Vu les circonstances, continua d'expliquer Hervé, le ministère pouvait difficilement refuser ce geste symbolique à Mlle Masson.

— Je croyais qu'elle s'appelait Salinas, bougonna dans sa barbe le conducteur du téléphérique.

Plein nord, les derniers rayons du soleil peignaient la Vallée Blanche de reflets rose et or. Emile actionna son talkie-walkie.

— Prochain arrêt demandé ! Station Etoile. Sortie rue du Paradis droit sous nos pieds.

Un instant plus tard, la télécabine s'immobilisa. Mona sourit en fixant le ciel. Emile s'accroupit sur le plancher et entreprit de dévisser une trappe de sécurité.

Trente centimètres sur trente.

Quatre boulons.

Plus de mille cinq cents mètres sous leurs pieds.

Mona quitta le ciel des yeux et baissa le regard vers la vallée de Chamonix.

— Où passent les coureurs ? demanda-t-elle.

— Là-bas, répondit Hervé d'une voix douce. Derrière l'aiguille de Bionnassay, cette pyramide blanche sur la ligne de crête. Ils vont franchir le col du Tricot un peu plus bas. J'ai participé deux fois à la North Face, c'est sans doute pour cette raison qu'on m'a confié cette mission. Les coureurs sont partis il y a un peu plus de deux heures. Les premiers devraient atteindre l'Italie avant la nuit. Ensuite, ils auront encore quinze heures de course, pour les plus rapides.

Emile soupira, comme si l'effort des participants à l'Ultra-Trail du Mont-Blanc n'était rien en comparaison de celui qu'il produisait pour venir à bout de quatre boulons qu'on n'avait pas dû dévisser depuis une éternité.

Mona, lentement, tourna le couvercle de l'urne.

Juste au-dessus d'elle, Vénus brillait déjà. Cinq rêves... Elle ouvrit les doigts de sa main gauche et les récita un à un, les murmurant du bout des lèvres, telle une ultime prière.

Cinq rêves. Jamal les aurait tous atteints.

Etre pleuré par une femme quand je serai mort, susurra Mona.

Des larmes coulaient sur ses joues. Elle replia le pouce. Hervé lui tendit un mouchoir qu'elle refusa.

Payer ma dette avant de mourir.

En refermant l'index, Mona repensa à l'arrestation d'Océane Avril, accusée de six meurtres, trois cadavres retrouvés dans la falaise, ce salaud de Saint-Michel, le capitaine Piroz, Morgane, sa jumelle... Jamal était parvenu à faire éclater la vérité, cette vérité contre laquelle mille flics pendant dix ans s'étaient cassé les dents. Elle ferma les yeux, ses souvenirs se perdirent vers une balançoire dans un parc de jeu désert au-dessus de la plage d'Yport. La première fois qu'elle avait entendu parler d'Ophélie. Elles avaient tant parlé de Jamal, depuis. Pour la première fois, le week-end suivant, l'Institut Saint-Antoine avait accepté que l'adolescente passe deux jours avec elle, à Elbeuf.

Trois boulons roulèrent sur le sol de la télécabine. Emile triomphait. Le vent sifflait derrière la plaque de métal.

— Dès que je vais avoir fait sauter la dernière, ça va secouer, madame.

Mona frissonna malgré elle.

Faire l'amour à une femme plus belle que moi.

Elle referma le majeur. Les images de cette première nuit à la Sirène défilèrent. Chambre 7. Le bruit des galets roulés par les vagues. Leur peau. Son inconscience. Faire l'amour sans préservatif.

Un souffle glacé s'engouffra brusquement dans la télécabine. Emile tenait la plaque de fer entre ses mains.

— Alina, fit Hervé. Il faut en finir.

Sa voix était moins douce. Plus pressante.

Mona referma l'annulaire.

Avoir un enfant.

Sa main effleura un bref instant son ventre rond alors que les courants d'altitude berçaient la télécabine. Déjà six mois depuis la nuit de la Sirène.

Elle se mit doucement à genoux devant la trappe. Hervé la retenait par l'épaule mais il n'y avait aucun danger. Aucun corps, même menu, ne pouvait passer par cette ouverture. Elle pencha l'urne vers le vide.

Devenir le premier sportif handicapé à participer à l'Ultra-Trail du Mont-Blanc.

Elle plia l'auriculaire et, de la main droite, versa les cendres par la trappe.

Le vent les dispersa presque aussitôt en direction du mont Blanc du Tacul, du mont

Maudit et des dômes de Miage, haut, très haut, à une vitesse et une altitude que n'atteindraient jamais les coureurs de l'Ultra-Trail dont on devinait, minuscules, les combinaisons multicolores sur le chemin de randonnée au pied du glacier des Bossons.

Achevé d'imprimer par N.I.I.A.G.
en mai 2015
pour le compte de France Loisirs, Paris

N° d'éditeur : 81327
Dépôt légal : février 2015
Imprimé en Italie

Composition et mise en pages
Nord Compo à Villeneuve-d'Ascq